Teil I

Nichts kann so tröstlich sein
wie ein Stück Marzipan.

Kapitel 1

Lübeck, Juli 1872

Rosa Quast drehte sich vor dem großen Standspiegel in ihrem Zimmer hin und her und betrachtete sich ausgiebig. Das, was die Reflexion ihr zurückwarf, schien ihr zu gefallen, denn sie lächelte ihrem Bild zufrieden entgegen.

»Was meinst du, Anna? Dieses Kleid steht mir doch ausgezeichnet. Rosé ist meine Farbe. Mein Vorname wurde nicht ohne Grund gewählt. Findest du nicht auch, dass die Turnüre eine schlankere Silhouette macht als die unpraktische Krinoline?« Sie strich mit den Händen an ihrer schmalen Taille entlang. Das Korsett hatte sie von Minna, ihrer Zofe, extra eng schnüren lassen, damit ihre Figur diese wespenförmige Form erhielt, die als chic erachtet wurde.

Das Kleid bauschte sich unterhalb ihres Rückens, vorn fiel es glatt nach unten. Es war ein neuer Schnitt, der in der letzten Zeit immer mehr in Mode kam, und Rosa war eine der ersten jungen Frauen, die sich diese Kreation leisten konnten. »Papa hat keine Kosten und Mühen gescheut und mir freie Hand bei der Schneiderin gelassen! Ist das nicht lieb von ihm? Er ist so stolz, dass ich die Reifeprüfung bestanden habe.« Sie drehte und wendete sich vor dem Spiegel.

»Dass du überhaupt atmen kannst«, bemerkte Anna mit einem Lächeln und bestaunte die schlanke Taille, die ein wenig unnatürlich wirkte, wie sie fand. »Hast du keine Angst um deine Gesundheit?«

Rosa winkte ab. »Ach, papperlapapp. Eine Frau von Welt muss schlank und elegant gekleidet sein, wenn sie einen passenden Verehrer finden will.«

Anna nickte zustimmend und blickte an sich herab. Sie trug ein älteres Tageskleid mit einer Tunika darüber, das Korsett locker geschnürt. »Ich lege keinen Wert auf eine Wespentaille. Allerdings will ich auch keinen der höheren Söhne beeindrucken«, fügte sie schnell hinzu, als sie sah, wie ihre Freundin eine Augenbraue hob. Rosa schien besessen davon, die schlankste Frau der Stadt zu sein. Als ob ihr das mehr Verehrer einbringen würde … Anna schüttelte den Kopf. Sie selbst wollte um ihrer selbst willen geliebt werden, nicht weil sie so eng geschnürt war, dass sie beinahe keine Luft bekam.

»Gefällt es dir nicht?«, fragte Rosa überrascht.

»Doch, wie kommst du darauf?«

Sie wagte nicht, Rosa zu verärgern, was leicht der Fall war, denn die Freundin bekam manchmal ein Wort in den falschen Hals, und schon brach sie einen Streit vom Zaun.

»Du hast mit dem Kopf geschüttelt.« Rosa sah sie eindringlich an, registrierte mit ihren blauen Augen jede Bewegung. Ihr Blick war unstet, immer so rastlos, als würde sie ihre Umgebung unaufhörlich sondieren. Das machte Anna nervös.

»So? Hab ich das?«, fragte Anna, und wagte kaum zu atmen.

»Ja, ich habe es genau gesehen.« Rosa sah sie über den Spiegel hinweg an, warf das lange blonde Haar, das sie zu Zöpfen geflochten trug, über ihre Schultern. Diese Frisur ließ sie jünger erscheinen, als sie war.

Ihre Nase zierten einige Sommersprossen, die im Sommer deutlicher hervortraten, ebenso war ihr Haar zu dieser Jahreszeit heller als sonst. Anna überragte die Freundin ein kleines Stück, sodass Rosa immer zu ihr aufschauen musste, was ihr wohl gar nicht gefiel, daher trug Rosa gerne Schuhe mit einem Absatz, die sie größer erscheinen ließen.

Anna setzte sich auf einen Stuhl und zog die Augenbrauen zusammen. »Es tut mir leid, ich war nicht ganz bei der Sache. Aber mein Kopfschütteln galt auf keinen Fall deinem Kleid.

Du siehst reizend damit aus. Die eleganteste junge Frau der Stadt, würde ich sagen.« Derlei Komplimente hatte sie sich in der Vergangenheit angewöhnt, denn ihre Freundin brauchte diese Bestätigung. Rosa konnte nur schwer mit Kritik umgehen. Sie war es gewohnt, dass sie die schönste, charmanteste und am meisten umworbene junge Frau in Lübeck war. Etwas anderes ließ sie nicht zu. Und wenn es doch so war, dann schlug ihr das aufs Gemüt, und sie bekam Migräne. Dies galt es zu vermeiden, denn mit einer gereizten Rosa wollte niemand etwas zu tun haben. Beim Anblick des Kleides fiel es Anna schwer zu lügen, denn das Rosé war um einige Nuancen zu grell für eine feine junge Dame.

»Das Kleid ist wie für dich gemacht, Rosa«, sagte sie, nickte zur Bestätigung und presste dann die Lippen aufeinander, damit keine weitere Lüge aus ihrem Mund kam. Sie hasste es, die Unwahrheit zu sagen, es war aber ratsam, wenn dieser Tag nicht mit Streit enden sollte.

Seit sie denken konnte, hatte Anna gelernt, sich immer im Hintergrund zu halten. Rosa war die Tochter einer der reichsten Bankiersfamilien in Lübeck, während Anna nur die Tochter der Köchin der Familie Quast war, was Rosa sie oft genug spüren ließ. Sie sprach es nie laut aus, aber ihr Verhalten machte es so deutlich, dass Anna es auf keinen Fall vergessen konnte.

Es trennten sie nur vier Monate, die Anna eher zur Welt gekommen war. Zumindest war sie Rosa hier eine Nasenlänge voraus und konnte nicht einmal etwas dafür. Sie waren gemeinsam unterrichtet worden und später auf das traditionsreiche Katharineum gewechselt, wobei Anna sich als wesentlich bessere Schülerin erwies als Rosa. Anna fielen die Naturwissenschaften leicht, und auf dem Gymnasium war sie für Mathematik entbrannt. Ihr schien alles zuzufliegen, ohne dass sie lernen musste.

Rosas Wissen reichte nur für die Realklasse, doch ihr Vater, Roland Quast, war ein einflussreicher Mann in der Stadt Lübeck, und hatte dafür gesorgt, dass Rosa die Reifeprüfung bestand. Mit seinem Geld und unermüdlicher Hilfe von Anna.

Seit die beiden jungen Frauen das Examen in der Tasche hatten, gab es für Rosa nur noch ein Thema: Welchen wohlhabenden und angesehenen Lübecker könnte sie für sich gewinnen, um die beste Partie zu machen?

»Ich denke, so werde ich die Blicke der Kandidaten auf mich ziehen. Sie sollen sofort erkennen, wer ich bin: die Tochter des vermögendsten Unternehmers der Stadt.« Rosa lächelte zufrieden.

Anna hingegen überlegte, was sie mit ihrem Abschluss anfangen könnte, welchen Beruf sie ergreifen sollte, um ihre Mutter zu unterstützen. Sie hätte am liebsten als Lehrerin gearbeitet, allerdings hatten sie nicht das Geld, um ein Studium in der Schweiz zu finanzieren. Dort akzeptierte man seit einigen Jahren Frauen als Studentinnen, und Anna hätte alles dafür gegeben, eine Universität besuchen zu dürfen. Aber das Schicksal hatte vermutlich anderes mit ihr vor. Sie musste einen Beruf ergreifen, in dem Frauen gern gesehen waren. Dass sich ein reicher Mann für Anna interessierte, daran wagte sie nicht zu denken. Ihre Mutter bekam nur einen geringen Lohn, und sie waren von der Wohltätigkeit der Familie Quast abhängig. Anna hoffte, dass sie einen Ehemann fände, der einer redlichen Arbeit nachging, ihr ein kummerfreies Leben und seine Liebe bot. Was wollte man mehr? Eine Menge, doch durfte man nach den Sternen greifen? Sie wollte nicht hoch hinaus, ein beschauliches Leben reichte ihr vollkommen aus. Wer hoch fliegt, stürzt tief, sagte ihre Mutter immer.

»Willst du mich *so* in die Stadt begleiten?«, fragte Rosa und blickte ihre Freundin mit offener Missbilligung an.

Anna sah an sich herunter. »Ja, warum denn nicht?«

»Ich finde deinen Aufzug ein wenig … altmodisch. Du kannst eins von meinen abgelegten Kleidern anziehen. Du weißt ja, ich trage sie nie länger als ein halbes Jahr. Was sollen sonst die Nachbarn denken? Vater hätte uns an den Bettelstab gebracht? Nein, nimm das hellblaue Kleid, es passt besser zu deinem brünetten Haar als zu meinem rotblonden. Es ist wie für dich gemacht.« Rosa verschwand in dem angrenzenden Ankleidezimmer.

Annas Blick schweifte durch Rosas Zimmer. Es war mit allem ausgestattet, was man sich nur wünschen konnte. Oben am Himmelbett waren weiße Volants angebracht, die Bettwäsche war mit kleinen Rosen bestickt. Die hellen Eichenmöbel entsprachen nicht der Mode – angesagt waren Esche und Ebenholz –, aber Rosa wollte es so. Und was Rosa gefiel, das bekam sie. Das war das oberste Gebot im Hause Quast.

Anna hörte an dem Quietschen, dass der Schrank nebenan geöffnet wurde. Während ihr Kleiderschrank in ihrem Zimmer stand, besaß Rosa einen eigenen Raum für ihre Kleider und Accessoires, denn das hätte in ihrem Schlafzimmer keinen Platz gefunden. Wer brauchte all dieses Zeug? Innerlich schüttelte Anna wieder den Kopf. Natürlich war sie Rosa dankbar, dass sie ihre Sachen mit ihr teilte, auch wenn es getragene Stücke waren, aber ihr selbst lag nur wenig an neuen Kleidern. Anna brauchte kein Dutzend, um sich besser zu fühlen. Sie war zufrieden mit dem, was sie hatte. Es gab Wichtigeres im Leben. Das würde Rosa hoffentlich irgendwann lernen.

»Schau mal, das ist doch hübsch.« Rosa kam mit dem hellblauen Kleid zurück und hielt es Anna entgegen. »Ich hab es gern getragen, der Stoff ist sehr fein.«

Anna überlegte kurz. Sie mochte das Kleid aus edlem Musselin. Sie ging auf Rosa zu, nahm den Stoff prüfend zwischen Daumen und Zeigefinger. »Ja, es ist sehr elegant. Aber findest du nicht, dass ich damit ein wenig zu fein aussehe?«

»Unsinn! Man kann nie schick genug gekleidet sein. Man weiß ja nie, wem man begegnet. Stell dir vor, du lernst den

Mann kennen, für den dein Herz schlägt! Dann soll er doch einen bleibenden Eindruck von dir bekommen. Mach schon, zieh dich um. Ich schenke es dir, da ich es ohnehin nicht mehr tragen werde.«

Rosa hatte ja recht. Das Kleid war ein geschmackvolles Stück, das sonst nur im Armenhaus landen würde, aber dafür war es viel zu schade. So machte sich Anna daran, die Kleidung zu wechseln, es hatte ohnehin keinen Sinn, mit Rosa zu diskutieren. Sie war es gewohnt, stets zu gewinnen, und würde nicht verstehen, dass der Mann, der Annas Herz erobern würde, sich nicht viel Gedanken über Kleider machte. Sie fand, er solle ein spannendes Buch oder eine interessante Diskussion einer schönen Hülle vorziehen.

»Ich bin sofort wieder da.« Sie ging hinüber in den Ankleideraum, der schon allein größer war als ihr eigenes Zimmer, und schloss die Tür hinter sich. Sie ließ den Blick über die Schneiderpuppe wandern, die in der Ecke stand und als Kleiderständer diente. Ein großer weißer Hut thronte auf dem Halsanschnitt. Das Gewand darunter sah aus wie ein Hochzeitskleid. Überall lagen Hüte, Handtaschen und Schirme herum. Es gab zwei große Eichenholzschränke, in denen mehr Kleider hingen als in dem Atelier einer Schneiderin. Man hätte meinen können, es wäre das Ankleidezimmer der Kaiserin.

Anna hatte für diesen Luxus nur ein Schnauben übrig und schlüpfte endlich aus ihrem Kleid. Sie beeilte sich, das Blaue überzustreifen, bevor Rosa ungeduldig wurde.

»Was brauchst du denn so lange? Nachher sind wieder alle Tische in der Konditorei Robek besetzt, und wir müssen warten, bis etwas frei wird.« Als Anna wieder in das Schlafzimmer trat, wippte Rosa ungeduldig mit einem Fuß.

»Ich hab so schnell gemacht wie möglich. Ich bin ja jetzt fertig«, sagte sie ruhig. Sie wusste, wenn sie sich im Ton vergriff, würde Rosas Stimmung schnell umschlagen, und sie hätte den ganzen Tag schlechte Laune. Da war es besser, eine adäquate Antwort herunterzuschlucken und nur zu lächeln, als eine Diskussion zu beginnen.

Rosa schnappte sich den passenden rosafarbenen Sonnenschirm, drückte Anna einen hellblauen in die Hand und hakte sich bei ihr unter. »Dann können wir ja jetzt endlich los. Ich bin total zappelig, weißt du? Ich will dir einen aufregenden Mann zeigen, den ich bei Robek entdeckt habe.«

»Ich hoffe, er ist nicht aus Marzipan«, erwiderte Anna lächelnd.

Rosa stutzte, dann verstand sie den Spaß und lachte hell auf. »Nein, natürlich nicht. Er ist aus Fleisch und Blut.«

Gemeinsam traten sie hinaus auf das Trottoir der Hüxstraße. Die Familie Quast besaß hier ein großes ansehnliches Reihenhaus nahe dem Krähenteich. In dieser Straße wohnten viele wohlhabende Familien, die sich ganze Häuser leisten konnten. Die Quasts waren bekannt, und man grüßte Rosa mit der Höflichkeit, die es der einzigen Tochter der Familie gebührte. Die beiden jungen Frauen fielen auf, denn Anna sah aus, als gehöre sie dazu. Die Mädchen ähnelten sich wie Cousinen und waren ständig zu zweit unterwegs.

Sie bogen um die Ecke, wichen anderen Spaziergängern Arm im Arm aus und kicherten albern. Die Sonne strahlte an diesem Nachmittag erbarmungslos vom Himmel. Weit draußen am Horizont waren dunkle Wolken zu erahnen, die sich wohl später zu einem Gewitter auftürmen würden. Sie würden trockenen Fußes wieder nach Hause kommen. Beide spannten die Sonnenschirme auf, die ein wenig Schatten boten. Es lag eine Schwere in der Luft.

Der Fußweg bis zur Konditorei dauerte nur wenige Minuten. Sie kamen an der Schusterei vorbei, dem kleinen Gemüseladen, zu dem Anna oft ihre Mutter begleitete, und dem Geschäft, in dem es frische Blumen gab. Stina, Annas Mutter, liebte Blumen, und manchmal gönnte sie sich ein paar Veilchen oder Nelken, die sie auf ihren Nachttisch stellte und die ihren Duft im Raum verteilten. Irgendwann würde Anna sich auch einen kleinen Strauß kaufen, wenn sie Geld dafür übrighätte, um ihn zu trocknen.

Vor der Konditorei Robek, wo sie manchmal frische Brötchen und Brot kauften, hielten sie an. Wie erwartet, hatte sich vor dem Laden eine Schlange gebildet, denn in der Konditorei gab es im Erdgeschoss, hinter dem Verkaufsraum, ein Café, das stets gut besucht war, weil dort exquisiter Kaffee, feine Torten und selbst hergestelltes Marzipan angeboten wurden.

Rosa seufzte ungehalten. Sie verzichtete zwar darauf, Anna die Schuld dafür in die Schuhe zu schieben, dass sie warten mussten, aber sie brauchte es gar nicht laut auszusprechen – Anna sah es ihrer Miene an, wie ihre Laune sank.

»Wie ich das hasse«, murmelte Rosa und drängte sich an den wartenden Menschen vorbei. »Entschuldigung, aber mein Vater ist schon hier«, erklärte sie einer Frau, die ihr den Weg verstellte.

»Junges Fräulein, Sie müssen wie alle anderen warten. Vordrängeln gibt's hier nicht.«

»Mein Vater ist Bankdirektor Quast, ich will ihn nicht warten lassen und damit verärgern, und das wollen Sie vermutlich auch nicht.«

Als der Name Quast fiel, trat die ältere Frau sofort zur Seite. Rosa zog Anna an der Hand hinter sich her und kicherte leise, als alle anderen Personen eine Gasse bildeten, damit die jungen Frauen zu den Räumen kamen, die das Café beherbergten.

»Du solltest nicht lügen«, flüsterte Anna, doch ihre Freundin hörte gar nicht zu. *Sie selbst sollte es auch nicht tun*, aber manchmal blieb einem keine Wahl.

Als sie im hinteren Bereich anlangten, sah sich Rosa suchend um. »Da drüben wird was frei.« Schnell steuerte sie darauf zu und lächelte dem Kellner zu, der den Tisch abwischte. »Ich darf doch?«, fragte sie, und ohne eine Antwort abzuwarten, nahm sie auf einem der gepolsterten Holzstühle Platz.

Anna setzte sich neben sie und ließ den Blick durch den Raum schweifen. Das Lokal war bis auf den letzten Tisch besetzt. Die Männer rauchten und tranken Kaffee, lasen die Tageszeitung, während ihre Frauen sich an einem Stück Torte gütlich taten. Sie plauderten miteinander und genossen den Tag. Andere Paare saßen sich gegenüber und warfen sich verliebte Blicke zu. Daran erkannte man, dass sie nicht verheiratet waren …

Die Wände waren recht schmucklos, nur hier und da gab es Gemälde von Menschen, die vermutlich der Robek-Dynastie entstammten. Die Männer trugen Frack, steife Kragen und Backenbart, wie es vor hundert Jahren üblich war. Die Frauen mit ihren schwarzen Kleidern blickten streng in die Kamera. Die Ähnlichkeit mancher Porträtierten war frappierend – viele hatten ungewöhnlich helle Augen. Es schien, dass jede Generation in die Fußstapfen der Ahnen getreten und ebenfalls Konditoren geworden war. Da gab es nichts zu diskutieren – es war in der Familientradition verankert.

Die Luft im Raum war geschwängert vom Duft des Tabaks und feinen Aromen wie Vanille, Mandeln und Krokant, gemischt mit Kirschwasser.

»Was möchtest du bestellen?«, fragte Rosa und sah hinüber zur Theke, wo die Torten hinter Glas zur Auswahl standen.

»Ich nehme ein Stück Frankfurter Kranz und eine Tasse Kakao«, entschied Anna schnell.

»Oh ja, das nehme ich auch … Oder doch lieber ein Stück Kirschtorte?«, überlegte Rosa laut. »Nein, vielleicht sollte ich ein Franzbrötchen bestellen. Das habe ich in Hamburg gegessen, als wir eine Cousine von Mama besucht haben. Es hat köstlich nach Zimt und Zucker geschmeckt, ich wusste gar nicht, dass man so was auch hier in Lübeck bekommen kann. Oder sollte ich doch …«

Rosa plapperte weiter, und Anna stellte ihre Ohren auf Durchzug, denn am Ende würde Rosa doch das nehmen, was sie selbst gewählt hatte, denn ihre Freundin konnte sich nie entscheiden und überließ es gern anderen, eine Auswahl zu treffen. Anna zog es vor, die Menschen um sich herum zu beobachten, die nicht nur aus höheren Kreisen stammten. Männer und Frauen jeglicher Gesellschaftsschicht hatte hier in an den Tischen Platz genommen und gönnten sich eine kleine Auszeit.

»Meine Damen, was darf ich Ihnen bringen?« Der Keller war zurückgekehrt und verbeugte sich galant. Rosa begann albern zu lachen, was Anna peinlich berührte. Der Mann tat nur seine Arbeit und wollte höflich sein. Es gab keinen Anlass, sich über ihn lustig zu machen.

»Wir nehmen zwei Tassen Kakao und zwei Stücke Frankfurter Kranz«, bestellte Anna schnell, bevor Rosa etwas Unangebrachtes von sich geben konnte.

Er leckte den Bleistift mit seiner Zungenspitze an und notierte die Bestellung auf einem kleinen Block. »Sehr wohl, meine Damen. Der Kakao mit einem Schlag Sahne?«

»Nein.« Rosa winkte ab und blickte zur Theke, wo das Personal die Bestellungen in Empfang nahm.

Der Kellner nickte und verließ mit steifen Schritten den Tisch. Rosa beugte sich vor. »Oh Himmel, schau mal, da ist er«, flüsterte sie. Sie deutete mit dem Kinn in Richtung der Theke.

Anna versuchte, unauffällig hinzusehen, doch sobald sie in die Richtung schaute, trafen sich ihre und die Blicke eines jungen Mannes, der eine weiße Jacke trug, zu schwarzen Hosen, darüber eine lange Schürze. Auf dem Kopf saß ein kleines Schiffchen, passend zur Jacke in Weiß. Seine Oberlippe zierte ein Bärtchen. Es war mehr ein Flaum als ein richtiger Bart.

Die hellblauen Augen fielen ihr sofort auf. Anna hatte noch nie einen Mann gesehen, der eine so helle Iris besaß. Er lächelte. Allerdings nicht zu ihnen herüber, sondern über etwas, das eine der Damen sagte, die die Bestellungen vorbereitete. Sie war schon älter und hatte die gleichen hellen Augen. Konnte das seine Mutter sein? Er war groß gewachsen und sah aus wie die Herren, die Anna von der Wand aus entgegenblickten, nur eben wesentlich jünger. Dann sah er Anna so intensiv an, dass sie nicht in der Lage war, ihren Blick abzuwenden. Als würde eine magische Kraft sie bannen. Dabei wollte sie ihn gar nicht so ungeniert mustern, aber sie konnte nicht widerstehen.

»Sieht er nicht interessant aus? So schneidig in seiner Konditorenuniform! Ich wette, er ist noch nicht vergeben.« Rosa sprach leise und ließ den jungen Mann dabei nicht aus den Augen. Sie tat es so auffällig, dass die ältere Frau zu ihnen herüberblickte. Ihr war wohl nicht entgangen, dass die beiden jungen Frauen in ihre Richtung starrten.

Plötzlich begann Rosa, laut zu lachen, und tat so, als hätte Anna etwas Lustiges gesagt. Ihr Theater war so leicht zu durchschauen und peinlich, dass es die Aufmerksamkeit der Gäste der anderen Tische anzog. Einige räusperten sich laut und warfen ihnen verständnislose Blicke zu.

»Möglicherweise ist er ja verlobt«, wagte Anna einzuwerfen, leise, damit niemand ihr Gespräch verfolgen konnte, nur um Rosa zum Schweigen zu bringen. Es war Anna äußerst peinlich, dass sie sich so in den Mittelpunkt spielte.

Rosa schüttelte den Kopf. »Nein, auf keinen Fall, sonst würde er einen Ring an der Hand tragen, und ich finde, dafür ist er zu jung.«

Der Kellner brachte den Kuchen und ihren Kakao und versperrte ihnen so für einen Moment die Sicht. Als er sie wieder freigab, war der junge Mann hinter dem Tresen verschwunden.

»Oh, schade …«, schmollte Rosa. »Aber ich bin mir sicher, dass er mich bemerkt hat.« Sie sah Anna so voller Zuversicht an, dass sie nichts dazu sagte. Anna konnte ihr ja schließlich nicht erzählen, dass der junge Mann *sie* angesehen hatte. Das würde Rosa ihr niemals abnehmen und nur wieder eingeschnappt reagieren. Manchmal glaubte Anna, dass Rosa nie älter als zwölf Jahre wurde, dabei waren sie jetzt erwachsene Frauen von zwanzig und sollten sich auch so benehmen. Doch es war nicht Annas Aufgabe, ihr das zu erklären. Dafür waren andere zuständig. Rosas Gouvernante hatte vor drei Monaten den Haushalt verlassen, nachdem ihr Schützling die Reifeprüfung abgelegt hatte. Der Frau war anzusehen gewesen, dass sie froh war, diese nicht leichte Aufgabe loszusein, obwohl es in diesen Zeiten nicht einfach war, eine Anstellung zu finden.

»Weißt du, wie er heißt?«, flüsterte Anna und stach mit der Kuchengabel ein Stückchen von ihrem Frankfurter Kranz ab. Die Süße des Krokants breitete sich in ihrem Mund aus, und sie stöhnte leise. Es schmeckte himmlisch, darauf hatte sie sich schon den ganzen Tag gefreut. Sie war seit Kindertagen eine Naschkatze, liebte Nachspeisen, und manchmal kochte ihre Mutter aus Zucker, Butter und Sahne Karamellbonbons, die sie ihr heimlich zusteckte.

»Natürlich kenne ich seinen Namen. Das ist Albert Robek, der einzige Sohn der Familie. Er wird einmal die Firma übernehmen, das hat zumindest Papa erzählt. Sie sind Kunden von ihm. Das Unternehmen steht ausgezeichnet da, und Albert ist eine gute Partie, wenn auch nicht die Beste. Aber er ist ein Mann mit Manieren, sieht attraktiv aus, und er gefällt mir.« Sie sagte das auf eine Art, als wäre dieser Albert ein appetitliches Häppchen, dass man hier in der Konditorei kaufen könnte. »Ich werde dafür sorgen, dass ich ihm auffalle und er sich in mich verliebt«, verkündete sie selbstbewusst, schob sich ein Stück Frankfurter Kranz in den Mund, kaute und lächelte vielsagend. Dabei hing ihr ein Stück Krokant im Mundwinkel, aber sie bemerkte es nicht, bis es auf den Teller fiel. Anna wollte etwas sagen, doch dann behielt sie ihren Einwand besser für sich. Sicher war sicher.

»Glaubst du, dass du ihm aufgefallen bist?«, fühlte Anna vorsichtig vor.

»Ja, ganz bestimmt. Er hat mir tief in die Augen geschaut, zwar nur für einen kurzen Moment, aber ich habe es genau gesehen. Ich werde Papa bitten, die Familie einmal zum Abendessen einzuladen.« Rosa lächelte über ihren Einfall und kaute genießerisch weiter. »Er ist eine gute Partie, und ich bin es schließlich auch. Es wäre ein Wunder, wenn sich daraus nicht eine hervorragende Ehe ergeben würde. Papa wird über meine Wahl begeistert sein!«

Aus ihrem Mund klang es, als wäre es bereit beschlossene Sache, dass Albert Robek sie heiraten würde, dabei war Anna sich nicht sicher, ob er Rosa überhaupt wahrgenommen hatte, wo er doch die ganze Zeit sie selbst und nicht ihre Freundin angestarrt hatte.

Kapitel 2

Lübeck, Juli 1872

In filigraner Feinarbeit befestigte Albert mit einer Pinzette das letzte Blütenblatt aus Marzipan auf einer Torte und richtete sich auf. Seine Hand hatte nicht einmal gezittert. Er begutachtete sein Werk auf einem Drehteller von allen Seiten. Er nickte zufrieden. Ja, das war wahrhaftig ein Meisterwerk, zumindest in seinen Augen. Er hatte geraume Zeit daran gearbeitet, und es hatte sich gelohnt.

»Sieht perfekt aus«, lobte ihn Anton Koplin. Der Konditormeister war seit mehr als dreißig Jahren in der Konditorei angestellt, und Albert freute sich über jeden Zuspruch, den er von ihm erhielt, denn es kam selten vor. Er war nicht leicht zufriedenzustellen, forderte von allen Mitarbeitern, die ihm unterstellt waren, das Beste, genauso wie von sich selbst. Und Anton war ein ausgezeichneter Lehrmeister, und Albert arbeitete gern mit ihm zusammen.

»Danke«, sagte Albert mit einem Grinsen. Er wusste, dass dieses Lob ernst gemeint war und nicht nur dahergesagt, weil er der Sohn der Familie war. Anton machte da keinen Unterschied.

»Wer soll das essen?«, fragte Otto Robek, sein Vater, und warf einen missbilligenden Blick auf die Torte. »Soll man sich die in eine Vitrine stellen?«, knurrte er schlecht gelaunt.

»Wenn du damit zum Ausdruck bringen willst, dass sie zu schön zum Essen ist, dann ja, Vater, eine Vitrine wäre der richtige Ort, wenn es da drin kühl genug ist.« Albert zwinkerte Anton zu, der die Luft anhielt. Sein Kopf war schon ganz rot, denn niemand wagte es, Otto Robek zu widersprechen oder solch einen Ton anzuschlagen … außer Albert.

Er kannte die Meinung seines Vaters, wenn es um neue Ideen und Veränderungen ging. Er war kein Freund davon. Doch Albert hatte beschlossen, sich darüber hinwegzusetzen. Die Welt veränderte sich ständig, und er würde nicht auf der Stelle treten, sondern den Neuerungen offen gegenüberstehen. Die Zeiten waren hart, aber für das leibliche Wohl gaben die Leute gerne Geld aus. So hatte Albert beschlossen, einer der besten Marzipanhersteller des Landes zu werden. Er wollte seine Tortenkreationen mit Marzipan krönen, damit man weit über den Grenzen des Landes hinaus davon hörte und sie bekannt wurden. Jeder sollte Robek-Marzipan kennen und lieben lernen. Es war ihm gelungen, eine besonders geschmeidige Mischung aus gemahlenen Mandeln, Zucker und Rosenwasser herzustellen, mit denen man alle Art von Gebilden herstellen konnte.

»Das ist nur wieder eine deiner neumodischen Ideen«, brummte sein Vater und wischte sich die Hände an der Schürze ab. »Damit kannst du höchstens höhere Töchter beeindrucken.«

»Genau das will ich! Sie sind schließlich die Kundinnen, die morgen und übermorgen unsere Kasse füllen werden. Wir müssen an die Zukunft denken, Vater. Marzipan wird die Welt erobern, du wirst sehen, und es wird unseren Namen tragen! Wir werden es bis auf die Tafel der englischen Königin schaffen.«

»Willst du ihr eine Krone aus Marzipan backen?«, rief sein Vater aufgebracht.

»Wenn sie eine bestellt«, erwiderte Albert grinsend.

Otto Robek blickte ihn an und schüttelte nur den Kopf. »Es reicht, wenn wir die Rohmasse weiterverkaufen. Das ist einträglich und kostet bei Weitem nicht so viel Zeit, wie kleine Blumen zu kneten.« Er warf seinem Sohn einen vielsagenden

Blick zu und ging von der Backstube hinüber in die Manufaktur, wo sie das Marzipan herstellten.

Resigniert ließ Albert den Kopf hängen. Er konnte tun, was er wollte - er würde es seinem Vater niemals recht machen können.

Eine Hand legte sich schwer auf seine Schulter. »Mach dir nichts draus, mien Jong. Die Torte ist perfekt. Bring sie in den Laden. Ich bin sicher, dass wir sie in null Komma nichts verkauft haben. Gibt deinen Traum nicht auf. Du bist auf dem richtigen Weg, lass dir nichts anderes einreden.« Anton nickte ihm aufmunternd zu.

Vorsichtig trug Albert die neue Torte in den Verkaufsraum der Konditorei. Am Morgen waren nicht viele Kunden im Laden, Kuchen und Gebäck wurde später am Tag gekauft, frisches Brot, Toast und Brötchen in der Früh. Als sich die Tür öffnete, sah er verwundert auf. »Ich mach das schon«, raunte er Lore, der Verkäuferin, zu, die überrascht nickte und sich dann daran machte, neue Ware in die Auslagen zu räumen. Es war eigentlich nicht seine Aufgabe, sich um die Kunden zu kümmern. Dafür gab es Verkäuferinnen, doch diese spezielle Kundin wollte Albert gerne selbst bedienen.

»Guten Morgen!«

Bei dem Klang der sanften Stimme kribbelte seine Haut auf eine angenehme Weise. Sie kam ihm bekannt vor, als sie das Geschäft betrat, und dann fiel es ihm augenblicklich ein. Er hatte sie schon gestern hier gesehen, ihre Blicke hatten sich gekreuzt. Sie trug das gleiche blaue Kleid wie am Vortag. Albert erinnerte sich an ihre auffällig blauen Augen und das brünette Haar, das sie zu einem Zopf geflochten trug. Sie wirkte ernster, als sie womöglich war.

»Moin, gnädiges Fräulein! Was darf's sein?«, fragte er und blickte freundlich.

»Ich hätte gern fünf Franzbrötchen und eine Torte«, erklärte sie und blickte verlegen auf die Auswahl.

»Welche darf es denn sein?«

»Bitte etwas Außergewöhnliches. Sie ist für Frau Direktor Quast. Sie hat heute Geburtstag.« Das Fräulein wagte nicht, ihn anzusehen.

Albert nickte. »Ich glaube, da habe ich genau das Richtige für Sie.«

Er holte die Torte mit den Blütenblättern aus Marzipan aus der Kühlung hervor.

»Oh Gott, ist die schön!« Die Kundin schlug eine Hand vor den Mund. »Würden Sie die Rechnung an Direktor Quast schicken, Hüxstraße?«

»Kein Problem. Seien Sie nur vorsichtig, sie ist ganz frisch, ich habe sie heute Morgen hergestellt.«

»*Sie* haben die Torte gemacht? Sie sieht wirklich bezaubernd aus. Da ist Ihnen ein richtiges Meisterwerk gelungen.«

Albert freute sich über das Lob, verriet aber nicht, dass er noch gar kein Konditormeister war. Wenn sein Vater hätte hören können, dass seine Ideen ankamen, hätte er ein anderes Bild von ihm.

»Ich habe Sie doch gestern schon hier gesehen, mit einer Freundin, nicht wahr? Oder Schwester?«, fragte Albert neugierig, während er das Backwerk sicher in einem Karton verpackte und die Franzbrötchen in eine Tüte schob.

»Ja, das stimmt. Ich war mit Rosa hier. Sie ist die Tochter von Direktor Quast.« Sie lächelte verlegen.

»Und wie ist Ihr Name, wenn ich fragen darf?« Albert hatte seinen ganzen Mut zusammengenommen und war froh, dass seine Hände beschäftigt waren. Es war nicht seine Art, junge Frauen einfach so anzusprechen oder mit ihnen zu scherzen, schon gar nicht im Geschäft. Er war schüchtern, wenn es darum ging, Kontakte zu knüpfen, die das weibliche Geschlecht betrafen. Aber dieses Fräulein war ihm gestern aufgefallen, und er wollte unbedingt zumindest ihren Namen erfahren.

Sie sah ihn mit ihren großen blauen Augen an. Einer Farbe, die ihn an das Meer erinnerte. »Anna … mein Name ist Anna Hohenhaus. Meine Mutter ist die Köchin der Familie Quast. Sie schickt mich, um die Torte zu holen.«

Sie wurde rot, was Albert reizend fand. Sie war eine ruhige, junge Frau, womöglich zu ernst für ihr Alter, doch das konnte er in der kurzen Zeit kaum feststellen. Sie war elegant gekleidet, möglicherweise sogar ein wenig zu gut für die Tochter einer Köchin, und er fragte sich, ob sie ihn auf den Arm nahm.

»Anna. Das ist ein schöner Name. Ich bin Albert Robek. Wie der Name an der Tür.« Er grinste.

Erneut flammten ihre Wangen auf. Sie war es nicht gewohnt, dass man ihr Komplimente machte. Vermutlich sagte sie doch die Wahrheit.

»Dann wünsche ich Ihnen guten Appetit«, erklärte Albert und reichte ihr den Karton und Brötchentüte über die Ladentheke.

»Oh nein«, winkte Anna ab. »Davon werden wir nichts abbekommen. Meine Mutter hat einen Zitronenkuchen gebacken, der ist für die Angestellten.« Sie lächelte schüchtern.

Nein, sie hatte ihn nicht belogen. Auch wenn sie elegant gekleidet war, so war sie die Tochter einer Köchin. Er sah es in ihren Augen und in ihrem Lächeln, das leicht spöttisch wirkte, üblich für die arbeitende Schicht. Er kannte das nur zu gut. Die überhebliche Art der Reichen in diesem Land war ihr vollkommen fremd, daher nahm er all seinen Mut zusammen und fragte leise: »Würden Sie sich mit mir am Sonntag auf ein Eis treffen?« Die Worte waren aus seinem Mund, bevor er sie zurücknehmen konnte, dennoch war er erleichtert, dass er den Mut aufgebracht hatte zu fragen.

Die junge Frau schüttelte den Kopf, und das kleine Sonnenhütchen, das sie auf ihrem brünetten Haar trug, wippte aufgeregt hin und her. »Nein, das kann ich nicht machen. Es tut mir leid. Ich würde gern … aber … nein, das geht wirklich nicht.«

Albert stutzte. Er hörte sich nicht so an, als wäre er ihr zuwider. »Warum nicht, Anna?«, fragte er rasch. Er wollte nicht, dass sie schon ging. »Sind Sie bereits vergeben?«

Ihre Pupillen weiteten sich erschrocken.

»Entschuldigen Sie, ich weiß, diese Frage gehört sich nicht, aber das ist der einzige Grund, den ich als Ausrede gelten lassen würde.« Er lächelte charmant, das hoffte er zumindest, denn er hatte keine Erfahrung darin, mit einer Frau zu tändeln. Für ihn hatte es bisher nur seine Arbeit gegeben und die Träume vom Marzipan. Doch diese junge Frau hatte sein Interesse geweckt, auf eine sonderbare Art und Weise, wie es ihm noch nie untergekommen war. Das ließ ihn mutig werden, und es wäre ihm egal gewesen, wenn eine Angestellte sein Gespräch belauschte. Lore sah hin und wieder zu ihnen herüber, stand aber zu weit entfernt, um etwas zu verstehen. Albert wäre es lieber gewesen, mit Anna unter vier Augen zu sprechen, aber das war hier nicht möglich.

»Nein, ich bin nicht vergeben«, sagte Anna. Sie biss sich auf die Unterlippe. »Aber es geht trotzdem nicht. Es tut mir leid. Tschüss, Herr Robek.« Sie sprach sehr leise, schenkte ihm ein entschuldigendes Lächeln und nickte ihm zu, dann verließ sie die Konditorei und lief schnell über die Straße. Alberts Blick folgte ihr, bis sie um die nächste Straßenecke verschwand, und nicht mehr zu sehen war.

»Schade«, murmelte er und seufzte leise. Sie war eine junge Frau ganz nach seinem Herzen, wie sie mit schwingenden Hüften den Laden verließ, den Kopf stolz erhoben, obwohl sie ihm gegenüber so schüchtern getan hatte. Sie war voller Widersprüche, und genau das reizte ihn. Warum nur hatte sie seine Einladung abgelehnt? Sie schien ihn doch zu mögen. Albert wurde aus all dem nicht schlau. Er sollte sich lieber wieder seinem Marzipan zuwenden. Hier begab er sich auf sicheres Terrain, hier kannte er sich aus. Trotzdem wollte er wissen, warum sie seine Einladung abgelehnt hatte. Es musste einen Grund geben, und er hatte vor, diesen in Erfahrung zu bringen. So schnell würde er nicht aufgeben. Er wusste ja nun, wo sie zu finden war. Das Haus von Direktor Quast kannte jeder in der Stadt.

***

»Wo bleibst du denn so lange?«

Die Stimme ihrer Mutter klang äußerst ungeduldig. Stina Hohenhaus wischte sich eine lose Haarsträhne aus der Stirn und sah verschwitzt aus. Es war ungewöhnlich warm in der Küche.

Anna war schwindelig. Sie hatte keine Erinnerung an ihren Rückweg, denn sie war wie auf Wolken über den Asphalt geschwebt. Ein Glück, dass Rosa nicht dabei gewesen war. Die Begegnung mit Albert Robek hatte sie völlig aus der Bahn geworfen. Nicht nur, dass er so sympathisch war, auch hatte er versucht, sie einzuladen. Was für ein Jammer, dass Anna sich diesen Konditor aus dem Kopf schlagen musste. Niemals würde sie sich mit ihm treffen können. Sie konnte doch Rosa nicht verraten, und das würde sie tun, wenn sie sich mit einem Mann träfe, für den ihre Freundin schwärmte. Dabei hatte sie ihm gleich gesagt, dass sie nicht die Tochter der Quasts, sondern die einer Köchin war. Sie war kein Fräulein, dass eine große Mitgift in die Ehe bringen würde. Das Einzige, was sie besaß, waren ein gutes Benehmen und ein scharfer Verstand. Mit mehr konnte sie nicht aufwarten, und das war eindeutig zu wenig, um in eine reiche Unternehmerfamilie einzuheiraten. Sie war kein Dösbaddel und sich ihrer Lage bewusst. Und trotzdem hatte er sie eingeladen …

»War es so voll?«, fragte ihre Mutter und sah sie prüfend an.

»Ja, ich hab mich extra beeilt«, sagte Anna schnell und stellte den Karton und die Tüte auf dem Tisch ab. »Schau dir bitte die Torte an. Sie ist wunderschön.« Anna hob den Deckel vorsichtig von der Verpackung.

»Das ist ja ein richtiges Kunstwerk!« Ihre Mutter klatschte vor Freude in die Hände.

Anna lachte erleichtert auf. »Man könnte meinen, dass *du* heute Geburtstag hast, so wie du dich freust.« Anna war froh, dass sie genau die richtige Wahl getroffen hatte.

»Du kennst doch Frau Quast. Für sie ist das Beste noch nicht gut genug, wir wollen hoffen, dass ihr die Torte gefällt.«

»Genau wie für ihre Tochter«, murmelte Anna und verdrehte die Augen.

»Das behalten wir aber für uns, Kind«, sagte Stina in einem strengen Ton, jedoch mit einem Lächeln auf den Lippen. »Komm, hilfst du mir, die Platten vorzubereiten? Wir erwarten um elf Uhr Gäste, bis dahin muss alles fertig sein.«

Anna half ihrer Mutter gern in der Küche. Hier hatten sie ihre Ruhe, denn weder Frau Quast noch Rosa verirrten sich je hierher. Anna schaute ihrer Mutter oft über die Schulter und lernte, wie man ein ordentliches Menü kochte. Der Mann, der Anna einmal zur Frau nehmen würde, bekäme zumindest eine junge Frau, die kochen und einen Haushalt führen konnte, so viel stand fest. Darauf legte Stina großen Wert, und Anna stellte sich geschickt an.

Die Küche lag im Tiefparterre des Wohnhauses und war mit allem ausgestattet, was ein moderner Haushalt benötigte. Es gab einen Backofen und Herd, der mit Holz betrieben wurde, und einige Hochboards für das Geschirr und Töpfe. Direktor Quast hatte dafür gesorgt, dass Haushaltsgeräte aus Holz wie große und kleinere Schneidbretter, Kochlöffel, Wäscheklammern und vieles mehr aus dem Erzgebirge angeschafft wurden. Stina Hohenhaus machte es Freude, hier zu arbeiten, zumindest kam niemals ein Wort der Beschwerde über die Lippen.

Sie machte sich daran, die Torte in gleichmäßigen Stücken anzuschneiden, während Anna einen Kuchenteller aus dem Schrank nahm und eine Schüssel, in die sie die Franzbrötchen legte. Dabei wanderten ihre Gedanken immer wieder zurück zu Albert Robek. Wie er sie angelächelt hatte! Er hatte freundliche hellblaue Augen mit kleinen Lachfältchen, die ihn sympathisch machten. Wie alt er wohl sein mochte? Das war schwer einzuschätzen. Er war ein Mann, der auffiel, und es war kein Wunder, dass Rosa auf ihn aufmerksam geworden war. Rosa und vermutlich eine ganze Menge junger Frauen der Stadt, die aus wohlhabenden Familien stammten. Sie seufzte leise. Warum hatte er dann gerade *sie* um eine Verabredung gebeten? Wollte er sich nur einen Spaß machen? Es kam ihr fast so vor. Er wusste doch, dass sie nur die Tochter einer Köchin war, und er war der Sohn eines der bekanntesten Unternehmerfamilien in Lübeck. Das passte nicht zusammen. Auch wenn es eine schöne Idee gewesen wäre, es war ein Traum, aus dem man nur tief enttäuscht erwachen würde. Oder hielt er sie für ein Mädchen, das leicht zu bekommen war? Gerade *weil* sie nicht aus einer angesehenen Familie kam. Dachte er, sie würde sich auf ihn einlassen, ohne dass er ernste Absichten bekundete?

»Anna? Hast du mich gehört? Was stehst du da herum? Träumst du etwa mitten am Tag?«

Die Stimme ihrer Mutter drang nur langsam zu ihr durch. Was? So ein Schiet. Ja, sie hatte geträumt, und zwar von einem Mann. Das war ihr noch nie passiert. Bisher fand sie alle jungen Männer eitel und uninteressant. Doch dieser Albert war anders, und sie konnte noch nicht einmal sagen, warum.

»Nein, Mutter«, murmelte sie und nahm die Schüssel mit den Franzbrötchen und stellte sie vom Buffetschrank auf den Tisch.

»Du siehst so merkwürdig aus. Du wirst doch wohl nicht krank?« Stina legte ihr die Hand an die Stirn.

»Es ist alles in Ordnung, Mama.« Anna wandte sich ab. Ihre Wangen waren ganz heiß, aber nicht, weil sie krank wurde, sondern weil sie von schönen Augen eines noch schöneren Mannes geträumt hatte. Was ging ihr da nur durch den Kopf?

»Puh, die Gäste kommen erst in einer halben Stunde, und die Gnädigste ist jetzt schon nicht mehr ganz frisch.«

Paula, das Hausmädchen, kam in die Küche gewirbelt, mit zwei Blumensträußen, die an der Tür abgegeben worden waren. »Haben wir noch Vasen? Wir brauchen bestimmt noch drei bis vier Gefäße.«

Anna machte sich daran, in den Schränken nach Vasen zu suchen. »Was heißt denn, nicht mehr ganz frisch?«, fragte sie neugierig.

»Na, die Gnädigste hat schon einiges intus … zu tief ins Glas geschaut … einen sitzen.« Paula grinste wissend.

Jetzt verstand Anna. »Aber sie hat ja auch heute Geburtstag.« Hinter der untersten Tür des Buffetschranks fand sie zwei Vasen aus Meißner Porzellan und stellte sie auf den Tisch.

»Stimmt, sie hätte gar keinen Grund, sich heimlich was in den Kaffee zu kippen, damit es nicht auffällt.« Paula verdrehte die Augen und füllte Wasser in eine Vase, in der sie beide Sträuße platzierte.

»Paula! Du solltest kein dumm Tüch schnacken und deine Zunge hüten«, wies Stina das junge Dienstmädchen an. »Sie ist immerhin die Frau deines Arbeitgebers, und wenn du diese Arbeit nicht verlieren willst, solltest du keine Gerüchte in die Welt setzen.« Annas Mutter schien böse zu sein.

»Aber das sind keine Gerüchte. In ihrem Schlafzimmer sind überall kleine Brandyflaschen versteckt«, petzte Paula. »Ich finde sie immer, wenn ich das Bett mache. Es hat schon seinen Grund, warum der gnädige Herr sein eigenes Schlafzimmer hat.«

»Daran ist nichts ungewöhnlich. Es kommt oft vor, dass die Ehegatten getrennt schlafen. Du hast anscheinend noch nicht in vielen Häusern gearbeitet.« Stina schob Paula den Teller mit den Franzbrötchen über den Tisch. »Lass uns den Kuchen nach oben bringen, bevor die Gäste eintreffen, anstatt hier herumzutratschen. An die Arbeit, Mädchen.«

»Ich mach ja schon«, sagte Paula leise und schnappte sich den Teller, während Stina die Platte mit der Torte trug. Anna blieb allein in der Küche zurück und naschte ein Stück von dem Zitronenkuchen, den ihre Mutter gebacken hatte. Sie mochte den Zitronenguss ganz besonders und einige süßsaure Tränen davon waren auf dem Teller, auf dem der Kuchen ausgekühlt hatte, zurückgeblieben. Sie grinste selig, als der Geschmack sich in ihrem Mund ausbreitete.

Kapitel 3

Lübeck, Juli 1872

Der Tag war lang gewesen, die Uhr zeigte weit nach Mitternacht. Gegen Abend hatte sich noch Besuch angemeldet, der zum Abendessen geblieben war, sodass Stina schnell das Essen hatte erweitern müssen, damit alle Gäste bewirtet werden konnten. Sie hatte in der Küche rotiert. Anna hatte ihr geholfen, Kartoffeln gekocht und gepellt. Es gab zusätzlich einen warmen Kartoffelsalat mit einer Fischauswahl. Die Teller hatte sie schön dekoriert, und es sah nach mehr als, als es wirklich war. Stina konnte nur hoffen, dass es der gnädigen Frau nicht aufgefallen war. Aber vermutlich war sie zu betrunken, um das überhaupt zu bemerken. Paula hatte mit ihren Äußerungen recht gehabt, aber sie wollte nicht, dass Anna es erfuhr und mit Rosa darüber sprach. Sie hatte Anna vor zwei Stunden ins Bett geschickt, das Mädchen wäre beinahe im Stehen eingeschlafen, und Stina räumte noch die letzten gespülten Teller in den Schrank. An drei Tagen in der Woche kam eine Küchenhilfe, die Stina zur Hand ging, doch gerade heute hatte Marlies sich krankgemeldet, sodass Anna eingesprungen war. Auf ihre Tochter war eben Verlass.

Eine Bewegung an der Tür ließ sie erschrocken herumfahren, denn auch Paula war schon zu Bett gegangen.

»Entschuldigung, Stina, ich wollte Sie nicht erschrecken.«

»Herr Direktor, kann ich etwas für Sie tun?«

Es kam selten vor, dass der Hausherr den Küchentrakt betrat. Wenn Stina genau überlegte, war es bisher nur zwei Mal geschehen. Ansonsten schickte er Paula, oder er bediente sich der Hausglocke.

»Nein, nein, ich brauche nichts«, sagte Roland Quast, sah sich aufmerksam im Raum um. »Es hat sich hier nicht viel verändert.«

Was hätte sich auch verändern sollen, fragte sich Stina in Gedanken, runzelte die Stirn und sah ihn an.

Roland Quast war ein stattlicher Mann. Älter geworden, mit den Jahren, aber immer noch gut aussehend. Seine dunklen Haare wurden an den Schläfen langsam grau, es passte zu seinen grauen Augen, die Stina schon immer aufregend gefunden hatte.

»Möchten Sie vielleicht noch einen Kaffee?«, fragte sie, weil sie nicht wusste, was sie sonst sagen sollte. Nervös strich sie sich eine Haarsträhne aus dem Gesicht, die sich aus dem Knoten gelöst hatte. Sie hatte sich am Morgen frisiert und danach nicht wieder in den Spiegel gesehen, dafür war keine Zeit gewesen. Was Quast wohl hier unten wollte?

»Nein, dann kann ich nicht schlafen, wenn ich zu so später Stunde noch Kaffee trinke, aber eine Tasse Tee nehme ich gern.«

Stina setzte einen Kessel Wasser auf den Herd, der immer noch brannte, und legte Holz nach. Dann füllte sie ein wenig Tee in ein Ei und hängte es in eine Tasse. Sie war froh, dass ihre Hände etwas zu tun hatten. Er war doch wohl nicht hier hinuntergestiegen, um ihr zu kündigen? Nein, das durfte nicht sein. Wo sollte sie hin? Jetzt, wo Anna fast erwachsen war.

»Wie geht es Anna?«, fragte er in die Stille hinein. »Ich habe gehört, dass sie ihr Abitur mit Bravour bestanden hat.«

Stina lächelte trotz ihrer Angst. »Ja, sie ist ein Kind, das ihre Mutter mit Stolz erfüllt. Sie ist ein gescheites Mädchen und wird es einmal weit bringen, da bin ich mir sicher.«

»Was will sie jetzt anfangen?«

»Sie würde gern studieren, um Lehrerin zu werden, aber das geht nur in der Schweiz, und dafür haben wir kein Geld. Sie ist geschickt, und vielleicht wäre es eine gute Idee, wenn sie auch Köchin würde. Ich könnte ihr eine Menge beibringen. Obwohl sie Zahlen liebt. Und sie ist auch fingerfertig im Schneidern. Wir werden sehen, was sich ergibt.«

Der Kessel begann zu pfeifen, und Stina goss das heiße Wasser in die Tasse. Ein feiner Duft von Pfefferminze verteilte sich im Raum. Sie wusste, dass der gnädige Herr gern Pfefferminztee trank, und gab zwei Stücke Kluntje hinein. So, wie er es liebte.

»Ich wünschte, Rosa hätte etwas von Annas Liebe zu den Zahlen, aber bei meiner Tochter ist Hopfen und Malz verloren. Wir werden schnellstmöglich eine gute Partie für sie finden müssen, damit sie versorgt ist.«

Stina wusste nichts darauf zu antworten. Sie schwenkte das Tee-Ei hin und her, und das Wasser färbte sich langsam grün. Nachdem sie das Ei aus Porzellan entfernt hatte, reichte sie Quast die Tasse, der sich mit einem Nicken bedankte und einen Schluck trank.

»Vorsicht!«, rief Stina und hob eine Hand. »Er ist heiß. Nicht, dass Sie sich die Zunge verbrennen.« Ihre Finger hatten sich gerade berührt, als sie die Tasse überreicht hatte, doch er hatte es entweder nicht bemerkt, oder er ließ sich nichts anmerken. Starrte sie nur einen Moment lang an.

»Ich bin hier, um mich bei Ihnen für das gute Essen zu bedanken, das Sie zu Ehren meiner Frau an ihrem Geburtstag gekocht haben. Den Gästen hat es ausgezeichnet geschmeckt, und man hat mich beauftragt, dieses Lob persönlich zu überbringen.« Er lächelte, pustete in die Tasse und nahm noch einen kleinen Schluck.

»Sie müssen mir nicht danken, ich habe nur meine Arbeit erledigt. Ich hoffe, es geht Ihrer Frau gut.« Stina blickte ihn unverwandt an.

»Den Umständen entsprechend.« Er räusperte sich verlegen.

Sie sahen sich wissend an.

Dann fasste Stina sich ein Herz. »Sie sollten sich Hilfe suchen. So kann es nicht weitergehen. Es ist nicht gesund, so viel zu trinken.« Sie überschritt ihre Kompetenzen, das wusste sie, doch es musste jemanden geben, der ihm die Augen öffnete.

Quast ließ resigniert den Kopf hängen. »Ich weiß, aber was soll ich tun? Anneliese weigert sich, einen Arzt zu konsultieren, und leugnet, dass sie ein Problem hat. Mir sind die Hände gebunden. Wenn es Gerede in der Stadt gibt, wäre ein Skandal kaum noch abzuwenden. Ich kann es mir nicht leisten, dass meine Familie zum Gespött der Leute wird. Ich würde damit meine Existenz aufs Spiel setzen und Ihre gleich mit.«

Ja, das war Roland Quast schon immer wichtig gewesen. Sein Ansehen und was die Leute über ihn dachten. Das hatte sie am eigenen Leib erlebt.

Stina wollte noch etwas dazu sagen, blieb dann aber stumm. Es wäre des Guten zu viel, und es ging sie nichts an. Er war nicht ihr Mann, und sie war nur seine Angestellte, sie sollte ihm keine Ratschläge geben, auch wenn sie noch so gut gemeint waren. Es stand ihr nicht zu.

»Gut, dann werde ich wieder hinaufgehen. Grüßen Sie Anna von mir und … ich denke, sie sollte Köchin werden«, sagte er, nahm die Tasse mit. »Sie hat sicherlich viel von Ihnen gelernt, Stina.«

»Sie hat auch viel von ihrem Vater«, murmelte Stina und nickte ihm zu. Sie sah, wie er sich abwandte und die Küche verließ. An der Tür warf er ihr noch einen Blick zu und lächelte sanft. Stina rang mit sich, aber sie erwiderte das Lächeln nicht. Es hatte keinen Sinn. Sie sollte ihn nicht ermutigen.

Seit mehr als zwanzig Jahren war sie nun in diesem Haus tätig, und von der ersten Sekunde an hatte es eine besondere Beziehung zwischen dem Direktor und ihr gegeben. Sie würde es niemals laut aussprechen, doch ihr Herz schlug für ihn. Allerdings bekam sie ihn immer seltener zu sehen, und die Eifersucht seiner Frau wurde stetig größer, je mehr sie trank. Inzwischen rechnete Stina jeden Tag damit, dass die gnädige Frau dafür sorgte, dass sie und Anna auf die Straße gesetzt wurden. Jedoch vertraute sie auf das gute Herz von Roland Quast. Würde er so weit gehen und sie zu Obdachlosen machen? Nein, das konnte sie sich nicht vorstellen. Er würde ihr vermutlich eine neue Stelle besorgen, darauf würde sie vertrauen. Roland Quast war ihr sogar eine ganze Menge schuldig, und in gewisser Weise hatte sie ihn in der Hand. Sie könnte einen Skandal heraufbeschwören, der ihm geschadet hätte. Aber so ein Mensch war Stina nicht. Er war ihr etwas schuldig, und Stina wusste, dass er das nicht vergessen würde.

***

Schon am frühen Morgen hatte ihre Mutter Anna losgeschickt, um Brot und Franzbrötchen zu kaufen. Obwohl sie die Brötchen auch bei dem Bäcker hätte holen können, der in der anderen Richtung lag, ging sie zur Konditorei Robek. Sie belog sich nicht selbst, sondern wusste, warum sie so handelte. Sie hoffte darauf, einen Blick auf Albert werfen zu können.

Seit drei Tagen geisterte er durch ihre Tagträume – sie konnte den jungen Mann einfach nicht vergessen. Er gefiel ihr, nur dass Rosa es niemals erfahren durfte. Sie würde dieses Geheimnis hüten wie einen kostbaren Schatz.

Schon als sie die Ladentür öffnete, trafen sich ihre Blicke, und Albert wandte sich der Theke zu. Die junge Verkäuferin begrüßte Anna, doch Albert sprach kurz mit ihr und sie verschwand durch eine Tür, die wohl in die Backstube führte.

»Moin, gnädiges Fräulein. Was darf es heute sein?«, fragte Albert mit einem breiten Lächeln.

»Sechs Franzbrötchen und einen Leib Brot. Das wäre auch schon alles«, erklärte Anna.

»Wirklich? Wie wäre es, wenn ich Sie auf eins unserer Sahnetörtchen einlade?«

Anna schüttelte den Kopf. Das Herz schlug ihr bis zum Hals. Obwohl ihr das Wasser im Mund zusammenlief, wollte sie sich nicht einladen lassen. »Nein, danke, ich habe schon gefrühstückt.« Das entsprach nicht ganz der Wahrheit: Sie hatte eine Schmalzstulle gegessen, schnell, im Stehen. Aber für mehr war heute keine Zeit geblieben.

Albert packte die Brötchen in eine Tüte, reichte sie ihr und nahm das Geld entgegen. »Eines Tages werde ich Sie dazu bringen, mit mir auszugehen, Fräulein Anna«, erklärte er in überzeugtem Ton.

Er hatte sich ihren Namen gemerkt, was Anna freute. Sie wünschte, sie könnte diese Zuversicht teilen, aber sofort kam ihr Rosa ins Gedächtnis. »Ich wünsche Ihnen einen schönen Tag, Herr Robek«, sagte sie und verließ mit eiligen Schritten das Geschäft. Ihr Herz schlug so schnell, dass sie keine Sekunde länger in seiner Gegenwart hätte verbringen können. Vermutlich wäre sie noch in Ohnmacht gefallen.

Sie kam an dem Blumengeschäft vorbei und blieb stehen. Vor dem Laden waren kleine Sträuße in Eimern drapiert. Einer, mit rosa Nelken und Schleierkraut, gefiel ihr ganz besonders gut. Sie hob ihn an, stellte ihn dann aber wieder zurück. Sie hatte dafür kein Geld übrig. Aber irgendwann würde sie sich ein Sträußchen kaufen, versprach sie sich wieder einmal. Sie seufzte tief, wandte sich von dem Blumenladen ab und blieb am Straßenrand stehen, um einen Karren, der von zwei Pferden gezogen wurde, vorbeizulassen. Sie war spät dran und sollte zusehen, dass sie nach Hause kam. Ihre Mutter würde bestimmt schon auf sie warten.

»Fräulein Anna! Bitte warten Sie! Fräulein Anna!«

Anna blieb stehen und drehte sich um. Am frühen Morgen waren schon viele Menschen unterwegs, sodass sie nicht sofort ein bekanntes Gesicht entdeckte. Vielleicht hatte sie sich auch geirrt, und sie war gar nicht gemeint.

»Fräulein Anna!« Albert kam auf sie zugelaufen, und als er vor ihr stand, hielt er ihr die Nelken entgegen, die sie vor wenigen Minuten zurückgestellt hatte. »Die sind für Sie, Fräulein Anna.«

»Für mich? Doch wohl eher für Rosa«, sagte sie überflüssigerweise. Dann fiel es ihr auf. »Sie sind mir gefolgt und haben mich beobachtet?«

Ein verlegenes Lächeln trat auf Alberts Gesicht. »Tut mir leid. Aber ich dachte, vielleicht würden sie sich auf eine Einladung einlassen, wenn ich sie nicht in der Konditorei meiner Eltern frage. Die sind für Sie. Und nicht für Rosa. Nur für Sie.« Er hielt ihr den Strauß Nelken entgegen.

»Nein, das kann ich nicht annehmen.«

»Bitte, es sind nur ein paar Blumen. Sie wollten sie doch kaufen, haben es aber nicht.« Er grinste wie ein kleiner Junge.

»Sie haben mich wirklich beobachtet«, murmelte Anna und nahm mit einer langsamen Bewegung das Sträußchen entgegen. »Danke.« Sie sah ihm in die Augen, dann lächelte sie. »Vielen Dank, Albert.«

»Gern geschehen. Und jetzt erzählen Sie mir, warum Sie nicht mit mir ein Eis essen wollen?«

»Ich kann nicht«, sagte sie.

»Warum nicht?«

Seine Hartnäckigkeit imponierte Anna, allerdings konnte sie ihm unmöglich die Wahrheit sagen. Oder doch? »Es geht um meine Freundin, das junge Fräulein, mit der ich in ihrem Café war. Rosa.«

Er nickte. »Ich erinnere mich.«

»Nun, sie will … sie denkt …« Anna brach ab. Sie hatte keine Ahnung, wie sie das in Worte fassen konnte. »Rosa ist eine gute Partie und auf der Suche nach einem passenden Ehemann«, sagte sie dann.

Albert nickte. »Ich glaube, ich verstehe. Aber wenn ich kurz erwähnen darf: Falls ich an Ihrer Freundin interessiert wäre, hätte ich sie eingeladen.« Er blickte Anna eindringlich an, ließ endlich den Blumenstrauß los und berührte dabei kurz ihre Finger.

»Ich bin nicht an Rosa interessiert, das möchte ich klarstellen. Sonntagnachmittag, um drei Uhr am Rathaus«, schlug er vor.

Verlegen blickte Anna sich um, ob jemand sie beobachtete, aber niemand schien Notiz von ihnen zu nehmen.

»Nicht am Rathaus. An der Sankt-Petri-Kirche.« Das war etwas weiter von dem Wohnhaus der Quasts entfernt, die Gefahr, dass sie gesehen wurden, geringer.

»Abgemacht. Ich freue mich und werde pünktlich sein. Bis Sonntag, Fräulein Anna.« Albert schob das Schiffchen tiefer in den Nacken, ließ seine Hände in die Taschen seiner Hose gleiten und ging pfeifend davon, während seine lange Schürze bei jedem Schritt flatterte.

Was hatte sie da nur getan? Anna beschlich das ungute Gefühl, dass sie einen Fehler machte. Wenn Rosa davon erführe, würde sie ihr die Freundschaft kündigen, so viel war sicher.

***

»Da bist du ja endlich, die gnädigen Herrschaften warten schon auf das Frühstück.« Hektisch nahm ihre Mutter ihr die Tüte mit den Brötchen ab. »Was willst du mit den Blumen?« Überrascht sah sie auf den Strauß in Annas Händen.

»Die, oh … ich werde sie trocknen«, sagte Anna schnell und stellte sie erst einmal in eine kleine Keramikvase, die sie mit Wasser füllte.

»Hast du etwa einen heimlichen Verehrer?«, fragte Paula und kicherte.

»Nein, hab ich nicht«, erwiderte Anna barsch. Sie fühlte sich ertappt.

»Bring den Herrschaften das Frühstück«, wies Stina Paula an und drückte ihr ein großes Tablett in die Hand. »Es wird höchste Zeit, sonst wird die gnädige Frau noch wütend.«

Nachdem Paula die Küche verlassen hatte, sah ihre Mutter sie fragend an. »Raus mit der Sprache, wer hat dir die Blumen geschenkt?«

»Ich habe sie mir selbst gekauft?«

»Und woher hast du das Geld dafür? Du hast doch wohl kein Geld von den Herrschaften dafür genommen?«

Anna biss sich auf die Unterlippe. Sie wollte ihre Mutter auf keinen Fall anlügen. »Albert Robek hat sie mir geschenkt«, gab sie zögerlich zu. »Er ist der Sohn von …«

»Ich weiß, wer er ist«, sagte Stina. »Aber ich frage mich, ob *du* weißt, wer er ist?«

»Natürlich weiß ich das. Und du darfst Rosa auf keinen Fall erzählen, dass er mir Blumen geschenkt hat«, flüsterte Anna und berührte mit den Fingerspitzen die Nelkenblüten.

»Rosa? Was hat sie damit zu tun?«

Anna hob die Schultern. »Sie mag Albert, und wenn sie erfährt, dass er mir Blumen geschenkt hat – du kennst Rosa doch –, dann wird sie furchtbar wütend werden.«

Ihre Mutter nickte. »Das ist keine schöne Sache. Du solltest dir bewusst sein, wer du bist, Anna. Dieser junge Mann wird einmal das Geschäft erben. Seine Eltern haben große Erwartungen an ihn. Er ist kein Mann, der die Tochter einer Köchin ehelichen wird.« Der Tonfall ihrer Mutter war bitter.

Sanft strich Anna über ihre Hand. »Ich weiß, Mama, und ich weiß, wie meine Stellung in der Gesellschaft ist. Albert ist freundlich und hat mich eingeladen, aber ich bin nicht so dumm, dass ich mehr dahinter vermute, als ihm die Zeit zu vertreiben. Er weiß, dass du hier im Haus angestellt bist, dass meine Mutter die Köchin ist. Und ich schäme mich nicht dafür, falls du das denkst.«

»Du willst dich wirklich mit diesem Mann treffen?« Stina schaute sie entgeistert an.

»Er hat mich am Sonntag zu einem Eis eingeladen. Du brauchst keine Angst zu haben. Ich werde ihm bei diesem Treffen klarmachen, dass ich keine Frau bin, die sich auf irgendetwas einlässt. Er sollte sich lieber Rosa zuwenden, sie ist die richtige Partie für ihn. Aber dafür brauche ich Zeit und kann das nicht zwischen Tür und Angel erklären, wenn ich ein paar Brötchen kaufe.«

Ihre Mutter sah sie aufmerksam an, dann nickte sie. »Du bist ein kluges Mädchen, mein Kind. Du wirst einen anderen Mann finden, einen, der besser zu dir passt.«

Anna nickte, auch wenn ihr das Herz schwer wurde.

Sie nahm die Vase, lief hinauf in ihre Kammer und stellte die Blumen auf ihren Nachttisch. Rosa kam so gut wie nie hierher, es war nicht zu erwarten, dass sie den Strauß entdecken würde, und wenn, würde Anna behaupten, sie hätte sie selbst gekauft.

Auf dem Weg zurück in die Küche traf sie Rosa, die aus dem Speisesaal trat. »Anna! Da bist du ja, wie schön, dann muss ich nicht hinunter in die Küche.« Sie sagte es, als wäre es ein Ort, der der Hölle nahekam. »Du musst mich heute wieder zu Robek begleiten. Ich bin sicher, dass Albert mich heute ansprechen wird.«

Anna wollte ablehnen und öffnete den Mund, doch Rosa kam ihr zuvor.

»Keine Ausrede, du wirst mich nicht allein da hingehen lassen. Wie sähe das denn aus! Mutter hat schon wieder Migräne und sich direkt nach dem Frühstück hingelegt. Du *musst* mich am Nachmittag begleiten.« Es war eher ein Befehl als eine Bitte, und Anna war nicht in der Lage, schnell eine Ausrede zu erfinden, daher nickte sie langsam.

»Wunderbar! Und zieh dir etwas Ordentliches an, damit du mir keine Schande machst. Das färbt schließlich auf mich ab. Zieh das Kleid an, das ich dir geschenkt habe.«

»Ja, Rosa, natürlich«, murmelte Anna und schalt sich sofort, weil sie wieder nachgegeben hatte.

Kapitel 4

Lübeck, Juli 1872

Am Nachmittag hatte es zu nieseln begonnen. Rosa bestand darauf, dass sie trotzdem ausgingen.

»Wir werden die Schirme mitnehmen«, erklärte sie und zog Anna am Arm durch die Tür. Der Bürgersteig glänzte, doch es fielen keine Tropfen mehr vom Himmel.

»Ich habe Kopfschmerzen und sollte lieber zu Hause bleiben«, versuchte es Anna noch einmal, weil sie nicht zu Robek wollte.

»Ach, Unsinn, davon gehen die Schmerzen auch nicht weg. Du musst dich bewegen, und die frische Luft wird dir guttun.« Rosa ließ sich nicht beirren, und Anna gab sich geschlagen. Wer sagte, dass Albert überhaupt im Laden auftauchen würde?

Wegen des regnerischen Wetters waren nicht alle Tische besetzt, und auch gab es diesmal keine Schlange von wartenden Gästen. Ein Kellner brachte sie zu einem Tisch nahe der Theke und nahm die Bestellung auf. Rosa bestellte zwei Gläser frische Milch und zwei Stücke Apfelkuchen, dabei hätte Anna lieber die Marzipantorte probiert. Aber da sie wusste, dass Rosa kein Marzipan mochte und die Rechnung bezahlen würde, gab sie sich mit dem Apfelkuchen zufrieden.

Aufmerksam blickte sich Rosa im Café um. »Er ist nicht hier, oder hast du ihn schon gesehen?«

Anna schüttelte den Kopf. Sie hoffte, dass sie Albert an diesem Tag verpassen würden. Kaum war dieser Gedanke zu Ende gedacht, öffnete sich die Tür, die in die Backstube führte, und er brachte eine Torte, die er in die Vitrine stellte.

»Oh mein Gott, da ist er!«, wisperte Rosa und fächelte sich mit der Hand Luft zu. Sie setzte sich aufrecht hin und ließ ihn nicht aus den Augen.

Als Albert sie beide am Tisch entdeckte, glitt ein kleines Lächeln über seine Lippen. Anna blickte rasch weg, sie hoffte, er würde schnell wieder verschwinden.

»Er lächelt mich an«, flüsterte Rosa aufgeregt. »Oh nein, er kommt zu uns! Was soll ich jetzt tun?« Sie sah aus, als würde sie gleich in Ohnmacht fallen.

Hoffentlich hat sie ein Riechfläschchen in ihrem Retikül, dachte Anna.

»Moin, die Damen«, sagte Albert, als er zu ihnen an den Tisch trat. »Haben Sie schon bestellt?«

»Guten Tag, ja, danke. Wir wurden schon bedient«, erklärte Rosa, und ihre Stimme war ein wenig zu hoch, was wohl ihrer Aufregung geschuldet war.

»Das ist schön zu hören. Darf ich Ihnen die Marzipantorte empfehlen?«, sagte er höflich und sah dabei Anna an. »Ich habe sie heute ganz frisch hergestellt.«

»Oh, ich mag leider kein Marzipan«, erklärte Rosa und wischte sich über die Stirn.

»Es tut mir leid, das zu hören«, sagte Albert. »Es ist eine hervorragende Zutat, um die schönsten Gebilde und Torten zu kreieren.« Er ließ Anna nicht aus den Augen.

»Dann haben Sie sicherlich viel Fantasie.« Rosa lächelte gewinnend.

»Das zu beurteilen, überlasse ich unseren Gästen.« Albert war sehr bescheiden. Er hätte mit seiner Torte prahlen können, tat es aber nicht.

»Ihren Gästen … dann gehört Ihnen die Konditorei?« Rosa gab sich ahnungslos, und Anna musste sich zusammennehmen, um nicht die Augen zu verdrehen.

»Wenn ich mich vorstellen darf, Albert Robek, mein Vater Otto ist der Inhaber. Ich werde das alles später einmal übernehmen.« Immer wieder ging sein Blick zu Anna hinüber, die still auf ihrem Stuhl saß. Es durfte einfach nicht herauskommen, dass Albert und sie sich kannten. Ihr wurde ganz heiß.

»Mein Name ist Rosa … Rosa Quast. Ich bin die Tochter von Direktor Quast.«

Albert verbeugte sich. »Es ist mir eine Ehre, Sie kennenzulernen, Fräulein Quast. Und wer ist Ihre reizende Begleitung?«

Rosa blickte Anna noch nicht einmal an. »Das ist Anna, eine Freundin«, erwiderte sie knapp. Zumindest erwähnte sie nicht, dass Anna die Tochter der Köchin war, was sie sonst gern tat.

»Anna Hohenhaus«, stellte sie sich selbst vor.

»Fräulein Hohenhaus, es ist mir ebenfalls eine Ehre.« Albert verneigte sich erneut und zwinkerte Anna verschwörerisch zu.

»Arbeiten Sie immer in der Backstube?«, fragte Rosa und sah ihn erwartungsvoll an.

Der Kellner trat an den Tisch, brachte die Bestellung.

»Vielen Dank«, sagte Anna und schenkte dem Mann ein freundliches Lächeln, während Rosa ihn überhaupt nicht beachtete.

»Ja, ich arbeite an sechs Tagen in der Woche, und selbst an meinem freien Tag helfe ich meistens in der Konditorei aus. Morgens in der Backstube und ab Mittag in der Manufaktur, wo wir das Marzipan herstellen. Meine freie Zeit ist sehr begrenzt«, erklärte Albert und sah zur Theke, wo seine Mutter nach ihm rief.

»Oh, das tut mir sehr leid. Dann haben Sie sicherlich kaum Zeit, um einmal auszugehen?« Rosa setzte einen mitleidigen Blick auf. Sie hoffte vermutlich auf eine Einladung.

»So sieht es aus, gnädiges Fräulein. Ich werde leider wieder in der Backstube gebraucht. Wenn Sie mich entschuldigen wollen. Wir sehen uns sicherlich recht bald wieder. Vielleicht am Sonntag«, fügte er hinzu und verließ den Tisch.

»Am Sonntag? Was hat er denn damit gemeint? Oh mein Gott, er hofft, dass wir Sonntag wiederkommen, nicht wahr, Anna?«

Anna, die gerade einen Schluck Milch trank, verschluckte sich.

»Was bist du nur für ein Tollpatsch! Es ist kein Wunder, dass dich nie jemand einlädt. Es wird schwer werden, für dich einen Mann zu finden, wenn du dich immer so ungeschickt anstellst«, tadelte Rosa sie.

Um des lieben Friedens willen schwieg Anna. Sie wusste nicht, was sie hätte sagen sollen. Wenn Rosa auch nur ahnte, dass sie sehr wohl eine Einladung erhalten hatte, hätte sie vermutlich einen Wutanfall bekommen. Daher war es besser, sich still zu verhalten, selbst wenn es nicht Annas Gemüt entsprach, aber bei Rosa gab sie immer nach. Ihrer Mutter zuliebe, damit sie ihre Arbeit nicht verlor, denn Rosa wäre im Stande, dafür zu sorgen, dass Anna zusammen mit ihrer Mutter auf die Straße gesetzt würde. Dieses Damoklesschwert schwebte über ihren Köpfen, und langsam wurde es Anna leid, in dieser ständigen Angst zu leben. Als Kind war ihr das nicht bewusst gewesen, aber je älter sie wurde, desto deutlicher erkannte sie die Anzeichen. Sie würde sich eine Arbeit suchen, damit sie nicht allein von dem Verdienst ihrer Mutter abhängig wären. Es zeigte sich wieder einmal, dass Geld eine gewisse Freiheit bedeutete. Sie waren arm, doch Anna beschloss, dass sie es nicht ihr ganzes Leben lang sein würde. Sie würde hart arbeiten, damit sie ihrer Mutter all das zurückgeben könnte, was Stina für sie getan hatte. Entschlossen schob sie sich mit der Gabel ein Stückchen Apfelkuchen in den Mund und genoss den feinen Zimtgeschmack. Ob Albert den Kuchen gebacken hatte?

***

Anna sah dem Sonntag mit gemischten Gefühlen entgegen. Sie freute sich auf das Treffen mit Albert, andererseits wollte sie Rosa nicht hintergehen. Sonntag war der Tag, an dem ihre Mutter Anna in der Küche nicht brauchte. Es war der Tag, den Direktor Quast meist mit seiner Familie außer Haus verbrachte. Entweder machte er mit ihnen einen Ausflug aufs Land, oder sie waren bei Freunden eingeladen. Sonst genoss Anna die Ruhe, die sich dann immer über das Haus legte, aber heute war sie aufgeregt.

Sie hatte sich für ein weißes Kleid mit Lochstickerei an den kurzen Ärmeln und Halsausschnitt entschieden. Sie hatte es zum Schulabschluss erhalten und trug es nur zu außergewöhnlichen Anlässen. Ihr Geburtstag vor einem Monat war so ein Tag gewesen und eben heute. Sie vermied es, ihrer Mutter zu begegnen, und schlich leise die Haupttreppe hinunter. Sie kannte die Stufen, die sie nicht betreten sollte, weil sie knarrten. Mit schnellen Schritten erreichte sie das Erdgeschoss.

»Was läufst du hier herum?«

Die strenge Stimme ließ Anna erschrocken zusammenzucken. So ein Mist! Sie hatte gehofft, ungesehen das Haus verlassen zu können.

»Guten Tag, gnädige Frau. Ich will einen kleinen Spaziergang machen«, erklärte Anna und knickste, als sie Anneliese Quast entdeckte, die gerade aus dem Salon trat. Sie hielt sich am Türrahmen fest und schwankte leicht. Vermutlich hatte sie schon einiges getrunken.

»Wo ist Rosa?«, fragte die ältere Frau, deren Haare bereits ergraut waren. Obwohl sie erst Ende vierzig war, sah sie wesentlich älter aus als ihr Mann.

»Ich … ich weiß nicht genau, gnädige Frau.« Es war nicht gelogen. Sie hatte Rosa den ganzen Tag über noch nicht gesehen.

»Warum gehst du nicht mit Rosa spazieren? Das Mädchen

sollte das schöne Wetter nutzen«, bestimmte Anneliese Quast und rief laut nach ihrer Tochter.

Auch das noch! Anna konnte unmöglich Rosa mit zu dem Treffen mit Albert nehmen.

»Gnädige Frau, Ihre Tochter ist mit Ihrem Mann doch zum Geburtstag Ihrer Schwester gefahren.« Paula kam die Treppe aus dem Souterrain herauf, und Anna atmete erleichtert aus.

»So ... ja, natürlich«, murmelte Frau Quast irritiert, als würde sie sich wieder daran erinnern. Sie wischte sich übers Gesicht.

»Sie wollten sich doch hinlegen, wegen Ihrer Migräne, gnädige Frau«, fügte Paula hinzu, nahm ihren Arm und führte sie zur Treppe. »Ich helfe Ihnen. Mit einer Migräne ist nicht zu spaßen.« Heimlich warf Paula über ihre Schulter Anna einen Blick zu, verdrehte die Augen und nickte zur Haustür. Mit schnellen Schritten ging Anna weiter, nahm ihren Sonnenschirm und spannte ihn auf, als sie auf die Straße trat. Puh, das war gerade noch mal gut gegangen. Wenn Anneliese Quast zu viel getrunken hatte, war sie unberechenbar.

Es gab Situationen, da war sie betrunken auf das Personal losgegangen, hatte mit dem Schürhaken nach ihnen geschlagen. Selbst ihr Mann konnte sie dann nicht bändigen.

Das Wetter war heute makellos, auch wenn es schwül war. Fast schon zu warm, aber ein Eis würde sie abkühlen. Schon den ganzen Morgen hatte Anna das Lächeln nicht aus dem Gesicht bekommen, und sie war froh, dass ihre Mutter in der Küche hantierte und sie in Ruhe ließ. Stina wusste, dass Anna heute zu dieser Verabredung ging, und hatte ihr ein wenig Geld unter das Kopfkissen gelegt. So war ihre Mutter – sie machte nicht viel Wirbel, und das liebte Anna an ihr.

Sie war absichtlich ein wenig später losgegangen, weil sie nicht zu früh kommen wollte, doch jetzt musste sie sich beeilen, um nicht zu spät an der Kirche einzutreffen.

Kapitel 5

Lübeck, Juli 1872

Albert hatte seinen Sonntagsanzug aus dem Schrank geholt und ausgebürstet. Er wusste nicht, wann er ihn zuletzt getragen hatte. Es war schon eine Weile her. Beim Ostergottesdienst, fiel ihm ein, seither hatte er nur in der Konditorei gestanden und gearbeitet. Heute war der richtige Anlass, ihn auszuführen.

Er blickte in den Spiegel und zupfte den Binder zurecht. Er sah wesentlich jünger aus als sechsundzwanzig Jahre. Bedächtig streifte er seinen Gehrock über, jetzt im Sommer aus feinem Tuch in einem hellen Beige. Im Winter trug er gedeckte dunkle Farben, doch zu dieser Jahreszeit waren hellere Töne angesagt. Die schwarze lange Hose ließ ihn groß und schlank erscheinen. Ja, so konnte er Anna gegenübertreten.

Er griff gerade zu seinem Zylinder, als es an der Tür zu seiner Schlafkammer klopfte. Diese lag in der obersten Etage des Mehrfamilienhauses, in dem die Konditorei zu Hause war. Seine Wohnung war etwas kleiner als die seiner Eltern, die eine Etage tiefer lag.

»Ja, bitte«, sagte er. Hoffentlich würde er nicht doch in der Konditorei gebraucht.

Die Tür öffnete sich, und seine Mutter kam herein. »Du gehst aus?«, fragte sie verblüfft.

»Ja, Mutter. Und ich habe es eilig«, sagte er, ohne zu erklären, was er vorhatte. Es würde ihr nicht gefallen, da war er sich sicher.

»Warum hast du nichts gesagt?« Helene Robek sah ihn aufmerksam an.

»Ich denke, ich bin in einem Alter, in dem ich mich nicht mehr abmelden muss, wenn ich mal einen freien Tag habe.« Er lächelte, doch seine Worte gefielen ihr nicht, wenn er ihren Gesichtsausdruck richtig deutete.

»Nein, natürlich nicht. Nur hätte ich nicht gedacht, dass du Geheimnisse vor mir hast.« Sie verschränkte die Arme vor der Brust und reckte das Kinn vor.

Das würde hier nicht einfach werden, aber er wollte ihr nicht erklären, mit wem er verabredet war.

»Sie missverstehen mich, Mutter. Ich habe keinesfalls Geheimnisse. Ich werde den Nachmittag in der Stadt verbringen.«

»Mit wem triffst du dich?«, fragte sie nun direkt. »Mit der Tochter von Direktor Quast? Sie kommt ja schon seit einigen Wochen regelmäßig ins Café, um dir schöne Augen zu machen. Sie wäre die perfekte Partie für dich. Direktor Quast genießt den besten Ruf in der Stadt, und ich möchte nicht, dass du unter deinem Niveau heiratest.«

»Ich habe nicht vor, in nächster Zeit in den Stand der Ehe zu treten. Es spielt keine Rolle, mit wem ich verabredet bin.«

»Also nicht mit der Tochter von Direktor Quast. Aber du willst mir doch wohl nicht erzählen, dass du dich mit der Tochter der Köchin triffst?« Die Stimme seiner Mutter erhob sich in ungeahnte Höhen.

Er fragte sich, wie sie erfahren hatte, wer Anna war. Aber es gab wohl niemanden in der Stadt, über den sie nicht eine Geschichte zu erzählen wusste.

»Man munkelt ja so einiges über dieses Mädchen. Sie ist auf jeden Fall unehelich.« Sie legte eine Falle aus, in die er mit Sicherheit nicht tappen würde. Wenn er mehr über diese Gerüchte in Erfahrung bringen wollte, würde sie wissen, dass er sich mit Anna traf.

»Entschuldige, Mutter, ich hab's wirklich eilig.« Er wandte sich zur Tür.

»Albert! Bitte, warte einen Moment«, sagte sie und strich über ihren schwarzen Rock. »Du bist ein begehrter Erbe und musst mit Bedacht deine Ehefrau wählen. Nimm nicht die Erste, die dir schöne Augen macht. Es steht viel auf dem Spiel. Eine Verbindung mit dem Bankhaus Quast würde auch deinem Vater sehr gefallen.«

Albert ergriff ihre Hand und hauchte einen Handkuss darauf. »Ich weiß, Mutter. Sie können sich ganz auf mich verlassen, ich werde die richtige Frau wählen.«

Mit schnellen Schritten verließ er das Haus durch den Hintereingang und war froh, seiner Mutter entkommen zu sein. Das Wetter war herrlich, und er lief gut gelaunt, obwohl er ein bisschen zu spät kommen würde, in Richtung der Sankt-Petri-Kirche. Er hoffte, dass Anna warten würde und diese Verabredung nicht für einen Scherz hielte. Langsam wurde ihm warm, und in der Luft hing eine Schwere, die ein herannahendes Gewitter ankündigte. Am Horizont zogen dunkle Wolken auf, aber noch waren sie weit entfernt. Es würde erst gegen Abend zu regnen beginnen. Endlich kam die Kirche in Sicht. Schon von Weitem sah er die zierliche Gestalt einer jungen Frau, die aufmerksam nach rechts und links schaute. Bevor er sie erreichte, entdeckte Anna ihn und lächelte verlegen.

»Guten Tag, Fräulein Anna, ich muss mich für meine Verspätung entschuldigen. Ich hatte schon Angst, Sie wären wieder gegangen.« Er verbeugte sich und nahm seinen Zylinder ab.

»Nein, natürlich nicht. So spät sind Sie gar nicht dran, lieber Albert«, sagte sie, und ihre Wangen färbten sich rot. Sie war so entzückend.

»Vielen Dank. Wollen wir Richtung Holstentor laufen? Da gibt es ein kleines Café, das hervorragendes Eis im Angebot hat.«

»Sehr gern.« Sie spannte ihren Sonnenschirm auf, und gemeinsam spazierten sie in östliche Richtung. Bald kam das imposante Stadttor in Sicht. Die Backsteingotik prägte bereits seit dem Ende des 15. Jahrhunderts das Stadtbild, und Albert war immer wieder verwundert, wie eindrucksvoll das Gebäude mit den beiden dicken Türmen aussah. Die Inschrift, die man im letzten Jahr angebracht hatte, lautete *S.P.Q.L. – Senatus populusque Lubecensis,* der Senat und das Volk Lübecks. Früher hatte es keine Inschrift gegeben, es hätte keinen Zweck gehabt, da eine hohe Mauer die Schrift auf der Stadtseite verdeckt hätte. Ein hölzernes Baugerüst hatte lange Zeit die Sicht versperrt, doch jetzt erstrahlten die Lettern im vollen Glanz.

Albert musterte Anna von der Seite. Sie trug ein elegantes weißes Kleid. Das Mieder war eng geschnürt und betonte ihre schmale Taille. Sie sah heute so anders aus. Hatte sie sich extra für ihn so schön gemacht? Das brünette Haar fiel offen über ihre Schultern, war aber am Hinterkopf mit kleinen Kämmchen festgesteckt. Ein dezenter Strohhut zierte Annas Kopf. Das kleine Retikül hing an einem Band um ihr Handgelenk.

Ihre Schritte halten von den Pflastersteinen wider. Noch waren nicht alle Straßen in Lübeck damit versehen. Hufgetrappel wurde hinter ihnen laut, gerade als sie die Straßenseite wechseln wollten. Mit hoher Geschwindigkeit kam eine Kutsche von hinten auf sie zugeschossen.

»Vorsichtig, Fräulein Anna!«, rief Albert und zog sie an der Schulter zurück auf den Bürgersteig. Nur wenige Zentimeter raste an ihnen das Gespann mit zwei großen Pferden vorbei.

»Oh mein Gott!«, rief Anna erschrocken und fiel etwas unsanft gegen Alberts breite Brust. Er hielt sie mit beiden Armen fest umklammert und nahm den zarten Duft von Lavendel wahr, den er tief in sich aufsog.

»Ist Ihnen etwas geschehen?«

Albert blickte auf und sah einen großen älteren Mann in

Uniform vor sich stehen. »Nein, Herr Schutzmann! Das ist gerade noch mal gut gegangen.«

Anna löste sich aus Alberts Umarmung und richtete ihr Kleid. Der Schutzmann bückte sich nach ihrem Schirm, der zu Boden gefallen war, und reichte ihr das gute Stück.

»Vielen Dank, Herr Schutzmann.« Sie knickste höflich.

»Passen Sie gut auf das junge Fräulein auf, sonst kommt es noch unter die Räder«, brummte der Staatsdiener, zupfte an seinem weißen Schnurrbart und ging davon.

»Ist Ihnen auch wirklich nichts geschehen?«, erkundigte sich Albert und berührte sachte Annas Arm.

»Es ist alles in Ordnung. Das ist nur der Schreck«, erklärte sie und atmete tief durch.

Er spürte, wie ihre Hände leicht zitterten, und hätte gern den Arm um sie gelegt, doch das war natürlich nicht möglich. Sie waren weder verheiratet noch verlobt, und er wollte sie nicht kompromittieren. So nahm er nur ihren Arm und führte sie sicher auf die andere Straßenseite. Danach ließ er sie wieder los.

»Dort drüben ist das Café, von dem ich sprach. Es ist nicht mehr weit.« Er deutete in Richtung des Holstentors.

***

Anna blickte in die Richtung, in der das Gespann verschwunden war. Sie glaubte, die Kutsche von Direktor Quast erkannt zu haben. Hatte Rosa darin gesessen und sie womöglich gesehen? Das wäre eine Katastrophe. Aber es war alles so schnell gegangen. Hoffentlich waren Albert und sie unerkannt geblieben.

Es war wirklich nicht mehr weit, und Anna war froh, als sie auf einen Stuhl sinken konnte. Der Schreck war ihr in die Knochen gefahren. Wäre Albert nicht gewesen, hätte es einen bösen Unfall gegeben.

»Ich bin Ihnen sehr dankbar, dass Sie mich gerettet haben«, sagte Anna mit Nachdruck, doch Albert winkte ab.

»Zum Glück ist ja nichts geschehen. Nicht auszudenken, wenn Ihnen etwas passiert wäre, Fräulein Anna. Ich sehe schon, ich muss ein Auge auf Sie haben.«

Sie lächelte. »Bitte sagen Sie doch Anna zu mir«, bot sie ihm an, und er lächelte zurück.

»Nur wenn Sie mich Albert nennen.«

Sie nickte und biss sich auf die Unterlippe. Verlegen schaute sie sich in dem Café um. Es war gut gefüllt, auch wenn nicht alle Tische besetzt waren. Das Café war bei Weitem nicht so groß wie das der Robek-Konditorei, aber gemütlich eingerichtet. Große Pflanzen teilten den Raum auf, sodass man ein wenig Privatsphäre hatte. An den Wänden hingen Gemälde mit Schiffsmotiven auf offener See. Die schlichten Tische und Stühle waren aus dunklem Holz.

»Was darf ich den Herrschaften bringen?«, fragte der Kellner, der an ihren Tisch getreten war.

»Welche Eissorten mögen Sie, Fräulein Anna?«, fragte Albert höflich.

»Ich liebe Vanille und Erdbeere«, erwiderte sie.

»Gut, dann bekommen wir zwei Mal zwei Kugeln Eis, Erdbeere und Vanille mit Sahne«, bestellte Albert und sah dabei Anna an, die zustimmend nickte.

»Vielen Dank für die Einladung«, sagte sie, als der Kellner nach wenigen Minuten die Bestellung servierte.

»Sie werden sehen, hier bekommt man das beste Eis«, erklärte Albert voller Überzeugung und wartete darauf, dass Anna probierte.

Albert hatte nicht zu viel versprochen. Das Eis war geschmeidig und sahnig und schmolz auf der Zunge. Anna hatte zuerst das Vanilleeis probiert, dessen feines Aroma ihr wunderbar mundete, und auch der erdbeerige Geschmack der roten Eiskugel war ein Genuss.

»Es ist wirklich sehr gut. Aber Sie sollten Ihres ebenfalls essen, sonst schmilzt es Ihnen davon«, sagte Anna und deutete auf Alberts Becher. Albert hatte sie die ganze Zeit beobachtet. Sein Blick schien sich nur widerwillig von ihren Lippen lösen zu wollen, was Anna ein Prickeln im Nacken bescherte, genau wie das, als er sie vorhin an seine breite Brust gezogen hatte. Sie hatte den feinen Mandelgeruch an ihm wahrgenommen, gespart mit ein wenig Rosenwasser. Ein unverkennbarer Duft, leicht bitter, aber dennoch aromatisch. Sie hätte gern ein wenig länger in seinen Armen verbracht, doch auf offener Straße war dies ein Ding der Unmöglichkeit. Sie durfte schließlich nicht vergessen, warum sie diesem Treffen überhaupt zugestimmt hatte.

»Albert, ich muss …«, sagte sie, gerade als er im gleichen Moment zu sprechen begann.

»Erzählen Sie mir etwas über sich.«

Sie lachten beide.

»Entschuldigen Sie, Anna. Sie zuerst.«

Anna schüttelte den Kopf. »Nein, bitte. Was wollen Sie wissen?«

»Ich möchte alles über Sie erfahren.« Der Blick aus seinen sanften braunen Augen ruhte auf ihrem Gesicht.

Anna hob die Schultern. »Es gibt nicht viel von mir zu berichten. Ich habe die Schule abgeschlossen und werde wohl als Köchin arbeiten, so wie meine Mutter auch. Eigentlich würde ich gern Lehrerin werden, aber ein Studium wäre nur in der Schweiz möglich, aber das können wir uns finanziell nicht leisten.«

Albert nickte. »Sie leben mit Ihrer Mutter im Haus von Direktor Quast?«

»Ja, mein Vater ist schon vor meiner Geburt gestorben … noch bevor er meine Mutter heiraten konnte«, fügte sie leise hinzu. Sie wollte Albert nichts vormachen. Sie war ein uneheliches Kind. Auch wenn der Makel tief saß – sie würde es nicht unter den Teppich kehren.

»Dann haben Sie Ihren Vater nie kennengelernt? Das tut mir sehr leid.« Er sah sie mitfühlend an.

»Meine Mutter hatte es nicht leicht. Umso dankbarer ist sie, dass wir gemeinsam bei den Quasts leben dürfen. Das ist nicht selbstverständlich. Obwohl ich mir wünschen würde, sie müsste nicht für andere arbeiten.« Anna hielt inne. Was redete sie denn da? Nicht nur ihre Mutter auch sie selbst würde für andere Menschen arbeiten müssen, um zu überleben.

»Was wünschen Sie sich, Anna?«, fragte Albert interessiert und schob sich einen Löffel Eis in den Mund.

Anna räusperte sich verlegen. Konnte sie ihre Gedanken mit Albert teilen? Oder würde er sie für eine Idiotin halten, mit wirren Ideen? Sie gab sich einen Ruck. »Manchmal wünsche ich mir, dass meine Mutter sich etwas Eigenes aufbauen könnte. Ich glaube, wenn sie mich nicht bekommen hätte, dann würde sie vielleicht eine eigene Bäckerei führen oder eine Gaststätte. Sie ist eine wunderbare Köchin.«

»Sie machen mich richtig neugierig! Ich hoffe, es ergibt sich einmal die Möglichkeit, das selbst zu beurteilen.«

Hoffentlich nicht bei einem Hochzeitsessen, wenn Rosa und er heiraten würden, dachte Anna, sprach es aber natürlich nicht aus. »Das wäre schön«, entgegnete sie stattdessen und erntete dafür ein zartes Lächeln. »Erzählen Sie mir etwas über sich. Was hält die Zukunft für Sie bereit, Albert?«, fragte sie, um von sich abzulenken. Über sich selbst zu sprechen, fiel Anna unendlich schwer.

Albert legte den Löffel zur Seite, weil er mit dem Eis fertig war, und bestellte zwei Tassen Kaffee. Er lehnte sich zurück und schaute einen Augenblick aus dem Fenster, bevor er antwortete. »Ich möchte das beste Marzipan herstellen und es über die Grenzen des deutschen Kaiserreichs hinaus bekannt machen«, sagte er dann. »Jetzt halten Sie mich vermutlich für einen Angeber oder verrückten Träumer.« Er lachte, und das machte ihn sehr sympathisch. »Aber im Ernst. Mein Vater hält nicht viel von meinen Ideen. Aber ich habe eine Vision und bin sicher, dass im Marzipan mein Glück liegt.«

Anna nickte. »Ich finde Ihre Idee überhaupt nicht verrückt. Ihr Marzipan schmeckt wunderbar, ich gebe zu, ich habe heimlich von der Geburtstagstorte genascht, weil etwas übrig geblieben war. Es zergeht im Mund, und ich kann mir vorstellen, dass man aus dieser Masse ganz wundervolle Gebilde herstellen kann. Nicht nur Torten verzieren. Stellen Sie sich vor, dass man das Holstentor aus Marzipan kaufen könnte, oder das Wappen der Stadt. Es gäbe unendlich viele Möglichkeiten.«

Albert zog die Stirn kraus, und sie schämte sich sofort für ihre Worte. »Bitte verzeihen Sie, ich habe natürlich überhaupt keine Ahnung von Ihrer Arbeit. Ich rede vermutlich nur dummes Zeug. Es tut mir leid.«

»Nein … nein, Anna, ganz und gar nicht. Ich bin nur überrascht, wie sehr unsere Ideen übereinstimmen und welche exzellenten Einfälle Sie haben. Ich bin verblüfft … und geradezu begeistert!« Er griff nach ihrer Hand und drückte sie.

Anna sah sich kurz um, ob auch niemand sie beobachtete Albert, der ihre Blicke offenbar registriert hatte, ließ sie wieder los.

Anna bedauerte es, denn diese Berührung hatte sich wärmend, fast intim, angefühlt, obwohl sie gar nicht fror.

»Das ist schön zu hören«, sagte sie sehr leise.

Der Kellner brachte die beiden Tassen Kaffee, stellte sie auf den Tisch und nahm die leeren Eisschüsseln mit.

»Es gibt nicht viele Frauen, die sich für meinen Beruf interessieren«, sagte Albert nachdenklich.

»Nicht? Aber warum denn nicht?«

»Weil die meisten jungen Frauen so erzogen werden, dass

sie sich um Kinder und Haushalt kümmern wollen. Ihnen liegt nicht viel an der Führung eines Betriebs.«

Anna schüttelte den Kopf. »Aber man kann doch beides reizvoll finden. Das eine schließt das andere nicht aus.«

Albert sah ihr in die Augen. »Ich habe selten eine Frau kennengelernt, die so fortschrittlich denkt wie Sie, Anna. Das gefällt mir sehr.«

Anna stöhnte innerlich auf. Ihm war noch immer nicht bewusst, dass Rosa und nicht sie die richtige Frau für ihn war. Allerdings bezweifelte sie, dass ihre Freundin seine Ansprüche erfüllen konnte. Sie gehörte zu den Frauen, die keinen Gedanken an Arbeit und ein Unternehmen verschwendete. »Sie sollten mit Rosa ausgehen, Albert. Ich glaube, Sie wäre die richtige Frau für Sie«, zwang sie sich zu sagen.

»An Fräulein Quast liegt mir nichts, das müsste Ihnen doch inzwischen klar sein.« Albert lächelte. »Sie mag ein nettes Fräulein sein, aber niemand, mit dem ich mir eine Zukunft vorstellen kann. Sie, Anna, sind die Frau, die meine Neugierde geweckt hat, und ich bitte um Erlaubnis, bei Ihrer Mutter vorsprechen zu dürfen, um Ihnen den Hof zu machen.«

Annas Wangen brannten wie Feuer. Wie konnte er so offen darüber sprechen? »Aber, wir sind uns doch gerade erst begegnet, wie können Sie da wissen …«

»Weil ich mich gut kenne, und wenn ich etwas will, dann weiß ich das sofort. Ich bin kein Mensch der langen Entscheidungen. Ich bin auf der Suche nach einer Frau, die sich für das Geschäft begeistert, die meine Träume teilen wird, und ich denke, genau so eine Frau sind Sie, Anna.«

***

Anna hatte vollkommen die Zeit aus den Augen verloren, und als sie das Café verließen, war es fast Abend. Ihre Mutter würde sich Sorgen machen, dass sie so lange fortblieb.

»Es ist schon viel zu spät«, murmelte sie.

Ein lautes Donnergrollen ließ sie zusammenzucken. Der Himmel hatte sich verdunkelt, und Gewitterwolken waren aufgezogen.

»Oh Gott! Wir sollten uns beeilen, es fängt gleich an zu regnen«, rief Anna erschrocken und lief mit schnellen Schritten los.

»Warten Sie auf mich!« Albert eilte ihr nach.

Kaum hatten sie einige Meter hinter sich gebracht, öffnete der Himmel seine Schleusen, und es begann zu hageln.

»Kommen Sie, wir müssen uns unterstellen!«, rief Albert, nahm Annas Hand und zog sie Richtung Holstentor. Die Straße lag wie ausgestorben da. Bei diesem heftigen Schauer war kaum jemand unterwegs und wenn, sah er zu, dass er schnell in einem Hauseingang Schutz fand. »Was für ein Wetter!«, sagte Albert und schüttelte die Hagelkörner von seinem Gehrock. »Geht es Ihnen gut, Anna?«.

Sie nickte, und ihre Zähne klapperten vor Kälte. Die Temperaturen waren in kurzer Zeit erheblich gefallen.

»Sie frieren«, stellte Albert fest, zog seinen Gehrock aus und legte ihr die lange Jacke um die Schultern.

»Vielen Dank«, flüsterte Anna und blickte zu ihm auf. Unter den geschwungenen Torbögen des Holstentors waren sie ganz allein. Hier war es fast dunkel.

Albert legte seine Arme um ihren Oberkörper, zog sie an seine Brust.

In diesem Moment war es Anna gleich, ob ihr guter Ruf auf dem Spiel stand – seine Wärme und Fürsorge bewegten etwas in ihr. Es war die behutsame Art, wie er sich ihr näherte. Ohne Hast, ohne sich ihr aufzuzwingen.

»Ich weiß, dass das hier sehr gefährlich ist, Anna. Aber ich will verhindern, dass Sie sich erkälten, das darf ich nicht zulassen.« Er beugte sich herunter und legte seine Lippen auf die ihren. Anna hielt ganz still. Noch nie hatte jemand sie so berührt, auf so intime Weise. Albert hielt sie nur fest in seinen Armen, während er sie mit seinen Lippen liebkoste. Als Anna hilflos nach Atem rang, ließ er von ihr ab und sah mit einem Lächeln auf sie herunter. »Ich werde dafür sorgen, dass du in Zukunft nie wieder frieren wirst.« Es hörte sich an wie ein Versprechen, das er um jeden Preis halten wollte.

Vorsichtig strich sie mit den Fingerspitzen zart über seine Wange. »Es würde mich zu einer sehr glücklichen Frau machen«, sagte sie leise und hielt seinen Blick gefangen.

»Ich werde dich nicht enttäuschen«, flüsterte er und küsste sie noch einmal.

Diesmal stand Anna nicht wie erstarrt da, sondern gab sich diesem Kuss hin und legte Albert eine Hand in den Nacken, um ihn noch näher zu sich zu ziehen.

Kapitel 6

Lübeck, Juli 1872

Anna hatte Albert gebeten, sie nicht bis zur Haustür zu begleiten. Sie hatte Angst, dass jemand sie sehen könnte, deshalb waren sie getrennt nach Hause gegangen. Zum Abschied hatte Albert sie in einen Hauseingang gezogen, ihr kurz einen Kuss auf die Lippen gedrückt und sie dann gehen lassen.

Voller Euphorie hatte sie das Haus durch den Dienstboteneingang betreten und den Schirm zugeklappt. Ihre Mutter stand im Eingang zur Küche. Weil kein Licht brannte, hatte Anna sie zuerst nicht gesehen und zuckte erschrocken zusammen.

»Du kommst spät«, sagte Stina leise.

»Ich weiß, Mama, aber ich musste das Gewitter abwarten, damit ich nicht vollkommen nass werde. Es tut mir leid.«

»Sieh mich an.« Ihre Mutter schien ihr nicht zu glauben.

Anna hob den Kopf und blickte ihr stolz in die Augen.

»Ich werde dir nichts vorschreiben, mein Kind. Ich hoffe nur, dass du nicht die gleichen Fehler machst wie ich.« Stinas Stimme klang gebrochen.

Anna dachte einen Moment nach. »Ich denke nicht, dass ich ein Fehler bin. Du bist deinem Herzen gefolgt, und das werde ich auch tun. Gute Nacht, Mama.« Sie gab ihr einen Kuss auf die Wange und huschte hinauf in ihr Zimmer.

Selig schloss sie die Tür hinter sich und erschrak, als sie Rosa auf ihrem Bett sitzen sah.

»Wo warst du? Ich warte schon eine Ewigkeit auf dich!« Rosa war aufgesprungen.

Im ersten Moment wusste Anna nicht, was sie antworten sollte.

»Von wem hast du die Blumen? Hast du etwa einen heimlichen Verehrer?« Rosas Stimme war schrill und vorwurfsvoll, als wäre sie ihre Mutter, und Anna hätte etwas Unrechtes getan.

Anna löste sich von der Tür. »Nein, habe ich nicht. Die Blumen habe ich mir selbst gekauft. Ich will sie trocknen und ein Herbarium anlegen.«

»Du hast immer Ideen!« Rosa schüttelte den Kopf. »Sag schon, wo warst du?« Sie setzte sich wieder aufs Bett und sah Anna erwartungsvoll an.

»Ich habe einen Spaziergang gemacht – du warst ja nicht da – und habe mir ein Eis gekauft. Dann hat mich das Gewitter überrascht, und ich musste mich unterstellen, weil ich keinen Regenschirm dabeihatte. Ich wollte mein Kleid nicht ruinieren.«

»Du ziehst dein bestes Kleid an, um einen Spaziergang zu machen?« Rosa schien ihr immer noch nicht zu glauben.

»Es ist Sonntag«, erklärte Anna lakonisch.

»Ich war mit Vater bei Tante Renate, es war furchtbar langweilig. Aber er wollte nicht allein zu ihrer Geburtstagsfeier, und da Mutter mal wieder eine Migräne hat, musste ich mitfahren.« Rosa verdrehte die Augen. »Nur alte Leute … ich war froh, als Papa zum Aufbruch drängte.«

Anna hielt sich die Hand vor den Mund und gähnte. »Rosa, bitte sei mir nicht böse. Ich bin furchtbar müde und möchte mich jetzt schlafen legen.«

Rosa beäugte sie immer noch misstrauisch, dann nickte sie. »Ja, ich werde auch zu Bett gehen. Und morgen finden wir uns wieder bei Robek ein, ich dulde keinen Widerspruch«, erklärte sie und lächelte.

Anna nickte rasch, denn wenn sie sich auf weitere Diskussionen mit Anna einließe, würde es noch länger dauern. »Ja, gut, morgen Nachmittag, aber nur, wenn es nicht regnet. Ich bin heute schon nass geworden.«

***

In der ganzen Woche goss es wie aus Kübeln, was sich nicht gut auf Rosas Laune auswirkte.

»Dieses Mädchen weiß nichts mit ihrer Zeit anzufangen, wenn es niemanden gibt, der sich um sie kümmert«, stellte Paula fest. Sie saßen zusammen in der Küche und aßen einen Zitronenkuchen, den Stina gebacken hatte. Anna lehnte sich auf ihrem Stuhl zurück.

»Ich habe ihr schon ein paar von meinen Büchern geliehen, die wirklich interessant sind, aber sie mag nicht lesen, weil es ihr zu langweilig ist. Ich kann nicht verstehen, was daran langweilig sein soll.« Anna verstand es nicht, wie so vieles, was Rosa betraf.

»Ihre Mutter sollte sich besser um sie kümmern, aber sie beschäftigt sich lieber mit einer Flasche Korn.« Paula verdrehte die Augen. »Es wird noch schlimm mit der Gnädigsten enden, wenn das so weitergeht.«

»Paula, du solltest nicht so reden«, ermahnte sie Stina.

»Ja, ich weiß, aber es ist doch wahr.«

»Rosa kann nichts für ihre Mutter und auch nicht dafür, dass niemand Zeit für sie hat.« Anna versuchte, ihre Freundin in Schutz zu nehmen, auch wenn sie wusste, wie schwierig Rosa oft war.

»Sie braucht einen Heiratskandidaten. Einen Mann, der ihr den Hof macht und sie ehelicht. Dann wird sie einen eigenen Haushalt führen und hat eine Aufgabe.« Stina blickte in die Runde, und Anna wusste, dass ihre Mutter recht hatte. Sie hoffte nur, dass dieser Verehrer nicht Albert Robek sein würde.

Am nächsten Samstag klarte der Himmel auf, und die Sonne erschien wieder öfter zwischen den Wolken.

Rosa riss die Tür von Annas Schlafkammer auf, ohne vorher anzuklopfen. »Ich will mit dir spazieren gehen!«

Anna, die auf ihrem Bett lag und in einem Buch las, schüttelte den Kopf. »Nein, geh doch allein, ich möchte das Buch zu Ende lesen.«

»Ich kann doch nicht allein gehen!«, rief Rosa entrüstet.

»Dann nimm deine Zofe mit.«

»Minna ist nicht da. Sie hat ihren freien Tag. *Du* musst mitkommen.«

»Rosa, ich weiß nicht, ob dir klar ist, dass ich nicht auf der Welt bin, um dir die Zeit zu vertreiben.«

Rosa stieß einen Laut aus wie eine Katze, der jemand auf den Schwanz getreten ist. »Findest du nicht, dass du sehr undankbar bist? Du lebst hier in diesem Haus, bekommst freie Kost und Logis, und dann ist es dir zu viel, deine Zeit mit mir zu verbringen?« Rosas Stimme zitterte vor Wut.

»Wenn ich daran erinnern darf, arbeite ich hier als Aushilfe in der Küche. Aber wenn du unbedingt darauf bestehst, werde ich mit dir einen Spaziergang machen.« Wieder einmal hatte Anna nachgegeben, um einen Streit zu vermeiden. Es hatte ja doch keinen Sinn. Rosa war es gewohnt, das zu bekommen, was sie wollte, und so war es auch diesmal.

»Es ist wohl zu spät für ein Stück Kuchen. Das Café hat vermutlich schon geschlossen.« Anna hatte so lange gebummelt, dass es auf fünf Uhr zuging, als sie endlich das Haus verließen.

»Du hättest dich ja nicht umziehen müssen«, beklagte sich Rosa.

»Neulich hast du darauf bestanden, dass ich das tue.«

»Da war es auch noch nicht so spät.«

Sie liefen die Königstraße entlang, als Rosa plötzlich abrupt stehen blieb. »Da drüben ist er. Schau nur.«

Rosa nickte zur anderen Straßenseite hinüber, und als Anna den Kopf wandte, zischte sie: »Nicht so auffällig. Du bist so ungeschickt! Oh nein, jetzt haben sie die Straßenseite gewechselt und kommen direkt auf uns zu.«

Anna sah, wie Albert ihnen mit einem anderen jungen Mann entgegenkam.

»Moin, die Damen. Machen Sie auch noch einen späten Spaziergang?« Albert war vor ihnen stehen geblieben und hatte seinen Bowler gelüftet.

»Nein, wir sind auf dem Weg ...« Rosa brach ab.

»Zur Samstagabendmesse?«, half Albert ihr weiter. »Dahin wollen wir auch.«

Rosa strahlte. »Ja, genau. Nicht wahr, Anna?« Sie stieß ihr den Ellenbogen in die Rippen, und Anna nickte, obwohl die Kirche in der anderen Richtung lag.

»Es wäre uns eine Ehre, wenn wir die Damen begleiten dürfen. Darf ich Ihnen meinen Freund Christian Wilk vorstellen. Er ist ein Mitarbeiter in unserer Manufaktur.«

»Guten Tag, Herr Wilk, ich bin Rosa Quast, die Tochter von Direktor Quast, ihm gehört die größte Bank der Stadt.« Sie wurde es nicht leid, dies immer wieder zu betonen.

»Und wer ist die nette junge Dame an Ihrer Seite?«, fragte Wilk.

»Ach ja, das ist Anna, sie ist ...«

»Frau Hohenhaus, wie nett Sie wiederzusehen.« Albert unterbrach Rosa, die Anna wieder einmal herabwürdigen wollte, aber er schien ihr Spiel zu durchschauen.

»Sehr erfreut, Sie beide kennenzulernen«, sagte Wilk und nahm ebenfalls seinen Hut ab.

»Wenn ich mich nicht irre, müssen wir dort entlang.« Albert deutete in die Richtung, aus der Anna und Rosa gerade gekommen waren.

Gemeinsam betraten sie die Kirche, die schon reichlich gefüllt war. Rosa arrangierte es so, dass sie zwischen den beiden Männern zu sitzen kam. Christian Wilk saß am äußeren Rand der Kirchenbank, Anna rechts von Albert. Sie mussten eng zusammenrücken, weil die Plätze schon fast alle belegt waren.

Während des ständigen Aufstehens und Niederkniens, berührte Albert hin und wieder ihre Hand, ohne dass Rosa es bemerkte. Er sprach nicht mit Anna, weil Rosa mehr zu ihm hinsah als zum Altar, doch Anna spürte seine Anwesenheit ganz genau.

»Dürfen wir die Damen nach Hause begleiten?«, fragte Albert, als sie die Kirche verließen.

»Das wäre wirklich sehr freundlich.« Rosa hakte sich besitzergreifend bei Albert ein und marschierte mit ihm voraus.

Anna lächelte Christian Wilk an, und die beiden liefen hinterher. »Der Pastor hat schöne Worte gefunden für seine Predigt.«

»Ja, allerdings bin ich kein sehr gläubiger Mensch«, gab er zu. »Ich habe nur Albert begleitet.«

»Ist Albert ein gläubiger Mensch?«, fragte Anna leise.

Wilk schenkte ihr ein Grinsen. »Ich denke, er teilt meine Meinung. Wir waren eigentlich auf dem Weg ins Gasthaus. Aber verraten Sie mich nicht.«

Anna lächelte und schüttelte den Kopf.

Als sie vor dem Haus der Quasts angekommen waren, verabschiedeten sich die Herren. Dabei stieß Albert Anna fast um, und ihr Sonnenschirm fiel zu Boden. Schnell hob er ihn auf und steckte Anna unauffällig einen kleinen Brief zu. Rasch ließ sie ihn in den Schirm gleiten, damit Rosa es nicht sah.

»Ist Albert nicht wundervoll?«, schwärmte Rosa, als sie die Stufen zum Haus hinaufstiegen.

Paula öffnete ihnen die Tür und nahm Rosas Sonnenschirm entgegen. Als sie zu Annas greifen wollte, schüttelte sie den Kopf. »Ich muss ihn richten, er ist mir heruntergefallen.«

»Wo warst du?« Anneliese Quast stand im Flur und blickte

Rosa wütend an. »Ich musste allein zu Abend essen, weil dein Vater mal wieder einen Termin hat.« Ihre Aussprache war undeutlich, was davon zeugte, dass sie zum Abendessen mehr Wein getrunken hatte, als gut für sie war.

»Entschuldige, wir waren in der Kirche.« Rosa wollte die Treppe zu ihrem Zimmer hinaufsteigen, doch ihre Mutter hielt sie am Arm fest.

»Aua, Mutter, Sie tun mir weh.«

»Du bleibst hier und leistest mir Gesellschaft.« Sie zog Rosa in den Salon, und Anna nutzte die Gelegenheit, um schnell auf ihr Zimmer zu huschen. Sofort öffnete sie den Umschlag und las die wenigen Zeilen, die dort standen. Die Schrift war etwas ungelenk, aber leserlich:

Liebste Anna,
ich bitte um ein Treffen. Wäre dir am Sonntag um 14 Uhr am Holstentor recht? Ich werde dort auf dich warten.
Dein Albert

Anna faltete den Brief wieder zusammen und versteckte ihn zwischen den Seiten eines Buches. Dort würde Rosa ihn nicht finden, denn Bücher waren das Letzte, was sie anfassen würde.

Kapitel 7

Lübeck, September 1872

Seit seinem Heiratsantrag unter dem Holstentor traf Albert sich mit Anna, wann immer er die Zeit dazu hatte und sie Gelegenheit fand, sich aus dem Haus zu schleichen. Ganz zum Leidwesen seiner Eltern. Helene Robek beobachtete die Entwicklung mit Unbehagen, weil sie die Tochter einer Köchin keinesfalls als passende Partie für ihren Sohn und Erben ansah. *Albert* sollte durch eine Heirat aufsteigen, nicht ihre Schwiegertochter.

Seinem Vater fiel auf, dass Albert nicht wirklich bei der Sache war und oft seinen Tagträumen nachhing. »So wirst du nie ein richtiger Konditor!«, schimpfte er, als Albert vergessen hatte, den Ofen vorzuheizen.

»Auch wenn du anderer Meinung bist, Vater, aber ich *bin* ein Konditor, ich habe meine Prüfung rechtmäßig vor der Innung abgelegt.« Albert war es so leid, sich immer wieder zurechtweisen zu lassen.

»Ich dulde es nicht, dass du so mit mir sprichst«, rief Otto Robek aufgebracht, und sein Gesicht lief vor Wut rot an.

»Und ich bin es leid, dass du mich nicht für einen vollwertigen Mitarbeiter hältst. Ich werde hier immer wie ein Lehrling behandelt, dabei bin ich schon lange Konditor und übernehme den größten Teil der Arbeit. Wann fängst du endlich an, mich als fähigen Partner zu sehen?« Albert hatte sich zu seiner vollen Größe aufgebaut. Sein Vater war ein wenig kleiner und fülliger, er musste zu Albert aufschauen.

»Das wirst du sein, wenn ich unter der Erde liege. Solange ich noch die Lübecker Luft atme, habe *ich* hier das Sagen«, donnerte sein Vater und schnappte plötzlich nach Luft. Er griff sich an die Brust und krümmte sich.

»Vater! Was ist los? Schnell, einen Stuhl!«, rief Albert aufgeregt, und Christian brachte einen Schemel, auf dem sich Otto niederlassen konnte.

Alberts Mutter eilte aus dem Verkaufsraum und reichte ihrem Mann ein Glas Wasser.

»Das kommt davon, wenn ihr immer streitet«, murmelte sie und sah Albert strafend an. Natürlich gab sie ihm die Schuld, nicht seinem Vater mit seinen cholerischen Anfällen. Warum wollte er nur nicht zugeben, dass Albert ausgezeichnete Arbeit leistete? Es war fast so, als wäre sein Vater eifersüchtig auf sein Talent und seine Ideen.

»Lass ihn jetzt in Ruhe«, zischte Helene ihm zu.

Otto Robek wischte sich mit einem Taschentuch über die Stirn.

»Wir sollten den Arzt rufen«, schlug Albert besorgt vor, aber sein Vater war wieder einmal anderer Meinung.

Er winkte ab. »Ich brauche keinen Quacksalber. Ich werde mich einen Moment hinlegen. Anton, du übernimmst meine Schicht«, rief er dem angestellten Konditormeister zu, der zum Zeichen die Hand hob, dass er verstanden hatte. Albert wollte ihn stützen, als er sich erhob, doch sein Vater machte sich frei und wollte keine Hilfe annehmen. Gemeinsam mit seiner Frau verließ er die Backstube.

Anton Koplin schüttelte den Kopf. »Dein Vater wird sich nicht mehr ändern, mien Jong. Du machst eine gute Arbeit, lass dir nichts anderes einreden.« Er klopfte ihm bestätigend auf die Schulter.

Albert seufzte tief. »Es wird sich überhaupt nie etwas ändern. Ich verstehe nicht, warum er so stur ist.«

»Er scheint in dir einen Konkurrenten zu sehen«, sagte Christian Wilk, der nicht nur einer der Angestellten war, sondern auch seit seiner Kindheit mit Albert befreundet. »Dein

Vater ist nicht mehr der Jüngste. Die Arbeit fällt ihm immer schwerer, es ist nicht einfach für ihn.«

Albert presste die Lippen aufeinander und nickte. Er konnte seinen Vater ja verstehen, nur nicht, warum er keine Hilfe annehmen wollte. Vielleicht würde er in ihm einen Mann sehen, wenn er endlich heiratete und für eine neue Generation sorgen würde. Er wollte, dass sein Vater stolz auf ihn wäre. Er würde mit Anna sprechen müssen. Voller Tatendrang band er seine Schürze ab und drückte sie Christian in die Hand. »Hier, bewahre die mal für mich auf. Ich bin in zwei Stunden wieder zurück.«

»Wo willst du denn hin?«, fragte Christian überrascht und blickte auf die Schürze in seiner Hand.

»Ich werde meinem Leben einen neuen Inhalt geben«, erklärte Albert geheimnisvoll und eilte hinauf in seine Wohnung.

Er zog seinen besten Anzug an und polierte noch schnell die Schuhe. Dann machte er sich auf den Weg. Er würde sein Leben hier und jetzt ändern, damit seinem Vater klar wurde, dass er erwachsen war und bereit, Verantwortung zu übernehmen. Unterwegs kaufte er einen Strauß Blumen, von dem er wusste, dass sie Anna gefallen würden. Sobald er um Annas Hand angehalten hätte, würden die Spekulationen im Keim erstickt werden, ob er sich für Rosa Quast entschied. Es gab nur eine Frau, die er wollte, und das war Anna. Auch wenn die Gefahr bestand, dass sie und ihre Mutter dann das Haus Quast verlassen mussten. Anna würde zu ihm ziehen, und für ihre Mutter würde er ebenfalls etwas finden. Er hatte eine Menge Kontakte in der Stadt. Er würde spielend eine neue Anstellung für sie als Köchin finden. Es war ihm klar, dass er alles auf eine Karte setzte, doch wenn er nichts riskierte, hatte er bereits verloren. Er musste seinem Vater beweisen, dass er seine Ziele im Leben umsetzte und diese nicht nur Luftschlösser waren. Anna war der erste Meilenstein auf seinem Weg und der wichtigste. Danach würde er seinem Vater beweisen, dass es möglich war, ihr Marzipan in der ganzen Welt berühmt zu machen. Es würde ihm gelingen, da war er sich sicher.

***

Das Läuten an der Tür riss Paula aus einem Gespräch, das sie in der Küche mit Stina und Anna führte. Sie hatten sich über das neue Kleid unterhalten, das Anna sich genäht und voller Stolz vorgeführt hatte.

»Ich bin sofort wieder da«, rief Paula und lief die Treppe ins Erdgeschoss hinauf. Wenige Minuten später kam sie zurück in die Küche und sah Anna verschmitzt an. »Es ist für dich, Anna.«

»Für mich?«, fragte sie erschrocken nach. Sie hatte keine Ahnung, wer sie an einem Mittwochnachmittag besuchen kam.

»Ja, beeil dich.« Paula schob sie praktisch die Treppe hinauf.

Anna näherte sich dem Flur und hörte Stimmen. Rosa, die sich mit jemand unterhielt und … konnte es sein, dass das Albert war? Als sie in die Halle trat, sah sie ihre Vermutung bestätigt. Albert stand in der Halle, mit einem Gehrock bekleidet, weißem Hemd und einem Strauß Blumen in der Hand. Er sah sehr elegant aus.

»Das ist sehr freundlich, dass Sie extra vorbeikommen, um mir Blumen zu bringen, Herr Robek«, sagte Rosa und wollte nach dem Strauß greifen, doch Albert trat schnell einen Schritt zur Seite.

»Ich muss Sie leider enttäuschen, Fräulein Quast. Aber ich bin hier, um Anna zu besuchen«, klärte er sie im freundlichen, aber bestimmten Ton auf.

»Anna?« Unverständnis zeigte sich auf Rosas Gesicht.

»Was soll das heißen? Warum wollen Sie zu Anna?« Ihr Ton wurde immer schriller, sodass Direktor Quast aus dem Salon kam. Den Mittwochnachmittag verbrachte er oft zu Hause, wenn es seine Zeit zuließ. Seine Frau folgte ihm auf dem Fuße.

»Es tut mir sehr leid, Rosa«, sagte Albert, »aber ich glaube, Sie verstehen die Lage vollkommen falsch. Ich bin wegen Anna hier, denn wir sind so gut wie verlobt, und ich werde nun bei ihrer Mutter um ihre Hand anhalten.« Sein Blick wanderte kurz zu Anna, und er schenkte ihr ein zuversichtliches Lächeln.

Für einen Augenblick herrschte absolute Stille in der Halle, dann gab Rosa einen jammernden Ton von sich wie ein verwundetes Tier. Dann trat sie auf Anna zu.

»Wie kannst du es wagen? Du weißt genau, wie viel mir Albert bedeutet! Was hast du getan, dass er plötzlich um deine Hand anhalten will?«

Anna war so überrascht von dieser Wendung, dass sie nur sprachlos dastand.

»Du bist eine hinterhältige Xanthippe! Wie konntest du mich so hintergehen? Das hätte ich niemals von dir erwartet. Du willst meine Freundin sein? Wie habe ich dir jemals vertrauen können? Bah, was bist du nur für ein Mensch?« Rosa ballte die Hände zu Fäusten, und Anna dachte schon, sie würde sie schlagen, doch dann spuckte sie nur vor ihren Füßen auf dem Boden aus.

»Rosa! Wie benimmst du dich? Du musst dich doch nicht mit einem einfachen Volk auf eine Stufe stellen!«, schrie Anneliese Quast und zog ihre Tochter von Anna weg, als hätte diese eine ansteckende Krankheit. Eiseskälte lag in dem Blick, mit dem sie Anna bedachte.

»Junger Mann, ich denke, dass hier ist eine Angelegenheit, die wir nicht in der Halle besprechen sollten«, sagte Roland Quast. »Paula, bitten Sie Stina, in mein Arbeitszimmer zu kommen, und Anna, du kommst ebenfalls mit. Junger Mann, wenn Sie mir folgen wollen.«

»Aber Papa! Was ist mit mir? Wollen Sie mich einfach so übergehen?«, fragte Rosa voller Entsetzen.

»Ich denke nicht, dass du etwas dazu beitragen kannst«, entgegnete Direktor Quast, und Anna hielt für eine Sekunde die Luft an. Wenn Rosa in dieser Verfassung war, musste man mit allem rechnen.

Plötzlich wanderte Rosas Blick zu Anna. »Das wirst du mir büßen!«, zischte sie gefährlich leise.

»Ich habe nichts … ich meine …« Anna verstummte, weil sie nicht wusste, wie sie das erklären sollte.

»Fräulein Rosa, wenn ich die Situation kurz erläutern darf«, mischte sich Albert ein. »Ich habe mich schon vor Monaten in Anna verliebt. Es ist nichts gegen Sie, aber mein Herz schlägt nun mal für Ihre Freundin.«

»Vor Monaten?«, schrie Rosa. »Das kann nicht sein! Sie lieben mich, das weiß ich. Ich habe doch Ihre Blicke gesehen, Ihr Lächeln. Was erzählen Sie denn da?« Hysterisch kreischend warf sie die Hände in die Höhe.

»Anneliese, bring deine Tochter zur Räson, bevor sie sich hier lächerlich macht. Vielleicht sollte sie ein paar Tage deine Schwester besuchen.« Direktor Quasts Stimme überschlug sich fast.

»Das ist ja wohl die Höhe, dass du dieses Kuckuckskind vorziehst! Ich habe schon immer gewusst, dass du Anna mehr liebst als deine eheliche Tochter«, fuhr seine Frau ihn an. »Und dann bekommt sie auch noch einen Namen, der meinem so ähnlich ist. Wolltest du mich damit verhöhnen? Aber ich sage dir etwas: Ich werde mir das nicht länger bieten lassen. Ich bin deine Frau und bestehe darauf, dass du die da aus dem Haus jagst.« Anneliese Quast deutete auf Stina, die weiß wie die Wand geworden war. »Und sie soll ihre verdammte Tochter gleich mitnehmen.«

»Was hat das alles zu bedeuten? Geht es Ihnen gut, Mama?«, fragte Anna und blickte von einem zum anderen.

Rosa war plötzlich ganz leise geworden und gab nun einen abfälligen Ton von sich. »Ich dachte immer, du bist so ein schlauer Kopf, aber anscheinend wohl nicht, wenn du nicht verstehst, dass wir Schwestern sind. Halbschwestern, wie ich betonen darf. Es ist eine Schande, dass in dir das gleiche Blut fließt. Das will ich einfach nur vergessen!« Rosa spie die Worte geradezu aus.

»Rosa! Halt deinen Mund. Anneliese, bring das Mädchen auf ihr Zimmer«, befahl Direktor Quast, seine laute Stimme hallte in der hohen Halle wider. Er sah Albert an. »Wenn Sie mir endlich folgen wollen? Es wurde hier schon mehr als genug gesagt.«

Anna wurde übel. Nur ganz langsam begriff sie, was hier vor sich ging. Natürlich war sie klug genug, um die Wahrheit hinter den Worten zu erkennen, nur recht glauben konnte sie es nicht. Ihr tat Albert leid, der immer noch mit seinem Strauß dastand und nicht wusste, wohin damit.

»Danke, sehr lieb von dir«, sagte sie leise und nahm ihm die Blumen ab, reichte sie an Paula weiter. »Stellst du sie ins Wasser?«

Paula nickte, rührte sich aber mit gespannter Miene nicht von der Stelle.

Anneliese Quast ergriff die Hand ihrer Tochter und zog sie Richtung der großen Treppe, die ins Obergeschoss führte. »Komm, mein Kind, wir haben hier nichts mehr zu suchen.«

»Aber, ich will nicht!«, protestierte Rosa. »Ich will Albert«, jammerte sie, doch ihre Mutter ließ sie nicht los.

»Sei endlich still«, ermahnte ihre Mutter sie, als hätte sie ein kleines Kind vor sich. »Man biedert sich keinem Mann dermaßen an, schon gar nicht, wenn er weit unter einem steht«, zischte sie so laut, dass Albert es gar nicht überhören konnte und alle anderen auch nicht.

Anna folgte Albert und ihrer Mutter in das Arbeitszimmer von Direktor Quast, der vorangegangen war. Ihrem Vater? Nein, das konnte nicht sein. Das hätte ihre Mutter ihr niemals verheimlicht. Sie warf ihr einen heimlichen Blick zu, doch Stina nahm vor dem Schreibtisch Platz, hielt den Kopf auf ihre im Schoß gefalteten Hände gerichtet.

Albert war so freundlich und stellte einen dritten Stuhl, der in der Nähe der Tür stand, neben den beiden vor dem Tisch auf und rückte ihr ihn zurecht, als sie sich setzte.

Roland Quast räusperte sich verlegen. Er hatte sich auf seinem Schreibtischstuhl niedergelassen, nachdem auch Albert endlich saß. »Ich wünschte, du hättest auf andere Weise erfahren, Anna, dass ich dein Vater bin. Aber manchmal nimmt das Schicksal seinen Lauf, ohne dass wir einschreiten können.«

»Warum hast du mir nichts gesagt, Mama?« Anna richtete ihre Worte zuerst an ihre Mutter, ohne Quast zu beachten. Sie wusste, dass ihr Verhalten nicht zu entschuldigen war, aber sie war so durcheinander, dass sie auf Konventionen keinen Wert legte. Zumindest nicht in diesem Augenblick. Sie war schockiert, denn damit hätte sie niemals gerechnet.

»Du darfst deiner Mutter keinen Vorwurf machen, ich hatte es ihr verboten«, mischte sich Quast ein. »Ich wollte nicht, dass Gerüchte meine Ehe bedrohen. Aber anscheinend ist meine Gattin gescheiter, als ich dachte. Nun, da das Geheimnis gelüftet ist, bitte ich trotzdem alle Anwesenden, diese Angelegenheit für sich zu behalten. Es macht keinen Sinn, wenn Gerüchte in der Stadt kursieren, es hilft niemandem.«

»Angelegenheit?«, fragte Anna verärgert. »Das bin ich also für Sie, eine ›Angelegenheit‹? Wenn das so ist, dann haben wir hier nichts weiter zu besprechen.« Sie wollte sich erheben, doch ihre Mutter hielt sie auf.

»Anna, bitte warte. Ich denke, Direktor Quast hat das nicht so gemeint.« Sie sah den Mann an, der einmal mehr für sie gewesen war, als Anna auch nur vermuten konnte. »Wir haben gemeinsam beschlossen, dass es so am besten für dich ist.«

»Natürlich habe ich das nicht so gemeint. Bitte entschuldige, Anna. Diese Situation ist für mich genauso … nun, ich möchte dir sagen, wie stolz ich auf dich bin, meine zweite Tochter.«

»Ich wurde zuerst geboren«, gab sie patzig zurück. Ihr war immer beigebracht worden, man müsse seine Eltern ehren, aber dieser Mann, der hier vor ihr saß, war nicht ihr Vater. Er hatte dazu beigetragen, dass sie gezeugt wurde, aber mehr auch nicht.

»Anna«, zischte Stina ihr zu.

»Ja, das ist wahr. Trotzdem konnte ich dich nicht als meine Tochter anerkennen, um meine Ehe nicht zu gefährden. Der Skandal hätte meine Existenz aufs Spiel gesetzt und damit auch deine und die deiner Mutter. Vieles ist auf den zweiten Blick nicht so einfach, wie es auf den ersten scheint.«

»Dein Vater hat all die Jahre gut für uns gesorgt, Anna«, sagte Stina.

»Du hast für ihn gearbeitet.« Anna war kurz davor, die Nerven zu verlieren. Das war alles zu viel für sie. Ihr Blick ging hinüber zu Albert, der die ganze Zeit still auf dem Stuhl verharrt hatte. Er würde nun wohl kaum an seinem Antrag festhalten. Mit ihrer unehelichen Geburt war sie keine passende Frau für ihn.

»Nun, wir können das Vergangene nicht ändern. Aber ich kann zumindest für deine Zukunft sorgen, Anna. Wenn ich das gerade richtig verstanden habe, sind Sie hier, Herr Robek, weil Sie um die Hand meiner Tochter anhalten wollen. Bevor Sie etwas dazu sagen, möchte ich erklären, dass Anna eine angemessene Mitgift von fünftausend Mark erhalten wird.«

»Ist das der Preis, den du für deine uneheliche Tochter bezahlst, damit du mich loswirst?« Anna hatte sich erhoben und beide Hände auf den Schreibtisch gestützt. »Was bekommt Rosa? Die Bank, das Haus?«

»Anna, bitte, so benimm dich doch. Sei nicht so undankbar!« Stina zog Anna zurück auf den Stuhl. »Bitte entschuldigen Sie.«

»Ich erwarte von Ihnen, dass Sie meine Mutter auf keinen Fall entlassen«, forderte Anna und funkelte ihren Vater aus schmalen Augen an.

»Du weißt so gut wie ich, dass es nicht mehr möglich ist, hier weiter im Haus zu leben. Ich werde mir etwas anderes suchen.« Genau wie Anna hatte Stina ihren Stolz, den sie an ihre Tochter weitergegeben hatte.

»Ich werde dafür sorgen, dass du eine neue gute Anstellung erhältst, Stina. Das bin ich dir schuldig. Und nein, Anna, das ist nicht der Preis, um dich loszuwerden. Wie jedem meiner Kinder steht dir eine Mitgift zu, Rosa wird bei ihrer Heirat die gleiche Summe erhalten. Ich mache da keine Unterschiede, genauso wenig, wie ich es bei eurer Ausbildung getan habe.«

Dagegen konnte Anna nichts sagen, weil es die Wahrheit war. Sie presste die Lippen zusammen und schwieg.

»Wenn ich auch etwas sagen darf«, ergriff Albert das Wort und blickte Anna an. »Ich weiß ja noch nicht einmal, ob du meinen Antrag annimmst.« Er erhob sich und nahm ihre Hand. »Ich bitte dich vor deinen Eltern um deine Hand, geliebte Anna. Du würdest mich zu einem sehr glücklichen Mann machen, wenn du meinen Antrag annimmst und meine Frau wirst.«

Sie erhob sich langsam und sah ihm in die Augen. Das sanfte Blau schien bis in ihre Seele zu blicken. Sie war so aufgeregt, das Blut rauschte laut vor Aufregung in ihren Ohren. »Du willst mich heiraten? Mich, ein uneheliches Kind? Nein, das kannst du nicht wollen. Die Leute werden sich die Mäuler zerreißen.«

»Das ist mir gleich, Anna. Ich habe dich gewählt, weil ich dich liebe. Mir ist egal, was die Leute denken oder sagen. Mir ist nur deine Meinung wichtig. Ich werde für dich sorgen und mich auch um deine Mutter kümmern. Nimmst du meinen Antrag an?« Er sah sie so voller Hoffnung an.

»Ja, Albert, das tue ich. Ich kann mir nichts Schöneres vorstellen als ein Leben an deiner Seite.«

Stina schluchzte auf und zog ein Taschentuch aus ihrem Ärmel. »Das ist so wundervoll«, sagte sie leise unter Tränen.

»Dann darf ich wohl dem glücklichen Brautpaar gratulieren.« Direktor Quast erhob sich, kam um den Schreibtisch herum und reichte Albert die Hand. Dann wandte er sich Anna zu und legte ihr eine Hand auf die Schulter. »Ich bin sehr stolz auf dich, mein Kind, vergiss das nie. Ich war immer froh, dich in meiner Nähe zu wissen. Solltest du jemals Probleme haben, scheue dich nicht, mit mir darüber zu sprechen.«

»Vielen Dank, Herr Quast«, sagte Anna, straffte die Schultern und blickte ihm in die Augen. Zum ersten Mal in ihrem Leben mit dem Wissen, das ihr Vater nicht tot war. Dass sie die Tochter eines Mannes war, der es weit gebracht hatte. Und genau das würde sie auch schaffen. Zusammen mit Albert an ihrer Seite, den sie liebte. Sie sah zu ihm hinüber und lächelte glücklich.

Kapitel 8

Lübeck, September 1872

Als Albert zum Abendessen erschien, hatten seine Eltern bereits damit begonnen. »Bitte entschuldigt meine Verspätung. Wie fühlst du dich, Vater?«, erkundigte er sich.

»Mir geht es wieder gut. Es war nur ein kleiner Schwächeanfall«, brummte Otto Robek und tunkte etwas Brot in die Rotweinsoße des Schweineragouts.

»Das freut mich zu hören.« Albert fand, dass er besser aussah, auch wenn er sich weiterhin Sorgen um ihn machte. Bei allen Streitereien war er sein Vater, und er liebte ihn. Es ging Otto schon länger nicht gut, aber er hatte offenbar beschlossen, das zu ignorieren.

»Wo bist du gewesen?«, fragte Alberts Mutter und füllte seinen Teller mit Kartoffeln, Gemüse und eine Scheibe Fleisch, dazu Soße. »Du bist so fein angezogen.«

»Vielen Dank.« Er nahm den Teller mit dem köstlich duftenden Essen entgegen. »Ich habe meiner Braut einen Heiratsantrag gemacht«, erklärte er lächelnd.

Seine Mutter ließ den Löffel auf die Tischplatte fallen. »Wie bitte?«

»Ich werde heiraten«, verkündete Albert mit fester Stimme.

Seine Mutter schlug sich die Hand vor den Mund, während sein Vater knurrte: »Wen?«

»Die Tochter von Direktor Quast.«

Erleichtert atmete Helene auf. »Ein Glück!« Sie bekreuzigte sich und lächelte zufrieden. »Ich hatte schon Angst, du würdest dich für diese Anna entscheiden.«

»Genau das habe ich. Anna *ist* die Tochter von Direktor Quast«, klärte Albert sie auf.

»Nein!« Helene schüttelte den Kopf, »Ihre Mutter ist die Köchin.«

Albert nickte. »Ja, und ihr Vater ist Direktor Quast. Ich habe gerade mit ihm gesprochen und möchte euch bitten, dieses Wissen für euch zu behalten. Es wäre weder der Familie Quast noch uns zuträglich, wenn das Geheimnis diesen Raum verlässt. Ganz zu schweigen vom Ansehen meiner zukünftigen Frau.«

»Das ist nicht dein Ernst, Albert. Du willst so eine Frau heiraten? Warum tust du uns das an? Die Leute werden sich die Mäuler zerreißen. Warum nimmst du nicht die richtige Tochter? Dann stimmen also die ganzen Gerüchte, die man sich hinter vorgehaltener Hand erzählt, wer der Vater von Anna ist. Ich habe es nicht für möglich gehalten.« Tränen schimmerten in den Augen seiner Mutter, und Albert bedauerte, dass sie mit seiner Wahl nicht zufrieden war. Aber wenn er ehrlich war, hatte er damit gerechnet und sich gewappnet.

»Das haben doch schon die Spatzen von den Dächern gepfiffen«, murmelte Otto Robek und wischte sich den Mund mit einer Serviette ab. »Warum hast du dich gerade für diese Frau entschieden, wenn die andere Tochter offensichtlich die bessere Partie wäre?«, wollte sein Vater wissen. Anders als seine Frau klang er weniger ablehnend.

Albert war überrascht, dass sein Vater Interesse an seinen Beweggründen zeigte. »Ich liebe Anna. Sie ist die richtige Frau, nicht nur für mich, sondern auch fürs Geschäft. Sie teilt meine Vorstellungen, ist klug und hat ein freundliches Wesen. Was soll ich mit einer Frau wie Rosa Quast, die mir mit ihrer Arroganz die Kundschaft vergrault? Anna hat Geschäftssinn. Sie kann sehr gut rechnen und hat eigene Ideen. Ich brauche kein schmückendes Anhängsel, das nur Geld für neue Kleider ausgibt, ich brauche eine Frau, die mit anpacken kann.«

Otto Robek nickte zustimmend. »Das sind gute Einwände. Und das kann deine Anna? Mit anpacken?«

»Ich habe sie und ihre Mutter am Sonntagnachmittag zum Kaffee eingeladen, damit ihr meine Braut kennenlernt. Dann kannst du dich selbst davon überzeugen.« Albert blickte zu seiner Mutter. »Ich erwarte, dass du den beiden Frauen den gleichen Respekt entgegenbringst wie jedem anderen Gast in diesem Haus.«

Sie wollte etwas entgegnen, doch der strenge Blick ihres Mannes ließ sie verstummen.

***

Anna sah sich neugierig um, als sie zusammen mit ihrer Mutter und Albert die Wohnung seiner Eltern betrat. Familie Robek hatte sie zum Nachmittagskaffee eingeladen, und Anna hatte zuerst vermutet, dass sie im Café sitzen würden, doch als Albert sie über den Hintereingang in die privaten Wohnräume brachte, warf sie ihrer Mutter einen überraschten Blick zu.

Die Räume waren groß und mit edlen Möbeln eingerichtet. In der Diele nahm ein Hausmädchen die Hüte und Sonnenschirme der Frauen entgegen. Annas Blick fiel auf einen großen geschnitzten Schrank aus dunklem Holz, in dem wohl Mäntel und Jacken hingen. Daneben stand eine große Bodenvase mit einem üppigen Blumenstrauß. Die Bodenfliesen waren mit einem persischen Läufer bedeckt. Das Esszimmer, in das sie geführt wurden, war ebenso elegant ausgestattet. Es gab einen großen Vitrinenschrank, in dem kostbare Stücke ausgestellt waren. Auf den Kommoden standen ebenfalls Porzellanfiguren, zierlich gearbeitet und hübsch anzusehen.

Albert bemerkte Annas Blick. »Meine Mutter sammelt Meißner Porzellan, sie hat ein Faible dafür«, erklärte er.

»Es ist wunderschön«, sagte sie und trat näher an den Vitrinenschrank.

In diesem Moment trat Helene Robek ins Zimmer.

»Oh, unser Besuch ist schon eingetroffen. Bille! Sag bitte meinem Mann Bescheid, dass es Kaffee und Kuchen gibt«, rief sie in den Flur hinaus, dann wandte sie sich Anna und ihrer Mutter zu, musterte sie einen Moment kritisch.

»Mutter, darf ich dir meine Verlobte Anna und ihre Mutter Stina Hohenhaus vorstellen? Anna, Frau Hohenhaus, das ist meine Mutter Helene Robek.«

Helene Robek begrüßte die Damen und reichte beiden die Hand. »Auch wenn wir uns bisher noch nicht vorgestellt wurden, so haben wir uns gewiss schon einmal im Café gesehen.«

Anna knickste höflich und überreichte ihr einen kleinen Blumenstrauß.

»Blumen, wie freundlich von dir, mein Kind.« Sie gab den Strauß an das Hausmädchen weiter. »Bitte, stell sie in eine Vase, Bille.« Helene musterte Anna ganz offen. »So, Sie sind also die Frau, die meinem Sohn das Herz gestohlen hat.« Bei diesem Satz huschte ein kleines Lächeln über ihre Lippen.

Anna nickte vorsichtig. Sie wusste nicht, ob sie es hier mit einem Feind oder Freund zu tun hatte. »Ja, anscheinend bin ich das. Aber ich werde sorgsam damit umgehen«, erwiderte sie leise.

»Das will ich doch hoffen. Setzen wir uns doch, mein Mann wird jeden Augenblick aus der Backstube heraufkommen.«

Kaum, dass sie am Esstisch Platz genommen hatten, betrat ein stämmiger Mann das Zimmer.

»Da komme ich ja gerade richtig«, verkündete er mit einem raumfüllenden Bariton, rieb sich die Hände und sah die Gäste freundlich an.

Nachdem Albert seinem Vater die beiden Frauen vorgestellt hatte, nahm er am Kopfende des Tisches Platz, und Bille schenkte den Kaffee ein, der einen wunderbaren Duft verbreitete.

»Sie arbeiten als Köchin im Hause Quast?«, erkundigte Helene Robek sich und sah Stina an.

»Nein, nicht mehr. Ich koche jetzt im Haushalt von Medizinalrat Balhorn«, erwiderte Stina.

»Und wie gefällt es Ihnen dort?«, hakte Helene nach.

»Sehr gut. Ich habe mit Anna eine eigene kleine Zweizimmerwohnung im Haus beziehen können, da Medizinalrat verwitwet ist und nicht so viel Platz braucht. Ich bin ihm sehr dankbar dafür.«

»Ja, es ist dort sehr schön. Es gibt sogar einen weitläufigen Garten, und ich darf die Bibliothek benutzen, in der es eine Menge lesenswerter Bücher gibt«, ergänzte Anna.

»Und warum haben Sie den Haushalt von Direktor Quast verlassen?«, fragte Helene.

»Mutter, bitte. Das geht uns nichts an«, meinte Albert und sah sie ernst an.

»Ja natürlich, du hast recht«, gab Helene zögerlich nach. Trotzdem hing diese Frage wie ein scharfes Schwert im Raum.

»Dann lesen Sie also gern?«, fragte Alberts Vater und hielt seiner Frau den Teller hin, damit sie ein Kuchenstück darauflegte.

»Zuerst unsere Gäste«, erklärte sie und verteilte Stücke der Marzipantorte auf Stinas und Annas Teller. Erst dann gab sie ihrem Mann ein Stück, dann Albert und zuletzt kam auch eines auf ihren eigenen Teller.

»Ja, lesen ist eine sinnvolle Tätigkeit. Man erfährt viel Wissenswertes«, antwortete Anna. »Aber ich habe auch von Mama eine Menge gelernt und denke, dass ich eine gute Hausfrau sein werde.«

»Das ist schön zu hören«, sagte Helene schnell. »Aber Sie wollen doch sicherlich nicht selbst in der Küche stehen? Dafür werden Sie kaum Zeit finden, wenn erst einmal Kinder im Haus sind.«

Albert lachte leise auf. »So weit sind wir aber noch nicht, Mutter.«

»Für wann ist die Hochzeit geplant?«, fragte sein Vater und verlangte nach einem zweiten Stück Kuchen, nachdem er das erste bereits aufgegessen hatte.

»Ich denke, Anfang Oktober. Bevor das Weihnachtsgeschäft beginnt«, überlegte Albert laut und sah Anna fragend an, die zustimmend nickte.

»Die Torte schmeckt ausgezeichnet. Hast du sie gemacht?«, fragte Anna ihren Verlobten, der geheimnisvoll lächelte.

»Himbeercreme mit Sahne und einem Marzipanüberzug. Ich dachte mir, dass ich für unsere Hochzeit ebenfalls so eine Torte machen werde. Wenn sie dir schmeckt, Anna.«

»Ich finde sie köstlich, so wie alles, was du kreierst«, sagte sie, und ihre Wangen wurden ganz heiß.

»Das ist sehr freundlich von dir.« Er griff nach ihrer Hand und drückte sie.

»Werden noch andere Familienmitglieder von Ihnen zur Hochzeit kommen?«, fragte Helene und sah Stina und Anna aufmerksam an.

Stina schüttelte den Kopf. »Nein, es gibt keine weiteren Verwandten«, erklärte sie mit einer Kraft in der Stimme, die Anna selten von ihrer Mutter hörte.

»Vielleicht können wir Medizinalrat Balhorn einladen«, schlug Anna vor. »Er lebt allein, und ich denke, er würde sich freuen.«

Albert nickte. »Das ist eine sehr gute Idee. Wir haben auch keine weiteren Verwandten, aber Christian und auch Anton wären bestimmt gern dabei. Sie wollen mit eigenen Augen sehen, dass ich unter den Pantoffel komme.« Er lachte und zwinkerte Anna zu.

Als Anna und ihre Mutter das Haus wieder verließen, brachte

sie eine Kutsche zurück in die Glockengießerstraße nahe der Reichsbank, wohin sie vor einigen Tagen gezogen waren. Medizinalrat Balhorn hatte ihnen das Gefährt für diesen Tag zur Verfügung gestellt.

Anna war ihrem Vater sehr dankbar, dass er für ihre Mutter eine so gute neue Anstellung besorgt hatte. Nachdem klar war, dass Anna Albert heiraten würde, hatte es zwischen den Eheleuten einen lauten Streit gegeben, in dem Anneliese Quast gefordert hatte, Anna und ihre Mutter sofort auf die Straße zu setzen. Rosa hatte sich geweigert, auch nur noch ein Wort mit Anna zu wechseln. Sie war für einige Tage zu ihrer Tante gefahren, die außerhalb von Lübeck auf einem Landgut lebte.

Zu Annas Leidwesen hatten sie Paula zurücklassen müssen, die nun wohl den ganzen Ärger allein ertragen müsste, denn es war ja sonst niemand mehr im Haus. Anna mochte sich nicht ausdenken, was da auf die arme Paula zukam.

Kapitel 9

Lübeck, Oktober 1872

Direktor Quast hatte ihnen zur Feier des Tages eine Kutsche geschickt, mit der Anna und ihre Mutter zur Trauung fahren würden. Anna fühlte sich wunderschön in dem weißen Kleid aus reiner Seide. Auch das hatte ihr Vater ihr zukommen lassen. Anna wusste, dass es ihm nicht möglich war, an der Trauung teilzunehmen, aber er hatte alles getan, damit dieser Tag etwas Besonderes für sie werden würde.

»Bist du bereit?«, fragte ihre Mutter und richtete den kleinen Blütenkranz, den sie auf dem Kopf trug. Schleierkraut mit Bartnelken, ihren Lieblingsblumen.

»Ja, Mama, das bin ich.« Sie sagte es, ohne zu zögern –, sie war sich sicher, dass Albert der richtige Mann für sie war.

Er wartete im Trausaal auf sie. Wie stattlich er aussah in seinem schwarzen Frack, mit weißem Hemd und einer silbernen Weste und Krawatte, die mit einer goldenen Nadel gehalten wurde. Als Anna neben ihn trat, hätte sie vor Glück weinen können. »Du siehst so elegant aus«, wisperte sie ihm zu.

»Du bist so schön, meine Anna«, entgegnete er und drückte ihre Hand. Es waren nicht viele Gäste anwesend. Neben Alberts Eltern waren Paula, der Konditormeister Anton Koplin und Christian Wilk gekommen, Alberts bester Freund und sein Trauzeuge. Kurz bevor die Trauung begann, schlich sich Medizinalrat Balhorn auf den Stuhl neben Stina. Paula war Annas Trauzeugin, zum Glück hatte sie für einige Stunden freibekommen.

Wie im Flug verging die Traumesse, und nach einer halben Stunde verließen Albert und Anna das Gebäude als Mann und Frau.

Otto Robek hatte alle Gäste zu einem Umtrunk eingeladen. Er hatte eine große Feier veranstalten wollen, doch Albert hatte sich dagegen entschieden. Sein Vater hätte ohnehin nur Geschäftspartner eingeladen, hatte Albert Anna erklärt, und sie freute sich, dass es nur eine kleine Runde war.

Neben Canapés wurden kleine Törtchen und Stücke der Hochzeitstorte gereicht. Dazu Kaffee und Tee. Die Torte hatte Christian den beiden zur Hochzeit geschenkt. Er hatte die halbe Nacht daran gearbeitet, und sie war ein Meisterwerk geworden. Aus einer hellen Marzipandecke hatte er wunderschöne Rosenblätter geformt und als Dekoration in einem Kranz platziert, darunter die Namen des Brautpaars. Die Torte fand großen Anklang.

»Medizinalrat Balhorn, ich habe mich sehr gefreut, dass Sie zur Hochzeit gekommen sind«, erklärte Anna, als sie ihm einen Teller mit Kuchen reichte.

»Das habe ich gern getan, Fräulein Anna. Ach nein, Sie sind ja nun Frau Robek.« Er lächelte freundlich. Balhorn war Ende fünfzig und früh Witwer geworden. Sein Haar war bereits weiß, was ihn älter aussehen ließ. Seine angenehme ruhige Art strahlte förmlich auf alle Anwesenden ab.

»Für Sie werde ich weiterhin Anna bleiben«, sagte sie und blickte in seine sanften grauen Augen.

»Ich habe hier etwas für Sie, ein Hochzeitsgeschenk. Ich hoffe, Sie werden es annehmen.« Er reichte ihr ein kleines Päckchen, das mit einer braunen Kordel zusammengehalten wurde.

Neugierig packte Anna es aus, und eine kleine Schachtel kam zum Vorschein. Sie öffnete sie, und darin lag ein Collier aus Gold, besetzt mit kleinen Rubinen. Anna zählte zwölf Steine, die um die Wette funkelten.

»Oh mein Gott! Das ist wunderschön, aber das kann ich

nicht … nein, das kann ich auf keinen Fall annehmen.« Sie wollte ihm die Schachtel zurückgeben, doch Balhorn schüttelte den Kopf.

»Das Geschenk ist nicht von mir, Anna, sondern von Ihrem Vater. Es wäre ihm eine Freude, wenn Sie es annehmen. Dieser Schmuck sollte getragen werden, und Sie sind genau die richtige Frau dafür.«

»Ich … ich weiß nicht, was ich sagen soll. Wieso will er mir so etwas Kostbares schenken?«

»Nun, er ist Ihr Vater und will Sie glücklich sehen.« Der Medizinalrat wusste also Bescheid. Sie fragte sich, wer noch alles eingeweiht war.

»Aber ich selbst habe auch ein kleines Geschenk für Sie.« Er reichte ihr eine flache rechteckige Schachtel. Neugierig packte Anna sie aus, und zum Vorschein kam ein silbernes Fischbesteck für sechs Personen. Die Griffe waren aufwendig mit einem Muster verziert.

»Herr Medizinalrat, das ist zu viel! Das kann ich unmöglich annehmen. Wie soll ich Ihnen nur danken?« Anna wusste nicht, was sie sagen sollte.

»Ihre Mutter ist die beste Köchin von ganz Lübeck, und ich bin froh, dass sie nun für mich kocht. Das ist schon Dank genug«, erklärte er, schob sich ein Stück Kuchen in den Mund und kaute genüsslich. »Mmh, ist das köstlich«, sagte er und nickte anerkennend.

Das freute Anna ungemein. »Ja, Christian ist ein hervorragender Konditor, und wenn es um Marzipan und Torten damit geht, sind er und Albert richtige Künstler.«

»Ich freue mich sehr für Sie, liebe Anna, Sie haben eine gute Wahl getroffen. Auch wenn Ihr Vater heute nicht anwesend ist, so ist er mit Gedanken bei Ihnen.«

»Vielen Dank, ich habe bis vor einem Monat nicht einmal gewusst, dass es ihn gibt.«

Er nickte wissend. »Ihre Mutter ist eine sehr feine Frau,

wenn Sie mich fragen, hat Ihr Vater die falsche Entscheidung getroffen.« Damit wandte er sich mit einem Lächeln ab und beglückwünschte Otto Robek zu seiner Schwiegertochter.

***

Anna hatte nur wenige Wochen in dem Haus von Medizinalrat Balhorn verbracht. Es war ein kleines Haus mit einem für Lübeck typischen Backstein-Treppengiebel. Nun würde sie in die Wohnung ziehen, die sie mit ihrem Ehemann bewohnen würde: die zweite Etage des Robek-Hauses. Im Dachgeschoss hatten die Angestellten ihre Zimmer. Bille, das Hausmädchen, Anton Koplin, der ebenfalls hier wohnte und auch Christian Wilk.

Albert führte seine frischgebackene Ehefrau noch am Abend der Hochzeit in die gemeinsame Wohnung, zeigte ihr alles und ließ sie dann allein, um sich bei seinem Vater zu bedanken. Anna vermutete, dass er ihr etwas Zeit geben wollte, um sich zurechtzufinden.

Das wenige Gepäck, das sie besaß, war im Laufe des Tages hinaufgeschafft worden. Sie würde sich morgen an die Arbeit machen und alles in die Schränke räumen. Ein wenig Kleidung, und ein paar Andenken, einige Bücher, viel besaß sie nicht.

Auf der hohen Kommode im Schlafzimmer, wo die Wäsche aufbewahrt wurde, breitete sie den Schmuck aus, den ihr Vater ihr geschenkt hatte. Es war ein schönes Stück, und sie würde es in Ehren halten, denn es war dem Collier anzusehen, dass es aus dem Familienbesitz der Quasts stammte und nicht neu war. Das machte Anna stolz. Sie hatte das Gefühl, wenigstens ein kleines Stück weit dazuzugehören, auch wenn Rosa das mit Sicherheit ganz anders sehen würde.

Sie hörte, wie sich die Wohnungstür schloss, und atmete angestrengt aus. Es war ihre Hochzeitsnacht, und sie hatte keine Vorstellung davon, was auf sie zukam. Sie hatte ihre Mutter fragen wollen, doch dann war die Zeit wie im Flug vergangen, und wenn sie ehrlich war, hatte sie auch der Mut verlassen. Nun stand sie hier im Schlafzimmer und wusste nicht, was von ihr erwartet wurde.

Als Albert das Schlafzimmer betrat, hatte er den Frack schon abgelegt und auch den Binder, das Hemd stand am Kragen offen, und Anna blickte auf das Stück nackte Haut, das sichtbar wurde.

Verlegen räusperte er sich. »Was hast du da?«, fragte er neugierig.

»Schau mal, was Direktor Quast mir zur Hochzeit geschenkt hat.« Sie deutete auf das kostbare Collier.

»Das ist wirklich ein edles Stück«, sagte Albert. »Wie fühlst du dich dabei, dass er dir nur ein Geschenk geschickt hat und nicht an der Feier teilgenommen hat?«

Anna hob die Schultern. »Ich glaube, es war gut so. Es wäre doch etwas peinlich geworden, findest du nicht? Ich meine, für mich ist er nie ein naher Verwandter gewesen, sondern der Vater meiner besten Freundin.«

»Hättest du dir gewünscht, dass Rosa dabei gewesen wäre?«

Anna schüttelte den Kopf. »Nein, ich denke nicht, dass mir meine Halbschwester jemals verzeihen wird, dass du mich zur Frau genommen hast. Wenn sie sich nicht in dich verliebt hätte, wäre alles ganz anders gekommen. Aber so …«

Albert nahm sie in die Arme. »Für mich stand Rosa nie zur Debatte. Sie ist keine Frau, die ich erwählt hätte. Es warst immer nur du. Ich habe einmal zu dir gesagt, mein Glück läge im Marzipan, aber das stimmt nicht, mein Glück liegt in dir.« Er beugte sich herunter und küsste Anna sanft.

Sie erwiderte den zärtlichen Kuss, und langsam legte sich ihre Nervosität. Anna löste ihre Lippen von seinen und hob den Kopf. »Bist du mir mit dem Kleid behilflich?« Diese Frage kam ihr schwer über die Lippen, doch einmal ausgesprochen, kam es ihr plötzlich ganz einfach vor.

»Aber natürlich, dreh dich bitte um.« Mit geschickten Fingern öffnete er die kleinen Knöpfe in ihrem Rücken, schob ihr das Kleid von den Schultern und löste die Schleifen der Turnüre. Anna stieg aus dem Halbgestell aus Fischbein, wandte sich Albert zu, sah ihn unter halb gesenkten Lidern an.

»Was ist los, Anna?«, fragte Albert. Seine Stimme hatte einen tiefen Klang angenommen.

»Ich habe Angst, dass ich dir nicht genüge, dass du enttäuscht von mir bist«, gab sie zu.

Er schüttelte den Kopf. »Wie kommst du nur auf solche Gedanken? Du bist die Frau, mit der ich mein Leben verbringen will … Du kannst mich gar nicht enttäuschen.« Wieder küsste er sie, diesmal war der Kuss ein anderer. Hingebungsvoller, drängender. Anna schlang ihre Arme um seinen Nacken, schmiegte sich an ihn.

»Ich kann es gar nicht abwarten, mit dir das Bett zu teilen, meine geliebte Frau«, flüsterte er ihr ins Ohr und lächelte. Auch Albert schien ein wenig verlegen zu sein.

»Können wir die Lichter löschen?«, fragte Anna.

»Wenn du möchtest. Geh schon mal zum Bett, ich kümmere mich darum.« Albert drehte die Gaslampen herunter, bis sie erloschen. Jetzt gab es nur noch den Mondschein, der durch das Fenster fiel. »Besser so?«, fragte er, begann sein Hemd aufzuknöpfen und zog es sich über den Kopf.

Anna war rasch aus ihrer Unterwäsche geschlüpft, hatte ein Nachthemd übergestreift, als Albert nicht hinsah – so hoffte sie zumindest –, und war unter die Decke gekrochen. Sie sah ihm dabei zu, wie er die Knöpfe seiner Hose öffnete und sie ebenfalls auszog. Als er sich zu ihr legte, trug er nur noch seine Unterhose.

»Du brauchst keine Angst vor mir zu haben, Anna. Ich

werde nichts tun, was du nicht willst«, beteuerte er und zog sie in seinen Arm.

»Wie könnte ich vor dir Angst haben?«, fragte sie leise und sah ihn an. Sie hatte eine Hand auf seine nackte Brust gelegt, spielte mit seinem krausen Brusthaar.

»Du hast heute wunderschön ausgesehen. Ich bin so stolz auf meine Frau.« Albert beugte sich vor und küsste sie voller Verlangen. Sachte drehte er sie auf den Rücken, dann schob er sich über sie und streifte seine Unterhose herunter. »Du darfst dich nicht verkrampfen, sei ganz locker.« Er drückte weitere Küsse auf ihre Haut, fuhr mit seinen Lippen ihren Hals entlang, über ihr Schlüsselbein hinunter, hielt an ihren Brüsten an und liebkoste sie, erst die eine, dann die andere. Kleine Laute kamen Anna über die Lippen, von denen sie nicht wusste, dass sie in der Lage war, sie zustande zu bringen. Aber es war niemand anderer im Zimmer, also musste sie es sein.

»Du riechst so gut, nach Lavendel und nach Sommer«, murmelte er an ihrer Haut, und das erzeugte ein angenehmes Kribbeln.

Sie lachte auf. »Das kitzelt«, raunte sie ihm zu.

»Du bist also kitzelig, wie schön, dass du mir dieses Geheimnis verrätst. Ich werde noch andere Geheimnis aus dir herauskitzeln«, brummte Albert und spreizte ihre Beine. Er drang in sie ein, und Anna spürte einen Schmerz, schrie unterdrückt auf. Sofort hielt Albert inne und sah sie an.

»Es tut mir leid. Es wird gleich aufhören. Sei ganz locker. Beim nächsten Mal wird es nicht mehr wehtun.«

Anna nickte. Sie fragte sich, warum ihre Mutter ihr das nicht gesagt hatte. Warum hatte sie Anna nicht gewarnt, darauf vorbereitet, was sie als Ehefrau erwarten würde? Vielleicht, weil sie selbst nie eine gewesen war?

Aber Albert behielt recht. Nach einigen Minuten ließ der Schmerz nach, und als er sich erneut bewegte, veränderte sich etwas mit ihrem Körper. Es stellten sich Gefühle ein, die sie so noch nie gespürt hatte. Eine Spannung baute sich in ihr auf, während Alberts Atem immer schneller wurde. Anna schwebte wie auf einer Wolke. Plötzlich bäumte Albert sich auf, ein kleiner unterdrückter Schrei kam über seine Lippen, dann brach er auf ihr zusammen. Es dauerte einen Moment, bis er sich von ihr herunterrollte. Schwer holte er Atem. »Das war gut, nicht wahr?«, fragte Albert und strich ihr über die Wange.

»Ja«, sagte sie leise und erhob sich.

»Wo willst du denn hin?« Albert blickte ihr überrascht nach.

»Nur kurz nach nebenan.« Sie deutete auf das Bad, wo sie sich schnell wusch. Anna wusste nicht, was sie erwartet hatte, doch dass es so schnell vorbei war und sie nicht viel gespürt hatte, außer dem Schmerz, damit hatte sie nicht gerechnet. Sie brauchte nicht lange, da rutschte sie wieder zu Albert unter die Decke, der sie in den Arm nahm.

»Ist alles gut?«, fragte er behutsam.

»Ja, natürlich. Ich wollte mich nur frisch machen.«

»Gut, dann schlaf jetzt, meine geliebte Anna. Es tut mir leid, dass es so schnell vorbei war. Beim nächsten Mal werde ich behutsamer sein.«

Sie lächelte. »Es ist alles gut. Ich danke dir, dass du mich zu deiner Frau gemacht hast.« Sie küsste seine Lippen und streichelte sein Kinn. Mit ihm hier zu liegen, war etwas Wunderbares. Anna schloss die Augen und genoss seine Gegenwart.

Kapitel 10

Lübeck, Oktober 1872

Als Anna am frühen Morgen die Augen aufschlug, spürte sie sofort, dass sie allein war. Sie war von einer Stille umgeben, die sich merkwürdig anfühlte. Sie hatte gehofft, mit Albert aufzuwachen und mit ihm gemeinsam zu frühstücken, doch er hatte die Wohnung verlassen. Schnell machte sie sich fertig und lief hinunter in die Backstube im Souterrain, wo bereits hektisches Treiben herrschte.

»Du bist schon bei der Arbeit?«, fragte sie Albert und küsste ihn auf die Wange.

»Seit vier Stunden, meine liebe Anna. Wir fangen hier früh an und gehen früh zu Bett«, erklärte er mit einem Lächeln auf den Lippen. »Ich habe dich schlafen lassen.«

»Wie kann ich dir helfen? Was soll ich tun?«, fragte sie und sah sich um.

»Du könntest hinauf in die Wohnung gehen und Staub wischen. Hier unten arbeiten nur die Männer, meine liebe Schwiegertochter.«

Anna drehte sich überrascht um, denn sie hatte nicht gehört, dass Helene zu ihnen getreten war.

»Guten Morgen, Schwiegermama«, grüßte Anna. Sie versuchte, ihre Enttäuschung zu überspielen.

»Guten Morgen? Bei uns ist jetzt fast Mittag.« Helene sah sie belustigt an.

»Mutter, bitte seid etwas gnädig mit meiner Frau. Es war immerhin unsere Hochzeitsnacht«, erklärte Albert und legte einen Arm um Annas Schultern. »Geh hinauf, du wirst sicher etwas finden, womit du dich beschäftigen kannst.« Er sah sie aufmunternd an.

Anna wollte ihrem Mann nicht widersprechen und nickte. »Gut, dann sehen wir uns später.« Sie machte auf dem Absatz kehrt und verließ die Backstube über die hintere Treppe, die hinauf in die Wohnetagen führte.

Sie machte sich an die Hausarbeit, lüftete die Betten an der frischen Herbstluft, fegte den Boden und wischte Staub, obwohl die Wohnung in einem tadellosen Zustand war. Dann beschloss sie, auf dem Markt ein wenig einzukaufen, um das Abendessen vorzubereiten. Sie würde eine Gemüsesuppe kochen. Die würde Albert bestimmt gut schmecken, wenn er hungrig aus der Backstube heraufkäme. Sie würde ihn um Haushaltsgeld bitten müssen, sobald er wieder da war. Zum Glück hatte sie für heute etwas Erspartes, auf das sie zurückgreifen konnte. Ihr schöner Hochzeitsstrauß stand in einer Vase auf dem Esstisch. Sie blickte sich kritisch um. Die Möbel waren schon älter, aber von Wertigkeit. Der Boden war mit Teppich ausgelegt, und die Tapeten wiesen keine dunklen Flecken auf. Gardinen hingen an den Fenstern, und Vorhänge säumten die Seiten. Es war ein kleines, aber schönes Zuhause. Sie hatte es gut getroffen und sollte sich nicht beschweren.

Im Ankleidezimmer hatte sie eine Nähmaschine entdeckt, die wohl niemand mehr benötigte. Sie würde sich von ihrem Geld etwas Stoff kaufen und sich ein neues Kleid schneidern. Ihre Mutter hatte es ihr beigebracht, wie man einen Saum umlegte und Nähte schloss. So hätte sie zumindest eine Aufgabe und konnte sich die Zeit vertreiben, solange Albert in der Backstube beschäftigt war.

Auf dem Markt kaufte Anna verschiedene Sorten frisches Gemüse, ein Stück Suppenfleisch und ein paar Markknochen. Mit dem inzwischen recht schweren Korb an ihrem Arm trat sie an den Stoffstand. Sie schwelgte in einer Vielfalt von Materialien und Farben und konnte sich nicht entscheiden. Schließlich fiel ihre Wahl auf einen Ballen violetten Musselin. Ein Stoff, der für den Herbst wie geschaffen war. Sie erstand auch noch ein paar Spitzenbänder, mit denen sie ihren alten Kleidern ein wenig Pfiff geben konnte. Sie war voller Tatendrang, denn es war der erste Tag ihres neuen Lebens!

Sobald sie wieder zu Hause war, putzte sie das Gemüse, schälte Kartoffeln und setzte die Wasser auf. Während das Suppenfleisch darin auf kleiner Flamme köchelte, bereitete sie die Markklößchen zu – die benötigten Semmelbrösel hatte sie sich an der Theke der Konditorei besorgt. Schließlich gab sie das klein geschnittene Gemüse hinzu und ließ die Suppe weiter sieden.

Gegen halb vier hörte Anna die Wohnungstür ins Schloss fallen. Schnell legte sie die Schürze ab und trat in den Flur. »Da bist du ja. Ich habe dich vermisst.« Sie küsste Albert, der sein verschwitztes Hemd auszog.

»Ich dich auch.«

»Du kommst genau richtig, das Essen ist schon fertig«, verkündete sie voller Stolz.

»Essen? Welches Essen?«, fragte er überrascht, und hielt seine Nase in die Luft und schnupperte.

»Ich habe für uns gekocht.«

»Aber Mutter kocht immer für mich. Wir werden unten erwartet. Ich ziehe mich nur schnell um. Du bist ja schon fertig.« Er verschwand im Schlafzimmer.

Anna stand da wie erstarrt. Wie bitte? Seine Mutter kochte, und sie würden jeden Tag mit der Familie essen? Das konnte nicht sein Ernst sein! Warum hatte er nicht eher etwas gesagt?

Entschlossen folgte sie Albert ins Schlafzimmer, wo er in eine frische Hose stieg. »Anna! Ich ziehe mich gerade an«, rief er aufgeregt und schloss hektisch die Knöpfe.

Was war denn los? Warum benahm er sich so komisch?

Sie hatte keine Ahnung, warum er sich so zierte, sie hatte ihn ja bereits nackt gesehen. »Warum hast du mir nicht gesagt, dass wir heute bei deinen Eltern essen?«, fragte sie vorsichtig.

»Heute? Wir werden *immer* bei meinen Eltern essen. So war es bisher, und ich habe nicht die Absicht, das zu ändern.« Er zog ein Hemd über.

»Aber wir haben jetzt einen eigenen Haushalt. Ich bin deine Frau, und ich will für dich kochen.« Ärger stieg in Anna hoch. Er schien ihr wohl nichts zuzutrauen. Sie durfte weder in der Backstube helfen noch für ihn kochen. Was sollte sie dann hier?

»Aber Liebes, es gibt doch so viele andere Dinge, mit denen du dich beschäftigen kannst. Mutter ist eine hervorragende Köchin, wir wollen ihr das nicht nehmen.«

»Aber ich weiß nicht …«

»Anna! Es reicht. Wir werden weiterhin bei meinen Eltern essen, und ich möchte nicht weiter darüber diskutieren.«

Sein Blick ließ Anna verstummen. Sie senkte die Augen, nickte nur. Auf dem Weg zur Tür sah sie kurz zu dem Topf in der Küche. Schade um die Suppe. Dann würde sie morgen davon essen. Sie wegzuschütten kam nicht infrage.

***

Der Tisch war nur für drei Personen gedeckt. »Ach, wir sind ja jetzt zu viert. Daran habe ich gar nicht gedacht. Bille, bitte bring ein zusätzliches Gedeck«, rief Helene dem Hausmädchen zu. »Bitte denk dran, dass wir in Zukunft einen Gast zu bewirten haben.«

»Jawohl, gnädige Frau.« Bille machte sich an die Arbeit.

Anna stockte der Atem. Einen Gast? Ihr lag eine passende Antwort auf den Lippen, aber um des lieben Friedens willen sagte sie nichts und bedankte sich bei Bille mit leisen Worten, als sie ihr einen Teller, Besteck und ein Glas hinstellte.

»Was gibt es denn Leckeres?«, fragte Albert gut gelaunt und rieb sich die Hände.

»Gemüsesuppe mit Rindfleisch und Markklößchen, die isst du doch so gern.« Helene lächelte ihrem Sohn zu und blickte Anna triumphierend an.

Anna blieb der Mund offen stehen. Woher wusste sie das nur? Vermutlich hatte sie den Geruch wahrgenommen, der sich im Treppenhaus verteilt hatte. Das konnte doch kein Zufall sein.

Als Otto Robek den Raum betrat und sich an den Tisch setzte, begann Helene die Teller mit Suppe zu füllen. Annas Teller enthielt kein Stück Fleisch, wie ihr auffiel. Das war unglaublich. Am liebsten wäre sie aufgestanden und in ihre Wohnung zurückgekehrt. Dort wartete ihre eigene Suppe auf sie. Doch sie schluckte diese Erniedrigung herunter und aß, ohne etwas zu sagen.

»Die Suppe schmeckt sehr gut, Mutter«, erklärte Albert. Anna nickte nur.

Die Gespräche drehten sich ausschließlich um den Betrieb, und somit war Anna quasi ausgeschlossen. Ihr war klar, dass sie nicht gern gesehen war. Sie fragte sich, warum Albert sie geheiratet hatte, wenn er doch wusste, dass seine Eltern augenscheinlich gegen diese Verbindung waren.

»Warum kann ich nicht in der Konditorei eine Aufgabe übernehmen?«, fragte sie, nachdem die Teller fast geleert waren.

Helene entlockte ihre Frage einen Laut, der sich fast wie ein Lachen anhörte. »Du hast keinerlei Kenntnisse, mein Kind«, sagte sie von oben herab.

»Aber ich könnte es lernen. Es ist doch kein Hexenwerk. Ich kann Brot backen, meine Mutter hat es mir beigebracht.«

Helene lachte auf, hielt sich dann eine Hand vor den Mund. »Das kann man ja wohl nicht vergleichen.« Sie schüttelte den Kopf, als hätte Anna den Verstand verloren.

»Anna, du brauchst als meine Frau nicht zu arbeiten«, warf Albert ein. »Wir haben darüber gesprochen.«

»Aber ich möchte mich in die Familie einbringen. Vielleicht könnte ich im Café bedienen«, schlug sie vor.

»Dafür haben wir Personal. Ich müsste sonst eines der Mädchen entlassen, und ich denke nicht, dass du die Verantwortung dafür übernehmen willst, dass jemand auf der Straße steht.« Helene hob fragend eine Augenbraue.

Annas Schwiegervater, der die ganze Zeit geschwiegen hatte, räusperte sich laut. »Nun, ich könnte jemanden für den Papierkram gebrauchen. Lieferscheine sortieren und Rechnungen schreiben, diese ins Rechnungsbuch eintragen. Traust du dir das zu?«

Seine Frau wollte etwas erwidern, doch er hob eine Hand und brachte sie so zum Verstummen.

»Ja, natürlich. Ich war eine gute Schülerin in Mathematik und Schreiben und Lesen. Diese Aufgaben würde ich gern übernehmen«, erklärte Anna eifrig.

»Sehr gut. Ich kann Hilfe wirklich gebrauchen.«

»Aber das kann *ich* doch übernehmen«, schlug Helene vor.

»Du hast genug mit dem Personal zu tun.« Otto lächelte Anna an. »Dann erwarte ich dich morgen um acht Uhr unten im Büro. Albert wird dir den Weg zeigen.«

Anna blickte Albert an, der zustimmend nickte. Helene hingegen spielte mit einer Ecke der Stoffserviette. »Ich denke nicht, dass das eine gute Idee ist, Otto. Wir sollten solche Arbeiten nicht aus der Hand geben.«

»Anna gehört ab sofort zur Familie, das werde ich nicht weiter diskutieren. Wir werden sehen, ob sie sich bewährt. Aber sie ist ein gescheites Mädchen, sonst hätte sich unser Sohn nicht für sie entschieden.« Otto Robek trank sein Glas leer und stellte es laut auf dem Tisch ab. Damit war für ihn die Diskussion beendet.

Es tat Albert leid, er hätte gern von Annas Suppe probiert, doch er kannte seine Mutter. Wenn er ihr erklären würde, dass sie ab sofort selbst kochen würden, wäre sie zutiefst gekränkt. Das konnte er ihr nicht antun. Es würde eine Zeit geben, in der Anna und er ein eigenes Leben führen würden, aber noch war es nicht der richtige Zeitpunkt. Umso mehr freute ihn das Verhalten seines Vaters. Dieser hielt offenbar so viel von Anna, dass er ihr die Buchführung überließ.

»Ich hätte nicht gedacht, dass Vater dir eine Tätigkeit anbietet, schon gar nicht für die Bücher. Daran hatte er noch nie jemand anderen gelassen«, sagte er, als sie beide im Bett lagen.

»Warum nicht?«

»Keine Ahnung. Die Buchführung ist eine wichtige und vertrauensvolle Aufgabe. Das hätte ich nicht gedacht.«

»Glaubst du, ich werde dich blamieren? Ich bin sicher, dass es nicht so schwierig sein kann.« Anna trug ein züchtiges Nachtgewand und lag mit dem Rücken zu ihm.

»Nein, ich denke, dass du uns alle überraschen wirst, an erster Stelle meine Mutter. Es tut mir leid, dass sie sich so merkwürdig verhält. So kenne ich sie gar nicht.« Albert drehte sich zu Anna und legte ihr einen Arm über die Hüften. »Mein Vater scheint dich zu mögen.«

»Das überrascht dich. Warum?« Annas Ton war gereizt.

»Er und ich, wir kommen nicht besonders gut miteinander aus. Nichts, was ich vorschlage oder herstelle, findet seinen Zuspruch. Es ist, als wäre er … eifersüchtig. Ich bin nie gut genug.«

Anna drehte sich um und blickte ihn zuversichtlich an. »Du *bist* gut genug. Dein Vater hat hohe Maßstäbe, aber ich glaube, dass er sehr stolz auf dich ist.« Sie berührte Alberts Wange, und der Bartschatten des Tages gab ein leises Geräusch von sich.

Er zog sie in seine Arme. »Danke, Anna. Du bist eine wunderbare Frau und Köchin. Deine Suppe schmeckt viel besser als die meiner Mutter.« Er grinste breit.

»Wann hast du sie probiert?«, fragte Anna überrascht.

»Als du schon im Schlafzimmer verschwunden warst. Sie war zwar kalt, aber morgen Mittag schmeckt sie umso besser. Ich komme zum Mittagessen herauf. Und ich werde dir morgen etwas Haushaltsgeld auf den Tisch legen, damit du einkaufen kannst.«

»Danke, mein Liebster.«

Er küsste sie zärtlich. »Schlaf jetzt. Morgen wird es anstrengend für dich. Dein erster Arbeitstag im Büro.«

Kapitel 11

Lübeck, Oktober 1872

Anna starrte auf gleich mehrere Stapel Papier, die sich auf dem Tisch türmten. Am Morgen hatte Albert ihr den Weg in das Büro ihres Schwiegervaters gezeigt, das wie Backstube und Manufaktur im Souterrain lag. Es gab ein kleines Fenster, das sie sofort öffnete, weil es nach abgestandener Luft und Abfluss roch. Es drang auch nur wenig Tageslicht herein, aber zum Glück hatte Anna gute Augen. Kein Wunder, dass Otto hier nicht gern seine Büroarbeit verrichtete.

Ein Klopfen an der Tür ließ sie aufschauen.

»Du bist pünktlich, das gefällt mir, Schwiegertochter.« Otto betrat den Raum und blickte verlegen auf das Chaos auf dem Tisch. »Es sieht wüster aus, als es ist. Meine Ablage ist eine ganz einfache. Es gibt zwei Bücher: eines für Rechnungen, die ich noch bezahlen muss, und eines für unsere Rechnungen, die wir an die Kunden schicken.«

»Und die Rechnungen soll ich dann schreiben?«, fragte Anna nach.

Otto nickte. »Ja, die Lieferscheine bekommst du aus der Backstube und der Manufaktur. Dort gibt es einen Ablagekorb, in dem wir die Scheine sammeln. Deine Aufgabe ist es, diesen mehrmals in der Woche zu leeren und am Ende des Monats die Rechnungen zu schreiben. Die gehen an Stammkunden wie Gaststätten und Hotels und an die Firmen, denen wir Marzipanrohmasse liefern. Sie bekommen eine Sammelrechnung. Alle übrigen Lieferungen werden direkt bezahlt, und die Rechnung schreibst du auch sofort, damit sie mit der

Ware überreicht werden kann. Ich hoffe, du hast eine schöne Schrift, meine kann man meistens nicht lesen.« Er lachte.

»Ja, Herr Schwiegervater, ich denke, dass man meine Handschrift gut lesen kann.«

»Du kannst mich Otto nennen«, sagte er und fuhr fort: »Hier in der Schublade wird das Geld gesammelt. Es kommt am Abend in den Tresor.«

Anna nickte eifrig.

»Wenn du Fragen hast, wendest du dich am besten an mich oder an Albert. Ich muss jetzt zurück in die Backstube. Dieser Papierkram verursacht mir Juckreiz.« Er machte ein Gesicht wie sieben Tage Regenwetter und verschwand durch die Tür.

Es war Anna ein Rätsel, wie er bei diesem Durcheinander die Übersicht darüber hatte behalten können, welche Rechnungen schon ins Rechnungsbuch eingetragen worden waren und welche nicht. Als Erstes machte sich Anna daran, die Zettel nach Ein- und Ausgangsrechnungen und Lieferscheinen zu sortieren. Als es nur noch diese drei Stapel gab, sah es schon nicht mehr so schlimm aus.

Otto hatte recht. Seine Handschrift war wirklich kaum zu entziffern. Ihr Lehrer hätte sie wohl als *Sauklaue* bezeichnet. Während sie die bereits bezahlten Rechnungen im Auftragsbuch abhakte, kam Anna allmählich immer besser damit zurecht. Sie trug die neuen Rechnungen ein und machte ein Häkchen daran, wenn sie beglichen waren. Zwischendurch räumte sie das Büro auf, sodass nun Ordnung auf dem Schreibtisch herrschte und auch in den Regalen an der Wand ein System zu erkennen war. Die Zeit verging wie im Flug, und erst als ihr Magen knurrte, legte sie den Federkiel zur Seite, streckte ihre Finger und sah sich zufrieden um.

Als Otto das Büro betrat, blieb er erstaunt stehen.

»Ich glaube, ich bin im falschen Haus. Was ist denn hier passiert?«, rief er und kratzte sich am Kopf.

Albert und Christian Wilk streckten neugierig ihre Köpfe herein und sahen sich verblüfft um.

»Da hast du aber ganze Arbeit geleistet, Anna«, sagte Otto. »Ich erkenn ja mein Büro nicht mehr wieder. Dich hat wirklich der liebe Gott geschickt!«

»Nein, Vater, das war ich, wenn ich das erwähnen darf«, warf Albert ein, der voller Stolz auf Anna breit grinste.

»So ordentlich hat es hier noch nie ausgesehen«, bestätigte Christian und schob seine Kappe tiefer in den Nacken.

»Ich glaube, ich bin im falschen Haus«, sagte nun auch Anton, der hinzugekommen war.

»Du hast ja mächtig was geschafft, Mädchen.« Er sah sich staunend um.

»Ich habe doch nur ein bisschen aufgeräumt«, sagte Anna verlegen, freute sich aber, dass es den Männern aufgefallen war. Obwohl man schon blind auf beiden Augen sein musste, um den Unterschied nicht zu erkennen.

»Ich habe hier neue Arbeit für dich«, erklärte Otto und warf einen Packen Lieferscheine auf ihren Tisch, die sofort wieder Unordnung brachten. »Das kannst du aber morgen erledigen. Für heute ist Feierabend. Mutter wartet mit dem Essen auf uns, und sie wird böse, wenn wir nicht pünktlich sind.«

Albert warf Anna einen kurzen Blick zu.

»Ein Glück, ich sterbe fast vor Hunger!« Anna stand auf. Sie war froh, heute nicht kochen zu müssen. Die Mittagspause hatte sie vollkommen vergessen.

Otto schloss noch rasch das Geld in den Tresor ein, und gemeinsam stiegen sie die Treppe ins Obergeschoss hinauf.

Nachdem Albert und sie sich in ihrer Wohnung umgezogen hatten, saßen sie im Esszimmer von Alberts Eltern zusammen. Es gab Rübeneintopf, und Otto erzählte, wie Anna im Büro für Ordnung gesorgt hatte.

»Ich hoffe, du passt auf, dass am Ende kein Geld fehlt«, sagte seine Frau.

Anna blieb das Essen im Hals stecken.

»Was soll das denn bedeuten, Mutter?«, fragte Albert und ließ den Löffel auf seinen Teller fallen. »Glauben Sie etwa, dass meine Frau sich an den Einnahmen vergreift?«

»Helene!«, rief Otto aufgebracht, und sofort zog seine Frau den Kopf ein. »Wenn ich Anna nicht vertrauen würde, hätte ich ihr die verantwortungsvolle Aufgabe sicherlich nicht übertragen. Meine Schwiegertochter ist mir allemal lieber, als wenn ich einer fremden Person diese Arbeit überlasse. Ich will nichts mehr davon hören.« Für ihn schien die Angelegenheit erledigt zu sein.

Anna wagte kaum zu atmen. Sie wollte keine Zwietracht säen, doch Helene schien mit ihr nicht einverstanden zu sein, und sie bezweifelte, dass sich das mit der Zeit ändern würde. Vorsichtig warf Anna Albert einen Blick zu, der ihr ein Lächeln schenkte. Sie aßen schweigend weiter, bis Albert das Wort ergriff. »Vater, ich habe eine neue Variante der Marzipanrohmasse hergestellt. Sie ist feiner und bekommt durch die Zugabe von Rosenwasser eine ganz eigene Note.«

Otto schnaufte. »Du mit deinen Ideen.« Du solltest dich lieber um die Erweiterung des Geschäfts bemühen. Ich habe beim Treffen der Kaufmannschaft erfahren, dass das Nebengebäude zum Verkauf steht. Wir sollten auf Erweiterung setzen. Wenn wir das Café erweitern, können wir mehr Gäste bewirten.«

»Vater, wir beliefern den russischen Zaren mit unserem Marzipan, und ich bin mir sicher, dass wir auch bald die englische Königin oder das dänische Königshaus zu unseren Kunden zählen dürfen. Du musst doch erkennen, welche Möglichkeiten in unserer Marzipanproduktion liegen.«

»Deine Vorfahren haben gute Arbeit geleistet, und es ist nicht nötig, dass du alles über den Haufen wirfst. Ich werde das Nebengebäude kaufen, damit haben wir eine Möglichkeit, das Café zu erweitern.« Ottos Stimme war laut geworden.

»Aber was willst du mit so viel Fläche?« Albert verschränkte die Arme vor der Brust und lehnte sich auf dem Stuhl zurück, sodass er knarrte.

»Man könnte ein Studierzimmer einrichten«, warf Anna ein, die neuen Mut gesammelt hatte.

»Ein Studierzimmer?«, fragte Helene, und man hörte die Abneigung in ihren Worten. Anna hatte auch nicht erwartet, dass sie von ihrer Seite Zustimmung erfahren würde.

»Ja, einen Raum, den wir mit Büchern und Zeitschriften bestücken. Je länger wir die Gäste an Ort und Stelle halten, umso mehr essen und trinken sie. Das Café ist oft so voll und laut, dass man sein eigenes Wort nicht versteht. Ein abgetrennter Raum, in dem es ruhiger zugeht, könnte zusätzliche Kunden anlocken. Dort können wir den Hinweis aufhängen, dass man sich leise unterhalten darf.« Anna blickte selbstbewusst in die Runde. Sie war von ihrer Idee überzeugt, und da brachte auch Helenes missmutiges Gesicht sie nicht aus dem Konzept.

»Wenn wir das Café erweitern, brauche ich mehr Personal, Otto, das werde ich nicht mit den wenigen Leuten, die wir bisher beschäftigen, bewältigen können«, wandte Helene ein. »Erst heute hat Fritz gekündigt. Wir müssen uns um einen neuen Kellner bemühen.«

»Was ist mit Fritz?«, wollte Otto wissen.

»Er zieht mit seiner Familie nach Hamburg. So eine gute Kraft wie den werden wir nicht mehr bekommen.«

»Nun, ich muss erst einmal den Kauf unter Dach und Fach bringen. Wenn das geschehen ist, wird der Umbau einige Zeit in Anspruch nehmen«, überlegte Otto laut. »Dann müssen wir ohne Kellner auskommen. Eine Frau ist sowieso günstiger. Wenn jemand fehlt, kann Anna einspringen.« Er sah sie fragend an.

»Natürlich. Die Büroarbeit kann ich auch nach Feierabend erledigen«, antwortete sie.

»Also gut«, lenkte Helene ein. »Anna kann uns helfen, wenn wir jemanden brauchen.«

»Bekommt die Produktion auch neue Räume? Die Manufaktur ist viel zu klein, die Mitarbeiter treten sich gegenseitig auf die Füße.« Albert ließ nicht locker.

Otto erhob sich, holte seine Pfeife und den Tabak aus der Kommode und setzte sich wieder auf seinen Stuhl, während Bille den Esstisch abräumte.

»Nun, darüber können wir sprechen«, sagte Otto versöhnlich.

»Du weißt, dass wir dringend eine weitere Porzellanwalze benötigen, und dazu brauchen wir Platz.«

Sorgfältig stopfte Otto die Pfeife, zündete sie an und paffte den Qualm in die Luft. Er nickte. »Nun gut, du hast recht, wir werden sehen, ob die Witwe mit dem Preis einverstanden ist, der mir vorschwebt. Dann entscheiden wir, wie wir die Räume nutzen wollen. Ich werde mir die Baupläne besorgen, und wir planen gemeinsam den Umbau.«

***

Anna war schon im Bett, als Albert aus dem Bad kam und sich ebenfalls seiner Kleidung entledigte.

»Albert, warum mag mich deine Mutter nicht?«, fragte sie leise, als er sich zu ihr legte.

»Ich glaube nicht, dass meine Mutter dich nicht mag, sie muss sich nur erst an die Veränderungen gewöhnen. Unsere Heirat kam sehr überraschend für sie. Ich bin nun mal ihr einziges Kind, und denke, sie hat Schwierigkeiten damit, loszulassen.«

Anna kannte ihre Schwiegermutter nicht gut genug, um seine Worte zu bestätigen. »Ich habe allerdings den Eindruck, es passt ihr nicht, dass es nun eine weitere Frau im Haushalt gibt. Sie kann doch nicht erwarten, dass ich den ganzen Tag in der Wohnung sitze.«

Albert zog sie in seine Arme und strich ihr über den Arm. »Nein, dass erwartet sie auch nicht. Aber du musst verstehen, bisher hat sie sich ganz allein um mich gekümmert, und jetzt gibt es dich, das ist nicht so einfach für sie, in die zweite Reihe zu treten. Gib ihr etwas Zeit.«

Anna sah ihn an und nickte. »Wirst du mir morgen die Manufaktur zeigen? Ich würde mir gerne anschauen, wie das Marzipan hergestellt wird.«

»Natürlich, ich werde dir alles genau zeigen. Mein Vater ist weiterhin unnachgiebig, wenn es um neue Ideen geht. Aber ich werde unser Marzipan im nächsten Jahr auf der Weltausstellung in Wien präsentieren und dann wird die ganze Welt sich von unserer Qualität überzeugen können.«

»Und ich unterstütze dich dabei, liebster Albert. Du kannst auf mich zählen«, sagte Anna und gab ihm einen Gute-Nacht-Kuss. In der Nacht träumte sie davon, dass sie in Wien wäre und der englischen Königin Marzipan servierte. Als sie am nächsten Morgen erwachte, konnte sie nur über diesen verrückten Traum den Kopf schütteln. Was hatte sie sich da nur zusammengesponnen?

Kapitel 12

Lübeck, Oktober 1872

»Hier werden die Mandeln auf schonende Weise geschält. Sie werden vorher mit heißem Wasser überbrüht, dann lösen sich die Schalen besser. Vorsicht, das Wasser ist sehr heiß, du könntest dich verbrühen«, erklärte Albert und zog Anna weiter.

»Woher kommen die Mandeln?«, wollte sie wissen.

»Wir beziehen sie aus Spanien. Die Mandelblüte dauert von Ende Januar bis Anfang März. Dann schaut man auf ein Meer aus weißen und roséfarbenen Blüten. Es sieht wunderschön aus.«

»Du warst schon mal dort?«, fragte Anna mit großen Augen.

Albert nickte. »Ja, mit meinem Vater vor ein paar Jahren. Da haben wir unseren Lieferanten besucht. Ich muss zugeben, diese Reise war sehr beeindruckend.«

Anna nickte. »Wie wunderbar. Und wie geht es weiter?«

»Im zweiten Schritt kommt ein kleines bisschen Zucker hinzu, damit werden die Mandeln zuerst grob gerieben und danach dann mit feinen Porzellanwalzen fein gewalzt. Das macht die Masse geschmeidig, damit sie später besser verarbeitet werden kann. Allerdings darf man sie nicht zu weit erhitzen, sonst tritt Mandelöl aus, das mindert die Qualität.« Albert deutete auf einen großen Kupferkessel. »Hier findet das Abrösten statt. Durch die Zugabe von Sirup entsteht eine leichte Karamellisierung, und wir geben noch Rosenwasser für den Geschmack hinzu. Die Rezeptur ist natürlich ein Familiengeheimnis und wird im Tresor aufbewahrt. Es ist quasi unser Goldschatz, den wir hüten müssen. Mein Urgroßvater hat sie entwickelt, und sie wurde in all den Jahren kaum verändert«, erzählte er. Sein Gesicht glühte vor Stolz.

»Und warum arbeitest du an einer neuen Variante?« Anna sah ihn fragend an.

Albert zuckte mit den Schultern. »Ich möchte etwas Eigenes entwickeln«, erwiderte er und hoffte, dass Anna ihn verstehen würde.

»Aber du könntest deine Ideen doch auf die Produktion verlagern«, schlug Anna vor. »Wenn das Rezept so einmalig ist, dass ihr dafür berühmt seid, dann solltest du dabei bleiben. Warum konzentrierst du dich mit deinen Ideen nicht auf das Sortiment? Am besten, du entwickelst ein Angebot, mit dem du alle anderen Anbieter überflügelst. So hättest du etwas Eigenes, ohne Qualität und Geschmack des Marzipans zu verändern.«

Albert legte den Arm um ihre Schultern. »*Wir*, meine liebe Anna, *wir* werden alle übertreffen. Ich schaffe es mit dir an meiner Seite!«, flüsterte er ihr ins Ohr und küsste sie auf die Wange.

»Und wie geht es mit dem Marzipan weiter?«, fragte sie.

Albert hatte noch keine Frau getroffen, die ein so breit gefächertes Interesse hatte. Die meisten weiblichen Wesen waren damit zufrieden, sich um Küche und Kinder zu kümmern, doch Anna war anders. Ihre Gedankenwelt war größer, und das liebte Albert an ihr.

»Dann muss das fertige Marzipan abkühlen, bevor es weiterverarbeitet wird. Ein Teil wird abgepackt und an Händler verkauft, einen Teil liefern wir auch an andere Bäckereien, die kein eigenes haben, und den Rest verwenden wir selbst und stellen Torten und andere Köstlichkeiten daraus her.«

»Herr Robek! Im Laden steht ein Herr, der Sie sprechen will.«

Karla, eine Serviererin aus dem Café, war in die Manufaktur gekommen.

»Ein Herr? Der will bestimmt zu meinem Vater«, sagte Albert.

Karla schüttelte den Kopf. »Nein, er will Herrn Albert Robek sprechen. Ein sehr eleganter Herr«, erklärte die junge Frau.

»Danke, Karla. Ich komme sofort.«

Sie machte sich wieder auf den Weg, und Albert sah Anna fragend an. »Wer das wohl sein mag? Ich gehe mal rauf ins Café.«

»Ja, ich muss ins Büro. Da wartet eine Menge Arbeit auf mich.« Sie gab ihm einen kleinen Kuss auf die Lippen und strich ihm zärtlich über die Wange.

Albert stieg mit schnellen Schritten die Treppe ins Erdgeschoss hinauf. Vor dem Tresen stand ein groß gewachsener älterer Mann. Albert erkannte ihn sofort.

Direktor Quast.

Für einen Moment dachte er daran, Anna zu holen, doch dann besann er sich und trat auf ihn zu. Er war neugierig zu erfahren, was Annas Vater von ihm wollte, statt mit seiner Tochter zu sprechen.

»Herr Direktor Quast!« Er reichte ihm die Hand.

»Herr Robek, danke, dass Sie mich empfangen.«

»Albert reicht vollkommen. Herr Robek wird hier mein Vater genannt. Was kann ich für Sie tun? Anna geht es gut. Wenn Sie mit ihr reden wollen …«

Quast hob die Hand. »Nein, danke. Ich bin wegen Ihnen hier, Albert. Haben Sie ein paar Minuten?« Er sah sich im Café um, das so gut wie leer war.

»Bitte, nehmen Sie doch Platz. Darf ich Ihnen einen Kaffee und etwas Gebäck bestellen?«, fragte Albert und rückte einen Tisch etwas abseits zurecht.

»Ein Kaffee reicht vollkommen. Vielen Dank«, sagte Roland Quast und setzte sich.

»Karla, bringst du uns bitte zwei Tassen Kaffee?«, rief Albert und sah, wie seine Mutter hinter die Theke trat. Sie nickte ihm wortlos zu.

Die Serviererin brachte die beiden Tassen Kaffee und wandte sich dann einem anderen Gast am Ende des Raums zu.

»Ich möchte Ihnen zur Hochzeit gratulieren. Sie sagen, Anna gehe es gut, das freut mich. Wirklich.« Quast räusperte sich, als wäre es ihm peinlich, über sie zu sprechen. Er hob die Tasse und trank einen Schluck.

»Sie fragen sich sicherlich, warum ich hier bin. Nun, es gibt da noch eine Sache, die ich Ihnen schuldig bin.« Aus der Innentasche seines eleganten grauen Gehrocks holte er einen Umschlag hervor. Er war nicht dick genug, dass er Geld enthalten könnte. Quast schob ihn Albert über den Tisch zu.

»Was ist das?«

»Schauen Sie nach.«

Albert öffnete den Umschlag und zog ein Blatt Papier heraus.

»Das ist ein Barscheck. Den können Sie in meiner Bank an der Kasse gegen Bargeld eintauschen oder das Geld auf Ihrem Konto einzahlen«, erklärte Quast in dem sachlichen Ton des Bankdirektors.

»Ich weiß, was ein Scheck ist. Ich habe schon öfter einen gesehen. Mein Vater ist Unternehmer«, erklärte Albert, obwohl das ja eindeutig war. Er blickte auf die Zahl: fünftausend Mark.

»Das ist Annas Mitgift, so wie ich es versprochen habe.«

Albert sah ihn an und nickte. »Vielen Dank! Es wird Anna sehr freuen, dass Sie an sie gedacht haben.«

»Es ist das Mindeste, was ich für sie tun kann. Behandeln Sie sie gut, mein Junge, nichts weniger hat Anna verdient.« Er trank seinen Kaffee und stellte die leere Tasse auf der Untertasse ab.

»Und Sie wollen wirklich nicht mit Anna sprechen?«, fragte Albert. »Sie wird sich sicherlich freuen, dass Sie extra ins Café gekommen sind.«

»Nein … nein, ich denke, es ist besser so. Es würde nur Hoffnungen wecken, die ich nicht erfüllen kann. Ich muss jetzt zurück in die Bank. Vielen Dank, Albert, und alles Gute.« Annas Vater nahm seinen Hut und verließ das Café.

Bevor Albert sich erheben konnte, setzte sich seine Mutter zu ihm. »War das nicht Direktor Quast?«

»Du weißt doch genau, dass er es war.« Albert hatte weder Lust noch die Zeit für ein Gespräch mit ihr.

»Was wollte er denn von dir? Ging es um Anna?« Sie wischte einen imaginären Krümel von der Tischplatte.

»Ja, er wollte wissen, wie es ihr geht. Ich mache mich jetzt wieder an die Arbeit, damit du heute noch Marzipanhörnchen verkaufen kannst.« Albert stand auf und steckte den Umschlag in seine Hosentasche. Seine Mutter sah ihn fragend an, aber er war nicht gewillt, ihre unausgesprochenen Fragen zu beantworten, als er seinen Vater durch die Eingangstür des Ladens kommen sah.

»Vater? Ist alles in Ordnung?«, fragte Albert besorgt, ging ihm entgegen. Otto war bleich und zerrte an seinem weißen Hemdkragen.

»Helene, bring mir ein Glas Wasser«, bat er und ließ sich auf den Stuhl sinken, auf dem gerade noch Direktor Quast gesessen hatte.

Seine Frau lief los, um das Wasser zu holen. Er öffnete seinen Hemdkragen und schloss für einen kurzen Moment die Augen.

»Wo warst du?«, wollte Albert wissen. Er hatte gar nicht mitbekommen, dass sein Vater am Morgen das Haus verlassen hatte.

»Ich war bei der Witwe, um mit ihr über den Verkauf des Hauses nebenan zu sprechen. Auf dem Rückweg hab ich plötzlich keine Luft mehr bekommen«, erzählte sein Vater und atmete angestrengt aus.

»Du solltest einen Arzt aufsuchen«, sagte Albert nicht zum ersten Mal.

»Hast du das Haus kaufen können?«

Sein Vater schüttelte den Kopf. »Nein, der Preis war höher, als ich dachte. Die Witwe will viertausend Mark mehr, als ich zur Verfügung habe. Ich kann nicht alles dafür ausgeben, das wäre nicht klug. Die nächste Lieferung Mandeln steht an, und wir brauchen das Geld an anderer Stelle.«

Alberts Mutter kam und reichte ihrem Mann das Glas Wasser. Er trank in kleinen Schlucken, atmete zwischendurch heftig ein und aus. Langsam kehrte wieder Farbe in sein Gesicht zurück. Auf seiner Stirn hatten sich kleine Schweißperlen gebildet, die er mit dem Taschentuch wegwischte.

»Und was willst du jetzt machen?«, bohrte Albert weiter.

»Worum geht es denn?«, wollte seine Mutter wissen.

»Das Nebenhaus ist teurer, als ich erwartet habe«, erklärte sein Vater resigniert.

»Und wenn wir einen Kredit aufnehmen?«, schlug Albert vor. »Es wäre schade, wenn es uns jemand vor der Nase wegschnappt.«

»Ein Kredit?«, zischte seine Mutter. »Die Firma ist seit mehr als hundert Jahren in Familienbesitz, und noch nie hatten wir es nötig, uns Geld zu leihen«, flüsterte sie und schüttelte erbost den Kopf. »Das werde ich nicht zulassen!«

Albert wusste, dass seine Mutter das Unternehmen mit in die Ehe gebracht hatte, und ihr Vater seinem Schwiegersohn Otto die Geschäfte überlassen hatte.

Otto Robek trank noch einen Schluck, dann stellte er das Glas zur Seite und erhob sich.

»Das wissen wir doch gar nicht so genau«, murmelte Albert, der hier eine Chance sah, die sie sich auf keinen Fall entgehen lassen durften.

»Das wirst du doch nicht tun, Otto?« Helene griff nach seiner Hand.

Er schüttelte den Kopf. »Nein, natürlich nicht. Wir machen keine Schulden. Zumindest nicht in dieser Höhe. Ich gehe mich jetzt umziehen.« Er klopfte mit den Fingerknöcheln auf die Tischplatte und erhob sich.

»Vater sollte dringend einen Arzt aufsuchen. Du musst ihn dazu bringen, Mutter«, sagte Albert noch, bevor er folgte seinem Vater hinunter in die Backstube folgte.

Sobald Otto Robek aus dem Anzug heraus war und seine Backschürze trug, war er wieder ganz der Alte. Er bellte Kommandos, und niemand konnte es ihm recht machen. Nur bei Anna, die zwischenzeitlich die Lieferscheine abholte, zeigte er sich gnädig und machte einen Scherz, was so ganz untypisch für ihn war. Doch Albert freute sich, dass zumindest Anna den wirklichen Otto ab und zu ans Tageslicht brachte.

Als die Mitarbeiter der Backstube um zwei Uhr mittags Feierabend machten, kam Albert aus der Manufaktur herüber. Dort wurde bis sechzehn Uhr gearbeitet. Dafür fingen die Bäcker schon um drei Uhr nachts an, damit die Brötchen pünktlich im Laden lagen.

»Vater, kann ich dich kurz sprechen?«

»Was willst du? Nicht schon wieder neue Kreationen …«, stöhnte Otto Robek. Er schien heute wahrhaftig keinen guten Tag zu haben.

»Nein, darum geht es nicht. Ich will mit dir über das Nachbargebäude sprechen«, sagte Albert.

Sein Vater schüttelte den Kopf. »Es ist zu teuer. Lassen wir es. Ich habe genau darüber nachgedacht, das Geld fehlt uns.«

»Aber das Haus liegt ideal und würde uns die Chance bieten, das Café und die Manufaktur zu erweitern. Das dürfen wir nicht verpassen. Ein größeres Ladenlokal zu finden und mit allem umzuziehen, würde wesentlich mehr Geld kosten.«

»Du hast Mutter doch gehört, sie ist gegen einen Kredit. Also, wie soll ich das finanzieren? Ich kann unsere eiserne Reserve nicht einfach so ausgeben. Woher soll ich das Geld nehmen? Ich kann es mir nicht aus den Rippen schneiden.« Sein Vater sah ihn schon fast wütend an, was Albert zeigte, dass auch er das angrenzende Eckgebäude gern gekauft hätte.

»Hiermit.« Albert zog den Umschlag aus der Hosentasche, den Quast ihm vorhin überreicht hatte.

»Was ist das?«

»Annas Mitgift. Das ist ein Scheck über fünftausend Mark. Ich gebe dir die fehlenden viertausend, dann können wir das Gebäude kaufen.«

Überrascht sah sein Vater ihn an. »Wo hast du das her? Hat Anna es dir gegeben?«

Albert kratzte sich am Kopf. »Nein, Direktor Quast war heute hier und hat es vorbeigebracht. Ich denke, das Geld ist in unserem Geschäft gut angelegt. Ich werde es ohnehin erben, also können Anna und ich auch darin investieren. Sie wird sicherlich einverstanden sein, aber letztendlich ist es meine Entscheidung.«

»Weiß Anna davon?«, wollte sein Vater wissen.

»Ich werde später mit ihr darüber sprechen«, erklärte Albert voller Zuversicht. Er war froh, endlich einmal seinen Vater zu überraschen, und hoffte, dass er seine Hilfe auch annehmen würde.

Otto nickte. »Gut, aber ich denke, du verlangst auch etwas dafür«, sagte er.

Albert nickte grinsend. Sein Vater kannte ihn gut. »Zum einen möchte ich, dass du in einem Testament verfügst, dass ich nach deinem Tod, die Firma erbe. Und …«

Sein Vater sah ihn aufmerksam an.

»Und ich will, dass wir unser Marzipan im nächsten Jahr

in Wien bei der Weltausstellung präsentieren. Ich bin mir sicher, dass wir es über die Grenzen hinaus bekannt machen können.«

Otto Robek brummte unwirsch.

»Ich brauche nicht viele Leute. Emil kann mich begleiten, und ich werde Anna mitnehmen. Das wird reichen. Ich bin mir sicher, dass das Geld für die Reise eine gute Investition ist.«

»Du wirst nicht lockerlassen, mein Sohn, oder?« Sein Vater lachte leise und schüttelte den Kopf. »Du bist ein echter Dickschädel.«

»Ich werde diesen Traum nicht aufgeben. Und den Dickschädel habe ich übrigens von dir.«

***

Anna war überrascht, als Albert ihr mitteilte, dass sie an diesem Tag allein zu Abend essen würden. Sie machte früher Feierabend und ging rasch noch einkaufen. Albert hatte ihr Haushaltsgeld dagelassen, und sie kehrte mit Kartoffeln, Speck, Zwiebeln, ein paar Bratwürstchen und Eiern zurück. Sie hatte sogar Zutaten für einen Plettenpudding besorgt. Frische Himbeeren, Himbeergeist, Minze und Vanille.

»Weiß deine Mutter, dass wir heute nicht zum Essen kommen?«, fragte sie, als er die Küche betrat, nachdem er sich gewaschen und umgezogen hatte.

»Ja, sie hat heute nicht gekocht. Ihr geht es nicht so gut, sie hat sich hingelegt, und Vater spricht noch einmal mit der Witwe, die das Gebäude nebenan verkaufen will. Danach geht er zum Treffen der Kaufmannsgilde. So haben wir den Abend für uns.«

Anna deckte den Tisch und sah ihn erstaunt an. »Will dein Vater das Haus doch kaufen?«

Albert kam auf sie zu und legte seine Hände auf ihre Hüften. »Wir werden es gemeinsam kaufen«, erklärte er.

»Wir? Wie meinst du das?« Anna hatte keine Ahnung, wovon er sprach. »Du und dein Vater?«

»Nein, meine Eltern und wir, du und ich.«

»Aber ich hab doch gar kein Geld.« Sie lächelte verlegen.

»Doch, Anna, wir beide haben es. Dein Vater, also Direktor Quast, war heute Morgen bei mir und … nun er hat deine Mitgift gebracht …«

»Was? Er war hier? Warum hast du mir nicht Bescheid gegeben? Ich hätte gern mit ihm gesprochen.« Auf ihrem Gesicht spiegelten sich widersprüchliche Gefühle.

»Ich wollte ja … also, ich meine … er wollte …« Albert verstummte.

»Er wollte mich nicht sehen, stimmt's? Nun, ich habe auch nichts anderes von ihm erwartet.«

Annas Laune sank auf den Nullpunkt. Was hatte sie sich vorgestellt, wie es mit ihm weitergehen würde? Er hatte doch in all den Jahren gezeigt, dass er nicht zu ihr stand. Dass er offen zugeben würde, dass sie seine Tochter war. Sie sollte sich diese dummen Flausen aus dem Kopf schlagen. Es führte zu nichts.

»Er soll sein blödes Geld behalten«, rief sie aufgebracht, und Tränen brannten in ihren Augen.

»Anna!« Albert zog sie in seine Arme. »Nicht weinen. Alles wird gut. Auch wenn er nicht als Vater für dich da war, so kennt er zumindest seine Pflichten. Er ermöglicht uns den Weg in eine aufregende Zukunft. Mit der Summe können wir das Haus kaufen, und deshalb hat mein Vater zugestimmt, dass wir zur Weltausstellung nach Wien fahren!«

Anna hob den Kopf und wischte sich über die Augen. »Meinst du das ernst? Warum hat er seine Meinung geändert? Er war doch dagegen.«

»Ja, aber ich habe ihm den größten Teil deiner Mitgift für

den Ankauf gegeben, sonst wäre das Haus an einen anderen Käufer gegangen. Das konnte ich nicht zulassen. Ich habe das Geld in unsere Zukunft investiert, meine Liebste. Zur Absicherung wird Vater mich als Erbe der Firma in sein Testament eintragen lassen. Ich meine, es gäbe sowieso keinen anderen Erben, aber so sind wir auf der sicheren Seite. Und wir beide werden im nächsten Jahr nach Wien reisen. Endlich hat Vater zugestimmt!«

Anna sah ihren Mann sprachlos an. »Du bist ein geschickter Geschäftsmann«, sagte sie leise und legte ihren Kopf an seine Schulter.

»Und du eine kluge Frau. Zusammen können wir Großes erreichen, du wirst schon sehen. Deine Mitgift ist der Grundstock für unseren Erfolg. Unser Marzipan wird rund um den Globus bekannt werden. Auf der Weltausstellung wird es endlich die Aufmerksamkeit bekommen, die es verdient. Und wir beide werden das bewerkstelligen. Wir gehören einfach zusammen!«

Er legte einen Finger unter ihr Kinn, hob ihren Kopf an und sah ihr liebevoll in die Augen.

Anna nickte entschlossen. Aus Alberts Mund hörte sich die Zukunft so vielversprechend an, dass sie an nichts anderes glauben wollte. Sie stellte sich auf die Zehenspitzen und küsste ihn. Albert schlang seine Arme um ihre Taille und zog sie ganz fest an sich.

»Ich liebe dich«, flüsterte er an ihren Lippen, ohne den Kuss zu unterbrechen.

Kapitel 13

Wien, August 1873

Seit drei Monaten war Anna nun schon in Wien und hatte von der Stadt noch nicht viel gesehen. Jeden Tag stand sie auf dem Gelände des Praters, das mit unzähligen Pavillons bestückt war. Die Hauptattraktion war die Rotunde, das Wahrzeichen der Ausstellung, die direkt hinter dem Hauptportal lag und in der die Industriehalle untergebracht war. Anna wurde es nicht müde, an ihrem Stand dort den Gästen kleine Proben des Marzipans anzubieten. Unter den Ausstellern herrschte eine gemischte Stimmung, denn jeden Tag gab es Widrigkeiten, die es zu meistern gab.

Unter den Ausstellern wurde gemunkelt, dass es viele Streitigkeiten hinter den Kulissen unter den Veranstaltern gäbe. Kurz nach der Eröffnung der Weltausstellung war es zu einem Wiener Börsenkrach gekommen, der eine Wirtschaftskrise auslöste. Albert hatte es schon fast bereut, seinen Kopf durchgesetzt zu haben, doch nun waren sie hier und konnten nicht zurückziehen. Tage vor der Eröffnung hatte es schwere Regengüsse gegeben, die den Prater in eine Schlammlandschaft verwandelt hatten, sodass viele Wagen, die die Waren anlieferten, im Morast stecken blieben. Und als hätte die Welt sich gegen die Ausstellung verschworen, brach in Wiener Elendsvierteln eine Choleraepidemie aus. Viele Besucher aus aller Welt blieben lieber der Stadt fern.

Wenn Anna ehrlich war, so fieberte sie dem Ende der Ausstellung entgegen. Sie wollte zurück nach Hause, zurück nach Lübeck.

»Wir kommen nun zu der Prämierung der Gruppe vier,

die die Nahrungs- und Genussmittel als Erzeugnisse der Industrie umfasst«, rief Wilhelm Freiherr von Schwarz-Senborn, der Ausstellungsleiter, bei einer der vielen Medaillenverleihungen, die es in den letzten Wochen gegeben hatte. Anbieter aus mehr als dreißig Ländern waren angereist, und es gab über fünfundzwanzigtausend Medaillen, die verliehen wurden.

»Oh mein Gott, jetzt sind wir dran, ich falle gleich in Ohnmacht«, stöhnte Anna, die in der ersten Reihe des Festsaals saß und Alberts Hand drückte.

»Na, das will ich nicht hoffen, sonst verpasst du noch das Beste, Liebling … wie ich die Medaille entgegennehme.« Er zwinkerte ihr zu.

»Eine Medaille für den feinsten Geschmack des Lübecker Marzipans geht an die Firma Robek. Herr Albert Robek, ich bitte Sie auf die Bühne.«

»Oh mein Gott!«, flüsterte Anna wieder und wünschte, ihr Schwiegervater könnte in diesem Augenblick bei ihnen sein und seinen Sohn sehen, wie er stolz die Medaille entgegennahm.

Ein Blitz erhellte die Halle und die Leute schrien kurz auf, dabei war es nur ein Fotograf, der die Szene auf der Bühne für die Ewigkeit festhielt. Albert bedankte sich mit einer tiefen Verbeugung.

»Ich bin tief geehrt und bedanke mich bei der Stadt Wien und dem österreichischen Kaiser.« Er verließ die Bühne und kam freudestrahlend auf Anna zu.

»Hast du das gesehen?«, fragte er und bekam das Grinsen gar nicht mehr aus dem Gesicht. Er zeigte Anna die Urkunde und die bronzene Medaille.

»Ja, natürlich hab ich das gehört. Ich kann es noch gar nicht glauben. Dein Vater wird sehr stolz auf dich sein. Wir sollten ihm ein Telegramm schicken, damit er so schnell wie möglich davon erfährt. Er wird endlich erkennen, was du für ein hervorragender Konditor bist.«

»Das will ich doch hoffen. Ich wünschte, er hätte mich gesehen.«

»Warte hier, Albert, ich bin sofort zurück.« Anna ließ ihn stehen und lief dem Fotografen hinterher, der dem Ausgang der Halle entgegenstrebte.

»Entschuldigung, bitte warten Sie, Herr Fotograf«, rief sie winkend. Als sie ihn erreichte, blieb er verwundert stehen. »Sie haben meinen Mann doch gerade bei der Verleihung auf der Bühne fotografiert. Wäre es möglich, dass Sie uns einen Abzug von dem Bild zusenden?« Sie drückte ihm eine der kleinen Karten in die Hand, auf der ihre Firmenadresse aufgedruckt war. »Natürlich gegen ein ordentliches Honorar.«

»Grüß Sie, meine Gnädigste. Josef Filzhuber. Immer zu Ihren Diensten.« Er lüftete seinen Hut und verbeugte sich leicht. In der einen Hand trug er den schweren Kamerakasten, mit der anderen nahm er ihre Karte entgegen. »Es wird mir eine Ehre sein.«

»Wir haben die Medaille für das beste Marzipan erhalten. Aber bitte nicht vergessen, es ist sehr wichtig.«

»Natürlich net, servus!«, rief er ihr zu und verschwand in der Menge.

»Wo bist du denn, Anna?« Albert tauchte vor ihr auf. »Wir müssen zurück zu unserem Stand.« Er nahm ihre Hand und zog sie durch die Menge. Heute war es besonders voll, nachdem die Besucherzahlen bisher hinter den Erwartungen zurückgeblieben waren. Es war einer der besseren Tage, weil viele Besucher die imposante Rotunde durchquerten, um in die Haupthalle zu gelangen.

»Warum hast du es denn so eilig?«, fragte Anna, die ihren Rock anhob, um nicht über den Saum zu stolpern.

»Der Kaiser soll heute auf dem Messegelände ankommen«, erklärte Albert.

»Ich spreche von *unserem* Kaiser, Anna. Kaiser Wilhelm«, flüsterte Albert ihr zu.

Der Stand wurde in der Zwischenzeit von Heinrich Holm bewacht. Er war einer der Angestellten der Manufaktur und war mit ihnen aus Lübeck angereist. Zuerst hatte sie Emil mitnehmen wollen, aber dann hatte Albert sich doch für Heinrich entschieden.

»Schau dir das an, Heinrich, wir haben eine Medaille bekommen.« Albert schien es immer noch nicht ganz glauben zu können.

»Das ist eine sehr hohe Auszeichnung, Herr Robek.« Heinrich schien ebenso stolz zu sein. Er war ein junger Bursche, der kräftig zupacken konnte und ihnen eine Menge Arbeit abnahm. Es war ein Segen, dass sie gerade ihn mitgenommen hatten.

»Herr Robek, das hier wurde vorhin abgegeben.« Er reichte ihm einen Umschlag. »Ich glaube, ein Telegramm.« Noch bevor Albert einen Blick darauf werfen konnte, wurde es laut in der Halle, und eine Traube von Menschen scharte sich um einige Besucher.

»Was ist denn da los?«, fragte Albert neugierig und steckte den Umschlag in die Hosentasche. Darum würde er sich später kümmern.

»Ich weiß nicht, ich kann nichts sehen«, entgegnete Anna und stellte sich auf die Zehenspitzen, was ihr aber auch nicht weiterhalf.

Plötzlich teilte sich die Menge, wie Moses das Meer geteilt hatte, und ein stattlicher Mann mit einem gepflegten Backenbart stand in der Mitte, umringt von einigen Würdenträgern.

»Das ist der dänische König Christian IX.«, flüsterte Anna, allerdings laut genug, dass alle anderen sie hören konnten. »Oh mein Gott.«

»Das ist wohl ein wenig zu hochgegriffen, Königliche Hoheit reicht völlig«, erklärte der Mann mit einem wohlklingenden Bariton. »Das ist doch hier der Stand der Firma Robek-Marzipan? Oder irre ich mich?«

»Nein, Sie irren nicht«, erklärte Albert. »Albert Robek, immer zu Ihren Diensten, Königliche Hoheit. Meine Frau Anna«, stellte er sie vor. Er verbeugte sich tief, und Anna knickste schnell. Der dänische König sah stattlich aus in seiner blauen Uniform, die eine Menge Orden zierte.

»Darf ich Ihnen eine Kostprobe unseres berühmten Marzipans anbieten, Königliche Hoheit?« Anna reichte ihm auf einem Tablett einige Stücke. Eines war noch in Stanniolpapier gepackt, das mit den Initialen *RM* bedruckt war. Ein anderes in Form eines roten Herzens lag in einer Papiermanschette. Außerdem hatte Anna noch ein kunstvoll gestaltetes Holstentor auf den hübschen Teller gelegt.

König Christian ließ seinen Blick über das Tablett schweifen. »Das sieht ja sehr ansprechend aus. Da fällt mir die Auswahl wahrlich schwer.« Er ließ seine Hand kreisen, nahm dann das Herz und schob es sich in den Mund. Langsam kaute er.

Anna hielt den Atem an. Sie wusste, dass dies einer der wichtigsten Momente ihres Lebens war. Es lag eine Spannung in der Luft, die man fast mit den Händen greifen konnte. Alle Geräusche der Halle traten in den Hintergrund, als hätte man sie leise gestellt.

»Ich muss sagen …«, setzte der Monarch an, und Annas Herz schlug ihr bis zum Hals. »Das ist das Beste, was mein Gaumen bisher kosten durfte. Das Marzipan zergeht auf der Zunge und ist dabei nicht so süß. Ich würde es als köstlich bezeichnen.«

Anna lachte vor Erleichterung auf. Ihr war ganz schwindlig. »Ja, so sieht das der Zarenhof auch, er ist schon seit längerer Zeit unser Kunde«, sagte sie wie nebenbei.

Sofort hatte sie die Aufmerksamkeit des Monarchen. »Alexander bestellt bei Ihnen sein Marzipan? Nun, ich habe schon viel Gutes darüber gehört. Selbst die englische Königin schwärmt davon«, erklärte er gut gelaunt.

Anna strahlte. »Selbstverständlich, Königliche Hoheit. Unser Marzipan ist heiß begehrt. Selbst Zar Alexander ist geradezu begeistert«, wagte sie zu sagen. Sie wusste es zwar nicht genau, aber es musste so sein, warum sonst wurde es immer wieder bestellt?

»Na, dann werden wir dafür sorgen, dass wir auch von diesem wunderbaren Marzipan etwas abbekommen.« Der dänische König rief nach seinem Hofmarschall, und Albert überreichte ihm die Karte mit der Adresse der Firma. Der Regent gab dem Mann den Auftrag, in Zukunft das benötigte Marzipan ausschließlich bei der Firma Robek zu bestellen. Robek solle neuer Hoflieferant werden.

Albert warf Anna einen kurzen Blick zu, als könne er die Worte des Königs nicht fassen.

Schnell packte Anna eine Tüte mit weiteren Köstlichkeiten und überreichte sie dem Hofmarschall. »Damit Sie uns nicht vergessen, wenn Sie wieder im fernen Dänemark ankommen.«

»Haben Sie das Holstentor auch eingepackt?«, fragte der König und fuhr sich mit der Zunge über den Mund. Es schien ihm wirklich geschmeckt zu haben.

»Natürlich, Königliche Hoheit.« Anna hatte seinen Blick gesehen, als sie es ihm präsentiert hatte.

»Ich wünsche mir einen Taler mit meinem Konterfei aus Marzipan. Ist das möglich?«, fragte er und sah Anna erwartungsvoll an.

Sie sah kurz zu Albert, dann lächelte sie. »Selbstverständlich. Es wird uns eine Ehre sein.«

»Königliche Hoheit, wir müssen weiter, der nächste Termin wartet.« Der Hofmarschall drängte zum Aufbruch.

Der König nickte. »Schon gut, ich bin hier fertig.« Er nickte Anna und Albert zu. »Die Welt braucht engagierte junge Menschen wie Sie. Nur weiter so.«

Dieses Lob war wie ein Schulterschlag und verbreitete sich wie ein Lauffeuer. Christian IX. verabschiedete sich mit einem feinen Lächeln auf den Lippen. Der Tross, den er hinter sich herzog, wanderte mit ihm weiter. Einige der Besucher probierten von dem Marzipan, kauften direkt am Stand und ließen sich ebenfalls Karten aushändigen, um später zu bestellen.

Als die Messe an diesem Tag schloss, konnte Anna es nicht fassen. Sie waren fast ausverkauft, mit solch einem Andrang hatte sie niemals gerechnet.

»Wir müssen nach Hause telegrafieren, dass sie uns neue Ware schicken«, sagte sie, als sie am Abend in ihrem Hotelzimmer ankamen, nachdem sie im Wirtshaus zusammen mit Heinrich etwas gegessen hatten. Es war schade, dass sie noch nicht viel von der Stadt gesehen hatten. Doch das wenige, was sie von der Kutschfahrt vom Hotel zum Prater hatte kennenlernen dürfen, hatte ihr sehr gefallen.

»Telegrafieren?« Albert zog die Stirn kraus.

»Was ist los?«, fragte sie besorgt.

»Heinrich hat mir heute einen Umschlag zugesteckt, aber als der dänische König kam, hab ich es völlig vergessen.« Er zog den zerknüllten Umschlag aus der Hosentasche. Schnell öffnete er ihn und zog das Telegramm hervor. Er las die wenigen Worte und wurde kreidebleich. »Nein … nein, das kann nicht sein. Das darf nicht wahr sein. Es kann nicht!« Sein Blick war leer, als er Anna ansah. Er suchte Halt an einem Stuhl und ließ sich darauf sinken.

»Was ist, Albert?« Ihre Worte waren nur ein Flüstern. Ihr war klar, dass es keine guten Nachrichten sein konnten.

»Mein Vater! Er …« Albert ließ das Blatt zu Boden gleiten. Er gab einen Ton von sich, ein verzweifeltes Wimmern.

Anna hob den Zettel auf und blickte auf die Zeilen.

Vater gestorben! - Stopp - Kommt bitte sofort nach Hause! - Stopp - Mutter

»Oh Gott, das darf nicht wahr sein.« Anna setzte sich auf das Bett, weil sie Angst hatte, dass auch ihre Beine sie nicht länger tragen würden. Ihre Hände begangen zu zittern, sie hatte sie nicht mehr unter Kontrolle.

»Ich glaube nicht, dass meine Mutter in dieser Sache Scherze macht.« Alberts Stimme war voller Kummer.

»Nein, das glaube ich auch nicht. So war es auch nicht gemeint. Ich kann es nur nicht fassen …«

»Es ging ihm ja schon eine ganze Weile nicht gut, und ich hatte gehofft, dass er endlich zu einem Arzt geht und sich untersuchen lässt. Aber er hat immer nur gearbeitet. Der Umbau des Cafés hat an seinen Nerven gezerrt. Er hätte sich mehr schonen müssen!« Albert stand auf und setzte sich neben Anna auf das Bett.

Sie legte tröstend den Arm um seine Schultern. »Es tut mir sehr leid, Liebster. Ich weiß gar nicht, was ich sagen soll …«

Albert schüttelte den Kopf. »Da gibt es nichts zu sagen, Anna. Wir müssen packen und sofort nach Hause fahren.«

»Heute Abend geht bestimmt kein Zug mehr in Richtung Norden. Aber morgen früh. Ich werde schon mal packen. Heinrich wird sich um den Abbau unseres Standes kümmern, das bekommt er auch allein hin. Er kann später nachkommen.«

Albert blickte ihr tief in die Augen. »Meine Anna, wie immer denkst du voraus. Was würde ich nur ohne dich tun?« Er zog sie in seine Arme und begann leise zu weinen. Seine Schultern bebten, und auch Anna konnte die Tränen nicht länger zurückhalten. Sie weinte um einen Mann, der ihr zugetan gewesen war und nie ein böses Wort über sie verloren hatte. Der ihr sein Vertrauen geschenkt hatte und der an sie geglaubt hatte. Sie weinte für Albert, der seinen Vater verloren hatte und dem er jetzt nie mehr beweisen könnte, dass seine Ideen keine Luftschlösser waren, sondern Visionen, die er auch erfolgreich umsetzen konnte.

Anna wusste nicht, wie lange sie so eng umschlungen dagesessen hatten. Irgendwann löste sich Albert von ihr und ging zur Waschschüssel, um sich das Gesicht zu waschen.

»Ich werde Heinrich Bescheid geben, dass wir morgen in aller Frühe aufbrechen und er für den Abbau des Standes sorgen soll.«

Anna nickte und ging zu Bett. Ihr Kopf war wie leer gefegt, dabei gab es jetzt so viel zu bedenken. Wie würde es mit der Manufaktur weitergehen? Und mit dem Café? Der Umbau war noch lange nicht abgeschlossen. Sie dachte an ihre Schwiegermutter, die nun ganz allein in Lübeck war. Sie hoffte, dass am Morgen ein Zug Richtung Heimat fahren würde und sie nicht zu lange warten müssten. Als Albert das Zimmer betrat, legte er sich gleich zu ihr, zog sie in seine Arme.

»Heinrich ist auch sehr betroffen und kann es nicht glauben. Wir sollten jetzt schlafen, morgen wird ein anstrengender Tag.«

Anna nickte nur, weil ihr die Stimme versagte. Sie schloss die Augen, auch wenn sie lange nicht einschlafen konnte.

Kapitel 14

Lübeck, August 1873

Helene Robek war in keiner guten Verfassung, als Albert und Anna am späten Abend in Lübeck eintrafen. Sie saß in der Stube auf dem Sofa und schien schon seit dem Tod ihres Mannes nicht geschlafen zu haben. Ihr Haar, das sie sonst immer zu einem strengen Knoten gebunden trug, war zerzaust, das Kleid zerknittert. Sie streckte Hilfe suchend die Hand nach ihrem Sohn aus, als er den Salon betrat. Die Wohnung sah aus wie immer, nur dass es nicht wie immer war.

»Was ist geschehen, Mutter?«, fragte Albert und setzte sich zu ihr auf das Sofa, dessen Kopfteile mit Spitzendeckchen belegt waren.

»Albert, endlich bist du da«, flüsterte sie mit gesenktem Kopf.

»Ja, ich bin so schnell gekommen, wie ich konnte. Was ist mit Vater, wo ist er?«

»Er wurde ins Hospital gebracht. Er ist einfach so umgefallen, unten in der Backstube. Der Doktor meinte, es wäre etwas mit seinem Herzen. Als ich dort ankam, war er schon tot.« Sie erzählte es so tonlos, als würde es sie gar nicht berühren. Aber Albert wusste, dass es der Schock sein musste. Seine Mutter hatte ihren Mann über alles geliebt. Er konnte sich nicht vorstellen, wie es in ihr aussah. Sie hatten ein ganzes Leben miteinander verbracht, kannten sich von Kindesbeinen an.

»Ich habe keine Ahnung, was mit dem Geschäft werden soll. Ich kann das nicht ohne Otto.« Endlich blickte seine Mutter zu ihm auf. »Er war doch noch nicht so alt. Warum musste er gehen? Warum hat er mich allein gelassen? Ich brauche ihn doch!«

Darauf hatte Albert keine Antwort. »Gottes Wege sind unergründlich«, sagte er zögernd. »Wir wissen nicht, was er für uns vorsieht.«

»Gott hat damit nichts zu tun. Otto hat nie an Gott geglaubt, und ich tue es auch nicht mehr, weil er mir das Liebste genommen hat. Wie kann man so grausam sein?«, rief sie aufgebraucht.

»Du musst stark sein, Mutter. Anna und ich sind jetzt wieder zurück, und gemeinsam werden wir es schaffen.«

»Wo ist denn Anna?«, fragte Helene. Sie schien ihre Schwiegertochter erst jetzt zu vermissen.

»Ich bin hier, Schwiegermama«, sagte Anna, die die ganze Zeit im Türrahmen zum Flur gewartet hatte. Sie kam näher und ging vor Helene in die Hocke. »Es tut mir sehr leid. Kann ich etwas für Sie tun?«

Albert erkannte, dass Anna sehr vorsichtig war. Sie wussten ja nicht, wie seine Mutter reagieren würde. Sie war ihr noch nie freundlich zugetan gewesen.

»Otto ist einfach so umgefallen, haben die Männer erzählt, ich war nicht bei ihm, sondern hier oben in der Wohnung und habe das Abendessen vorbereitet. Es war zu viel, zu viel Arbeit für ihn. Er wollte ja einfach nicht hören und hat sich geweigert, zum Arzt zu gehen.« Sie begann zu schluchzen, und auch Albert konnte seine Tränen nicht zurückhalten. Gemeinsam weinten sie um den Mann, der ihr Leben bestimmt hatte.

»Soll ich lieber gehen?«, fragte Anna leise.

Wider Erwarten schüttelte Helene den Kopf. »Nein, bleib, Anna. Du gehörst doch auch zur Familie. Otto hätte nicht gewollt, dass ich dich wegschicke.«

Anna nickte. Sie drückte Helenes Hand, wischte sich die Tränen aus den Augenwinkeln und setzte sich in den freien

Sessel. Helene lehnte ihren Kopf an Alberts Schultern. Er spürte, wie ihr ganzer Körper zitterte.

»Dein Vater hatte ein schönes Leben, und er ist bei dem gestorben, was er am liebsten tat, in der Backstube stehen«, sagte Helene, und ihre Stimme klang nicht mehr so hoffnungslos. »Ich habe das Geschäft für die nächsten Tage geschlossen und dem Personal freigegeben, bis wir wissen, wann es weitergeht.«

»Das ist gut, Mutter. Wir werden bald wieder eröffnen. Nach der Beerdigung. Die Weltausstellung war ein Erfolg für uns, und wir werden diese Wirtschaftskrise überstehen, und wir werden Vaters Gedenken in Ehren halten. Es wird weitergehen, allein um seinen Namen und seines Erbes willen.« Albert klang fest entschlossen.

Während der langen Zugfahrt hatte er kaum ein Wort gesprochen, sondern sich Gedanken darüber gemacht, was nun werden sollte. Er hatte gute Leute, die ihm zur Seite stehen würden, und mit Anna an seiner Seite hatte er die beste Ehefrau, die er sich vorstellen konnte. Sie würden das Geschäft weiterführen, als wäre sein Vater noch am Leben. Aufgeben war keine Option. Otto Robeks Tod durfte nicht umsonst gewesen sein. Jetzt war es an Albert, diesem Erbe zum Erfolg zu verhelfen. Und das würde er schaffen, zusammen mit Anna.

***

Am nächsten Morgen machte sich Anna auf den Weg zum Markt. Ihre Schwiegermutter hatte kaum noch Lebensmittel im Haus. Albert hatte sie überreden können, sich endlich einmal schlafen zu legen, und sie war seitdem nicht aufgewacht. So hatte Anna beschlossen, für sie und auch für Albert und sich etwas einzukaufen.

Sie bat Christian Wilk, sie zu begleiten. Da auch die Produktion in der Trauerzeit stillstand, war er ihr gern behilflich.

Albert sprach unterdessen mit dem Bestatter und dem Pfarrer, um die Beerdigung vorzubereiten.

»Mein Beileid, Frau Robek, das ist wirklich ein herber Schlag für uns alle«, sagte Christian.

Albert und er kannten sich seit der Schulzeit. Er war groß und stark, hatte schwarzes Haar, das in der Sonne glänzte, und seinen hellblauen Augen entging nichts. Er war ein ruhiger Mann, der eher beobachtete, als sich mit lauten Reden hervorzutun.

»Ja, es hat uns alle hart getroffen. Und gerade jetzt, wo Albert endlich der Erfolg zuteilgeworden ist, den er sich immer erhofft hatte. Ich wünschte, mein Schwiegervater hätte das noch miterlebt.«

Auf der Königstraße mussten sie immer wieder anderen Passanten ausweichen. An diesem Morgen schien die ganze Stadt auf den Beinen zu sein.

»Wie war es denn in Wien?«, fragte Christian.

»Wir sind jetzt Hoflieferant des dänischen Königs. Das müssen Sie sich mal vorstellen! Das können wir nun auf unsere Briefbögen drucken lassen. König Christian von Dänemark höchstpersönlich hat an unserem Stand haltgemacht und das Marzipan probiert. Auf der Ausstellung hat Albert eine Medaille gewonnen. Ich denke, es wird eine Menge Arbeit auf uns zukommen, und das, wo Otto uns jetzt fehlen wird. Ich hätte es den beiden so sehr gegönnt, dass sie sich endlich versöhnen. Dass Otto miterlebt hätte, wie erfolgreich Alberts Idee war, sich auf der Weltausstellung zu präsentieren. Es ist so unendlich traurig.«

»Otto und Albert haben ständig gestritten, ich glaube nicht, dass daran sich je etwas geändert hätte, auch nicht der Auftrag eines Königs. Ich glaube, es war ihre Art, miteinander umzugehen. Otto war nicht einfach, aber tief in seinem Herzen hat er Albert geliebt und ihn geachtet.«

Anna blickte zu Christian auf und seufzte.

»Ich wünschte, Otto hätte es Albert einmal gesagt. Er leidet sehr darunter, dass sein Vater seine Arbeit nie richtig anerkannt hat, aber jetzt ist es zu spät.«

»Wie geht es Frau Robek?«, erkundigte sich Christian.

»Schlecht. Wenn es nicht besser wird, werde ich einen Arzt holen. Sie will nichts essen, ist lethargisch, und ich mache mir ernsthaft Sorgen. Ich werde heute eine kräftige Suppe kochen, vielleicht bekommt sie dann Appetit.«

Auf dem Markt steuerte Anna gleich auf einen der Gemüsestände zu. Sie kaufte Kartoffeln, Wirsing, Kohlrabi, dazu Möhren, Lauch, Sellerie und Petersilie. Beim Metzger erstand sie ein schönes Stück Suppenfleisch.

Christian verstaute die Einkäufe, und trug den großen Korb, als würde das alles nichts wiegen.

»Wir brauchen noch ein Paar schwarze Bänder für den Trauerflor«, sagte Anna und wandte sich dem Kurzwarenhändler zu. Zu spät sah sie die junge Frau, die sich dort bei den Stoffen umsah und unerwartet zu ihr umdrehte.

»Ach schau! Wen haben wir denn da?«, rief Rosa Quast mit schriller Stimme, um auch ja Aufmerksamkeit zu erregen. Sie wurde von ihrer Zofe Minna begleitet, der sie einen bedeutsamen Blick zuwarf. »Ist das nicht die junge Frau Robek, die anderen Frauen den Verehrer ausspannt, weil sie hofft, dadurch zu Ansehen und Geld zu kommen?« Rosa verengte die Augen zu Schlitzen.

Anna war so überrascht über diese Frechheit, dass sie im ersten Augenblick sprachlos war. Rosa hatte sich verändert. Sie sah erwachsener aus. Obwohl sie wieder ein rosafarbenes Kleid trug, wirkte sie älter. Ihre Gesichtszüge waren härter, die Frisur war strenger. Von dem einst sorglosen Mädchen war nichts mehr geblieben. Auch wenn sie noch so elegant gekleidet war, konnte es nicht darüber hinwegtäuschen, dass sie offenbar nicht glücklich war.

»Wie man hört, hast du schon deinen Schwiegervater unter die Erde gebracht, dann wird ja sicherlich bald alles dir gehören.«

»Im Gegensatz zu dir, liebe Rosa, lebe ich nicht mit Hirngespinsten. Ich wüsste nicht, dass du je einen Verehrer hattest, zumindest keinen, den ich dir hätte ausspannen können. Außerdem bin ich in Trauer und werde mich nicht weiter auf diese Art Konversation einlassen. Ich hätte von dir erwartet, dass du zumindest in der Trauerzeit Ruhe gibst. Aber anscheinend ist dir nichts heilig.« Anna wandte sich dem Verkäufer zu und erstand drei Meter schwarzes Seidenband.

»Du machst dir sogar die Toten zunutze, Anna. Aber ich habe nichts anderes von dir erwartet. Es ist eine Schande, dass ich dich meine Halbschwester nennen muss. Ich wünschte, Gott hätte dich anstatt deines Schwiegervaters geholt.« Rosa spuckte vor ihr auf den Boden.

Erschrocken wichen die umstehenden Passanten zur Seite. Rosas laute Stimme hatte einige neugierige Lübecker angelockt, die nun auf ein Schauspiel aus waren.

»Gutes Fräulein, Sie werden sich jetzt sofort bei Frau Robek für Ihr Benehmen entschuldigen.« Christian Wilks Stimme hatte einen bedrohlichen Ton angenommen.

»Und wer sind Sie, wenn ich fragen darf? Hast du dir jetzt noch einen anderen Verehrer angelacht?« Rosas Spott hallte über den halben Markt. Immer mehr Passanten blieben stehen, um dem Streit beizuwohnen.

»Wenn du deinen angeblichen Verehrer auch nur ein bisschen kennen würdest, wüsstest du, dass Herr Wilk sein bester Freund und ein Mitarbeiter der Manufaktur ist. Aber anscheinend war Albert wohl doch nicht so an dir interessiert, wie du es dir gewünscht hast.« Anna ballte die Fäuste. Anstelle von Trauer war eine Wut getreten, die sie nur schwer im Zaum halten konnte. Wut auf Rosa, die so sehr in ihrer Welt lebte, in der sich alles nur um sie selbst drehte.

»Weißt du, was du bist?«, spie Rosa aus.

»Wenn Sie nicht sofort sehen, dass Sie Land gewinnen, dann vergesse ich mich.« Christian trat einen Schritt auf Rosa zu, die zurückwich, aber Anna hielt ihn zurück.

»Christian, bitte lass das. Es ist schon in Ordnung. Meine Schwester scheint heute ihr gutes Benehmen zu Hause vergessen zu haben. Aus ihr spricht die Wut der Verzweiflung. Wir sind hier fertig.« Anna machte auf dem Absatz kehrt, und hoffte, dass Christian ihr folgen würde.

»Im Übrigen habe ich sehr wohl einen Verehrer und werde bald heiraten!«, rief Rosa ihr hinterher, doch Anna störte sich nicht daran.

»Das war also Ihre Schwester. Sie sind so unterschiedlich wie Tag und Nacht«, stellte Christian fest.

»Bitte seien Sie so gut und erzählen Albert nichts von diesem Vorfall. Er hat im Augenblick ganz andere Dinge im Kopf, es würde ihn nur unnötig aufregen.«

»Aber diese Frau hat Sie öffentlich beleidigt. Das dürfen Sie nicht auf sich sitzen lassen.«

Anna zuckte mit den Schultern. »Rosa kann mir nichts. Sie tut mir eher leid. Sie glaubt, wie Sie gehört haben, ich hätte ihr Albert ausgespannt, was nicht zutrifft. Außerdem erträgt sie den Gedanken nicht, dass ihr Vater damals Gefallen an meiner Mutter gefunden hat. Ihre eigene Mutter trinkt gern und viel, wenn du verstehst, was ich meine.«

Christian lachte hart auf. »Wenn du andeuten willst, dass Frau Direktor Quast eine Schnapsdrossel ist, dann erzählen Sie mir nichts Neues. Das ist in Lübeck ein offenes Geheimnis.«

Anna seufzte leise. Roland Quast tat alles, um den guten Ruf zu bewahren, dabei konnte man in dieser Stadt wohl kaum etwas für sich behalten. Die Leute tratschten, ob man es wollte oder nicht. Sie hoffte, dass Rosas Verehrer nicht nur eine weitere Einbildung war und sie tatsächlich bald heiraten würde. Vielleicht würde ihre Wut dann bald der Vergangenheit angehören.

Kapitel 15

Lübeck, August 1873

Die Beerdigung von Otto Robek fand an einem regnerischen Freitagmorgen statt. Die halbe Stadt war gekommen, um ihm das letzte Geleit zu geben. Der Weg zum Grab war gesäumt von vielen Blumen und Kränzen. Er war ein beliebter Kaufmann gewesen, in vielen Vereinigungen in der Stadt tätig.

Anna schritt neben Albert, der seine Mutter stützte, hinter dem Sarg her und musste ihre Tränen zurückhalten. Auch Helene hielt sich tapfer, obwohl sie nur noch ein Schatten ihrer selbst war. Sie hatte seit Tagen kaum etwas gegessen, obwohl Anna sich große Mühle gab, etwas Schmackhaftes zuzubereiten. Für den Leichenschmaus hatte man im Café die Tische gedeckt, und das Personal erwartete die Trauergäste nach der Beerdigung.

Der Pastor lobte Otto in seiner Trauerrede in höchsten Tönen. Er war ein vollwertiges Mitglied der Lübecker Gesellschaft gewesen, und niemand hatte mit seinem frühen Ableben gerechnet. Als der Sarg in das Grab hinabgelassen wurde, weinte Helene bitterlich, und Albert schaffte es nicht, sie zu beruhigen. Er nahm allein die Beleidsbekundungen entgegen. Jeder hatte ein paar gute Worte über Otto zu sagen. Anna war froh, als sie endlich den Friedhof verlassen konnten und Richtung Café liefen.

Dort gab es frischen Streuselkuchen und Franzbrötchen, dazu Kaffee und einen Obstschnaps. Anna half bei der Bedienung, weil mehr Gäste ins Café kamen, als sie angenommen hatten. Den Leichenschmaus ließen sich nur wenige entgehen.

Anna setzte sich zu ihrer Mutter an den Tisch, die ebenfalls an der Beerdigung teilgenommen hatte. Sie hatten sich schon einige Wochen nicht gesehen. Stina war in Begleitung von Medizinalrat Balhorn erschienen. Erst vor Kurzem hatte Anna erfahren, dass er ihre Mutter um ihre Hand gebeten hatte, und so, wie es schien, hatte sie wohl zugestimmt, denn ihre Mutter trug einen Ring an der linken Hand. Ein schönes Stück mit einem blauen Saphir. Ihre Mutter hatte sich verändert. Sie strahlte, und Anna gönnte es ihr. Sie hatte es nach all den Jahren verdient, einmal Glück im Leben zu haben.

»Wie geht es dir, mein Kind? Was für schreckliche Ereignisse!« Sie drückte zart Annas Hand.

»Du sagst es. Und gerade jetzt, wo Alberts Marzipan auf der Weltausstellung prämiert wurde, weil es besonders zart ist. Selbst der dänische König hat es probiert. Kannst du dir das vorstellen? Ich bin vor Aufregung fast in Ohnmacht gefallen, als er plötzlich vor mir stand.«

Stina konnte es nicht glauben. »Was? Du hast einen echten König gesehen?«

Anna lachte leise. »Ich habe sogar mit ihm gesprochen und ihm etwas von unserem Konfekt angeboten. Es hat ihm so gut geschmeckt, dass er seinem Hofmarschall aufgetragen hat, in Zukunft das Marzipan bei uns zu bestellen. Und wir sind k. u. k Hoflieferant geworden. Albert war so erfolgreich, nur hat das leider sein Vater nicht mehr miterlebt.«

»Na, das sind ja Namen, mit denen ihr eine Menge Werbung für euer Marzipan machen könnt.« Medizinalrat Balhorn nickte anerkennend. »Ihr Schwiegervater wäre sicherlich sehr stolz gewesen.«

»Und du, Mama? Wirst du nun die Frau an der Seite des Medizinalrats?«, fragte Anna und sah, wie ihre Mutter rote Wangen bekam.

»Anna! Da spricht man doch nicht so einfach drüber«, antwortete sie verlegen.

»Aber warum denn nicht? Es ist doch wichtig für mich, ob

ich endlich einen Papa bekomme. Ich darf Sie dann doch so nennen, Herr Medizinalrat?«, fragte Anna frei heraus.

Balhorn lachte leise. »Natürlich, mein Kind. Es ist mir eine Ehre, eine Tochter zu haben. Darauf musste ich fast sechzig Jahre warten. Du darfst mich gerne Friedrich nennen. Ich habe mir schon immer eine Tochter gewünscht.« Er blickte Stina liebevoll an.

»Da hörst du es, Mama. Also lass Friedrich nicht zu lange warten, wir alle brauchen mal wieder gute Nachrichten.«

Stina nickte. »Ja, im nächsten Monat ist es so weit. Aber es wird nur eine kleine Feier geben. Wir wollen das nicht an die große Glocke hängen.«

»Ich freue mich sehr«, sagte Anna lachend und umarmte beide herzlich. »Ich muss mich noch bei einigen Gästen für ihr Kommen bedanken. Wir sehen uns spätestens bei eurer Hochzeit.« Sie erhob sich und küsste ihre Mutter auf beide Wangen.

»Mach's gut, mein Kind, und pass auf dich auf.«

Nachdem der letzte Gast die Feier verlassen hatte, lehnte sich Anna an die geschlossene Tür und stieß erleichtert die Luft aus. Albert hatte seine erschöpfte Mutter bereits nach oben in ihre Wohnung gebracht. Auch er selbst war mit den Kräften am Ende und hatte diesen Tag nur mit Mühe überstanden. Anna war froh, dass dieser nun hinter ihnen lag.

»Frau Robek, wir räumen hier schnell auf, Sie können nach ihrer Schwiegermutter sehen«, erklärte Karla, die flink zwischen den Tischen hin und her gelaufen war, um die Gäste zu bedienen.

»Danke, Karla. Danke, dass ihr heute so eifrig geholfen habt.« Anna legte ihr die Hand auf die Schulter.

»Das ist doch unsere Pflicht, und wir haben es gern getan. Wissen Sie schon, wie es mit dem Geschäft und dem Café weitergeht?« In ihrer Stimme klang die Befürchtung mit, bald auf der Straße zu stehen. Die Zeiten waren schlecht, und jeder hatte Angst, seine Arbeit zu verlieren.

»Ich habe hier euren Lohn für heute. Ich habe auch ein gutes Trinkgeld beigelegt. Wenn du ihn verteilen würdest? Wir haben noch keine Reichsgoldmünzen erhalten, deshalb sind es die Alten. Viele Kunden zahlen noch mit dem alten Geld. Ich weiß nicht, warum die Regierung eine neue Währung einführt, wenn es keine Münzen dafür gibt.« Kopfschüttelnd sah Anna die junge Frau an.

»Das macht nichts. Wir nehmen auch gern die alten«, sagte Karla dankbar.

»In der nächsten Woche, ab Montag, wird das Geschäft wieder geöffnet«, erklärte Anna. Wir können es uns nicht leisten, weiter geschlossen zu bleiben. Und Karla, ich halte viel von deiner Arbeit.«

Karla knickste höflich. »Vielen Dank, Frau Robek, das freut mich sehr. Jetzt, wo unser Chef nicht mehr ist, haben wir alle Angst, dass es nicht weitergeht.«

»Doch, das wird es. Ich sehe keinen Grund, warum nicht. Der dänische König wartet auf sein Marzipan, und den wollen wir doch nicht enttäuschen, oder?«

***

Albert hatte sich in die Manufaktur zurückgezogen, nachdem er seine Mutter in die Wohnung hinaufgebracht hatte. Hier konnte er seine Gedanken ordnen und über viele Dinge nachdenken. Sie machte ihm Sorgen. Ihr ging es nicht gut, und er wusste nicht, was er machen sollte. Niemand hatte damit gerechnet, dass sein Vater so früh sterben würde. Es gab so viel zu tun und zu entscheiden, und er hätte ihn gebraucht. Der Umbau musste endlich abgeschlossen werden, damit der Betrieb reibungslos weiterlaufen konnte. Auf seine Mutter konnte er im Augenblick nicht zählen, und es war nicht sicher, ob er es jemals wieder tun könnte. Seine einzige Stütze war Anna. Was für ein Glück, dass er sich in diese Frau verliebt hatte.

»*Hier* hast du dich mal wieder versteckt!«

Als Albert Christians Stimme hörte, grinste er breit. »Du hast schon als Kind meine besten Rückzugsorte ausfindig gemacht.«

Christian schlug ihm auf die Schulter. »Du kannst mir nicht entkommen, das weißt du doch. Wie geht es dir?«

»Ich weiß nicht. Wenn ich daran denke, was alles auf mich zukommt, zittern mir die Knie. Ich habe mir so oft gewünscht, dass ich endlich mal das Sagen habe – jetzt ist es so weit, und ich bin nicht im Geringsten darauf vorbereitet.« Albert schüttelte den Kopf. »Ich vermisse ihn so …« Er spürte, dass ihm die Tränen in die Augen stiegen, und er schämte sich nicht dafür. Nicht vor Christian.

»Ich weiß, was du meinst. Ich vermisse Otto auch. Seine laute Stimme, wenn ihm etwas nicht passte. Nur bei deiner Frau, da hat er sich immer zusammengenommen und war mit ihrer Arbeit zufrieden. Du kannst stolz auf sie sein.«

Albert nickte. »Das bin ich auch. Anna ist nicht mit Gold aufzuwiegen. Manchmal hab ich das Gefühl, sie ist mir überlegen, aber es stört mich nicht. Sie ist so gescheit, aber sie lässt es sich nicht anmerken und ist mit mir als Mann zufrieden. Was kann ich mir mehr wünschen?«

»Du kannst dich sehr glücklich schätzen. Anna ist eine tolle Frau«, sagte Christian leise.

»Du musst mir etwas versprechen. Wenn mir etwas passieren sollte, was auch immer, etwas, womit wir nicht rechnen. Du musst dich um meine Mutter und um Anna kümmern. Habe ich dein Wort?«

»Was soll dir denn passieren, Albert. Du bist jung und gesund.«

»Bitte. Versprich es mir in die Hand.« Albert hielt ihm die Rechte entgegen.

»Ja, natürlich. Ich werde mich um deine Familie kümmern, was auch immer geschieht.« Er schlug ein.

»Danke! Du bist ein echter Freund.«

»Hör mal, kennst du ein Fräulein Rosa?«, fragte Christian, lehnte sich an die Wand, und schob seine Hände tief in die Taschen seiner schwarzen Hose.

»Rosa … Rosa Quast? Sie ist Annas Halbschwester. Warum fragst du?«

»Vor drei Tagen hat es auf dem Markt einen peinlichen Zwischenfall gegeben. Ich hatte Anna begleitet, und wir sind Rosa begegnet, die sofort einen Streit vom Zaun brach und deine Frau beschimpfte.«

»Wie bitte? Warum hat Anna mir nichts davon erzählt?«

Christian zuckte mit den Schultern. »Vermutlich, weil sie ihrer Halbschwester Paroli bieten konnte. Ist da etwas dran, dass du mal der Verehrer von dieser Rosa warst?«

Freudlos lachte Albert auf. »Das hat die junge Dame sich nur eingebildet. Ich hatte nie ein Interesse an ihr … Ich möchte, dass du das alles für dich behältst.«

»Du kannst dich auf mich verlassen, das weißt du doch. Ich bin überrascht, wie kommt ihre Schwester nur auf diesen Gedanken, warum dieser Hass?«

»Nun, Rosa war ich wohl zuerst aufgefallen, aber als ich Anna kennenlernte, war es sofort um mich geschehen. Das hat Rosa wohl immer noch nicht verwunden. Ich weiß nicht, wie sie überhaupt auf diesen Gedanken gekommen ist, denn ich habe ihr keinen Anlass zur Hoffnung gegeben.«

»Vielleicht steckt ja mehr dahinter, als wir denken. Die Untreue ihres Vaters, seine Liebe, die er seither teilen muss. Wer weiß das schon? Ich habe deine Frau auf jeden Fall verteidigt, auch wenn sie es gar nicht nötig hatte. Sie hatte mich gebeten, dir nichts zu sagen, also verrate mich bitte nicht.«

Albert schüttelte den Kopf. »Meine Lippen sind versiegelt.«

Ein kurzes Schweigen entstand.

»Wir haben noch gar nicht über Wien gesprochen«, sagte Christian dann.

»Ja, stimmt. Es war sehr erfolgreich. Wir werden Hoflieferanten in Dänemark und Österreich, kannst du dir das vorstellen? Außerdem hat unser Marzipan eine Medaille gewonnen. Der dänische König war sehr angetan, er war an unserem Stand und hat es sogar probiert.«

»Du hast einen König getroffen?« Christian war ganz aus dem Häuschen.

Albert lachte leise. »Ja, kaum zu glauben. Plötzlich erschien er vor unserem Stand, und Anna hat sofort reagiert. Du hättest dabei sein müssen!«

Christian winkte ab. »Mich bringt nichts aus Lübeck heraus. Ich bleibe lieber hier, wo ich mich auskenne.«

»Schade, ich dachte, ich könnte dich dazu überreden, für uns als Handelsreisender zu arbeiten und unser Marzipan in ganz Deutschland bekannt zu machen.«

Christian stieß sich von der Wand ab. »Tut mir leid, da musst du dir jemand anderen suchen. Ich stelle lieber das Marzipan her, anstatt es zu verkaufen.« Er klopfte seinem Freund auf die Schultern. »Wir bekommen das hin, es wird weitergehen, du bist nicht allein, mein Freund.«

»Danke, Christian. Ich weiß ja, dass ich mich auf dich verlassen kann.«

Kapitel 16

Lübeck, September 1873

Ungeduldig wartete Anna mit dem Abendessen auf Albert, aber er tauchte einfach nicht auf. Ihre Schwiegermutter war früh zu Bett gegangen, wie schon seit Wochen. Anna machte sich ernstlich Sorgen um sie, denn sie schien ihren Lebensmut gänzlich verloren zu haben. Es war, als hätte man Helene mit Otto begraben. Auch wenn Anna unter ihren Anfeindungen gelitten hatte – mit anzusehen, wie das Leben immer weiter aus dieser Frau wich, war kaum zu ertragen.

Sie machte sich auf, um Albert zu suchen. Jetzt am Abend lag die Backstube dunkel vor ihr, aber in der Manufaktur brannte Licht. Doch auch hier standen die Maschinen still.

Im Büro, das direkt hinter der Manufaktur lag, fand sie ihren Mann schließlich. Er beugte sich über die Bücher, schüttelte immer wieder den Kopf und schien ihre Anwesenheit gar nicht wahrzunehmen.

»Was ist los Albert?«, sprach sie ihn an, und er zuckte erschrocken zusammen. »Entschuldige, das Essen steht auf dem Tisch.«

»Ja, ich komme sofort.«

»Gibt es Probleme?«, fragte Anna und trat näher, sah, dass er das Rechnungsausgangsbuch aufgeschlagen hatte. »Ich verstehe nicht, warum so viele Kunden ihre Rechnungen nicht begleichen«, murmelte er und blätterte vor und zurück.

»Ich werde mich morgen darum kümmern«, versprach Anna und legte eine Hand auf seine Schulter.

»Ich muss die Handwerker bezahlen, sonst arbeiten sie nicht weiter. Vater hatte deren Rechnungen wohl schon länger liegen lassen und sie immer wieder vertröstet. Es darf nicht bekannt werden, dass wir unsere Verbindlichkeiten nicht erfüllen können. Das können wir uns nicht leisten!«

»Ich denke, so weit wird es nicht kommen.«

Albert blickte zu ihr auf, und in seinen Augen sah sie etwas ganz anderes.

»Und wenn wir erst einmal nur das Erdgeschoss und die erste Etage umbauen?«, schlug sie vor. »Die oberen Etagen so belassen und als Wohnungen vermieten? Dann käme zusätzliches Geld herein.«

Albert nickte. »Das ist eine gute Idee, aber es ändert nichts daran, dass die Handwerker bis zum Ende der Woche ihr Geld für die geleistete Arbeit haben wollen, wenn sie weiterarbeiten sollen. Das Erdgeschoss ist fast fertig, aber im Studierzimmer gibt es noch einiges zu tun, und es muss zusätzlich mit Mobiliar ausgestattet werden.«

»Und wenn wir die eiserne Reserve einsetzen?«, fragte Anna.

»Nein, das hätte Vater niemals gebilligt.« Es war ein schon fast resignierter Aufschrei von Albert. Er atmete hektisch, und rote Flecken zeigten sich auf seinem Gesicht. Er sah aus wie Otto, wenn er sich aufgeregt hatte.

»Albert, bitte beruhige dich. Ich kann dich ja verstehen, es war nur ein Vorschlag. Ist denn von meiner Mitgift nichts mehr übrig?« Sie versuchte verzweifelt, einen Weg zu finden, denn sie sah, wie sehr Albert die Situation zusetzte. Er wollte den guten Namen der Firma Robek nicht in Verruf bringen, was sie sehr gut nachvollziehen konnte. Das lastete schwer auf seinen Schultern. Aber es musste eine Lösung her, es brachte nichts, alle Vorschläge abzulehnen und den Kopf in den Sand zu stecken.

Albert schüttelte den Kopf. »Die Mitgift ist für den Kauf des Hauses und die Kosten des Advokaten draufgegangen.«

»Wie viel Geld ist denn noch auf dem Konto?«, wollte Anna wissen.

Wieder zuckte Albert mit den Schultern. »Ich weiß es nicht genau. Vater hat sich immer um diese Dinge gekümmert und niemanden eingeweiht.«

»Doch mich, Albert. Ich werde morgen zur Bank gehen. Er hat mir eine Vollmacht gegeben, damit ich Zugriff auf das Konto habe.«

Überrascht blickte er zu ihr auf. »Warum hast du mir nichts davon erzählt?«

»Wegen deiner Mutter. Dein Vater wollte nicht, dass jemand davon weiß. Es war nur für den Notfall gedacht, aber ich denke, genau so einen haben wir jetzt.«

Albert ergriff ihre Hand. »Was würde ich nur ohne dich tun, Anna? Ich wäre vollkommen hilflos. Ich denke, du solltest dich in Zukunft um all diese finanziellen Dinge kümmern. Du hast ein gutes Händchen dafür, du bist eben die Tochter deines Vaters.« Er schenkte ihr ein Lächeln, als hätte sie ihm eine schwere Last vom Herzen genommen.

»Wir ergänzen uns eben gut. Du bist ein hervorragender, kreativer Konditor, und ich bin ein Mensch der Zahlen. So, und nun komm, lass uns endlich essen. Ich denke, der Gänsebraten ist sowieso schon kalt, aber ich mache alles schnell noch mal warm.«

***

Am nächsten Morgen war Anna schon früh auf den Beinen. Als Albert um zwei Uhr in die Backstube aufbrach, machte auch sie sich fertig und huschte ins Büro. Sie erstellte eine Liste darüber, wer mit seinen Zahlungen im Rückstand war. Diese war länger, als sie gedacht hatte. Darunter waren eine Gaststätte und ein Hotel, die ganz in der Nähe lagen. Obwohl bekanntlich Schulden immer Bringschulden waren, lief sie schnell in die Wohnung hinauf, zog eine Jacke über und setzte ihren Hut auf. Zur Sicherheit nahm sie die beiden Lieferscheine aus dem Büro mit und schaute in der Manufaktur vorbei, doch Albert war nicht zu sehen, dafür traf sie auf Christian Wilk.

»Ich bin für zwei Stunden außer Haus«, sagte sie.

Er fluchte leise.

»Was ist denn los, Christian?«

»Ich wollte Herzen formen, aber sie sehen aus wie Kartoffeln, weiße Kartoffeln«, schimpfte er.

»Hm«, Anna überlegte einen Augenblick. Die unförmigen Kugeln vor ihr auf dem Tablett sahen wirklich traurig aus. »Haben wir Kakaopulver und Puderzucker da?«

Christian brachte ihr zwei Schälchen und stellte sie auf dem Tresen ab. Mit einer Zange nahm Anna eine der Kugeln, wälzte sie erst in dem Puderzucker, dann in dem Kakao und klopfte alles wieder vorsichtig ab, jedoch blieb an der Masse einiges hängen. »Und wie sieht es nun aus?«

»Wie richtige Kartoffeln.«

»Marzipankartoffeln. Pack mir zwei Tütchen ein, die nehme ich mit«, erklärte sie mit einem Lächeln und verließ wenig später das Gebäude.

Das Hotel Hansen lag nur wenige Straßen weiter, in der Beckergrube. Mittlerweile war es schon nach acht Uhr, und die Stadt erwachte.

»Guten Morgen, gnädige Frau. Wie kann ich Ihnen dienlich sein?« Ein älterer Mann empfing sie am Tresen und verbeugte sich höflich.

»Moin, der Herr. Ich hätte gern Herrn Hansen gesprochen«, erklärte Anna selbstbewusst.

»Den gnädigen Herrn gibt es nicht mehr, aber *Frau* Hansen. Wen darf ich melden?«

»Anna Robek von der Konditorei Robek«, stellte sie sich vor.

Es dauerte nicht lange, da saß sie im Büro der Hotelchefin. Sie war mittleren Alters und trug wie Anna schwarze Kleidung. »Sie müssen entschuldigen. Mein Mann ist vor zwei Monaten verstorben, und ich stehe ganz allein da. Mir wächst ehrlich gesagt alles über den Kopf.« Sie seufzte tief. Ihr Haar wies einige graue Strähnen auf.

»Ja, ich kann Sie gut verstehen. Mein Schwiegervater ist im letzten Monat verstorben, und er fehlt uns sehr.«

»Ich habe davon gehört. Wie geht es Ihrer Schwiegermutter?«

»Nun, sie hält sich wacker«, sagte Anna. Es nützte nichts, die Wahrheit zu sagen. Es würde nur unnötige Gerüchte geben.

»Ich habe sie schon länger nicht gesehen. Ab und an komme ich in Ihr Café, um etwas Kraft zu tanken«, sagte Frau Hansen.

»Dann habe ich hier etwas zur Stärkung für Sie.« Anna überreichte ihr eines der braunen Papiertütchen.

Vorsichtig schaute Frau Hansen hinein, als hätte sie Angst, dass ihr eine Maus entgegenspringen könnte.

»Was ist das?« Sie hielt eine der braunen Kugeln in die Höhe.

»Probieren Sie. Es sind Marzipankartoffeln. Sie sind handgefertigt und schmecken köstlich.«

Das ließ sich Frau Hansen nicht zweimal sagen und steckte sich die Süßigkeit in den Mund. Sie kaute kurz und schloss dann genießerisch die Augen. »Das ist wirklich etwas Gutes für die Seele.«

Anna sah den richtigen Zeitpunkt gekommen, um ihr Anliegen vorzutragen. »Frau Hansen, ich bin hier, weil die Rechnungen der letzten zwei Monate noch nicht beglichen sind. Aber bevor ich eine Erinnerung schicke, wollte ich lieber mal nachhören … eine offene Rechnung geht ja im Tagesgeschäft schon mal unter.« Sie lächelte freundlich.

»Sie haben ja recht, Frau Robek. Es tut mir so leid, ich habe es einfach vergessen. Sind Sie mit einem Scheck einverstanden? Ich möchte nicht, dass Sie denken, wir würden unseren Verpflichtungen nicht nachkommen.«

»Nein, das denke ich auf keinen Fall. Glauben Sie mir, so was ist mir auch schon durchgegangen.«

»Ihnen? Aber führt nicht Ihr Mann die Geschäfte?«, erkundigte sich Frau Hansen.

Irgendwie wurde Anna das Gefühl nicht los, dass Frau Hansen gern etwas in Erfahrung bringen würde, das sie weitertratschen könnte. Daher antwortete sie: »Mein Mann ist der Nachfolger meines Schwiegervaters und führt das Geschäft, das haben Sie richtig erkannt. Ich nehme gern einen Scheck.«

»Vielen Dank für Ihr Mitbringsel. Ich werde bald mal im Laden vorbeischauen, ich kann mir vorstellen, dass diese Köstlichkeit meinen Gästen gefallen wird.«

Anna verabschiedete sich mit einem Lächeln und einem Scheck über zweihundertsiebenundfünfzig Mark.

Eine Straße weiter, in der Fischergrube, sah es ganz anders aus. Das Trave-Eck war noch geschlossen, allerdings traf Anna die Putzfrau an.

»Der Chef ist im Keller, neue Fässer holen«, rief die ältere Frau ihr zu, die den Boden der Schankwirtschaft wischte.

»Dann werde ich auf ihn warten«, erklärte Anna. Sie war fest entschlossen sich nicht abwimmeln zu lassen. Hinter dem Tresen sah sie eine Vitrine, wo einige der Marzipanwaren der Firma Robek ausgestellt waren.

»Moin! Wat kann ich für die junge Dame tun?« Ein stämmiger Mann mit einer Schankschürze trat auf sie zu. Er hatte die Ärmel seines blau-weiß gestreiften Fischerhemdes aufgekrempelt, und seine mächtigen Unterarme waren sichtbar. Auf dem Rechten war ein Anker tätowiert.

»Guten Morgen. Ich komme von der Firma Robek und möchte gern die offene Rechnung beglichen haben.«

Der Mann lachte, sein lauter Bariton hallte durch den Raum. »Junge Frau, da kann ja jeder kommen.«

»Entschuldigen Sie bitte. Ich bin Anna Robek. Das hier soll ich Ihnen zeigen.« Sie holte die Lieferscheine der Back- und Marzipanwaren hervor, mit den dazugehörigen Rechnungen.

Der Mann nahm die Zettel entgegen, sah sie sich genau an. »Sie kommen von Otto?«, fragte er scheinheilig.

»Mein Schwiegervater ist vor einigen Wochen verstorben. Mein Mann Albert schickt mich. Er ist der neue Besitzer der Firma.«

Der Wirt nickte und gab ihr die Zettel zurück. Er stapfte hinter den Tresen, leise murmelnd. »Hier sind hundert Mark. Den Rest begleiche ich beim nächsten Mal. Otto hat den Betrag immer bar abgeholt.« Er hielt ihr die Scheine entgegen.

»Vielen Dank. Dann sehen wir uns nächsten Monat wieder. Ich habe noch etwas für Sie.« Sie reichte ihm die kleine Tüte.

»Wat is dat?«, wollte er wissen.

»Marzipankartoffeln. Die heben die Laune«, erklärte Anna und wandte sich um. Als sie wieder auf die Straße trat, atmete sie erleichtert aus. Der Mann hatte ihr ein wenig Angst eingeflößt, aber sie hatte ihr Ziel erreicht.

Der nächste Weg führte sie zurück zur Breite Straße Richtung Marktplatz. Die Quast-Bank war in einer herrschaftlichen Häuserzeile in erhabener Backsteingotik untergebracht. Anna hatte das Gebäude noch nie betreten und blieb beeindruckt in der imposanten Eingangshalle stehen. Die Wände waren mit schwarzem Marmor verkleidet, zwei große Bodenvasen mit frischen Blumen flankierten den Durchgang zu der Schalterhalle. Zur Rechten wand sich eine geschwungene Treppe, deren Stufen mit rotem Teppich ausgelegt waren, in die erste Etage hinauf. Hier sprach alles von Geld. Es war ein

Ort, der noch wesentlich eleganter wirkte als das Zuhause von Direktor Quast. Anna war so überrascht, dass sie sich um ihre eigene Achse drehte und ihr Rock sich schwungvoll um ihre Beine bauschte, was sie aus dem Gleichgewicht brachte. Fast wäre sie gestürzt, wenn eine hilfreiche Hand sie nicht aufgefangen hätte.

»Hoppla, junge Frau. Vorsicht, der Marmor ist glatt, da rutscht man schnell aus.« Ein eleganter Mann in einem hellen Gehrock, weißem Hemd und dunkelgrauer Krawatte lächelte sie an und hielt ihre Hand einige Sekunden länger fest, als es notwendig war. »Bastian Lindgren, immer zu Ihren Diensten.« Er lüftete seinen Hut.

»Arbeiten Sie hier, Herr Lindgren?«, erkundigte sich Anna, weil sie keine Ahnung hatte, an wen sie sich wenden konnte.

»In gewisser Weise schon, aber ich habe leider keine Ahnung vom Bankwesen. Vielleicht kann Ihnen der Kassierer weiterhelfen.«

»Anna!«, hörte sie eine laute Stimme von oberhalb der Treppe. Sie blickte hinauf und sah dort Direktor Quast stehen.

»Oh, Sie kennen den Herrn Direktor persönlich?«, fragte Lindgren überrascht.

»Ja, er ist mein … er war der Arbeitgeber meiner Mutter«, verbesserte sie sich schnell.

Quast kam die Treppe heruntergeeilt und trat zu ihnen. »Ist etwas mit deiner Mutter?«, fragte er besorgt.

»Nein, ich denke nicht. Ich habe sie schon länger nicht gesehen. Ich bin hier, weil … es geht um die Firma meines Mannes«, sagte sie und reckte ihr Kinn in die Höhe.

»Oh, dann werde ich mich empfehlen. Herr Direktor Quast.« Lindgren verbeugte sich und verließ die Bank durch das Hauptportal.

»Wie kann ich dir weiterhelfen? Wollen wir hinauf in mein Büro gehen?«

Anna wollte zuerst ablehnen, doch dann nickte sie. »Ich möchte einen Scheck einlösen.«

»Es ist besser, wenn wir unser Gespräch unter vier Augen fortsetzen. Kommst du mit?« Er deutete die Treppe hinauf und ließ ihr den Vortritt.

Mit schnellen Schritten folgte sie ihrem Vater zu seinem Büro, das am Ende des Flurs lag. Er schloss die Tür hinter sich.

»Bitte nimm doch Platz, möchtest du etwas? Einen Tee oder einen Kaffee?«

Anna ließ sich auf einem Stuhl vor dem Schreibtisch nieder und schüttelte den Kopf. »Nein, danke. Ich möchte diesen Scheck auf das Robek-Firmenkonto einzahlen. Darauf müsste mein Schwiegervater auch meinen Lohn eingezahlt haben.«

Quast blickte Anna überrascht an. »Wie ich sehe, bist du sehr schnell erwachsen geworden. Du bist ja eine richtige Geschäftsfrau.«

»Mir blieb nichts anderes übrig, jetzt, wo mein Schwiegervater verstorben ist. Albert schafft das alles nicht allein, also unterstütze ich ihn.«

»Du weißt, dass du ohne die Zustimmung deines Mannes keine Weisungen tätigen kannst?« Roland Quast lehnte sich auf seinem Stuhl zurück.

»Ich will ja auch kein Geld abheben, sondern einzahlen. Das wird doch nicht verboten sein. Ich bin seine Angestellte und handele im Auftrag der Firma.«

»Selbstverständlich kannst du Geld einzahlen, Anna. Sag mal, gibt es irgendwelche Schwierigkeiten, kann ich dir vielleicht helfen?«

»Du könntest mir sagen, wie viel Geld auf dem Konto ist.«

Quast erhob sich und öffnete die Tür, rief nach einer Angestellten. »Frau Bremer, bitte bringen Sie mir das Konto der Firma Robek.«

»Sehr wohl, Herr Direktor«, hörte sie die Stimme der Angestellten. Es dauerte nicht lange, da hielt er eine große braune Karteikarte in der Hand und studierte sie,

»Die Einnahmen sind gesunken«, sagte er, ohne aufzublicken.

»Kein Wunder, bei der wirtschaftlichen Lage. Wir haben einige Außenstände. Ich habe heute bereits zwei davon eingetrieben. Aber der Umbau ist teurer, als Otto gedacht hatte, und wir müssen die Handwerker bezahlen, damit sie die Arbeit nicht niederlegen. Nur so können wir das Café erweitern und mehr Einnahmen erzielen. Unser Marzipan ist auf der Weltausstellung prämiert worden und wir beliefern den dänischen König. Wie Sie sehen, handelt es sich nur um einen kurzweiligen Engpass.« Sie war aufgeregt, und sprach sehr schnell, was sie sofort bereute.

Ihr Vater nickte. »Das Unternehmen hat immer gute Umsätze erzielt, solange dein Schwiegervater am Leben war. Aber seit er verstorben ist …«

»In diesem Umbau steckt meine Mitgift. Ich möchte nicht, dass wir alles verlieren. Wir werden das schon schaffen. Albert arbeitet, so viel er kann, und ich unterstütze ihn, so gut es mir möglich ist.«

Quast blickte auf. »Das ist natürlich ein Grund, um dir zu helfen. Ich will, dass du gut versorgt bist.«

»Das bin ich, Herr Quast. Mein Mann sorgt gut für mich.«

Er nickte. »Das ist schön zu hören.« Er sah wieder auf die Karteikarte. »Aber für dich wurde nichts eingezahlt. Es gab keinen Lohn«, stellte er mit Bedauern fest.

»Was? Aber das kann doch nicht sein!« Anna war ratlos. Sie hatte sich nie darum gekümmert, die Kontrolle der Kontoauszüge war Alberts Sache. Hatte Otto es vergessen? Sie war davon ausgegangen, dass er den Betrag bar eingezahlt hatte, wenn Otto in regelmäßigen Abständen zur Bank gegangen war.

»Vielleicht habe ich meinen Schwiegervater auch falsch

verstanden«, sagte sie verlegen. »Gut, dann würde ich gern hundert Mark bar einzahlen und diesen Scheck einlösen.« Sie reichte ihm Geld und Dokument über den Tisch.

»Frau Bremer!«, rief er durch die geschlossene Tür mit lauter Stimme. »Bitte zahlen Sie das auf das Konto der Firma Robek ein. Die Quittung händigen Sie später Frau Robek aus«, wies er die Angestellte an, als sie in der Tür erschien.

»Sehr gern, Herr Direktor.« Sie machte sich auf den Weg.

»Anna, hat Albert schon mal über ein Darlehen nachgedacht?«

»Ein was?« Sie sah ihn verständnislos an.

»Einen Kredit, eine Anleihe. Eine Bank lebt davon, dass wir Geld verleihen und es in Raten zurückbekommen. Es würde euch etwas Luft zum Atmen verschaffen. Das machen viele Unternehmen so. Dafür sind Banken schließlich da. Wir verwahren nicht nur Geld, sondern wir verleihen es auch. Davon leben wir.«

Entsetzt schüttelte Anna den Kopf. »Ich glaube nicht, dass Albert dafür seine Einwilligung gibt. Wie Sie mir gerade erklärt haben, kann ich darüber nicht selbst entscheiden.«

»Aber du könntest es ihm erklären. Ich wäre bereit, euch ein Darlehen über siebentausend Mark zu geben. Das müsste reichen, das Haus in der Königstraße zu modernisieren. Ich würde euch das Geld zinsfrei leihen.«

»Was heißt das?« Sie war nicht so bewandert, dass sie mit diesen Begriffen etwas anfangen konnte.

»Ihr müsst nur die Summe zurückzahlen, die ihr euch auch leiht. Es kommen keine zusätzlichen Kosten hinzu.«

»Wir wollen die oberen Stockwerke zu Wohnungen ausbauen und vermieten.«

Quast nickte zustimmend. »Das ist doch eine gute Idee. Mit den Mieteinnahmen könnt ihr das Darlehen zurückzahlen.«

»Und wie viel Zeit hätten wir dafür?« Es war zumindest

eine Überlegung wert. Sie wusste jedoch nicht, wie Albert darauf reagieren würde.

»Nun, da wir ja verwandt sind, würde ich dir einen großzügigen Rahmen stecken. Sagen wird fünf Jahre, ohne Zins und Zinseszins. Dann würde die monatliche Rate …«

»Rund hundertsiebzehn Mark im Monat betragen«, sagte Anna leise, die es schnell im Kopf ausgerechnet hatte, noch bevor ihr Vater die Zahlen auf einem Blatt Papier notiert hatte.

Überrascht blickte er auf. »Das rechnest du einfach so im Kopf aus?«, fragte er verblüfft. »Wenn du mal eine neue Stelle brauchst, kannst du jederzeit in meiner Bank anfangen.« Er lachte auf. »Das ist wirklich verblüffend. Aber du warst ja schon immer eine gute Schülerin. Ich wünschte, Rosa hätte mehr von dir.«

Natürlich wusste Anna, dass das Stellenangebot nicht ernst gemeint war. Seine Frau und auch Rosa würden ihm die Hölle heißmachen, wenn sie davon erführen. Trotzdem fühlte sich Anna geehrt.

»Ich werde mit Albert darüber sprechen«, sagte sie nachdenklich. Auch wenn sie nur eine kleine Chance sah, dass er zustimmen würde.

»Gut, ich werde dir einen Kreditantrag mitgeben, den dein Albert nur zu unterschreiben braucht. Sobald du ihn hier einreichst, werden wir das Geld auf dem Firmenkonto gutschreiben, und ihr könnt darüber verfügen.« Quast zog ein Formular aus der Schublade und füllte es aus. Am Ende unterschrieb er es und reichte es an Anna weiter.

»Es würde mich sehr freuen, wenn ich dir helfen kann, Anna«, sagte er im vertraulichen Ton. »Du weißt, ihr liegt mir am Herzen, deine Mutter und du.«

»Wie geht es Rosa?« Diese Frage lag Anna schon die ganze Zeit auf der Zunge, auch wenn ihr letztes Zusammentreffen sehr unschön gewesen war.

»Es geht ihr gut. Sie wird im nächsten Monat heiraten. Du hast ihren Verlobten vorhin kennengelernt. Bastian Lindgren, der Mann in der Halle. Er ist Advokat und arbeitet für mich und die Bank.«

Anna lächelte. »Er ist ein sehr netter Mann, dann wünsche ich Rosa alles Glück der Welt. Sie muss furchtbar stolz sein.«

Quast zögerte leicht, dann nickte er. »Ja, das ist sie, auch wenn sie das erst noch lernen muss.«

Kapitel 17

Lübeck, September 1873

»Mutter geht es nicht gut. Ich werde morgen den Doktor holen lassen«, sagte Albert beim Abendessen. Er hatte fast den ganzen Tag an ihrem Bett gesessen und sich um sie gekümmert. Dadurch war ihm ein ganzer Arbeitstag verloren gegangen, was aber zweitrangig war, wenn man bedachte, für wen er es tat.

»Ist ihr Husten wieder schlimmer geworden?«, fragte Anna besorgt. Albert wusste, dass es Helene lieber war, wenn *er* sich um sie kümmerte, und Anna ließ ihn.

Albert nickte. »Der Lindenblütentee hilft nicht. Sie braucht eine richtige Medizin. Ich habe Angst, dass wir sie wie Vater verlieren werden.« Er sah sie hilflos an, und Angst keimte in ihm auf.

Anna legte ihre Hand auf seine und drückte sie. »Warten wir ab, was der Arzt morgen sagt, er wird wissen, was zu tun ist.«

»Wo warst du übrigens heute Vormittag?«, fragte er. Obwohl er viel Zeit bei seiner Mutter verbracht hatte, war ihm aufgefallen, dass Anna nicht im Büro war. Er machte sich Gedanken, weil sie sonst immer Bescheid gab, wohin sie ging.

»Ich habe einen Teil unserer Forderungen eingetrieben«, erklärte sie.

»Wie bitte?« Albert ließ Messer und Gabel sinken.

»Ich war im Hotel Hansen und im Trave-Eck und habe das Geld für die offenen Rechnungen abgeholt. Wir sind keine Bank, die Geld verleihen kann. Wir müssen auch sehen, wo wir bleiben. Frau Hansen hat sich sehr verständnisvoll gezeigt.

Und der Wirt vom Trave-Eck hat schon mal einen Teil bezahlt. Otto hat das Geld auch immer in bar bei ihm abgeholt, wie er mir erzählte. Danach bin ich zur Bank und habe das Geld auf unser Konto eingezahlt.«

Albert sah sie an, als wäre sie von allen guten Geistern verlassen. »Warum hast du mir nicht Bescheid gesagt? Was sollen die Leute denn denken, wenn ich meine Frau losschicke, um Geld einzufordern? Sie werden glauben, dass wir bald ruiniert sind. Das war sehr unüberlegt von dir!« Albert war alles andere als erfreut. »Ein Glück, dass es Mutter im Augenblick so schlecht geht, dass sie das nicht erfahren wird.« Er schob den Teller von sich, ihm war der Appetit vergangen. Dieser Tag heute hatte es in sich.

»Albert, du weißt, dass wir etwas unternehmen müssen. Wenn die Leute ihre Rechnungen nicht bezahlen, müssen wir das Geld eben eintreiben. Wir haben auch nichts zu verschenken. Aber wenn es dir lieber ist, werde ich demnächst lieber eine Erinnerung an die Kunden schicken.«

Er sah sie an und nickte. »Ja, das wäre mir in der Tat lieber. Es tut mir leid, Anna. Ich wollte dich nicht so anfahren. Heute ist kein guter Tag. Es zerrt an meinen Nerven, dass meine Mutter so krank ist. Ich habe Angst um sie.«

»Schon gut, du Lieber. Es gibt da noch eine andere Sache. Ich war heute bei der Bank. Dein Vater hatte mir gesagt, dass er meinen Lohn auf ein Konto bei der Bank überweisen wollte, aber das hat er nicht. Weißt du etwas darüber?«

Albert überlegte, dann schüttelte er den Kopf. »Nein, er hat mir nichts davon erzählt. Du weißt ja, dass er das Geschäftliche immer allein erledigt oder mit dir besprochen hat.«

»Nun, ich wollte das Geld von meinem Lohn auf das Firmenkonto einzahlen, aber ich habe gar kein Geld. Es tut mir leid. Ich wollte so gerne helfen.«

»Schon gut Anna, sei nicht traurig, wir werden das irgendwie hinbekommen. Wir haben heute einen Auftrag aus

Dänemark erhalten, vom Hofmarschall eigenhändig unterschrieben.«

»Ist das wahr?« Annas Augen begangen zu glänzen, und Albert nickte. »Wir liefern zwanzig Pfund Rohmarzipan an König Christian.«

»Oh, das ist schön zu hören, der König hat Wort gehalten! Daran habe ich auch nicht gezweifelt.«

Albert sah, wie Annas Wangen vor Freude rot aufflammten.

»Allerdings wird es eine Weile dauern, bis diese Rechnung beglichen wird«, fuhr sie fort. »So lange werden die Handwerker nicht warten.«

Da hatte sie natürlich recht. »Gut, dann schreib deine Erinnerungen an die Kunden, die säumig sind. Es muss doch Kunden geben, die bezahlen, weil sie weitere Ware wollen.«

»Ja, das werde ich. Aber ich habe auch noch etwas, was ich mit dir besprechen möchte. Ich habe in der Bank mit Herrn Quast gesprochen.«

»Mit deinem Vater?«, fragte Albert überrascht.

Anna schüttelte den Kopf. »Das ist er ja eigentlich nicht. Ein Vater ist ein Mensch, der sich um sein Kind kümmert.«

»Tut er das denn nicht?«, fragte Albert nach.

Anna hob die Schultern. »Nun, zumindest ist er bereit, uns zu helfen.«

Albert verstand nicht ganz. »Womit?«

»Er ist bereit, uns siebentausend Mark zu leihen, damit wir den Umbau abschließen können. Wir hätten fünf Jahre Zeit, das Geld zurückzuzahlen. Das hat er mir angeboten.« Sie sprach so leise, als hätte sie Angst, es ihm mitzuteilen.

Sofort schüttelte Albert den Kopf. Das kam gar nicht infrage. So etwas hätte sein Vater niemals zugelassen. »Nein, Anna, das können wir nicht tun. Wir machen keine Schulden, nein, die Robeks nicht!«

»Aber wir schaffen es sonst nicht. Möchtest du, dass die

Arbeiter über uns reden und das Gerücht verbreiten, wir können unsere Rechnungen nicht bezahlen? Direktor Quast hat mir erzählt, dass es viele Firmen gibt, die einen Kredit aufnehmen. So brauchen wir nicht an die eisernen Reserven, die dein Vater niemals angreifen wollte. Albert, bitte überleg doch mal. Mit dem Geld könnten wir sogar die oberen Stockwerke ausbauen und vermieten, mit den Einnahmen daraus könnten wir den Kredit zurückzahlen, ohne das Kapital der Firma zu gefährden. Ich wünschte, du würdest zumindest darüber nachdenken und nicht sofort ablehnen. Ich glaube, dass *mein Vater* uns die Hand reichen will.«

Vielleicht hatte Anna ja gar nicht so unrecht. Sie war ein kluger Kopf, viel schlauer als er, vor allem wenn es um Zahlen und den Betrieb ging. Er war ein Mann, der etwas mit seinen Händen schuf. Doch seine Frau war zwar jung, aber klug. Langsam nickte er. »Gut, ich werde es mir überlegen, Anna.«

Sie zog etwas aus der Handtasche, die neben ihr auf dem Küchenstuhl stand. »Schau mal«, sagte sie und zeigte ihm die Quittung von der Bank, »ich habe heute dreihundertsiebenundfünfzig Mark auf das Konto eingezahlt. So können wir den Handwerkern schon mal einen Teil geben.«

»Woher hast du so viel Geld?« Langsam kam Albert nicht mehr mit. Anna warf nur noch mit Zahlen um sich, und ihm schwirrte der Kopf.

»Durch den Scheck vom Hotel Hansen und etwas Barem vom Trave-Eck … hab ich dir doch gesagt.«

»Aber das wird nicht reichen, die Arbeiter wollen tausend Mark.«

»So viel ist im Augenblick nicht auf dem Konto. Albert, ich glaube, du solltest den Kreditantrag unterzeichnen, dann bringe ich ihn morgen zur Bank. Direktor Quast hat mir versprochen, wenn ich den Vertrag vorbeibringe, wird er sich persönlich darum kümmern, dass das Geld sofort auf das Geschäftskonto überwiesen wird. Und wenn wir die Überweisung aus Berlin erhalten, können wir schon mal einen größeren Teil abbezahlen.«

In Alberts Ohren hörte sich das alles ganz plausibel an, trotzdem zögerte er noch. »Glaubst du, dass wir das schaffen?«

Anna stand auf, trat hinter seinen Stuhl und legte ihm die Arme um die Schultern. »Ja, das glaube ich. Hilfe anzunehmen ist nicht schlimm. Wir werden nicht scheitern und das verlieren, was deine Eltern und deine Vorfahren aufgebaut haben. Die Linie deiner Mutter war sehr geschäftstüchtig. Du hast es geschafft, dass wir an den kaiserlichen Hof in Österreich liefern, und bald wird unser Marzipan im ganzen Land bekannt sein.«

Albert drehte den Kopf, sah zu ihr auf und küsste sie zärtlich. »Du weißt gar nicht, wie wundervoll du bist.« Er zog das Papier zu sich heran. »Bringst du mir Tinte und Feder vom Schreibtisch aus dem Salon?«, bat er, und Anna nickte lächelnd.

»Natürlich. Möchtest du jetzt doch etwas von dem Möhreneintopf?«, fragte sie und nahm seinen Teller gleich mit.

***

Am nächsten Morgen machte sich Anna sofort auf und brachte den Vertrag zur Bank. Allerdings konnte sie Direktor Quast nicht persönlich sprechen. Er sei in einer Konferenz, wie ihr mitgeteilt wurde. Sie gab den Antrag am Schalter ab, und man versicherte ihr, dass er direkt weitergeleitet würde.

Als sie die Bank wieder verließ, sah sie Rosa am Arm von Herrn Lindgren die Stufen heraufsteigen.

Sie hatte keine Möglichkeit, sich zu verstecken oder einen anderen Ausgang zu benutzen, denn Rosa hatte sie sofort entdeckt.

»Wenn das nicht Frau Robek ist!«, rief sie. Der ironische

Unterton schien ihrem Verlobten entgangen zu sein, denn er blieb stehen und lüftete seinen Hut.

»Oh, ihr kennt euch also. Ich habe Frau Robek gestern schon hier getroffen.«

»Rosa, Herr Lindgren«, grüßte Anna und bemühte sich um eine freundliche Miene.

Rosa hielt sich an dem Mann fest, als hätte sie Angst, er würde zu ihr überlaufen. »Anna ist meine *Halbschwester.*« Sie betonte das Wort, als wäre es etwas Abfälliges.

»Dann darf ich wohl zur baldigen Hochzeit gratulieren. Ich freue mich für dich, Rosa, sehr sogar«, sagte Anna schnell.

Rosa musterte sie skeptisch.

»Ja, ich kann es kaum noch erwarten, dass Rosa meine Frau wird«, sagte Lindgren.

»Ich habe es leider eilig. Alles Gute Ihnen beiden.« Anna wandte sich rasch ab und ging davon. Sie hatte Angst, dass Rosa wieder etwas Unüberlegtes sagen und es hässlich werden würde.

Als sie in die Königstraße einbog, spürte sie schon, dass etwas vorgefallen war. Vor dem Laden hatte sich eine Menschenmenge versammelt.

»Was ist denn los?«, fragte Anna, als sie sich einen Weg durch die Menge bahnte.

»Die alte Frau Robek. Sie ist einfach so im Schlaf gestorben«, hörte sie jemanden sagen.

»Was? Nein, das muss ein Irrtum sein! Der Doktor wollte doch heute nach ihr sehen.« Anna hielt nicht viel von dem Geschwätz der Leute.

»Aber der Arzt hat den Bestatter holen lassen«, erklärte eine andere Frau neben ihr. Wenn man sich auf eines verlassen konnte, dann dass sich nichts so schnell in Lübeck verbreitete wie falsche Gerüchte.

Endlich erreichte Anna die Tür der Konditorei, aber sie war verschlossen. Als sie durch das Fenster das Gesicht von

Karla und ihre verweinten Augen sah, hielt Anna erschrocken inne. Konnte es die Wahrheit sein, was sie da draußen gehört hatte?

»Was ist geschehen?« Eine eiserne Hand umfasste ihr Herz.

Karla hatte die Tür aufgeschlossen, aber hinter ihr direkt wieder zugesperrt.

»Der gnädige Herr hat die Anweisung gegeben, dass der Laden geschlossen bleibt … wegen des Trauerfalls. Schon wieder …« Karla begann zu weinen.

»Meine Schwiegermutter?«, fragte Anna leise.

Karla nickte. Die übrigen Angestellten standen ratlos hinter dem Tresen.

»Gehen Sie nach Hause. Sie auch Karla. Kommen Sie morgen wieder, heute werden wir nicht öffnen. Ich muss jetzt erst einmal zu meinem Mann.«

Mit schnellen Schritten lief sie die Hintertreppe hinauf in das erste Stockwerk. Dort fand sie Albert, der zusammen mit Christian und dem Doktor im Flur stand, während der und ein Helfer Helene auf einer Bahre aus dem Zimmer trugen.

»Albert! Was ist passiert?«, rief sie aufgeregt.

»Anna!« Albert sah sie und zog sie in seine Arme. »Mutter, sie hat die Nacht nicht überstanden. Ich mache mir solche Vorwürfe, wäre ich nur bei ihr geblieben!« Er schüttelte immer wieder den Kopf. Es war ihm anzusehen, dass er sich zusammenriss.

»Es tut mir so leid«, flüsterte Anna und strich ihm über den Kopf, wie bei einem kleinen Jungen.

»Sie hätten nichts ausrichten können, Herr Robek«, erklärter der Doktor mit fester Stimme. »Ihre Frau Mutter hatte seit dem Tod ihres Mannes jeglichen Lebensmut verloren. Es ist nicht Ihre Schuld. Ihr Körper war einfach zu schwach.« Er legte ihm tröstend eine Hand auf die Schulter. »Der Bestatter wird sich um alles kümmern.«

Anna nickte ihm zu »Danke, Herr Doktor.« Der Arzt ergriff seine Tasche und verließ die Wohnung.

»Warum so schnell?« Albert sah Anna an, als hätte sie auf jede Frage eine Antwort. Aber so war es nicht. Es gab Dinge, die konnte sie nicht erklären.

»Vielleicht geht es ihr besser, dort, wo sie ist«, versuchte sie, ihren Mann zu trösten.

»Jetzt sind wir beide ganz allein.« Albert blickte sie traurig an.

»Nein, Albert, das sind wir nicht. Wir haben Freunde, die zu uns stehen. Die Angestellten, die zu uns halten, und meine Mutter ist auch noch da. Es gibt viele Menschen, die an unserer Seite sind.«

Albert dachte einen Moment nach, dann nickte er und schaute zu Christian hinüber. »Ja, du hast recht.«

»Mein Beileid, Albert. Du kannst wie immer auf mich zählen«, sagte Christian.

»Danke, mein Freund. Wirst du einer der Sargträger sein?«

»Natürlich, das bin ich der Chefin schuldig. Sie war immer gut zu mir. Ich werde mich jetzt mal um die Mitarbeiter kümmern.«

»Danke, Christian. Schick sie alle für heute nach Hause.«

»Was das Personal aus dem Café angeht, habe ich das schon getan, weil wir ja heute nicht öffnen werden«, erklärte Anna.

Christian nickte und lief langsam die Treppe hinunter.

Albert ging hinüber ins Wohnzimmer und setzte sich auf die Couch. Anna folgte ihm und schloss die Tür hinter sich.

»Was ist denn genau geschehen?«, wollte sie wissen.

»Als ich heute Morgen nach ihr gesehen habe, sah sie aus, als ob sie noch schliefe, und ich habe einen Tee aufgesetzt. Als der Doktor kam, habe ich an die Tür geklopft, als sie keine Antwort gab, hat der Doktor nachgesehen und festgestellt, dass sie nicht mehr am Leben war. Sie sei in der Nacht friedlich eingeschlafen, hat er gesagt.« Albert schüttelte wieder den Kopf, als könne er es immer noch nicht glauben. Er legte den Arm um ihre Schultern und zog Anna an sich. »Jetzt hab ich nur noch dich.«

»Ja, und du wirst mich auch immer haben. Ich werde dich niemals verlassen, mein Liebling.« Anna küsste ihn zärtlich auf die Wange. »Das ist ein Versprechen, das ich halten werde.«

»Ich hatte so viele Pläne mit der Konditorei, aber ohne meine Eltern kommt mir alles sinnlos vor.«

»Das kann ich verstehen, Albert.« Sie legte ihren Kopf an seine Brust. »Dann werden wir das Geschäft weiterführen, für deine Eltern. Wir werden sie in Ehren halten.«

»Auf dem Tisch liegt ein großer Brief, der vorhin für dich gekommen ist«, sagte Albert mit einer Stimme, die ihr fremd war.

Neugierig ging sie hinüber, um nachzusehen, was es war.

Sie öffnete den braunen Umschlag und zog den Inhalt heraus. Es war das Bild, das der Fotograf bei der Preisverleihung in Wien aufgenommen hatte.

»Schau, was du erreicht hast! Das werden wir im Café aufhängen, direkt neben der Fotografie deines Vaters.«

Albert warf einen kurzen Blick auf das Bild. »Das war an dem Tag, als mein Vater gestorben ist. Und jetzt ist auch Mutter von uns gegangen. Es kommt mir vor, als würde ein Fluch auf dieser Familie liegen.«

»Das ist kein Fluch. Dein Vater litt an einer Herzschwäche, und deine Mutter ist an gebrochenem Herzen gestorben. Sie hat deinen Vater zu sehr vermisst. Du kannst es ihr nicht verübeln.«

Er schüttelte den Kopf. »Das tue ich auch nicht. Ich hätte mir nur noch ein paar Jahre mit ihnen beiden gewünscht. Ich kann nur hoffen, dass uns noch etwas mehr Zeit bleibt.«

Dieser Satz jagte Anna einen Schrecken ein. Er klang wie

ein böses Omen. Sie ging wieder zu ihrem Mann und drückte ihn fest an sich.

***

Die Beerdigung von Helene Robek fand in kleinem Kreis statt. Nur die engsten Angehörigen und Freunde waren geladen. Albert und Anna, ihre Mutter und der Medizinalrat. Daneben ein paar Vertreter der Kaufmannsgilde und einige Abgesandte des Frauenvereins, in dem Helene Mitglied gewesen war, den sie aber seit Ottos Tod nicht mehr besucht hatte.

Eine Freundin hielt eine kleine Trauerrede. An diesem Tag regnete es Bindfäden, und alle waren froh, den Friedhof wieder verlassen zu können.

Albert hielt sich gut, aber als sie zu Hause ankamen, schloss er sich im Schlafzimmer ein, und Anna hörte ihn leise weinen.

Sie hätte ihn gern getröstet, doch es gab eben auch Zeiten, da war es besser, wenn jeder seinen Kummer allein bewältigte. Dies war so ein Moment.

Sie wollte Albert den Raum geben, um seine Eltern zu trauern, ohne dass sie immer wieder versuchte, ihn aufzurichten. Man musste das Leid ertragen, um gestärkt daraus hervorzugehen.

Auch Anna war sehr traurig, aber ihre Mutter lebte noch, und sie bezweifelte, dass sie den Schmerz nachempfinden konnte. Sie machte sich Gedanken über die Zukunft. Wäre Albert in der Lage, diese große Verantwortung auf seinen Schultern zu tragen? Sie war sich nicht sicher. Aber sie würde alles tun, um ihn zu unterstützen. Und im Grunde genommen tat sie seit Wochen nichts anderes.

Kapitel 18

Lübeck, September 1873

Der Tag, an dem Stina den Medizinalrat Balhorn heiratete, war der gleiche Tag, an dem auch Rosa Quast Bastian Lindgren das Ja-Wort gab. Letztere Hochzeit war das Stadtgespräch in Lübeck. Eine der Töchter der reichsten Familien heiratete, das durfte man sich nicht entgehen lassen. In einer üppig mit Blumen geschmückten Kutsche fuhr das Brautpaar zur Marienkirche. Natürlich waren es rosafarbene Blüten, und es hätte Anna nicht gewundert, wenn auch ihr Hochzeitskleid rosafarben gewesen wäre. Doch wie sie hörte, war es cremefarben und aus echter Brüsseler Spitze gearbeitet, mit einem seidenen Unterkleid.

Für Anna war es ein Segen, dass ihre Mutter am gleichen Tag getraut wurde und sie sich darauf konzentrieren konnte. Stina trug ein wunderschönes grünes Kleid, das sie selbst genäht hatte. Sie war eben nicht nur eine wunderbare Köchin, sondern auch eine geschickte Schneiderin und sah so jung und glücklich aus wie schon lange nicht mehr.

Anna hatte sich für ein mitternachtsblaues Kleid entschieden. Sie hatte nicht in Schwarz auftauchen wollen, auch wenn sie noch in Trauer war. Ihre Schwiegermutter war vor gerade einmal zwei Wochen beerdigt worden. Die Zeremonie war nicht so groß wie bei ihrem Ehemann gewesen, aber der Pastor hatte liebevolle Worte gefunden. Und es waren viele Beileidskarten eingetroffen. Helene Robek war eine harte Frau gewesen, dennoch war sie geachtet worden, und Anna war froh, dass Albert sah, welches Ansehen seine Mutter in der Stadt genossen hatte.

Die Trauung von Stina und dem Medizinalrat fand in einem ganz kleinen Kreis statt. Balhorn hatte keine Angehörigen mehr, aber einige Freunde waren erschienen, und Anna wurde von Albert begleitet. Er trug seinen Hochzeitsanzug. Einzig sein trauriger Blick passte nicht ganz zu dem freudigen Anlass. Freud und Leid lagen manchmal nah beieinander.

Das anschließende Mittagessen fand im Haus des Medizinalrats statt. Er hatte schon seit einigen Wochen eine neue Köchin eingestellt, obwohl Stina meinte, es wäre nicht nötig gewesen. Doch ihr Mann hatte darauf bestanden, und sie hatte sich gefügt.

»Ich freue mich so sehr für dich, Mama«, sagte Anna und schloss sie zum Abschied in die Arme. »Du hast es verdient, endlich glücklich zu werden.«

»Das bin ich, mein Kind. Aber das war ich auch mit dir immer.« Stina küsste ihre Tochter auf beide Wangen.

»Danke, dass Sie meine Mutter so glücklich machen, Herr Papa«, sagte sie zu Balhorn, der breit lächelte und sie in die Arme schloss.

»Deine Mutter macht mich selig, sehr sogar. Und ich habe jetzt eine Tochter, die ich mir schon immer gewünscht habe.«

»Ich hoffe, wir werden Sie öfter im Café begrüßen dürfen. Wir werden bald das neue Studierzimmer einweihen. Sie beide werden doch kommen?«, fragte Albert voller Stolz. »Anna gibt sich sehr viel Mühe mit der Einrichtung. Es war ihre Idee und wie immer eine wundervolle. So werden auch Studenten unsere Konditorei besuchen, weil sie hier ihre Ruhe haben und Kaffee und Kuchen genießen können.«

»Natürlich werden wir kommen«, stimmte Stina zu. »Sagt uns Bescheid, wenn es so weit ist.«

Albert nickte. »Das werden wir.«

Auf dem Heimweg war er sehr still. Anna hatte sich bei ihm eingehakt, und sie spazierten langsam den Bürgersteig entlang.

»Es war eine schöne Hochzeit, findest du nicht auch?«, fragte Anna sanft.

»Ja, das war es. Ich wünschte nur, dass …« Er verstummte.

»Deine Eltern waren in Gedanken dabei, Albert. Sie werden über uns wachen, jeden Tag.«

Albert blieb stehen und sah auf sie hinunter. »Woher nimmst du immer nur deinen Optimismus? Du siehst in allem etwas Gutes, das finde ich sehr bemerkenswert.«

»Nun, es bringt ja nichts, immer alles nur schwarzzusehen. Das überlasse ich den anderen.« Sie lächelte.

»Wärst du gern bei der Hochzeit deiner Schwester dabei gewesen?«, wollte Albert wissen.

Anna schüttelte den Kopf. »Nein, nicht wirklich. Ich hätte mich sowieso nur wie eine Außenseiterin gefühlt. Ich freue mich für Rosa, dass sie nun auch ihr Glück gefunden hat. Aber ich denke nicht viel an meine ehemalige beste Freundin. Denn mehr war sie nie. Dass sie meine Halbschwester ist, ist so neu für mich, dass ich nicht viele Gedanken daran verschwende.«

»Vermutlich hast du recht. Wir haben heute auch einen schönen Tag verlebt, und ich freue mich schon, wenn wir deine Mutter und den Medizinalrat bei der Eröffnung des Studierzimmers wiedersehen.«

»Ich habe in einem Möbelgeschäft einen besonderen Buffetschrank gefunden. Er würde hervorragend dort hineinpassen. Nicht zu groß, aber mit viel Platz, um unsere Köstlichkeiten auszustellen. Glaubst du, wir haben dafür noch Geld übrig?«, fragte sie vorsichtig.

»Nun, ich denke, wenn er dir so am Herzen liegt, werde ich eine Ausnahme machen. Du wirst es nicht glauben, aber das Geld aus Berlin ist bereits angekommen, und wir haben einen Auftrag über hundert Marzipantaler mit dem Konterfei von König Christian erhalten. Ich werde in der nächsten Zeit eine Menge zu tun haben.«

»Oh, das ist ja ganz wundervoll!« Damit hätte Anna nie gerechnet.

»Übrigens war gestern jemand im Laden und wollte Marzipankartoffeln kaufen. Weißt du vielleicht etwas darüber, was damit gemeint ist?«

»Oh ja, das ist eine ganz neue Kreation, von mir selbst entworfen. Hat Christian dir nichts davon erzählt?«

Albert schüttelte den Kopf.

»Na, du wirst Augen machen. Morgen werde ich dir in der Manufaktur zeigen, wie man sie herstellt. Wenn sie deine Zustimmung finden, sollten wir sie ins Sortiment aufnehmen.« Sie lachte ausgelassen.

Es war schon nach zehn, als sie ihre Wohnung erreichten.

»Bist du mir behilflich?«, fragte Anna und drehte ihm den Rücken zu. Die Knöpfe hinten an ihrem Kleid waren winzig, und es dauerte einen Moment, bis Albert alle geöffnet hatte. Er schob den zarten Stoff von ihren Schultern und drückte einen Kuss auf ihre elfenbeinfarben schimmernde Haut.

»Heute war ein richtig schöner Tag, findest du nicht auch? Seit Langem ein Tag, der mit Freude ausgefüllt war«, fragte Anna und stieg aus den Röcken.

»Ja, ich freue mich für deine Mutter. Sie hat einen guten Mann gefunden.«

Anna nickte. »So wie ich.« Sie schlang die Arme um seinen Hals und zog ihn zu sich herunter. Ihre Lippen trafen sich zu einem intensiven Kuss. Ohne hinzusehen, öffnete er ihr Korsett und ließ es achtlos zu Boden fallen. Mit den Händen umfasste er ihre Brüste und massierte sie zärtlich.

»Ich wünschte, wir hätten mehr Zeit füreinander, Anna. Und ich könnte dir ein unbeschwertes Leben bieten, so wie du es verdienst.«

Sie sah ihn an. »Das tust du, und ich bin sehr glücklich mit dir, Albert. Das Geschäft liegt mir sehr am Herzen, und ich könnte mir keinen besseren Mann vorstellen. Ich bin selig mit dir, ich könnte mir kein schöneres Leben wünschen.«

Albert lächelte und löste ihr Haar, dass sie heute hochgesteckt trug. In großen Wellen fiel es ihr über den Rücken. Er hob sie hoch und trug sie hinüber zum Bett, legte sie dort ab, dann löste er die Knöpfe seiner Hose, zog sein Hemd über den Kopf, nachdem er den Binder abgelegt hatte. Nackt stieg er zu ihr ins Bett.

»Was meinst du. Sollen wir nicht in die erste Etage ziehen?«, fragte er.

»In die Wohnung deiner Eltern?«, fragte Anne verblüfft.

»Nun, meine Eltern gibt es nicht mehr, und die Wohnung würde leer stehen. Wir könnten dort einziehen, und diese Wohnung hier ebenfalls vermieten. Das würde zusätzlichen Mietzins einbringen. Der Buffetschrank, der dir so gut gefällt, würde sich auch gut in der neuen Wohnung machen. Außerdem gibt es dort ein Zimmer mehr, aus dem wir ein Kinderzimmer machen könnten. Wie schön wäre es, wenn wir ein Kind bekommen würden. Einen Jungen, der einmal mein Erbe antritt.« Er sah ihr in die Augen. »Wir könnten eine Kinderfrau einstellen, die sich um den Kleinen kümmert, solange du arbeitest«, schlug er vor. Albert schien also schon länger darüber nachzudenken.

»Und wenn es ein Mädchen wird?«, fragte sie.

Albert lachte. »Dann bekommen wir so viele Kinder, bis ich einen Erben habe.« Zart fuhr er mit dem Daumen die Konturen ihres Gesichts nach und schob sich langsam auf sie.

»Da hast du doch nichts dagegen?«

Mit den Fingerspitzen strich sie über seine Wangen mit den Bartstoppeln des Tages. »Du kennst mich, ich kann dir nichts abschlagen«, flüsterte sie. »Wenn du willst, bekommen wir einen ganzen Stall voller Kinder. Sie werden alle deinen Charme haben.«

»Und deine Schönheit«, murmelte Albert.

»Und meine Stärke«, fügte Anna hinzu.

»Stark bin ja wohl ich. Allerdings kann ich dir auch nichts abschlagen, und das zeugt nicht gerade von Stärke.« Er beugte sich hinunter und verteilte kleine Küsse auf ihrem Gesicht, weiter den Hals entlang und tiefer zu ihren Brüsten. Als er wieder aufsah, drang er in sie ein, ließ sie dabei nicht aus den Augen.

Anna wünschte, sie würde ihm seinen Wunsch nach einem Kind erfüllen können. Doch in den letzten Monaten hatten sie so oft zusammengelegen, und sie war immer noch nicht schwanger. Ob etwas mit ihr nicht in Ordnung war? Konnte sie vielleicht keine Kinder empfangen? Wäre das ein Grund für Albert, sich von ihr zu trennen?

Albert bewegte sich schneller in ihr, und Anna passte sich ihm an, schlang ihre Beine um seine Hüften, ihre kurzen Nägel krallten sich in seine Oberarme. Bunte Lichter flimmerten vor Annas Augen, und sie keuchte laut auf. Sie wollte ihm ganz nah sein, vielleicht klappte es dann.

Albert atmete immer heftiger. Ein kleiner Schrei verließ ihre Lippen, als er aufstöhnte und über ihr zusammensank.

***

Albert hielt Anna in den Armen und fühlte sich vollkommen glücklich. Trotz der Trauer über den Tod seiner Mutter empfand er große Liebe zu seiner Frau. Es zeigte ihm, dass er sich richtig entschieden hatte. Nicht eine Sekunde hatte er bisher daran gezweifelt, und er war sicher, dass sich das nicht ändern würde.

Er rollte sich zur Seite, legte sich auf den Rücken und zog Anna an seine Brust. Sie atmete schwer, und er fragte sich, ob es diesmal wohl geklappt hatte. Schon länger spielte er mit dem Gedanken, Vater zu werden. Er war sich bewusst, dass er für einen Erben sorgen musste, wenn der Name Robek weiterhin für Qualitätsmarzipan stehen sollte. Er konnte es gar nicht abwarten, Anna mit einem runden Bauch zu sehen. Er war sich sicher, dass sie zuerst einen Jungen bekommen würden. Einen kleinen Stammhalter, auf den sein Vater sehr stolz gewesen wäre.

Kapitel 19

Lübeck, April 1874

»Ich kann nichts feststellen, Frau Robek. Es scheint alles in Ordnung zu sein. Es spricht nichts dagegen, dass Sie Kinder bekommen können. Manchmal setzen sich die Frauen zu sehr unter Druck. Lassen Sie der Natur ihren Lauf. Sie werden sehen, dann wird es schon klappen.«

»Doktor Pauly, mein Mann und ich sind jetzt schon fast zwei Jahre verheiratet. Er denkt schon, ich wolle keine Kinder.« Anna blickte den Arzt verzweifelt an. Er saß hinter seinem Schreibtisch, setzte seine Brille ab und faltete die Hände vor sich auf dem Tisch. Er war Anfang sechzig und hatte gütige Augen, die sie durch kleine runde Brillengläser anblickten.

»Meine Liebe, zwei Jahre sind gemessen an einem ganzen Leben nicht viel. Sie sind jung und gesund und werden bald ein ebenso gesundes Kind zur Welt bringen. Haben Sie sich schon Ihre Pockenimpfung abgeholt?«

»Pockenimpfung?«, fragte Anna überrascht. Sie hatte nichts davon in der Zeitung gelesen, oder war es ihr entgangen?

»Mit Einführung des Reichsimpfgesetzes müssen sich alle Bürger gegen die Pocken impfen lassen. Wir können das jetzt direkt erledigen, je eher, desto besser, wenn sie schwanger werden wollen.«

Anna nickte.

»Sie sollten Ihren Mann auch bald zum Arzt schicken. Reichskanzler Bismarck hat für die Menschen, die sich weigern, harte Strafen angeordnet. Bis zu drei Tage Haft oder fünfzig Mark. Das sollten Sie sich überlegen. Es ist schließlich zu Ihrem Schutz.«

Nach der Impfung füllte Doktor Pauly die Bescheinigung aus, überreichte Anna das Papier, und sie verabschiedete sich.

Sie hatte Albert nichts davon erzählt, dass sie sich untersuchen ließ, weil sie Angst hatte, unfruchtbar zu sein. Die Bestätigung des Arztes beruhigte sie. Sie würden bald ein Kind bekommen, an diese Hoffnung klammerte sie sich.

Sie fand Albert in der Manufaktur, wo er gerade dabei war, Pralinen zu formen. Er war voll und ganz auf seine Arbeit konzentriert. Wie glücklich er dabei aussieht, dachte Anna.

»Wo warst du?«, fragte er, als sie ihm einen Kuss auf die Wange drückte, ohne sein Tun zu unterbrechen.

»Ich habe mich gegen die Pocken impfen lassen.« Sie zeigte ihm die Impfbescheinigung.

»Gegen die Pocken?«, murmelte Albert und wischte seine Hände sauber.

Anna nickte. »Ja, es ist jetzt Gesetz. Du musst auch recht bald zum Arzt, sonst gibt es eine Strafe.«

»Dazu habe ich keine Zeit. Hier probier mal.« Er schob ihr eine Praline in den Mund. »Schokoladenpralinen mit Marzipan und gemahlenen Pistazien.«

»Mhm! Genau mein Geschmack«, sagte Anna und grinste breit.

»Wusst ich's doch. Ich muss schließlich deinen Marzipankartoffeln Konkurrenz machen, denn die verkaufen sich wie geschnitten Brot.«

»Das liegt aber auch daran, dass wir sie in kleinen Mengen anbieten und sie deshalb nicht so teuer sind. Die kann sich jeder leisten.«

Albert wischte sich mit dem Arm über die Stirn.

»Heute ist es aber wirklich heiß«, stöhnte er.

»Eigentlich nicht. Wir haben draußen gerade mal zwölf Grad.« Anna berührte seine Stirn. »Du glühst ja förmlich. Das gefällt mir gar nicht. Nicht, dass du krank wirst.« Sie hatte ihn noch nie krank erlebt, und Angst stieg in ihr auf.

»Ich glaube, ich werde mich einen Moment hinlegen. Heute Abend trifft sich die Kaufmannsgilde, da will ich später noch hin. Christian, kannst du hier weitermachen? Die Bestellung soll morgen raus.«

Sofort war Christian zur Stelle und übernahm die Arbeit, die Pralinen zu formen.

»Du solltest dich wirklich hinlegen, Albert. Du bist weiß wie die Wand. Vielleicht eine Erkältung? Damit ist nicht zu spaßen.«

Albert zuckte mit den Schultern. »Mir war gestern schon wie aus dem Nichts plötzlich so heiß geworden und heute wird mir ständig schwindelig«, erzählte er. »Schon seit einigen Tagen habe ich Schmerzen im linken Arm. Zuerst dachte ich, es käme vom Kneten des Brotteigs, und ich habe mir einen Nerv im Arm abgeklemmt, aber die Schmerzen gehen einfach nicht weg. Ich werde wohl langsam alt«, scherzte Albert und lachte leise.

»Du solltest dich ausruhen, die letzten Wochen waren nicht leicht für uns alle«, murmelte Anna.

Albert nickte. »Das wird schon wieder«, sagte er und wandte sich zur Treppe nach oben.

Besorgt wechselten Anna und Christian einen Blick. Vermutlich dachten beide das Gleiche. So hatte es auch mit Otto angefangen. Albert musste sich mehr schonen, er arbeitete zu viel.

»Soll ich dir helfen?«, rief Anna ihm nach.

Albert lachte. »Ich bin doch kein Tattergreis. Morgen bin ich wieder ganz der Alte. Bis später«, entgegnete er, und Anna hoffte, er würde recht behalten.

Sie nahm die Lieferscheine aus dem Korb und begann, die Rechnungen zu schreiben und ins Rechnungsbuch einzutragen. Nach einer Stunde kam ihr die Idee, dass sie für Albert eine kräftige Hühnersuppe kochen sollte. Die würde ihn wieder auf die Beine bringen. Bei einer Erkältung gab es nichts Besseres als eine gute Suppe.

»Ich mache für heute Schluss, Christian. Ich will Albert nicht so lange allein lassen.«

»Alles klar, Frau Robek. Ich bin ja hier. Anton hat in der Konditorei schon Feierabend gemacht. Er wollte heute zum Impfen.«

»Sehr gut. Ich war heute auch beim Arzt.« Sie brauchte ja nicht zu erzählen, dass sie aus einem ganz anderen Grund hingegangen war.

»Bis morgen, Frau Robek«, rief er ihr hinterher.

Anna stieg die Hintertreppe hinauf. Mittlerweile waren sie in die Wohnung der Eltern im ersten Stock gezogen, weil es dort wesentlich mehr Platz gab.

Es war erst vier Uhr am Nachmittag, aber draußen braute sich ein Gewitter zusammen, sodass es schon fast dunkel war. Albert sollte an diesem Abend besser zu Hause bleiben, dachte sie. Sie blieb an dem kleinen Flurfenster stehen und schaute auf die Bäume, die der Wind hin und her warf, als wären sie aus Papier. Der Himmel sah gespenstisch aus, mit den dunklen Wolken, die der Wind vor sich hertrieb. »April, April, der macht, was er will«, murmelte sie.

Als sie sich umwandte, um weiter die Treppe hinaufzusteigen, stieß sie einen entsetzten Schrei aus. Sogleich kamen die Mitarbeiter aus der Manufaktur angerannt.

Vor ihr lag Albert, der auf der Treppe zusammengesunken war. Sie hockte sich neben ihn und bettete seinen Kopf in ihren Schoß.

»Wat is denn los, Frau Robek?« Emil, der junge Bäckerlehrling, war als Erster bei ihr.

»Mein Mann ist zusammengebrochen. Es geht ihm nicht gut. Schnell! Schickt nach dem Doktor«, rief sie. Ihre Stimme überschlug sich.

»Emil, lauf los! Schnell. Du weißt doch, wo Doktor Pauly seine Praxis hat. Er wohnt in der Wohnung darüber«, sagte Christian. »Beeil dich! Sag, er muss sofort kommen!«

Anna öffnete den Kragen und die Knöpfe an Alberts Hemd. Er bewegte sich nicht mehr.

»Wollen wir ihn in die Wohnung tragen?«, fragte Anton, der gerade von seinem Arztbesuch kam. »Mensch, Albert, was machst du denn für Sachen?« Er drängte sich an den Arbeitern vorbei.

Mit vier Männern trugen sie Albert ins Wohnzimmer und legten ihn auf die breite Couch.

Es dauerte nicht lange, bis Doktor Pauly eintraf.

»Doktor Pauly, endlich! Ich habe meinen Mann auf der Treppe gefunden«, rief Anna und knetete nervös ihre Hände.

Doktor Pauly untersuchte Albert, richtete sich aber nach wenigen Minuten auf und sah Anna kopfschüttelnd an. »Es tut mir sehr leid, Frau Robek. Für Ihren Mann kommt jede Hilfe zu spät.«

»Nein, das kann doch nicht sein!«, rief Anna fassungslos. »Er hat doch gerade noch gelebt. Es ging ihm nicht gut, er wollte sich nur kurz hinlegen.« Sie stieß die Worte hervor, holte hektisch Atem. Ihr wurde schwarz vor Augen, und sie spürte noch, wie ihre Beine nachgaben. Nur eine schnelle Reaktion von Christian verhinderte, dass sie zu Boden stürzte. Mit aller Gewalt zwang sie sich dazu, nicht in Ohnmacht zu fallen. Behutsam setzte er sie auf einen Stuhl ab.

Doktor Pauly trat zu Anna, blickte sie mit seinen sanften braunen Augen an und fühlte ihren Puls. »Sie müssen sich beruhigen, Frau Robek. Sie wissen, dass es in der Familie Ihres Mannes eine Herzschwäche gibt. Daran ist ja auch ihr Schwiegervater gestorben. Zu viel Hektik ist sehr ungesund.«

»Ich weiß«, murmelte Anna und erhob sich, setzte sich auf das Sofa und nahm Alberts Hand, hielt sie ganz fest. »Aber er war doch noch so jung!« Sie starrte vor sich hin, schüttelte immer wieder den Kopf und nahm gar nicht mehr wahr, was sich um sie herum abspielte.

Erst als ihre Mutter sie an der Schulter berührte, kam Anna wieder zu sich. Jemand musste sie informiert haben.

»Mein Kind, was ist denn passiert?«

»Mama!«, rief Anna, als wäre sie noch ein kleines Kind und warf sich in ihre Arme. Ihre Mutter war da, sie würde alles wieder ins Lot bringen, so wie immer. Das taten Mütter doch, oder nicht?

»Wie konnte das nur geschehen?«, murmelte Stina und blickte auf Alberts leblosen Körper.

»Ich weiß es nicht«, schluchzte Anna. »Ich habe ihn gefunden, er lag auf der Treppe. Ich habe sofort geahnt, so, wie er da lag, dass es zu spät war.« Sie schluchzte wieder laut auf, aber Tränen kamen nicht. Der Schock saß einfach zu tief.

»Was für ein Unglück! Aber du bist nicht allein. Friedrich und ich sind für dich da.« Ihre Mutter weinte die Tränen, zu denen Anna nicht fähig war. Sie starrte vor sich hin, auch als der Bestatter die Wohnung betrat.

»Komm, Anna, lass uns in die Küche gehen, wir sind hier nur im Weg.« Stina wollte Anna in den Nebenraum führen, doch sie schüttelte den Kopf.

»Nein, ich kann Albert nicht allein lassen. Er … er braucht mich doch«, stammelte sie.

»Wo Albert jetzt ist, geht es ihm gut, er braucht keine Hilfe mehr, mein Mädchen«, sagte Stina und nahm ihren Arm, führte sie in die Küche, wo Medizinalrat Balhorn wartete.

»Friedrich, wollen wir Anna mit zu uns nehmen?«, fragte Stina.

»Nein! Ich gehe hier nicht weg«, rief Anna sofort. »Das ist mein Zuhause, ich darf es nicht verlassen.« Große Angst stieg in Anna auf. Sie hatte das Gefühl, als würde sie Albert verraten.

»Ich werde dir einen Tee machen. Wenn du nicht zu

Friedrich und mir willst, dann bleib ich heute Nacht bei dir.« Stina zündete den Herd an und stellte einen Kessel Wasser auf.

»Ist Anton noch da?«, wollte Anna wissen, die Stimmen aus dem Wohnzimmer hörte.

»Ich hole ihn«, Friedrich war wohl froh, etwas tun zu können.

Anton tauchte in der Küche auf und drückte Annas Hand. Er war ein Fels in der Brandung gewesen, seit Otto von ihnen gegangen war. »Anton, bitte schick die Männer nach Hause. Es ist schon spät, und sie können hier nichts mehr ausrichten. Gib ihnen auch bis zur Beerdigung frei. Ich weiß einfach nicht, was noch kommen wird.« Sie sah ihn mit traurigen Augen an.

»Natürlich, Anna. Ich werde mich um alles kümmern. Wir werden einen Weg finden, ganz bestimmt. Es ist immer weitergegangen. Du bist nicht allein, mien Deern.« Anton war schon lange in der Firma angestellt und für Albert immer ein guter väterlicher Freund gewesen, sie wusste, wenn sie sich auf jemand verlassen konnte, dann auf ihn.

»Danke, Anton.« Sie drückte seine Hand, und er nickte aufmunternd. Aber es gab keinen Mut mehr. In Anna war alles leer, als wäre sie anstelle von Albert gestorben. Sie fühlte nichts.

Der Kessel pfiff, und Anna zuckte erschrocken zusammen. Kurz darauf stellte ihre Mutter eine Tasse Tee vor ihr auf den Tisch. »Pass auf, er ist sehr heiß.«

Anna nickte, obwohl sie wusste, dass sie ihn nicht anrühren würde. Sie wollte weder etwas trinken noch etwas essen. Sie wollte nicht einmal mehr leben. Nicht ohne Albert. Wie hatte sie in so kurzer Zeit ihre ganze Familie verlieren können? Das war doch nicht gerecht! Was hatte sie getan, dass so etwas geschah?

Bis später – das waren seine letzten Worte an sie gewesen.

Jetzt war es zu spät. Sie hatte ihn verloren. Für immer. Sie konnte es nicht glauben. Was würde als nächstes Unheil über dieses Haus hereinbrechen? Würde auch sie bald sterben?

»Du solltest dich hinlegen, Kind.« Ihre Mutter blickte sie streng an, als wäre sie wieder zehn Jahre alt und hätte heimlich noch gelesen, obwohl sie schlafen sollte.

»Mama, bitte. Ich bin wirklich dankbar, dass du hier bist, aber ich möchte jetzt allein sein. Kannst du das verstehen? Ich möchte nicht undankbar sein, aber ich muss meine Gedanken ordnen.«

»Ich kann dich doch jetzt nicht allein lassen.«

»Stina, lass das Mädchen. Sie weiß, was gut für sie ist. Sie muss doch erst mal zur Ruhe kommen.« Friedrich verstand Anna. Er hatte auch seine Frau früh verloren, vermutlich wusste er, wie es in ihr aussah.

Der Bestatter klopfte an die Tür. »Soll Ihr Mann hier aufgebahrt werden, oder sollen wir ihn direkt mitnehmen?«

»Nicht hier«, murmelte Anna.

»Bist du sicher?« Stina sah sie prüfend an.

»Nehmen Sie ihn mit. Christian und ich werden die Totenwache übernehmen«, erklärte Anton mit fester Stimme.

»Würdet ihr das tun? Ich kann es jetzt noch nicht. Ich werde später kommen und Abschied nehmen.« Annas Stimme war ohne Emotionen.

»Kind, du musst dich wirklich hinlegen. Der Schock ist einfach zu groß.« Stina konnte nicht aus ihrer Haut, aber am Ende gab sie nach. Bevor sie mit Friedrich das Haus verließ, versprach sie Anna, am nächsten Tag vorbeizuschauen.

Anna wusste nicht, wie lange sie in der Küche gesessen hatte. Sie blickte auf die gemusterte Tapete, die sie zusammen mit Albert ausgesucht hatte. Sie hatte unbedingt diese Grüne mit den goldenen Ornamenten haben wollen. Wie lächerlich sie ihr jetzt vorkam. Alles schien lächerlich in ihren Augen – ohne Albert.

Sie nahm einen Schluck von dem Tee, der mittlerweile kalt war. Er schmeckte auch lächerlich. Sie wünschte, sie könnte endlich weinen. Vielleicht würde dann alles leichter werden. Albert hatte gesagt, dass die Tränen die Seele reinigen würden, aber stimmte das überhaupt?

Sie nahm eine Bewegung am Türrahmen wahr.

»Brauchst du noch etwas, Anna?«, fragte Christian.

»Ist noch jemand anderes da?« Es war plötzlich so merkwürdig still. Daran musste sie sich wohl gewöhnen. Dass es in Zukunft nur noch still sein würde.

Er schüttelte den Kopf. »Nein, alle sind gegangen. Ich werde jetzt auch gehen, wenn du mich nicht weiter brauchst.«

»Würdest du dich um die Sargträger kümmern?«

»Selbstverständlich. Anton und ich werden dazugehören, und ich denke, dass noch weitere vier Männer unter den Angestellten dabei sind.«

Anna nickte. »Das ist gut, wir haben ja sonst niemanden mehr. Alle sind tot«, murmelte Anna, dann blickte sie auf. »Vielen Dank, Christian. Ich brauche dann nichts mehr.«

»Dann … bis morgen … Anna.«

»Ja, bis morgen.« Ein Morgen, der ohne Albert anbrechen würde.

Es schien, als wolle Christian noch etwas sagen, doch dann wandte er sich ab und verließ die Wohnung.

Anna blieb allein zurück. Mühsam, als wäre sie eine alte Frau, schleppte sie sich hinüber ins Schlafzimmer und zündete eine Lampe an. Das Zimmer kam ihr verlassen vor, ohne Albert. Würde so ihr weiteres Leben aussehen? Verlassen? Allein? War das die Strafe dafür, dass sie Albert geheiratet hatte? Dass sie Rosa den Mann gestohlen hatte? Hatte sie ihn ihr gestohlen? Es schien eine höhere Macht zu geben, die das wohl so sah und sie nun bestrafte. Anders konnte sich Anna ihr Leben nicht erklären.

Sie hatte keine Idee, wie ihre Zukunft aussehen würde. Sie hatte Angst davor. Warum war sie nicht zusammen mit Albert gestorben? Zum ersten Mal verstand sie ihre Schwiegermutter, konnte nachfühlen, wie es Helene nach Ottos Tod ergangen war. Warum sie nicht mehr in der Lage gewesen war, weiterzuleben.

Würde sie die Kraft dazu aufbringen? Ganz allein? Im Augenblick konnte sie es sich nicht vorstellen. Ohne sich auszukleiden, legte sie sich auf das Bett, auf dem eine Tagesdecke lag. Sie starrte zur Decke und wünschte, der Tod würde auch sie holen. Auf leisen Sohlen, während sie schlief. Warum gab es keinen Schalter, den man einfach so umlegen konnte, und das Leben wäre zu Ende? Es wäre so leicht. Aber genau das war das Leben nicht – leicht. Es war schwer. Eine unendliche Erschöpfung überfiel sie. Sie war müde, todmüde.

***

Sie trug einen großen Hut, an dem ein schwarzer Schleier befestigt war, der ihr Gesicht bedeckte. Anna wollte nicht, dass man ihre verweinten Augen sah. Endlich, nach mehr als drei Tagen war sie aus ihrer Trance erwacht und hatte den Tränen freien Lauf lassen können. Sie hatte geweint, bis keine Tränen mehr kamen. Hatte sich gesammelt und wieder geweint. Ihre Mutter hatte nach ihr geschaut, aber auch Stina hatte sie nicht trösten können. Anna hatte sie gebeten, nach Hause zu gehen. Sie wollte allein sein mit ihrer Trauer um Albert. Allein mit ihren Erinnerungen an ihn und ihr gemeinsames Leben, das so kurz gewesen war.

Sie war nicht schwanger geworden, es würde also keinen Erben der Familie Robek geben. Diesen letzten Wunsch hatte sie Albert nicht erfüllen können. Wie sehr hatte sie es sich gewünscht und eine letzte Hoffnung genährt. Doch als vor zwei Tagen ihre Blutung einsetzte, war es vorbei. Und dann waren endlich die Tränen gekommen.

Jetzt stand sie an seinem Grab und sah zu, wie der Sarg in die Erde gelassen wurde. Am Familiengrab, wo auch Otto und Helene ihre letzte Ruhe gefunden hatten. Der Burgtorfriedhof lag nördlich der Altstadt, und es hatten sich eine Menge Trauergäste eingefunden. Wie sein Vater war Albert im Vorstand einiger Verbände gewesen, die alle Vertreter geschickt hatten. Selbst Theodor Curtius, der Bürgermeister, war persönlich erschienen, um sein Beileid auszusprechen.

An Annas Seite standen Stina und Friedrich. Alle Mitarbeiter der Firma waren ihr auf dem Weg hierher gefolgt, auch viele Geschäftsleute, Kunden und Nachbarn. Anna wusste, dass eine solch große Beerdigung Albert nicht gefallen hätte, doch so war es nun mal, wenn ein bekannter Sohn der Stadt seinen letzten Gang antrat. Sie würde das hier überstehen, so wie sie bisher alles überstanden hatte. Nur würde sie es nun allein tun müssen. Nicht mehr mit Albert an ihrer Seite, der immer hilfreich ihren Arm genommen hatte, um ihr den Weg zu zeigen.

Nach der Beisetzung schüttelte sie eine Menge Hände, sie wusste nicht einmal, wer alles gekommen war. Schaute in kein Gesicht. Bedankte sich mit stoischer Ruhe in der Stimme.

»Mein Beileid, Anna. Ich weiß nicht, was ich sagen soll. Es tut mir so unendlich leid.« Die Stimme ließ sie aufblicken. Vor ihr stand Direktor Quast und reichte ihr die Hand. Ihr Vater war gekommen, damit hatte sie nicht gerechnet.

»Danke, Herr Direktor«, sagte sie leise und reichte ihm die Hand.

Quast warf Stina einen kurzen Blick zu und nickte. »Stina, Friedrich.«

Er hielt immer noch Annas Hand, und sie spürte die Wärme an diesem kalten Frühlingstag. »Ich soll dir auch von Rosa ihr Beileid ausrichten.«

Anna nickte und ließ endlich seine Hand los. Sie wusste nicht, was sie sagen sollte. Sie blickte in seine Augen, die ihren so ähnlich waren.

Verlegen räusperte er sich. »Dann werde ich mal wieder gehen.«

»Danke, dass Sie gekommen sind«, brachte Anna noch schnell hervor.

Er nickte ihr zu und verließ den Friedhof mit langsamen Schritten.

Anna sah ihm hinterher.

»Eine freundliche Geste, dass er gekommen ist«, sagte ihre Mutter und nahm ihren Arm. »Komm, es wird Zeit, dass wir gehen.«

Willenlos ließ sich Anna von diesem Ort wegführen, an dem sie in der letzten Zeit viel zu oft gewesen war.

Teil II

Ein wahrer Freund trägt mehr zu unserem Glück bei
als tausend Feinde zu unserem Unglück.

Kapitel 20

Lübeck, August 1874

Anna sah ihren Kleiderschrank durch und nahm ein Tageskleid heraus. Sie war jetzt zweiundzwanzig Jahre alt und hatte mehr schwarze Kleider im Schrank als in allen anderen Farben. Vor drei Tagen hatte sie Geburtstag gehabt, aber es war ein ganz normaler Tag gewesen. Sie hatte es niemandem erzählt. Warum auch? Es gab keinen Grund, etwas zu feiern. Mit wem sollte sie es tun? Einzig ihre Mutter und Friedrich waren zum Gratulieren vorbeigekommen.

Nach Alberts Beerdigung hatte die Konditorei wieder geöffnet. Es lief alles seinen gewohnten Gang, als wäre er nicht gestorben, nein, als hätte es ihn niemals gegeben. Anna hatte dafür gesorgt, dass die Fotografie von Albert, wie ihm in Wien die Medaille überreicht worden war, einen Ehrenplatz im Café bekommen hatte. Gleich neben dem Porträt seines Vaters, wo es jeder sah, der das Café besuchte. Sie würde dafür sorgen, dass man Albert nicht vergaß. Dass *sie* ihn nicht vergaß, denn das war ihre größte Sorge. Manchmal hatte sie Schwierigkeiten, sich an seine Stimme zu erinnern oder an sein Gesicht, und dann geriet sie in Panik, lief durch das Café und sah sich die Fotografie an. Ihre Hände fingen an zu zittern, und sie hatte sogar schon einmal einen Teller fallen lassen. Karla war ihr zu Hilfe geeilt und hatte die Scherben weggefegt.

Anna hielt sich jetzt tagsüber im Café auf, weil die Angestellten auch im Studierzimmer bedienen mussten. Es hatte sich unter den Studenten herumgesprochen, dass es hier besonders guten Kaffee zu einem kleinen Preis gab, und sie fanden sich zahlreich ein. Die Buchhaltung erledigte Anna spät am Abend – sie konnte ohnehin nicht schlafen. Da sie nicht mehr kochen musste, sparte sie Zeit ein. Außerdem brauchte sie keine neue Bedienung anstellen und musste keinen zusätzlichen Lohn zahlen. Albert hatte sie in seinem Testament zur Alleinerbin bestimmt. Anton war ihr behilflich gewesen, hatte ihr die Formalitäten erklärt, und sie begleitet, als es darum ging, die Konten, die Gebäude und die Firma auf ihren Namen zu übertragen.

Der städtische Beamte hatte gesagt, sie sei jetzt eine reiche Frau. Sie hätte ihm am liebsten ins Gesicht gelacht, weil sie seine Bemerkung mehr als respektlos fand. Dennoch hatte sie alles mit stoischer Ruhe ertragen, und Anton hatte sie für ihre Haltung gelobt.

»Danke, dass du mir zur Seite stehst. Ich wüsste nicht, was ich ohne dich tun würde.«

Er winkte ab. »Das mach ich doch gern. Ich habe Otto versprochen, dass ich auf alles achten würde, wenn ihm etwas geschieht, und das tue ich. Ich arbeite fast mein ganzes Leben für die Firma Robek, und auch mich wird man eines Tages mit den Füßen zuerst aus dem Haus tragen.«

Anna hielt erschrocken den Atem an. »Ich hoffe sehr, das ist noch lange hin«, sagte sie.

Anton tätschelte ihre Hand. »Davon gehe ich aus. Hab keine Angst, mien Deern. Mein Vater ist gesegnete neunundneunzig geworden, und ich habe vor, ihn um mindestens ein Jahr zu übertreffen.«

Seine Worte entlockten Anna ein kleines Lächeln, während sie gemeinsam zum Café zurückliefen.

»Das solltest du öfter tun«, sagte Anton.

»Was? Eine Firma übernehmen?«

»Nein, lächeln. Du bist eine junge Frau und solltest nicht für immer allein bleiben.«

Anna schüttelte den Kopf. »Ich werde mich nie wieder in

einen Mann verlieben. Ich liebe Albert und das bis an mein Lebensende.«

»Aber du kannst die Firma nicht allein leiten«, wandte er ein.

»Warum nicht? Ich beherrsche die geschäftlichen Dinge, und du und Christian, ihr kennt euch mit Marzipan aus. Warum sollte es nicht funktionieren?«

»Weil die Menschen merkwürdig sind. Niemand wird dir zutrauen, ein Geschäft zu führen, auch wenn du es kannst. Wenn du einen anderen Mann heiratest, heißt das ja nicht, deine Liebe zu Albert zu verraten. Aber eine Frau braucht einen Mann, der sie beschützt und die Geschicke lenkt. Irgendwann wirst du dich neu verlieben.«

Anna hatte das nicht wahrhaben wollen, doch als sie einige Tage später gleich zwei Kündigungen für Brotlieferungen auf den Tisch bekam, dachte sie an Antons Worte.

Am nächsten Morgen ging sie in die Backstube zu Christian und erklärte ihm die Lage.

»Hat sich etwas geändert? Stellen wir neuerdings anderes Brot her? Ich verstehe nicht, warum die Leute ihre Bestellungen stornieren.«

Christian rief sich das Kinn und trat verlegen von einem Bein aufs andere. »Nein, ich denke nicht, dass sich hier etwas geändert hat. Ich glaube, es liegt daran, dass jetzt eine Frau den Laden führt. Die Leute trauen es dir nicht zu.«

»Das hat mir Anton auch schon prophezeit. Ich kann es nicht glauben. Wo ist der Unterschied, ob eine Frau oder ein Mann die Leitung des Geschäfts innehat? Ich backe das Brot ja schließlich nicht selbst.«

Christian zuckte mit den Schultern. »Für uns macht es keinen Unterschied, aber für die Menschen da draußen schon. Sie sehen nur das, was sie sehen wollen. Und ich befürchte, dass auch du das nicht ändern wirst. Man kann noch so versuchen, die Welt zu verändern. Man schafft es nicht ganz allein.«

Ergeben nickte Anna. »Du warst Alberts bester Freund und gehörst für mich zur Familie.« Sie hielt kurz inne. »Nur dass ich gar keine Familie mehr habe«, murmelte sie.

»Doch, das hast du. Wir hier alle sind deine Familie, Anna. Eine Familie besteht nicht darin, dass man das gleiche Blut hat, sondern das gleiche Ziel.« Er lächelte sie an, dann machte er sich wieder an die Arbeit.

Anna blickte auf die Kündigungen in ihrer Hand und hob die Schultern. Wenn die Leute eben auf die besten Brote der Stadt verzichten wollten, war es ihre eigene Schuld.

Sie ging hinauf ins Café und musste feststellen, dass nicht wie sonst alle Tische besetzt waren.

»Was ist los, Karla? Warum ist so wenig los?«, fragte sie ihre Mitarbeiterin leise.

»Das ist schon seit ein paar Tagen so. Seit der Bericht über die Firma Robek in den *Lübeckischen Anzeigen* erschienen ist und dort stand, dass nun eine Frau am Ruder ist, bleiben die Leute weg.«

Anna hatte den Artikel gelesen, der kaum Wahrheiten enthielt, aber wohl dennoch hohe Wellen schlug. »Die Leute sollten nicht alles glauben, was in der Zeitung steht«, murmelte sie, band sich eine lange Servierschürze um, und trat an den Tisch, um einen neuen Gast zu bedienen.

»Guten Morgen im Café Robek. Was darf ich Ihnen bringen?«

Der Mann musterte sie eingehend. »Guten Morgen, schöne Frau. Ich hätte gern das kleine Frühstücksgedeck.«

»Mit Wurst und Käse? Kaffee?«, fragte Anna, ohne weiter auf seine Worte einzugehen. *Schöne Frau* – das war einmal. Heute hatte sie dunkle Ringe unter den Augen und sah mindestens zehn Jahre älter aus, als sie war, aber das war ihr gleich.

»Ja, bitte. Und ein Frühstücksei. Weich gekocht, bitte.«

»Kommt sofort.«

Anna wandte sich dem Tresen zu und gab die Bestellung auf.

»Kennen Sie den Mann, Frau Robek?«, fragte Karla neugierig.

»Nein, sollte ich?«

»Er ist heute zum dritten Mal in Folge hier, und ich hatte schon gedacht, dass er es auf mich abgesehen hat, aber so, wie er sie mustert, hat er wohl nach Ihnen Ausschau gehalten.«

Anna schaute sich unauffällig um und sah, dass der Mann sie beobachtete. »Vermutlich ist das jemand, dessen Rechnung ich vergessen habe zu bezahlen. Oder er will einen Artikel über die Firma Robek schreiben.« Sie verdrehte die Augen.

Karla kicherte und stellte das Tablett vor Anna auf dem Tresen ab. Anna nahm es und brachte es an den Tisch.

»Vielen Dank.« Der Mann sah sie neugierig an.

»Entschuldigung, kennen wir uns?«, fragte Anna frei heraus, denn es war offensichtlich, dass dieser attraktive Mann nicht nur wegen des guten Frühstücks ins Café kam.

»Sie sind Frau Robek, nicht wahr?«, fragte er und lächelte charmant. Anna ließ sich nicht davon beeindrucken. Für ebenmäßige Gesichter hatte sie noch nie viel übriggehabt. Auch Albert hatte gut ausgesehen, aber auf eine herbe, männliche Art.

»Das Café steht nicht zum Verkauf«, sagte sie schnell. »Ich wünsche Ihnen einen guten Appetit.«

Der Mann lachte leise, erwiderte aber nichts, sondern bedankte sich und köpfte das Ei.

»Karla, ich bin kurz in der Backstube und hole schon mal die Torten für die Vitrine.«

Karla winkte zum Zeichen, dass sie verstanden hatte.

Unten zog Anna eine Torte, die mit kleinen bunten Fantasieblüten aus Marzipan verziert war, aus der Kühlung. »Die ist aber schön!«, rief sie und deutete darauf.

Christian lächelte stolz. »Ich habe die Blüten mit einer ganz kleinen Pinzette aufgetragen. Das war echt kniffelig.«

»Was hat sie für eine Füllung?«, fragte Anna.

»Johannisbeercreme.«

»Mhm, das hört sich lecker an. Das wird den Gästen sicher schmecken.« Die Torte war mit einer hellen Marzipandecke belegt und die bunten Blüten hatten jeweils ein gelbes, blaues, grünes und rosa Blatt. In der Mitte trug die Blüte einen weißen Stempel. »Daran haben Sie bestimmt lange gearbeitet.«

Christian nickte. »Seit heute Morgen um sechs«, gab er zu und wischte sich mit dem Unterarm über die Stirn.

Heute war ein heißer Tag, und in der Manufaktur war es wegen des Backofens noch um einiges wärmer.

»Dann werde ich das gute Stück gleich mit rauf ins Café nehmen, bevor es noch schmilzt.«

»Anna, wir brauchen dringend neue Mandeln, der Vorrat geht zur Neige. Ich hatte dir einen Zettel auf den Tisch gelegt«, rief Christian ihr hinterher.

»Ja, habe ich gesehen. Ich kümmere mich später darum.«

Als sie zurück ins Café kam, war der neugierige Gast verschwunden. Außer dem Kaffee hatte er nichts angerührt. Auch das geköpfte Ei war noch unangetastet. Kopfschüttelnd räumte Anna den Tisch ab.

»Hat der Gast von Tisch 7 bezahlt?«, fragte sie.

Karla nickte. »Ja, er hat hier am Tresen bezahlt und hatte es plötzlich sehr eilig. Wir können nur hoffen, dass er nicht wirklich von der Zeitung war.«

»Nun, in dem Fall werden wir das morgen in der Zeitung lesen.« Anna zuckte mit den Schultern. Es würde sie wundern, wenn es anders wäre. Im Moment jagte ein Unglück das nächste.

»Nee, ich glaube, der hatte ganze andere Interessen«, murmelte Karla und machte sich an die Arbeit.

Anna hoffte, dass die Serviererin recht behielt. Sie durfte doch nicht alles schwarzsehen. Es würde bald wieder bergauf gehen. Das Leben verlief in Wellen, ein stetiges Auf und Ab, und nach einem Tief folgte wieder ein Hoch. Sie musste nur ganz fest daran glauben. Sie stieß einen tiefen Seufzer aus.

Kapitel 21

Lübeck, August 1874

In den nächsten Tagen blätterte Anna jeden Morgen die *Lübeckischen Anzeigen* durch, doch die Firma Robek fand nur Erwähnung in den Inseraten, die Anna für Werbezwecke geschaltet hatte.

Als sie jedoch an diesem Samstagmorgen am Tresen stand und die Zeitung aufschlug, legte sie sich betroffen die Hand vor den Mund.

»Ist etwas passiert?«, fragte Karla, die gerade kleine Vasen mit Nelken auf den Tischen verteilte.

»Direktor Quast und seine Frau sind bei einem Bootsunfall ums Leben gekommen.« Anna blickte auf und hatte das Gefühl, jeden Augenblick in Ohnmacht zu fallen. Sie nahm die Zeitung und setzte sich an einen der Tische. Das Café würde erst in einer Viertelstunde öffnen.

»Sie sprechen von dem Direktor der Bank?«, fragte Karla.

Anna nickte. »Ja, er ist … meine Mutter hat früher für ihn gearbeitet. Ich bin in seinem Haus aufgewachsen«, sagte sie tonlos.

»Er war ihr Vater, stimmt's? Ich hab davon gehört …« Karla sah sie mitfühlend an.

»Anscheinend weiß die ganze Stadt davon, nur ich habe es erst vor wenigen Jahren erfahren«, gab Anna zu.

»Was ist denn geschehen?« Karla kam näher, warf einen Blick über Annas Schulter.

»Hier steht, dass das Boot gekentert ist und beide nicht schwimmen konnten. Ist das nicht schrecklich?«

»Ja natürlich, mein Beileid, Frau Robek. Das tut mir wirklich leid. Werden Sie zur Beerdigung gehen?«

»Ich … ich weiß es nicht. Das kommt so plötzlich.« Mein Gott, Rosa, hat gleich beide Elternteile verloren, schoss es Anna durch den Kopf. Wie furchtbar! Ob ihre Mutter schon Bescheid wusste?

»Ich werd gleich nachfragen, was mit dem Geld ist, das auf der Bank liegt. Hoffentlich gibt's da keine Probleme. Ich habe dort ein Sparbuch, für schlechte Zeiten, Sie wissen schon. Nicht, dass das alles futsch ist. Man weiß ja nie …«

Anna schüttelte den Kopf. »Nein, das kann ich mir nicht vorstellen. Banken haben Vorstände, und es gibt Menschen, die in so einem Fall die Leitung übernehmen. Ich kann es immer noch nicht glauben.«

Lore, eine Bedienung aus der Konditorei, kam herüber ins Café. »Haben Sie es schon gehört? Was für ein Unglück! Die ganze Stadt spricht davon. Was ist das nur für ein Jahr … Die Beerdigungen hören gar nicht mehr auf!«

Anna nickte, sagte aber nichts. Sie hatte Angst, dass ihre Gefühle etwas verraten würden. Auch wenn Roland Quast ihr Vater gewesen war, so hatte sie in ihm nie ein Elternteil gesehen. Es hatte keine Nähe entstehen können, weil er es nicht zugelassen hatte. Anna hatte immer die Distanz gespürt, wann immer sie ihm begegnete. Zudem hatte sie die Wahrheit erst sehr spät erfahren. Sie hatte keine Tränen für ihn, jedoch Mitleid mit ihrer einst besten Freundin. Anna wusste, wie einsam man war, wenn die Menschen, die man liebte, plötzlich verschwanden. Sie war sich aber auch sicher, dass Rosa ihr Mitgefühl nicht wollte und vermutlich nicht brauchen würde. Es gab einen Mann, der an ihrer Seite stand und den sie liebte. Das war mehr, als Anna hatte.

»Ist alles in Ordnung, Frau Robek?«, fragte Lore und blickte auf Annas Hände, die sich krampfhaft um die Zeitung schlossen. Sie hielt die Seitenränder so fest, dass sie zerknitterten. Erschrocken strich Anna das Papier wieder glatt.

»Ja, natürlich. Mein Gott, die Zeitung wollen unsere Gäste ja noch lesen!« Rasch nahm sie einen hölzernen Zeitungshalter vom Kleiderständer und klemmte die Ränder ein. »Wir sollten öffnen«, erklärte sie schmallippig. »Ich bin heute im Büro.« Damit verließ sie das Café und stieg die Treppe zum Souterrain hinunter.

Kaum hatte sie hinter ihrem Schreibtisch Platz genommen, musste sie tief Luft holen. Dass ihr Vater auf so schreckliche Weise ums Leben gekommen war, berührte sie doch tiefer, als sie gedacht hatte.

Es klopfte am Türrahmen, und Christian trat ein. »Hast du schon von dem Unglück gehört?«

Anna nickte. »Ich habe es gerade in der Zeitung gelesen. Ist das nicht schrecklich?«

Christian trat näher. »Direktor Quast war dein Vater …«, sagte er leise.

Überrascht blickte Anna auf. »Ja, und anscheinend wusste es jeder, außer mir.«

»In dieser Stadt wird viel geredet, und ein Geheimnis bleibt selten das, was es soll, nämlich geheim. Hinter vorgehaltener Hand wurde darüber gesprochen.«

Anna seufzte. »Ja, das ist richtig. Aber er war nie ein richtiger Vater für mich. Ich kann dankbar sein, dass ich in seinem Haus aufwachsen durfte, wenn auch nur als Tochter der Köchin. Es war nicht so einfach, trotzdem bin ich dankbar. Es gibt Kinder, die es wesentlich schwerer haben. Seine eheliche Tochter Rosa war einmal meine beste Freundin, bis Albert sich in mich verliebt hat und … ich mich in Albert. Du hast Rosa ja kennengelernt.«

Christian nickte.

»Unsere Liebe hat Rosa und mich entzweit, dennoch habe

ich kein schlechtes Gewissen – zu einer großen Liebe gehören immer zwei.«

»Wirst du an der Beerdigung teilnehmen?«, fragte Christian.

»Ja, ich werde wohl mit meiner Mutter und dem Medizinalrat hingehen. Die beiden Männer waren gute Bekannte. Es ist das Mindeste, was ich tun kann«, erwiderte Anna, obwohl sie nicht sicher war, ob es Rosa recht wäre. Andererseits gebot es der Anstand, dass sie ihrem Vater das letzte Geleit gab.

»Wenn du Hilfe brauchst, du weißt, dass du auf Anton und mich zählen kannst.«

»Natürlich weiß ich das, Christian. Vielen Dank. Für alles. Anton und du, ihr meine Felsen in der Brandung. Ich wüsste nicht, was ich ohne euch tun würde.«

Christian winkte ab und ging hinaus.

***

Wie erwartet, war die Beerdigung der Eheleute Quast ein Großereignis in der Stadt. Die Petri-Kirche war bis auf den letzten Platz besetzt. Der Pastor hielt eine Rede, in der er die beiden Verstorbenen ehrte. Auch Bürgermeister Curtius sprach einige Worte und lobte das soziale Engagement der Quasts. Der Trauerzug bis zum Friedhof war lang, und Anna wünschte, sie wäre schon wieder zu Hause, denn sie spürte die neugierigen Blicke auf sich. Sie konnte die Leute sogar tuscheln hören.

Sie hatte für sich und Stina jeweils einen Strauß weißer Rosen besorgt. Sie gehörten zu den Letzten, die an die Gruft der Familie Quast traten, in der das Ehepaar beigesetzt wurde. Sie legten die Blumen ab und reichten Rosa und ihrem Mann Bastian die Hand.

Rosa schien Anna erst auf den zweiten Blick zu erkennen und zog ihre Hand rasch weg. »Was tust du hier! Du hast hier nichts zu suchen!«, rief sie so aufgebracht, dass Anna erschrocken zusammenzuckte.

»Ich möchte dir mein Beileid aussprechen, Rosa. Glaub mir, ich kann nachfühlen, wie es dir geht«, sagte Anna mit leiser Stimme.

»Das kannst du auf keinen Fall. Was maßt du dir nur an?«, fauchte Rosa verächtlich.

»Bitte entschuldige, aber ich habe vor Kurzem selbst meine Schwiegereltern und meinen Mann verloren. Glaubst du nicht, dass es an der Zeit ist, dass wir beide endlich Frieden schließen?« Anna war Rosas ablehnende Haltung leid. So konnte es doch nicht ewig weitergehen.

»Du solltest hier verschwinden, du hast hier nichts zu suchen!«, wiederholte Rosa. Ihre Stimme wurde immer lauter, sodass einige Leute sich neugierig zu ihnen umdrehten, obwohl sie schon auf dem Weg waren, den Friedhof zu verlassen.

»Es war auch *mein* Vater«, zischte Anna und blickte Rosa ernst an.

»Anna, komm. Wir sollten gehen«, sagte Stina und nahm den Arm ihrer Tochter.

»Nein, Mama. Ich lasse mich nicht vertreiben. Ich habe das gleiche Recht, hier zu sein wie Rosa.« Anna war es so leid, immer in ihrem Schatten stehen zu müssen. Selbst an einem Tag wie diesem, wo man persönliche Gefühle zurückstellen sollte.

»Du hast kein Recht der Welt. Du bist ein unehelicher Bastard und solltest froh sein, dass mein Vater dich in seinem Haus hat wohnen lassen. Doch das ist zum Glück schon lange vorbei. Glaub nicht, dass ich jemals wieder mit dir Freundschaft schließen werde. Du hast mir mein Glück gestohlen und das, meine liebe Halbschwester, werde ich dir niemals vergeben.«

»Rosa, bitte beherrsche dich«, sagte Bastian Lindgren. Er

wollte seine Frau zur Räson bringen, doch sie sah ihn nur abfällig an.

»Und ich bin davon ausgegangen, dass dein Glück gerade neben dir steht, Rosa. Wie man sich doch täuschen kann. Lebwohl, Schwester«, entgegnete Anna und wandte sich ab.

»Glaub nicht, dass wir beide miteinander fertig sind. Ich werde dich ruinieren, so wahr ich hier stehe«, rief Rosa ihr hinterher.

»Achte nicht auf ihre Worte, Kind«, sagte Friedrich, der nur kurz kondoliert hatte und sich dann seinen zwei Frauen anschloss. »Aus ihr spricht der Schmerz über den Verlust ihrer Eltern.«

Anna schüttelte den Kopf. »Nein, Friedrich, Sie kennen Rosa nicht. Ich darf ihre Drohung nicht unterschätzen. Sie fühlt sich gedemütigt, weil Albert *mich* geheiratet hat. Das wird sie bis an ihr Lebensende nicht vergessen.«

»Du solltest dich von ihr fernhalten. Wir kennen Rosa gut genug, um zu wissen, was sie für einen Schaden anrichten kann«, sagte Stina, nahm Annas Hand und drückte sie fest. »Du weißt, wir sind immer für dich da, Friedrich und ich. Dieses Mädchen hat mir immer leidgetan. Ihr wurde von ihren Eltern nie Wärme entgegengebracht. Ich kann nur hoffen, dass ihr Mann beruhigend auf sie einwirken kann. Du hast im Gegensatz zu ihr immer noch uns, auf die du zählen kannst.«

»Danke, Mama. Das ist sehr lieb von dir. Aber ich werde mich zu wehren wissen. Ich bin nicht mehr die kleine Tochter der Köchin. Ich bin nun Frau Robek und die Tochter von Frau Medizinalrat Friedrich Balhorn.« Sie blickte die beiden an und brachte ein kleines Lächeln zustande.

»Ich bin Roland jedenfalls sehr dankbar, dass er dich in mein Haus gebracht hat«, sagte Friedrich voller Stolz, und Stina lächelte sanft.

»Das gilt auch für mich«, sagte sie leise und sah ihren Mann an.

Kapitel 22

Ein paar Tage später bediente Anna im Studierzimmer, weil Henry, der neue Kellner, der für diesen Raum zuständig war, erkrankt war. Auf ihn war immer Verlass, und er hatte bisher nicht einen Tag gefehlt. Es machte Anna Sorgen, und sie hoffte, dass es nichts Ernstes war.

»Haben der Herr einen Wunsch?«, fragte sie einen neu hinzugekommenen Gast, der sich in einem der Lesesessel niedergelassen hatte und in einem Buch blätterte.

»Ich hätte gern eine Tasse schwarzen Tee, mit Milch, bitte.« Er blickte zu ihr auf und schenkte ihr ein Lächeln.

Der Mann war vor ein paar Tagen schon einmal im Café gewesen und hatte sein Frühstück stehen gelassen. Er war gut gekleidet mit einem schwarzen Gehrock, weißem Hemd und einer burgunderfarbenen Weste, die mit Goldbrokat durchwoben war. Das feine Halstuch in einem Hellgrau war kunstvoll gebunden, und eine goldene Kette war zu sehen, an der vermutlich eine edle Taschenuhr hing, die jedoch in der Westentasche steckte. Er hatte die Beine lässig übereinandergeschlagen. Das braune wellige Haar trug er seitlich gescheitelt, und seine ebenfalls braunen Augen blickten sie amüsiert an. »Guten Tag, Frau Robek.«

»Guten Tag, Herr …« Ihr fiel auf, dass sie gar nicht wusste, wie er hieß.

Er klappte das Buch zu, legte es auf dem Beistelltisch ab und erhob sich. »Wenn ich mich vorstellen darf? Karl Linde.«

»Linde?« Der Name kam ihr bekannt vor.

»Ihnen dürfte die Linde-Brauerei ein Begriff sein.«

»Natürlich, wir verkaufen das Bier in Flaschen hier im Café. Sie gehören also zur Linde-Brauerei?«

Er räusperte sich. »Wenn ich ehrlich bin … ich *bin* die Linde-Brauerei. Ich bin der Inhaber und leite sie«, sagte er ruhig, aber Anna hörte den Stolz hinter seinen Worten.

»Wie nett, Sie hier begrüßen zu dürfen. Ihr Bier wird gern getrunken, wenn ich das erwähnen darf. Bitte nehmen Sie doch wieder Platz. Ihr Tee kommt sofort.«

Anna machte sich auf den Weg, um die Bestellung im Café im Nebenzimmer aufzugeben. Sie fragte sich, ob der Besuch von Herrn Linde einen bestimmten Grund hatte.

Karla stellte ihr das Gedeck bereit, und kurze Zeit später brachte Anna es ins Studierzimmer, das sich mittlerweile bis auf diesen einen Gast geleert hatte.

»Vielen Dank. Haben Sie Zeit, mir ein wenig Gesellschaft zu leisten?«, fragte Linde und hängte das Tee-Ei in die Tasse mit dem heißen Wasser.

Er wollte etwas von ihr, Annas Gespür hatte sie nicht im Stich gelassen.

»Es ist ja nicht mehr viel los.« Sie setzte sich in den gegenüberliegenden Sessel.

»Ich kannte Ihren Mann, wir waren beide im Vorstand der Kaufmannsgilde. Es tut mir sehr leid um ihren Verlust. Ich wäre gern zur Beerdigung gekommen, aber ich war auf Geschäftsreise in Berlin. Ihr Mann hat eine große Lücke hinterlassen.« Er bewegte das Ei, und als der Tee genug gezogen hatte, nahm er es heraus und gab etwas Milch in die Tasse.

»Ja, das hat er. Mein Mann ist viel zu früh gestorben. Aber ich muss damit leben«, sagte Anna nur. Sie war nicht bereit, fremden Menschen Einblick in ihr Gefühlsleben zu gewähren.

»Ich habe Sie gestern auf der Beerdigung der Eheleute Quast gesehen.« Er sah sie fragend an.

»Die halbe Stadt war auf dieser Beerdigung.« Als er nichts sagte, fügte sie hinzu: »Meine Mutter hat früher als Köchin für die Familie Quast gearbeitet, ich bin dort aufgewachsen, da gebot es der Anstand, dass wir unser Beileid aussprechen.«

Linde rührte in der Tasse und lächelte. »Ich glaube, es war noch mehr …« Er sprach auf eine leise, sehr vertrauliche Art.

Anna blieb stumm, doch sein eindringlicher Blick machte klar, dass ihr Geheimnis keines mehr war. »Sie wissen also auch darüber Bescheid?«

Er nickte. »Das gilt für viele Leute. Eigentlich weiß jeder, dass der hoch angesehene Direktor Quast eine Tochter mit seiner Köchin gezeugt hatte, zu der gleichen Zeit, als seine Frau ebenfalls schwanger war. Zumindest war er so anständig, sich um Sie und Ihre Mutter zu kümmern.«

»Sind Sie hier, um meinen Vater zu beleidigen, oder mich?«, fragte Anna gereizt. Sie hätte diese Unterhaltung am liebsten beendet, aber es lag auf der Hand, dass Linde etwas wollte, und sie musste herausbekommen, was es war.

»Liebe Frau Robek, nichts liegt mir ferner. Ich gebe normalerweise nichts auf Gerüchte. Aber es ist ja auch kein Gerücht, sondern eine Tatsache. Wussten Sie, dass Ihr Vater gestorben ist, weil seine Frau betrunken über Bord gegangen war und er versucht hat, sie zu retten?«

»So etwas wurde angedeutet. Ich habe den Artikel gelesen. Aber nicht alles stimmt, was in der Zeitung steht, das weiß man auch.«

»Ihr Vater war ein guter Mann. Ebenso wie ihr Mann Albert. Er fehlt in der Gilde und hat eine Lücke hinterlassen. Ich frage mich, ob Sie bereit sind, diese Lücke zu schließen.«

»Ich? Wie meinen Sie das? Ich glaube, Sie übersehen, dass ich eine Frau bin.«

Er trank einen Schluck Tee, der inzwischen abgekühlt war. »Mhm, der Tee ist köstlich, wie alle Dinge, die aus Ihrem Haus kommen.«

»So wie alles, was aus dem Hause Robek kommt«, verbesserte Anna ihn.

»Sie sind eine Frau, die eine Firma führt. Sie trauen sich etwas zu.«

»Ja, aber der Rest der Welt scheint nicht zu glauben, dass ich das leisten kann. Schon allein, weil ich gerade mal zweiundzwanzig Jahre alt bin. Niemand glaubt, dass ich es schaffe. Die Kunden kündigen ihre Lieferungen, besuchen nicht mehr das Café, und das alles nur, weil ich jung und eine Frau bin. Das ist doch verrückt! Ich hoffe, dass sich das irgendwann ändert.«

Linde nickte. »Genauso sehe ich das auch. Sie sind Ihrer Zeit voraus. Geben Sie den Leuten Zeit, sich an diese Veränderungen zu gewöhnen. Der Mensch ist ein Gewohnheitstier und tut sich schwer mit Veränderungen. Sie haben in jungen Jahren schon eine Menge geleistet und Schicksalsschläge erleiden müssen, so etwas prägt einen. Entweder man geht dadurch unter oder geht gestärkt daraus hervor. Ich denke, Sie sind eine Frau, die Stärke beweist.«

»Vielen Dank.« Er war höflich, doch Anna ließ sich von seinen charmanten Worten nicht einwickeln.

»Werden Sie Mitglied in der Kaufmannsgilde, und zeigen Sie, was in Ihnen steckt.«

Nun lachte Anna auf. »Also wirklich. Man wird mich nicht einmal in den Saal lassen.«

»Da komme ich ins Spiel. Ich werde Sie zu einem unserer Treffen einladen. Wir dürfen Gäste mitbringen, die daran interessiert sind, Mitglied zu werden. Als mein Gast wird man Sie einlassen, glauben Sie mir, Frau Robek. Sie müssen sich ja nicht sofort entscheiden. Aber es hat einige Vorteile, wenn man sich mit anderen Kaufleuten austauschen kann. Sie könnten eine Menge lernen. Ihre Fragen würden beantwortet, und Sie würden von den Besten lernen.«

»Ich denke, ich könnte Hilfe gebrauchen«, sagte Anna nachdenklich.

»Sie sollten wieder heiraten. Mit einem Mann an Ihrer Seite wird vieles einfacher.«

»Ich bin noch in Trauer.« Sie zupfte an den Ärmeln ihres

schwarzen Kleides. »Mein Mann ist vor nicht einmal einem halben Jahr verstorben. Sie können mir glauben, eine neue Heirat ist das Letzte, woran ich denke. Ich habe mit ganz anderen Dingen zu kämpfen.«

»Aber um Ihre Firma zu retten, müssen Sie vielleicht die Konventionen über Bord werfen. Manchmal müssen wir Kompromisse eingehen.« Linde trank seinen Tee aus. »Ich muss jetzt leider los. Was macht das?«

»Sie sind selbstverständlich eingeladen.« Anna hob die Hände, sie wollte kein Geld von ihm annehmen.

Er legte etwas Kleingeld auf das Tablett. »Für die Bedienung«, sagte er und lächelte. »Guten Abend, gnädige Frau. Denken Sie über meine Einladung nach.« Damit verließ er das Café.

Karla hatte hinter ihm den Laden abgeschlossen. »Wer war das?«, wollte sie wissen.

»Karl Linde, von der Brauerei Linde. Ein Kaufmann dieser Stadt«, erklärte Anna.

»Macht er Ärger?«, fragte Karla ängstlich.

Anna schüttelte den Kopf. »Nein, ganz im Gegenteil. Ich glaube, er ist jemand, der mir sehr nützlich sein kann.«

***

Zwei Wochen später saß Anna noch über den Büchern und sah, dass die Liste der unbezahlten Rechnungen so lang war wie noch nie. Vermutlich dachten die Kunden, jetzt, wo eine Frau den Betrieb führte, müssten sie die Rechnungen nicht mehr begleichen. Wenn das so weiterginge, müsste Anna eine Kraft einstellen, die ihr die Arbeit abnahm, die Gelder einzutreiben und Erinnerungen zu schreiben. Sie allein hatte gar keine Zeit dafür.

»Anna! Bitte entschuldige die Störung, aber hast du an die Bestellung der Mandeln gedacht?« Christian stand an der Tür.

»Christian! Du bist immer noch da? Wann machst du mal Feierabend?«, fragte sie.

»Es steht eine Lieferung an den Hof nach Dänemark an, das kann nicht warten. Ich habe sowieso nichts Besseres zu tun.« Er hob die Schultern. »Aber ohne Mandeln können wir kein Marzipan produzieren.«

Anna sah ihn verständnislos an. »Sind sie denn noch nicht geliefert worden? Ich habe sie schon vor Wochen bestellt. Ich war der Meinung, dass sie längst eingetroffen sind.« Anna sah einen Stapel Briefe durch. »Ich habe es hier irgendwo.« Sie wühlte an einer anderen Stelle, dabei fielen einige Briefe zu Boden. »Oh nein, auch das noch.« Sie erhob sich und sammelte die Blätter ein. Christian half ihr und war schneller, dabei griffen sie gemeinsam nach dem gleichen Blatt Papier und zogen daran.

»Wie ungeschickt von mir. Es war ein langer Tag ...«, murmelte sie. Seine Nähe verwirrte sie.

»Sie arbeiten zu viel, Anna«, sagte Christian, der wie sie in die Hocke gegangen war.

»Ich arbeite genauso viel wie du, Christian, oder Anton.«

»Aber du bist eine Frau«, sagte er.

»Trotzdem kann ich genauso viel leisten wie ein Mann«, hielt sie dagegen.

»Das bezweifle ich nicht«, entgegnete er leise. Sanft strich er ihr eine Haarsträhne aus dem Gesicht. »Sie müssen sich schonen, Anna.« Er wollte die Hand wegziehen, doch Anna war schneller und hielt sie fest, schmiegte ihre Wange daran. Sie schloss die Augen, weil die Berührung seiner warmen Finger ihr unendlich guttat. Es war lange her, dass sie jemandem so nahe war. Monate – doch es kam ihr wie Jahre vor. Es war so angenehm, dass sie gar nicht mehr loslassen wollte.

»Anna«, flüsterte er. Die Art, wie er ihren Namen aussprach, zeugte davon, dass er nicht wagte, weiterzugehen. Also tat *sie* es. Sie sah ihn an und erkannte das Schimmern in seinen Augen. Da beugte sie sich vor und berührte mit ihren Lippen seinen Mund. Sie spürte die Wärme seiner Haut, und im gleichen Moment schreckte sie wieder zurück. Was hatte sie getan? Wie konnte sie sich nur so hinreißen lassen? War sie nun ganz verrückt geworden?

»Oh mein Gott! Bitte entschuldigen Sie!« War sie von allen guten Geistern verlassen? Sie war eine Witwe und küsste einen anderen Mann? Gott würde sie dafür bestrafen, da war sie ganz sicher. Sie musste für einen kurzen Augenblick den Verstand verloren haben. Sie lachte verlegen. »Ich glaube, ich habe meine Sinne nicht beisammen. Das muss der Schlafmangel sein. Bitte nehmen Sie meine Entschuldigung an. Vergessen Sie das bitte, ich wollte das gar nicht.« Sie erhob sich und brachte einige Schritte zwischen sich und Christian. Es war ihr furchtbar peinlich. Wie sollte sie das nur je wieder gutmachen?

»Es tut mir leid, Anna, aber das kann ich nicht.« Christian hatte sich ebenfalls aufgerichtet und hielt den Briefbogen in der Hand. Er legte ihn auf die Kante des Schreibtischs, vermied es, ihr näher zu kommen, und wandte sich der Tür zu, als wolle er vor ihr fliehen.

»Christian, bitte warten Sie. Warum können Sie mir nicht verzeihen? Es tut mir wirklich leid. Ich wollte das nicht. Bitte nehmen Sie meine Entschuldigung an«, wiederholte sie. Sie hörte selbst, wie verzweifelt ihre Stimme klang. Er musste ihr diese kleine Torheit doch vergeben können!

Er ging zur Tür und drehte sich noch einmal um. »Etwas so Wunderbares werde ich ganz bestimmt nicht vergessen.«

Kapitel 23

Christian hatte die halbe Nacht wach gelegen. Er konnte nicht einschlafen, obwohl es erst nach neun zu Bett gegangen war. Um drei Uhr musste er wieder in der Backstube stehen. Doch dieser Kuss, war er auch noch so kurz gewesen, hatte sich in seinem Gedächtnis eingebrannt und geisterte nun darin herum. Anna hatte ihn geküsst, und er spürte immer noch ihre weichen Lippen auf seinem Mund.

Sie war die schönste Frau, die er je gesehen hatte. Wie hatte er seinen Freund beneidet, als er sie heiratete! Albert war viel zu früh gegangen, und Anna tat ihm leid. Aber das war es nicht, was ihn zu ihr hinzog. Es war kein Mitleid, sondern ein Begehren, das er nicht fühlen durfte. Er war schon immer von ihrem Liebreiz angetan gewesen, doch sie war vergeben gewesen. Jetzt allerdings …

Nein! Auch wenn Albert nicht mehr am Leben war, durfte er Anna helfen, aber sich auf keinen Fall in sie verlieben. Dabei hatte er das längst getan. Schon vor langer Zeit. Und genau das war sein Problem. Aber es war auch klar, dass Anna wieder heiraten musste. Sie brauchte einen Erben, der irgendwann die Firma übernehmen konnte. Und sie würde nicht für den Rest ihres Lebens allein bleiben.

Albert hatte ja gewollt, dass er sich um Anna kümmerte. Sie brauchte einen Mann an ihrer Seite, der sich mit dem Geschäft auskannte. Anton wurde auch nicht jünger. Und die anderen Angestellten machten ihre Arbeit, hatten aber selbst Familie. Christians Gedanken drehten sich wie ein Karussell in seinem Kopf. Er hatte seinem Freund ein Versprechen gegeben, das er nur zu gern erfüllen würde. Dennoch scheute er sich davor.

Als er in der Früh erwachte, fühlte er sich wie gerädert. In der Backstube traf er auf Anton, der schon den Brotteig angesetzt hatte.

»Moin, mien Jung! Du siehst aber gar nicht gut aus. Hast du schlecht geschlafen?«

»Moin, Anton. Ja, ich konnte nicht einschlafen. Sag mal, weißt du, ob wir eine neue Lieferung Mandeln bekommen haben? Der Vorrat wird langsam knapp.«

Anton zuckte mit den Schultern. »Keine Ahnung, da musst du die Chefin fragen, sie kümmert sich um die Bestellung der Vorräte. Vielleicht hat sie's vergessen. War ja auch in den letzten Monaten eine Menge los.«

Christian nickte. »Das kannst du wohl laut sagen.«

Er begann, aus dem Teig Brötchen zu formen. Und wieder stand ihm dieser Kuss vor Augen. Würde es einen Zeitpunkt geben, dass er nicht mehr daran denken würde? Wohl kaum. Dass Anna genauso für ihn fühlen würde wie er für sie – diese Chance war so groß, als würde man zum Mond fliegen können. Undenkbar.

»Träumst du, Christian?« Anton lachte.

»Was ist denn? Ich glaube, ich bin noch nicht ganz wach.«

»Was hast du am Sonntag vor? Triffst du dich mit einem Mädchen?«, wollte der Kollege wissen.

»Du weißt, dass es kein Mädchen gibt, für das ich mich interessiere«, gab er mürrisch zurück.

»Was ist mit Karla, die Bedienung oben aus dem Café? Ich denke, wenn du sie fragen würdest, sagt sie bestimmt nicht Nein. Ich habe in der Zeitung gelesen, dass am 2. September zum ersten Mal ein Feiertag eingeführt wird.«

»Was denn für einer?« Christian hatte noch nichts davon gehört.

»Der Gedenktag zur siegreichen Schlacht bei Sedan im Deutsch-Französischen Krieg. Mir soll es recht sein, solange wir einen freien Tag bekommen.« Anton grinste breit. »Ich werde in Ruhe ausschlafen.«

Christian war weniger begeistert. Wieder ein Tag, an dem er Anna nicht sehen konnte.

»Und du? Was wirst du mit diesem zusätzlichen freien Tag anfangen?«

Christian zuckte mit den Schultern. »Mal schauen. Vielleicht geh ich in den Tierpark oder fahre nach Travemünde.«

»Da wird es wohl voll werden. Alle fahren bei diesem Wetter an die See. Du könntest doch Karla fragen, ob sie mitkommt.« Anton ließ einfach nicht locker.

»Anton, was soll das? Willst du mich unbedingt zu einem Ehemann machen? Ich bin mit meiner Arbeit verheiratet, das reicht mir.«

Anton hielt in seinem Tun inne, und dachte einen Moment lang nach. Dann sah er Christian grinsend an. »Vielleicht hast du aber auch ein Auge auf eine ganz andere Frau geworfen«, raunte er geheimnisvoll.

»Ich hab keine Ahnung, auf wen du nun wieder anspielst.«

»Du weißt, von wem ich spreche. Sie kann nicht ewig allein bleiben, und Albert hätte gewollt, dass sein bester Freund sich um seine Frau kümmert.«

Christian hielt erschrocken den Atem an. Konnte Anton von ihrem Kuss wissen? Nein, das war unmöglich. Er konnte sie nicht beobachtet haben, er hatte doch schon früh Feierabend gemacht. »Glaubst du wirklich, Albert wäre damit einverstanden? Er hat mich gebeten, mich um Anna zu kümmern, wenn ihm etwas zustieße, als hätte er eine Vorahnung gehabt. Aber ich glaube nicht, dass er damit meinte, dass ich mich in sie verliebe …«, flüsterte er.

»Das ist doch nur folgerichtig. Albert hat keinen Erben hinterlassen. Diese Firma braucht aber einen, wenn nicht alles den Bach runtergehen soll. Wen würde er dafür auswählen, wenn er noch am Leben wäre? Einen Fremden, der vom Geschäft keine Ahnung hat? Oder den Mann, mit dem er sein halbes Leben verbracht hat? Dem er vertraut hat und der in der Familie wie ein zweiter Sohn behandelt wurde, und der eine Menge von dem Betrieb versteht?« Anton hatte aufgehört, den Teig zu kneten, und sah Christian aufmerksam an. »Glaub nicht, dass ich die Blicke nicht sehe, die du Anna zuwirfst, wenn sie morgens kurz vorbeischaut. Sie ist nun mal ein verdammt hübsches Ding. Nur schade, dass ich für die Liebe schon viel zu alt bin, sonst könnte ich dir noch Konkurrenz machen.« Er lachte.

»Natürlich kannst du das, Anton. Wo du doch so ein schneidiger Kerl bist«, sagte Christian und grinste.

»Pass auf, was du sagst, Bürschchen. Mit dir nehm ich es noch allemal auf.«

Christian schüttelte den Kopf. »Ich mache mich jetzt auf die Suche nach den Mandeln. Die müssen ja irgendwo hingekommen sein.«

***

Als Anna an diesem Morgen das Büro betrat, lag ein großer Zettel auf dem Tisch. Dort stand nur ein Satz: *Wir brauchen Mandeln!!!*

Gleich drei Ausrufezeichen.

Sofort war ihre Erinnerung wieder präsent. Der Kuss schwirrte immer noch in ihrem Kopf herum. Aber mehr in Form eines schlechten Gewissens. Sie würde mit Christian noch einmal darüber sprechen müssen, um es aus der Welt zu schaffen. Sie wollte ihn nicht als Mitarbeiter verlieren, er kannte sich mit der Produktion von Marzipan fast so gut aus wie Albert früher. Wenn sie Christian verlieren würden, wäre das ein harter Schlag für die Firma. Warum hatte sie so unklug gehandelt? Er schien ja nicht einmal mehr mit ihr sprechen zu wollen, das zeigte der Zettel auf dem Tisch. Und dieses Problem mit den Mandeln konnte sie im Augenblick auch nicht gebrauchen. Wo war die Bestellung nur abgeblieben?

Nach langem Suchen fand sie endlich den Bestellschein. Sie hatte sie Anfang Juni aufgegeben und direkt bezahlt. Da konnte doch etwas nicht stimmen. Sie würde ein Telegramm an den Importeur schicken müssen, dass die Ware nicht geliefert worden wäre. Sie konnte ja schließlich nicht persönlich nach Spanien fahren, um die Ladung abzuholen.

Schnell schrieb sie eine Nachricht und schickte Emil damit zum Telegrafenamt. Sie konnte nur hoffen, dass sie so bald wie möglich eine Antwort bekäme.

Sie ging hinüber in die Manufaktur. Christian war bei der Arbeit.

»Guten Morgen, Christian. Ich hab deine Nachricht gesehen.«

»Moin«, sagte er, ohne sein Tun zu unterbrechen.

»Ich kann verstehen, dass du böse auf mich bist … kann ich dich trotzdem kurz sprechen?« Sie wandte sich zu ihrem Büro.

Christian nickte und folgte ihr.

Aus dem Augenwinkel bemerkte sie, dass Anton, der gerade aus der Backstube kam, stehen blieb und ihnen nachsah. Es war ihr egal, was er davon halten würde. Sie musste das ein für alle Mal klären.

Sobald Christian die Tür hinter sich geschlossen hatte, drehte er sich zu ihr um.

»Es tut mir leid, was gestern geschehen ist«, begann sie. »Du bist mir ein guter Freund, und es ist unverzeihlich von mir, wenn ich dich gekränkt habe und es zwischen uns stehen wird und die Arbeit beeinflusst.«

»Was steht zwischen uns?«, fragte Christian.

»Es … na, dieser Kuss eben. Er steht zwischen uns.«

»Tut er das?«

»Ja, sonst hättest du mir keine Nachricht hinterlassen, sondern mich persönlich auf die Mandeln angesprochen.«

»Ja, vielleicht hast du recht, Anna. Aber es gibt auch eine Möglichkeit, dass wir das wieder hinbekommen.«

Sie atmete erleichtert aus. »Das wäre sehr schön.«

Christian machte einen Schritt auf sie zu, legte einen Arm um ihre Taille und zog sie an sich. Dann gab er *ihr* einen Kuss. Er küsste sie so, wie sie noch nie geküsst worden war. Voller Verlangen, mit dem Versprechen auf mehr. So schnell, wie er nach ihr gegriffen hatte, ließ er sie wieder los, sodass sie sich am Schreibtisch abstützen musste. »So, jetzt sind wir quitt. Einverstanden?«

Anna stand einfach nur da und nickte.

Christian ging zur Tür und verließ den Raum. Vorsichtig tastete Anna nach ihren Lippen. Es fühlte sich so an, als würde sein Mund immer noch auf ihrem liegen.

Fest und doch sanft. Begehrlich, aber nicht zu grob. Für einige Sekunden glaubte sie, dass sie diesen Moment nur geträumt hatte. War es nur ein Wunschtraum gewesen?

Nein! Sie schüttelte den Kopf. Ganz und gar nicht.

Wie konnte er es wagen? Wie konnte er sie einfach so küssen und dann stehen lassen, als wäre nichts geschehen?

Aber wie hatte sie es gestern einfach so wagen können, ihn zu küssen? Es war genauso absurd.

Wäre Albert noch am Leben gewesen, hätte er sich das niemals herausgenommen, da war sich Anna sicher. Aber Albert war tot. Das Leben ging ohne ihn weiter, und Anna fühlte zum ersten Mal seit langer Zeit, dass sie selbst lebendig war. Erneut betastete sie ihre Lippen, die Christian mit seinen berührt hatte. Sie spürte ihn immer noch, diesen Kuss. Und sie war sich sicher, dass sie ihn selbst morgen noch fühlen würde, weil er so unvergesslich war.

Christian hatte recht. Jetzt waren sie quitt, aber es fühlte sich nichts mehr wie vorher an. Ihre ganze Welt schien plötzlich auf den Kopf gestellt. Ein merkwürdiges Gefühl stieg in ihrer Brust auf, und Anna wusste nicht, ob es ihr gefiel, diese eigenartige Ahnung eines kleinen Glücks. Ein kostbares Kleinod, das sie tief in ihrem Herzen spürte.

Kapitel 24

Der Brief wirkte schon von außen bedrohlich. Der Bote übergab ihr den Umschlag mit ernster Miene, und das Siegel trug den Stempel der Quast-Bank.

Anna war gerade in der Konditorei, als er eintraf, steckte ihn in die Schürze und eilte in ihr Büro. Solche Art Post öffnete sie lieber nicht unter Zeugen, sondern in den abgeschiedenen Wänden ihres Büros.

Sie schloss die Tür, öffnete ihn und zog einen Bogen Papier heraus. Rasch überflog sie die wenigen Zeilen:

> *»… aufgrund einer Verletzung der Rahmenbedingungen müssen wir Ihnen mitteilen, dass der Vorstand beschlossen hat, den geschlossenen Kreditvertrag mit sofortiger Wirkung zu kündigen und die Restkreditsumme inklusive der offenen Zinsen in Höhe von 7.233,59 Mark innerhalb eines Monats zurückzufordern …«*

Anna las den Absatz noch einmal und konnte es nicht fassen. Sie ließ sich auf den Stuhl sinken und legte die Hände in den Schoß. Das durfte doch nicht wahr sein! Warum wurde ihr der Kredit gekündigt? Sie hatte die Raten immer beglichen, und aus welchem Grund sollte sie mehr zurückzahlen, als sie überhaupt bekommen hatte? Ihr Vater hatte ihr damals doch erklärt, dass das Darlehen zinsfrei wäre.

Tränen schossen ihr in die Augen. Wie sollte sie das bewerkstelligen? Die Beerdigungen hatten ihre Reserven aufgebraucht. Allein die Grabstätten für drei Personen, dann die Bestattungskosten für Albert.

Schon seit einiger Zeit lebte Anna von dem Geld, das sie erwirtschafteten, und das war nicht viel, wenn die Löhne gezahlt waren. Sie war mit dem wenigen zufrieden, das für sie übrig blieb. Aber woher sollte sie nun über siebentausend Mark nehmen? Die Tränen strömten ihr über die Wangen, denn die Verzweiflung machte sie hilflos und nahm ihr jeden Mut. Es war zu viel. Sie konnte nicht noch mehr auf ihren Schultern tragen.

Es klopfte an der Tür, aber sie gab keine Antwort. Sie wollte jetzt allein sein, weil sie überlegen musste, was zu tun war, doch sie war so durcheinander, dass sie zu keinem Gedanken fähig war.

»Anna, bitte entschuldige die Störung.« Christian spähte durch einen Spalt, und als er sah, dass Anna weinte, kam er herein und schloss die Tür hinter sich.

»Was ist denn passiert? Warum weinst du?« Er ging vor ihr in die Hocke.

»Es ist alles aussichtslos«, entgegnete sie leise, und die Tränen flossen weiter.

»Was genau ist geschehen?«

Anna reichte ihm das Schreiben der Bank. Christian las rasch und legte es auf den Schreibtisch. »Das können die doch nicht einfach so machen! Es gibt Gesetze. Du musst dich dagegen wehren.«

»Aber wie denn? Ich habe keine Kraft mehr.« Anna schniefte und zog ein Taschentuch aus ihrem Ärmel.

»Ich habe hier etwas. Das hat ein Telegrammbote eben vorbeigebracht.« Christian reichte ihr einen Umschlag.

Anna riss ihn auf und holte das Telegramm heraus, las laut:

»Bestellung hat ordnungsgemäß unser Lager verlassen +++ Ist Anfang Juni bei Ihnen eingetroffen und abgenommen worden +++ Damit ist der Auftrag von unserer Seite erfüllt +++ gez. Pedro Garcia.«

Anna blickte Christian an. »Noch mehr schlechte Nachrichten ertrage ich einfach nicht«, rief sie aufgebracht und zerriss das Telegramm in kleine Stücke. Ihre Unterlippe zitterte, und ihre Hände bebten.

Als Anna sich vom Stuhl erhob, gaben ihre Beine nach. Im letzten Moment fing Christian sie auf und hob sie hoch.

Mit schnellen Schritten trug er sie auf seinen Armen durch die Manufaktur, die im Augenblick leer war, weil die Mitarbeiter Pause machten.

Er stieg die Treppe aus dem Souterrain hinauf, blieb aber nicht auf der ersten Etage stehen, wo sich Annas Wohnung befand, sondern schlug den Weg zu dem Nebengebäude ein, das zur Königstraße gehörte. In der zweiten Etage hielt er an.

Er schloss die Tür auf, brachte Anna in die Stube und setzte sie vorsichtig auf dem kleinen Sofa ab.

»Was soll ich denn hier, in deiner Wohnung?«

Nachdem der Umbau fertig war, hatte er diese Räume in der zweiten Etage bezogen, weil er aus dem Dachgeschoss herauswollte. Anna sah sich um. Alles war ordentlich aufgeräumt, und an der Wand entdeckte sie zwei Fotografien. Das eine Bild zeigte Christian mit Albert bei ihrer Schulentlassung. Das Gleiche hing auch in ihrer Wohnung. Auf dem anderen Foto war Christian mit seiner Familie zu sehen, das nahm Anna zumindest an.

»Wo lebt deine Familie?«, fragte sie, als sie sich wieder ein wenig gefasst hatte.

»Auf dem Land, in der Nähe von Hamburg. Sie haben vor einigen Jahren einen Bauernhof geerbt und sind landeinwärts gezogen.«

»Und du bist hiergeblieben?«

Er grinste. »Ich konnte doch Albert nicht allein lassen. Möchtest du einen Kaffee? Ich mache einen recht guten«, erklärte er.

Eigentlich trank Anna nicht gern Kaffee, aber da er so freundlich war, ihr einen anzubieten, nickte sie.

»Ich bin gleich wieder da. Ruh dich ein Weilchen aus, dann geht es dir gleich ein wenig besser.« Er drückte ihr ein eingewickeltes Stück mit Schokolade überzogenes Marzipan in die Hand. »Iss das, das tut dir gut.« Er ging in die Küche, und sie hörte ihn dort hantieren, während sie das Marzipan auspackte und hineinbiss.

Anna stand auf und folgte ihm. Sie blieb im Türrahmen gelehnt stehen und sah sich neugierig um. Die Küche war sehr klein, aber mit allem eingerichtet, was notwendig war. Es gab einen Herd, der mit Holz betrieben wurde, einen Buffetschrank für das Geschirr und einen Tisch mit zwei Stühlen. Auf dem Tisch stand eine kleine Topfpflanze. Diese umgebauten Wohnungen verfügten sogar über ein Bad mit fließendem Wasser. Das galt auch für die Wohnung, in der Anna nun allein lebte, so war sie nicht mehr auf eine Waschschüssel im Schlafzimmer angewiesen.

»Warum hast du mich in deine Wohnung gebracht?« Diese Frage beschäftigte Anna schon die ganze Zeit. Es wäre einfacher gewesen, sie in ihrer Wohnung abzusetzen.

Christian sah sie kurz an. »Du brauchst dringend eine kleine Auszeit, eine andere Aussicht. Etwas Neues. Ich bin mir sicher, dass du noch nie hier warst.«

»Nicht, seitdem du hier wohnst«, gab sie zu. »Du hast es schön.«

»Danke. Mir gefällt es besser als im Dachgeschoss, vor allem, weil es im Sommer nicht so warm ist«, sagte er und sah sie an. »Du musst in Ruhe über deine Lage nachdenken. Das kann man besser an Orten, die einem fremd sind und einen nicht ablenken. Du brauchst Hilfe, Anna. Du musst dich an einen Anwalt wenden. Die Bank darf das nicht einfach so mit dir machen.«

»*Sie* steckt dahinter«, sagte Anna leise.

»Sie?« Christian sah sie fragend an.

»Meine Halbschwester Rosa. Ich bin mir ganz sicher. Sie will sich an mir rächen. Die Gründe kennst du ja. Wie tief muss der Hass dieser Frau gegen mich sein! Ich habe alles bekommen, was sie wollte. Na ja, zumindest Albert.«

»Und sie musste ihren Vater mit dir teilen.«

»Nein, nicht wirklich. Aber dass er ihre Mutter mit meiner betrogen hat, das kreidet sie mir an. Dazu bin ich auch noch ein paar Monate vor ihr geboren, das wird sie mir nie vergeben.« Anna lehnte ihren Kopf an das Holz der Türzarge. »Ist es nicht verrückt, sich bei all dem Unglück auch noch gegenseitig zu bekämpfen?«

Das Wasser war heiß, und Christian goss den Kaffee auf.

»Darf ich mich setzen?«

»Möchtest du nicht in der Stube Platz nehmen?«

Anna schüttelte den Kopf. »Nein, lieber hier in der Küche.« Sie zog einen Stuhl unter dem Tisch hervor und setzte sich, während Christian eine Tasse vor ihr abstellte.

»In letzter Zeit musst du dich viel um mich kümmern. Es ist ja fast schon eine zweite Arbeit, stimmt's«, sagte Anna verlegen.

»Ich tue es gern«, antwortete Christian und setzte sich ihr gegenüber. Er hatte auch eine Tasse für sich eingegossen. »Milch oder Zucker?«

»Nein, danke. Ich trinke ihn schwarz.«

Er nickte und nahm einen Schluck. Eine Stille legte sich über den Raum.

»Anna, ich sage es nicht gern, aber wir brauchen wirklich dringend Mandeln. Wir können nicht auf eine weitere Lieferung aus Spanien warten, das würde zu lange dauern.«

»Was sollen wir tun? Ich weiß es nicht. Albert hat mich in diese Dinge nie eingeweiht.«

»Wir könnten Ware aus Hamburg holen. Auf dem Hopfmarkt gibt es Mandeln. Vermutlich sind sie etwas teurer als das, was wir in Spanien bezahlen, dafür fällt der Zoll weg. Aber die Menge, die wir benötigen, werden wir nur auf dem Großmarkt bekommen.«

»Wie viel brauchen wir?«

»Ein halbes Dutzend Säcke sollten erst einmal reichen – aber ohne diese Mandeln werden wir in Kürze nicht mehr liefern können und müssen die Arbeit einstellen. Das wäre für den Betrieb eine Katastrophe, das brauche ich dir ja nicht zu erzählen.«

Anna seufzte. »Dann habe ich also keine andere Wahl. Wo kann die Ladung aus Spanien nur abgeblieben sein?«

Christian trank in Ruhe einen Schluck, dann stellte er die Tasse ab. »Ich sage es nicht gern, aber ich denke, sie wurde gestohlen. Jemand hat es auf dich abgesehen, Anna.«

Der Gedanke war ihr auch schon gekommen. »Glaubst du, weil ich eine … Frau bin?«

»Die Händler hier in Lübeck sind eine verschworene Gemeinschaft. Ich denke, dass eine Frau unter ihnen ist, macht sie nervös. Vielleicht wollen sie dir auf diese Weise Angst einjagen, damit du die Konditorei und die Manufaktur verkaufst.«

Sie sah Christian an. Er hatte bestimmt recht. Er war selbst ein Mann und wusste, wie Männer dachten. »Wäre nur Albert noch am Leben, dann wäre so vieles leichter. Er wüsste, was zu tun ist.«

Christian griff über den Tisch hinweg nach ihrer Hand und drückte sie leicht. »Anna, du weißt es auch. Du bist eine kluge Frau, und du wirst dich nicht unterkriegen lassen. Dafür werde ich sorgen. Wir geben nicht auf.«

»Wir?« Anna sah ihn irritiert an.

»Ja, wenn du dieses Geschäft verlierst, bin ich meine Arbeit los und nicht nur ich, sondern auch alle anderen Mitarbeiter stehen auf der Straße. Das werde ich nicht zulassen.« Er sagte es mit so viel Nachdruck, dass Anna ein klein wenig Hoffnung schöpfte.

»Und wie bekommen wir die Mandeln von Hamburg hierher?«, wollte sie wissen.

»Am kommenden Mittwoch ist Feiertag, ich werde am Dienstag mit einem Pferdekarren nach Hamburg aufbrechen und am 2., dem Sedantag, zurück sein. So verlieren wir nur einen Arbeitstag. Wenn es dir recht ist, werde ich Emil mitnehmen, der ist stark und kann mir helfen.«

»Woher bekommen wir einen Pferdekarren?« Anna nahm nun auch einen Schluck von dem Kaffee und stellte fest, dass er erstaunlich gut schmeckte.

»Ich kenne jemanden, der welche vermietet. Er wird mir einen guten Preis machen.«

Erleichtert atmete Anna aus. Was würde sie nur ohne Christian anfangen? Sie dachte an seinen Kuss. Auch wenn er immer sehr zurückhaltend war, wusste sie aus eigener Erfahrung, dass er ein Mann der Tat war. Und das gefiel ihr sehr.

»Gut, so werden wir es machen. Danke für deine Hilfe. Ich wüsste wirklich nicht, was ich ohne dich anstellen würde. Komm später zu mir ins Büro, ich werde dir das Geld für das Fuhrwerk und die Mandeln geben.«

Sie erhob sich. Christian stand ebenfalls auf und stellte die Tassen in die Spüle.

»Christian?« Sie war hinter ihn getreten, legte ihre Arme um seinen Bauch und schmiegte ihre Wange an seinen Rücken. »Danke, für das, was du alles für mich tust. Ich habe gerade erst meinen Mann verloren und bin in Trauer, doch wenn es nicht so wäre, wenn ich frei wäre, dann …« Sie brach ab, weil sie nicht wusste, ob er es hören wollte. Ja, sie wusste nicht einmal, ob sie in der Lage war, den Satz zu beenden.

»Was wäre dann?«, fragte er und drehte sich zu ihr um. Sie hatte ihn losgelassen, sah nun zu seinen blauen Augen auf. »Dann würde ich dich vielleicht wieder küssen«, flüsterte sie.

Sie wandte sich schnell ab, weil sie der Mut verließ, und flüchtete schnell aus Christians Wohnung. Sie hatte sich wieder zu weit vorgewagt, und trotzdem tat es ihr nicht leid.

Kapitel 25

Am frühen Morgen, als Christian und Emil sich auf den Weg Richtung Hamburg machten, betrat Karl Linde das Café. Er suchte sich keinen Platz, sondern trat an die Theke und verlangte Anna zu sprechen.

Sie war gerade aus dem Studierzimmer gekommen und verharrte auf der Schwelle, dann trat sie an den Tresen. »Moin, Herr Linde. Wie schön, Sie zu sehen.« Sie lächelte, obwohl ihr nicht danach zumute war.

»Frau Robek, ich bin nur kurz vorbeigekommen, weil ich Sie für heute Abend einladen wollte«, erklärte er knapp.

»Oh, Sie wissen doch, dass ich in Trauer bin. Ich kann unmöglich an Feierlichkeiten teilnehmen, das würde sich nicht schicken.«

»Nein, es ist keine Feierlichkeit, sondern die Kaufmannsgilde trifft sich heute Abend, und ich habe vor, Sie dort einzuführen. Glauben Sie mir, ich habe nicht vergessen, dass Sie um Ihren Mann trauern.« Er wirkte sehr ernst. Wie immer war er elegant gekleidet. Es war ihm anzusehen, dass er ein florierendes Unternehmen führte.

»Herr Linde, ich bin mir nicht sicher, ob ich dort wirklich gern gesehen bin.«

Er hob eine Hand. »Wenn wir es nicht versuchen, finden wir das nie heraus.« Nun lächelte er doch.

Bei all den vielen ungeklärten Fragen, die mich quälen, dachte Anna, ist es vielleicht keine schlechte Idee, der Gilde beizutreten.

»Nun gut. Ich werde Sie begleiten. Wären Sie so freundlich, mich hier abzuholen? Ich weiß ja nicht, wo das Treffen stattfindet.«

»Aber natürlich. Meine Kutsche wird pünktlich um Viertel vor acht hier warten. Es ist nicht weit, aber sicherer, wenn wir den Landauer nehmen. Dann empfehle ich mich bis heute Abend.« Er verbeugte sich und verließ die Konditorei.

»Was wollte er denn schon wieder?«, fragte Karla und blickte Linde hinterher.

»Ich werde heute Abend zum Treffen der Kaufmannsgilde gehen«, erklärte Anna und verdrehte die Augen.

»Passen Sie nur auf, Frau Robek. Dieser Kerl ist mir nicht geheuer. Er führt etwas im Schilde, und ich weiß nicht, ob es was Gutes ist.«

Genau dieses Gefühl hatte Anna auch. »Das werde ich noch herausfinden und heute Abend damit anfangen.«

»Gibt es heute keine Marzipantorte?«, fragte Karla und blickte auf die leere Vitrine.

»Nein, wir haben gerade keine Mandeln vorrätig. Christian ist mit Emil nach Hamburg gefahren, um welche zu besorgen.«

»Bis nach Hamburg?«

»Ja, er will morgen wieder zurück sein. Dann wird es übermorgen auch wieder Marzipantorte geben.« So Gott will, fügte Anna in Gedanken hinzu.

***

Anna stand vor dem Kleiderschrank und überlegte, welches der schwarzen Kleider sie anziehen sollte. Im Grunde waren sie alle schwarz, und es war nicht üblich, dass Witwen an öffentlichen Veranstaltungen teilnahmen. Allerdings war Anna eben nicht nur eine Witwe, sondern auch eine Geschäftsfrau, die Verpflichtungen hatte. So wählte sie ein besonderes Kleid mit einem hohen Kragen, langen Ärmeln aus mattem Wollstoff und englischem Krepp. Es hatte eine eigene Eleganz und war trotzdem, dem Anlass entsprechend, einfach geschnitten.

Dazu trug sie ein Cape und einen Hut, ebenfalls aus englischem Krepp.

Linde hielt Wort, und die Kutsche wartete pünktlich vor der Tür. Der Kutscher hielt Anna die Tür auf, und als sie einstieg, saß Linde in der Kutsche.

»Guten Abend, Herr Linde.«

»Frau Robek, ich freue mich, dass Sie mitkommen.«

Sie nahm ihm gegenüber Platz und musterte ihn. Er war glatt rasiert, und im Innenraum roch es nach seinem Rasierwasser. Es war nicht aufdringlich, aber eine Idee zu viel. Es kitzelte ihr in der Nase. Linde war ein Mann, der Reichtum und Erfolg verkörperte, doch ihr waren Männer wie Albert lieber, die kräftig mit anpacken konnten. Oder eben – Christian.

»Hatten Sie einen angenehmen Tag?«, fragte er höflich.

»Ich denke, Ihrer war angenehmer«, erwiderte Anna.

»Das bezweifle ich, ich habe im Augenblick Probleme mit den Lieferungen von Hopfen, eine ganze Ladung ist verloren gegangen, und ich bleibe nun auf den Kosten sitzen.«

»Wirklich?«, rief sie überrascht. »Das ist mir auch so ergangen. Eine ganze Ladung Mandeln aus Spanien ist spurlos verschwunden. Sie wurde wohl auch gestohlen.«

»Das tut mir leid. Ich habe gehört, dass diese Diebstähle sich immer mehr häufen. Wir sollten etwas dagegen unternehmen.«

Es beruhigte Anna etwas, dass auch andere Firmen betroffen waren und es nicht nur gegen sie gerichtet war.

»Wenn es nur das wäre«, seufzte sie.

Linde wurde hellhörig. »Was liegt Ihnen noch auf der Seele? Ich möchte Ihnen gerne helfen, Frau Robek.«

Schwer atmete Anna aus. Sie wusste nicht, ob sie diesem Mann vertrauen konnte, aber sie brauchte gleichzeitig Hilfe. Er war ebenfalls ein Unternehmer und wesentlich erfahrener als sie. »Ich habe Probleme mit der Bank. Sie hat mir den Kredit gekündigt, aus heiterem Himmel. Ich weiß nicht, wie ich mich dagegen wehren soll.«

»Das ist wahrhaftig ein großes Problem. Wie haben Sie die Bank verärgert, dass sie zu solchen Mitteln greift?«

Anna suchte nach Worten, um nicht zu viel zu verraten. »Es ist ein familiäres Problem, nehme ich an. Aber ich werde es nicht einfach so hinnehmen. Ich habe nur noch keine Idee, wie ich es anstellen soll.«

Linde legte zwei Finger an seine Wange und dachte nach. »Nun, am einfachsten wäre es, die Bank aus dem Spiel zu nehmen.«

»Wie meinen Sie das?«

»Indem Sie den Kredit zurückzahlen.«

»Aber das kann ich nicht, zumindest nicht sofort. Die Geschäfte laufen nicht so gut, ich kann den Betrag nicht in einer Summe aufbringen.«

»Dann sollten Sie sich vielleicht Partner hinzuholen. Geschäftspartner, die über das notwendige Geld verfügen. Es ist allemal besser, einem Partner zu vertrauen, der sich mit dem Geschäft auskennt, als der Bank, die nur an ihren Profit denkt. Ein Partner denkt an *Ihren* Profit, denn er ist daran beteiligt.«

Einen Moment dachte Anna über seine Worte nach und nickte. Er hatte recht. Es wäre wirklich eine gute Idee, wenn sie die Aufgaben verteilen und die Verantwortung abgeben könnte.

»Wie komme ich denn an solche Geschäftspartner?«, fragte sie neugierig.

»Nun, wir werden gleich einen ganzen Haufen von ihnen treffen«, erklärte Linde und lächelte zuversichtlich.

Die Kutsche hielt in der Engelsgrube, nahe dem Hauptzollamt, die Trave war nicht weit entfernt.

Im Hinterzimmer einer Schankwirtschaft saßen ein Dutzend Männer um einen großen Tisch, tranken Bier oder Wein, und einige rauchten Pfeife.

»Moin, meine Herren. Ich habe mir erlaubt, heute einen Gast mitzubringen«, erklärte Linde mit lauter Stimme.

Als die Männer Anna sahen, verstummten die Unterhaltungen. Sie starrten sie an, als wäre sie ein seltenes Insekt. Es fühlte sich äußerst unangenehm an, und sie bereute es bereits, dass sie zugestimmt hatte, an diesem Treffen teilzunehmen. Es war keine gute Idee gewesen, das stellte sie auf den ersten Blick fest. Diese Männer waren ihr nicht wohlgesonnen.

»Karl! Was schleppst du uns da ein Frauenzimmer an?«, rief ihm ein Mann vom anderen Ende des Tisches zu. Es war Egon Schnitzler, er betrieb eine Metzgerei in der Innenstadt.

»Ich darf euch Frau Robek vorstellen. Sie besitzt die Konditorei in der Breiten Straße, die wohl jedem bekannt sein dürfte. Otto Robek war ein langjähriges Mitglied dieser Vereinigung und der Präsident. Ich denke, wir sollten im Sinne von Otto der jungen Dame unseren Respekt zollen. Immerhin ist sie eine Unternehmerin.«

Gemurmel entstand, dann erhoben sich die Männer einer nach dem anderen und nahmen erst wieder Platz, als auch Anna sich zu ihnen an den Tisch setzte. Einzig Schnitzler hatte sich nicht erhoben, wie Anna feststellte. Er war ein grobschlächtiger Mann, der sie aus verengten Augen musterte.

»Was möchten Sie trinken, Frau Robek, oder darf ich Anna sagen?«, fragte Linde. »Wir nennen uns alle hier beim Vornamen.«

»Ja, natürlich«, sagte sie rasch. »Ich nehme eine Weinschorle.«

Linde entschied sich für ein Bier, und der Kellner nahm die Bestellung auf.

»Willst du hier neue Sitten einführen? Ein Weibsbild gab es noch nie in unserer Runde«, knurrte Schnitzler und setzte seinen Bierkrug an.

»Vielleicht ändern sich die Zeiten, und bald gehören mehr Frauen zu den Unternehmerinnen der Stadt«, sagte Anna laut, erntete aber nur allgemeines Gelächter.

»Liebe Frau, der Otto würde sich im Grab umdrehen, wenn er Sie hören könnte«, rief ein anderer Mann. Gottfried Brand war Schuster, ein eher unscheinbarer Mann, dem der Alkohol wohl die Zunge löste.

»Genau, Friedel, du sagst es. Eine Frau gehört hinter den Herd und hat sich um die Kinder zu kümmern.« Schnitzler ließ nicht locker.

»Egon, jetzt hör doch mal auf. Frau Robek ist hier, weil sie unsere Hilfe braucht«, sagte Karl Linde, wurde aber kaum gehört, weil die Männer zustimmend mit den Knöcheln auf die Tische klopften.

»Liebe Frau, Sie sollten wieder heiraten und die Firma Ihrem Mann überlassen. Der wird davon mehr Ahnung haben, als Sie es je erlernen können. Frauen sind für so was nicht geeignet«, rief Brand und hob sein Glas. Andere Männer taten es ihm gleich.

Erbost sprang Anna von ihrem Stuhl auf. »Sie werden es selbst erleben, dass Frauen zu mehr fähig sind, als nur in der Küche zu stehen oder Kinder zu hüten. Ich hatte gedacht, ich würde hier auf Männer treffen, die fortschrittlich denken und in die Zukunft schauen, aber es scheint, ich habe mich gewaltig geirrt. Sie scheinen eher vor der Zukunft wegzulaufen. Sie entschuldigen mich.«

Karl Linde stand ebenfalls auf. »Anna! Bitte warten Sie doch. Ich begleite Sie nach Hause.«

»Was er da wohl macht!«, rief jemand, und alle lachten.

»Wer bezahlt jetzt das Bier und die Weinschorle?«, wollte der Kellner wissen, der gerade mit den Getränken den Raum betrat.

Linde warf ihm ein paar Münzen auf das Tablett und folgte Anna nach draußen. »Bitte Anna, ich muss mich entschuldigen. Das habe ich nicht erwartet.«

»Es ist nicht Ihre Schuld, Herr Linde«, sagte Anna leise. Sie war in ihrer Ehre gekränkt und fühlte sich sehr unwohl. Sie war vor allem wütend auf so viel Starrsinn, den die Männer an den Tag legten. Sie wollten unter sich bleiben, als hätten sie Angst vor Frauen. Vermutlich standen sie zu Hause unter dem Pantoffel und fühlten sich hier groß und mächtig.

Linde half ihr in die Kutsche und setzte sich direkt neben sie. »Bitte, nennen Sie mich Karl«, forderte er sie auf. »Anna, Sie brauchen sich keine Sorgen machen, ich werde mich um Sie kümmern und Ihnen beistehen. Ich weiß, Sie sind in Trauer, und ich will Ihnen auch nicht zu nahetreten, aber Sie sind eine engagierte Frau, und das gefällt mir. Ich will Ihnen unter die Arme greifen. Wenn Sie wollen, schaue ich mir gern die Bücher und Ihren Betrieb an. Es gibt immer Bereiche, wo man sparen kann, das Sortiment überdenken sollte oder andere Dinge, die man nur als Außenstehender erkennt.« Er nahm ihre Hand. »Lassen Sie sich helfen, liebe Anna, es wäre schade, wenn eine junge Frau wie Sie in der Küche verkümmern würde.«

Seine Worte legten sich wie Balsam um ihre aufgewühlten Nerven. »Vielen Dank, Herr Linde, das ist wirklich freundlich von Ihnen. Ich nehme Ihr Angebot gern an. Übermorgen habe ich einen Termin bei der Bank. Wenn Sie vielleicht am Samstag Zeit hätten?«

Linde gab dem Kutscher ein Zeichen, sie setzten sich in Bewegung und fuhren zur Breiten Straßen. Als sie vor der Robek-Konditorei hielten, sprang Linde hinaus und half Anna die Trittstufen hinunter.

»Ich komme dann am Samstag vorbei, liebe Anna.«

»Vielen Dank, das ist wirklich sehr freundlich. Sobald ich bei der Bank war, weiß ich Genaueres, und wir werden handeln können. Sie sprachen von Partnern, die sich beteiligen wollen, aber ich habe leider keinen davon gesehen, Herr Linde …«

»Karl, bitte nennen Sie mich doch Karl.« Er hob ihren Handrücken an seine Lippen und hauchte einen Kuss darauf.

»*Ich* wäre so ein Partner. Ich wäre bereit, mich zu beteiligen. Aber darüber werden wir am Samstag sprechen, wenn ich die Bücher geprüft habe.«

»Dann bis Samstag … Karl.« Anna lächelte und wartete, bis die Kutsche sich wieder in Bewegung setzte. Ihr war nicht wohl bei dem Gedanken, und ihr Misstrauen rührte sich, aber hatte sie eine andere Wahl?

Kapitel 26

Lübeck, September 1874

Anna nutzte den Feiertag, um die Bücher auf Vordermann zu bringen. Es war in der letzten Zeit einiges liegen geblieben. Die Außenstände waren so hoch wie nie, sie würde sich nach einer Bürohilfe umsehen müssen. Es gab keinen anderen Weg. Auf ein Stück Pappkarton schrieb Anna mit großen schwarzen Buchstaben:

Bürohilfe gesucht! Bitte im Laden melden!

Das Schild stellte sie gut sichtbar ins Schaufenster, sodass es den Passanten ins Auge fiel. Sie hoffte, dass sich bald jemand melden würde. Dann stieg sie in den zweiten Stock hinauf, klopfte an Christians Tür, um zu sehen, ob er schon wieder zurück war. Er sollte eigentlich um die Mittagszeit angekommen sein, doch wie es aussah, war er wohl noch unterwegs.

So machte sie sich daran, das Abendessen vorzubereiten. Sie stand nur noch selten am Herd, aber heute würde sie für Christian und Emil kochen. Sie würden müde und hungrig aus Hamburg zurückkehren. Gestern hatte Anna auf dem Markt eine schöne Ente erstanden und würde sie, mit Äpfeln und Rosinen gefüllt, in den Ofen schieben. Das Rezept hatte sie von ihrer Mutter, und sie wusste, dass jeder sich die Finger danach leckte.

Während der Braten im Ofen vor sich hin schmorte und sie die Kartoffeln schälte, schaute sie immer wieder aus dem Fenster der Stube, das zur Straße hinaus zeigte, ob ein Gespann eintraf. Aber sie wurde immer wieder enttäuscht. Sie nahm den Schmortopf aus dem Ofen und stellte ihn warm, doch an diesem Abend kam niemand mehr an.

Sie hoffte, dass nichts Schlimmes geschehen war. Gab es vielleicht keine Mandeln? Waren Christian und Emil aufgehalten worden? War etwas mit dem Gespann passiert? Es gab so viele Fragen, die Anna durch den Kopf schwirrten.

Nach einer schlaflosen Nacht kam sie erst spät am nächsten Morgen aus dem Bett. Dabei hatte sie doch einen Termin bei der Bank! In aller Eile macht sie sich fertig und eilte los. Mit schnellen Schritten hetzte sie die Straßen entlang und erreichte das Bankhaus nur wenige Minuten nach dem vereinbarten Termin.

Anna meldete sich in der Halle an und wurde die Treppe hinauf in die erste Etage geführt.

»Bitte warten Sie hier, ich werde nachsehen, ob Direktor Lindgren Zeit für Sie hat«, erklärte ihr ein schneidiger junger Mann und schritt über den Teppich zum Ende des Flurs, wo auch schon das Büro ihres Vaters gewesen war.

»Frau Robek, wenn ich bitten darf!«, rief er ihr zu, und Anna beeilte sich. Der Flur schien immer länger zu werden.

Der junge Mann hielt ihr die Tür auf und schloss sie, sobald Anna den Raum betreten hatte. Lindgren saß hinter dem Schreibtisch und blickte auf. Er lächelte, als er Anna erblickte.

»Frau Robek, bitte nehmen Sie doch Platz.«

Rosas Ehemann leitete nun die Bank. Im ersten Moment hatte Anna die Angst beschlichen, dass vielleicht Rosa selbst das Zepter übernommen hätte. Dass dies nicht so war, ließ sie erleichtert ausatmen.

»Herr Lindgren, wie nett, Sie wiederzusehen.« Anna setzte sich auf den Stuhl vor dem Schreibtisch. Es hatte sich kaum etwas verändert, seit sie das letzte Mal hier gewesen war. Damals hatte ihr Vater sie dazu bewegt, Albert zu einem Kredit zu überreden, was Anna nun zutiefst bereute. Aber wer hätte damit rechnen können, dass Roland Quast sterben und die Bank von jemand anderen geleitet würde?

»Was kann ich für Sie tun, Frau Robek?« Bastian Lindgren sah sie freundlich an, doch das Lächeln, das er ihr schenkte, erreichte nicht seine Augen. Es war nicht echt, und Anna fragte sich, ob es klug gewesen war, hier allein aufzutauchen. Hätte sie vielleicht Karl Linde bitte können, sie zu begleiten? Oder warten müssen, bis Christian aus Hamburg zurück war?

Sie räusperte sich nervös. »Ich habe einen Brief von Ihnen erhalten, den ich nicht nachvollziehen kann. Sie schreiben, dass ich gegen den Vertrag verstoßen hätte und mir deshalb der Kredit gekündigt würde. Ich habe immer alle Raten pünktlich bezahlt.«

Lindgren zog eine Kladde hervor und öffnete sie. »Da sind Sie leider nicht richtig informiert, Frau Robek. Die letzten drei Raten konnten mangels Deckung nicht von dem Konto umgebucht werden. Daher waren wir gezwungen, den Kredit zu kündigen.«

»Und wenn ich die Summe einzahle, würden Sie dann die Kündigung zurücknehmen?«, fragte sie mit klopfendem Herzen. Sie hatte zwar keine Ahnung, woher das Geld kommen sollte, doch es war ein erster Versuch, ob die Bank einlenken würde.

»Woher wollen Sie die Summe nehmen? Ich glaube nicht, dass Sie über einen solch hohen Betrag verfügen.«

»Wir haben einen Großauftrag des Königs aus Dänemark erhalten. Die Lieferung wird noch in dieser Woche verschickt. Die Zahlungen treffen immer pünktlich ein.« So war es zumindest in der Vergangenheit gewesen.

Lindgren schüttelte den Kopf. »Es tut mir leid, ich kann nicht länger warten. Ich bin dem Vorstand der Bank verpflichtet. Deshalb mussten wir auch Zinsen berechnen, sonst würde es aussehen, als würden Sie den anderen Kunden vorgezogen.«

»Dem Vorstand? Wer soll das bitte sein?« Anna verstand nicht, warum sie nicht ein wenig Aufschub bekommen konnte.

»*Ich* bin das.« Eine Tür in der Seitenwand, die nur angelehnt war, wurde geöffnet, und Rosa betrat den Raum. Anders als erwartet, trug sie kein schwarzes Kleid. Es war dunkelviolett, aber eben keine Trauerkleidung. Sie blickte Anna von oben herab an.

»Guten Tag, Rosa.« Anna war konsterniert. Zwar hatte sie ihre Halbschwester hier erwartet, sie jetzt hier zu sehen, war dennoch ein Schock, den sie sich nicht anmerken lassen wollte. Rosa hatte hinter der Tür gewartet und gelauscht, anders konnte Anna ihr Verhalten nicht erklären.

»Bastian, würdest du uns bitte allein lassen.« Es war keine Frage, die Rosa an ihren Mann stellte, sondern eine Aufforderung, die er zu befolgen hatte. Es war sofort klar, wer hier die Hosen anhatte. Bastian Lindgren war es auf jeden Fall nicht.

»Natürlich, meine Liebe. Wenn du Fragen hast, ich bin direkt nebenan.« Er nickte Anna zu und verließ den Raum. Rosa schloss demonstrativ die Tür und ließ sich hinter dem Schreibtisch nieder. Anna musterte sie aufmerksam.

Rosa war älter geworden. Ihre Züge waren nicht mehr so mädchenhaft, wie Anna sie von früher in Erinnerung hatte, das war ihr bei der Beerdigung nicht aufgefallen, aber das lag wohl an den Tränen, die sie damals geweint hatte. Sie war immer noch hübsch, doch der Ausdruck ihres Gesichts war härter, fast schon ein wenig verbittert. Sie sah nicht glücklich aus.

»Wie geht es dir, Rosa?«, wagte Anna zu fragen, und war direkt auf eine abfällige Antwort gefasst, doch Rosa ließ sich Zeit mit einer Erwiderung.

»Ich habe mir mein Leben eingerichtet«, erklärte sie dann.

»Du trägst keine Trauerkleidung?«

»Nein, Trauer steht mir nicht. Egal, was die Leute meinen. Sollen Sie doch reden. Ich bin kein Typ für Schwarz. Ich kann es schließlich nicht jeden Tag hier in der Bank tragen. Nachher denken die Kunden, wir ständen vor dem Ruin, was ganz und gar nicht so ist.«

Da Rosa sich nicht erkundigte, wie es Anna ging, kam sie direkt auf den Punkt. »Rosa, du hast mir den Kredit gekündigt. Willst du mich ruinieren?«

Ein freudloses Lächeln glitt über Rosas Lippen. »Ja, das hast du richtig erkannt, Anna. Ich hatte es dir angedroht, und nun mache ich ernst.«

Anna schnappte nach Luft. »Habe ich dich so sehr gekränkt?«

»Wenn du nicht wärst, dann wäre ich die Frau an Alberts Seite geworden«, zischte Rosa.

»Aber Rosa! Dann wärst du jetzt eine Witwe. Glaube mir, das ist alles andere als angenehm.«

Rosa reckte ihr Kinn in die Höhe. »Ich bezweifle, dass Albert gestorben wäre, wenn er mich geheiratet hätte.«

Anna musste lachen und schüttelte den Kopf. »Du glaubst also, dass du das Schicksal beeinflussen kannst? Nein, so mächtig bist du nicht. Du kannst mir den Kredit kündigen, du kannst mir das Geschäft nehmen, aber das alles wird nichts daran ändern, dass Albert *mich* geliebt hat. Er war nicht an dir interessiert. Ich hätte niemals einen Mann geheiratet, der in eine andere Frau verliebt gewesen wäre. Anstatt ein gutes Leben mit deinem Mann zu leben, bist du von Hass getrieben, für etwas, das man nicht ändern kann. Nichts, was du tust oder sagst, wird ändern, dass Albert dich nicht geliebt hat. Du solltest die Vergangenheit hinter dir lassen. Nur du allein kannst dafür sorgen, dass du glücklich wirst. Aber dein Hass wird dich nach und nach zerstören, und dafür hast du mein Mitleid verdient. Du bist nicht das reiche Mädchen, nein, du bist eine arme bemitleidenswerte Frau.« Anna holte tief Atem. Sie wollte ihrer Halbschwester nicht wehtun, aber jemand musste ihr die Augen öffnen.

Rosa spielte mit einer Kante der Kladde, in der der Kreditvertrag lag. »Weißt du, was mich richtig glücklich machen würde, Anna? Nicht dich zu ruinieren, dafür bist du mir gar nicht wichtig genug. Aber du hast etwas, was ich haben will, was eigentlich mir gehört.« Rosa legte die Fingerspitzen beider Hände aneinander. »Vater hat dir zur Hochzeit ein Collier von seiner Mutter geschenkt, das eigentlich mir zukommen sollte. Das Stück ist kostbar, und ich glaube, du weißt gar nicht, *wie* kostbar. Wenn du mir das Schmuckstück überlässt, werde ich dir den Kreditvertrag überlassen. Quasi ein Tauschgeschäft.«

»Es ist das Einzige, was unser Vater mir geschenkt hat«, sagte Anna nachdenklich.

Rosa nickte. »So sieht es aus. Es soll nichts geben, dass du von Vater besitzt. Er hat einen Fehler begangen, und ich will diesen Fehler bereinigen. So, als hätte es ihn nie in deinem Leben gegeben. Du wirst das sein, was du immer warst, ein Bastard, der ohne Vater aufgewachsen ist.«

»Und was geschieht, wenn ich auf diesen Kuhhandel nicht eingehe?«, wollte Anna wissen. Sie war so wütend, dass sie die Worte zwischen den Zähnen herauspresste.

»Dann wird die Quast-Bank dafür sorgen, dass der Kredit durch einen Advokaten eingetrieben wird. Zum Glück bin ich mit einem verheiratet. Ich werde dich und die Firma Robek vernichten, Anna. Es ist deine Wahl.«

»Gewährst du mir einen Zeitraum, damit ich darüber nachdenken kann?«

Rosa erhob sich und schlug die Kladde laut zu. »Du hast drei Tage. Nächste Woche Montag erwarte ich deine Antwort. Du findest mich hier in der Bank. Auf Wiedersehen, Anna. Ich wünsche dir ein schönes Wochenende.« Sie deutete auf die Tür.

Anna erhob sich und verließ den Raum ohne Gruß.

Wie in Trance lief sie nach Hause. Der Hass, mit dem

Rosa ihr begegnete, war so entsetzlich bitter, dass sie die Freundin von einst nicht mehr wiedererkannte. Rosa hatte wirklich vor, sie zu ruinieren, und zum ersten Mal hatte Anna ihre Entschlossenheit am eigenen Leib zu spüren bekommen. Niemals hätte sie erwartet, dass Rosa zu solchen Mitteln greifen würde. Sie musste in Ruhe darüber nachdenken, damit sie keine Fehler machte. Vielleicht würde Karl ihr einen Rat geben können, wie sie sich verhalten sollte.

Je näher sie der Konditorei kam, desto deutlicher wurden die Umrisse eines Pferdekarrens, der davor stand. Sie schloss erleichtert die Augen. Christian war zurück, und die Säcke auf der Ladefläche zeigten an, dass sie endlich wieder Mandeln hatten. Sie beschleunigte ihre Schritte, jetzt würde alles wieder gut werden. Dann sah sie ihn.

***

Christian trug einen schweren Sack auf den Schultern und wollte ihn in den Keller schaffen, als er Anna auf sich zueilen sah. Kurz bevor sie ihn erreichte, hielt sie an, als wurde sie sich bewusst, dass sie sich auf offener Straße befanden und sie auf ihn zugelaufen war.

»Du bist wieder da«, sagte sie atemlos. Ihre Wangen waren rosig von der Anstrengung des Laufens. »Ich habe mir Sorgen gemacht, weil ich euch schon gestern erwartet hatte.«

Christian setzte den Sack von seiner Schulter ab. »Ja, ein Rad musste repariert werden, das hat unsere Rückreise verzögert. Aber ich habe gute Nachrichten. Ich konnte in Hamburg einen fairen Preis aushandeln und deshalb mehr Säcke kaufen, als wir dachten. Der Vorrat reicht bis zur nächsten Lieferung aus Spanien.«

Anna strahlte ihn an. »Das sind wirklich wunderbare Neuigkeiten!«

»Wo kommst du her?«, fragte er. Hatte sie sich mit jemand getroffen?

»Ich war auf der Bank«, antwortete sie schmallippig.

»Und?«

Anna winkte ab. »Das erzähle ich dir später. Ich muss das erst einmal selbst verdauen. Ich habe einen Braten, den ich heute Abend warm machen kann. Er war eigentlich für gestern gedacht gewesen, aber ich denke, er schmeckt heute genauso gut. Kommst du mit Emil später hoch, es würde mich freuen, wenn wir zusammen essen«, sagte sie.

»Emil ist fast im Stehen eingeschlafen. Ich habe ihn direkt ins Bett geschickt. Er wird wohl bis morgen durchschlafen, weil er die meiste Zeit das Fuhrwerk gelenkt hat. Ich hoffe, es war in deinem Sinne?«

Sofort nickte Anna. »Natürlich, ich bin euch beiden sehr dankbar.«

»Aber *ich* würde gern zum Abendessen kommen«, sagte Christian leise und schaute sich um, ob jemand sie belauschte. »Falls du auch mit mir allein vorliebnimmst.«

»Selbstverständlich, dann sehen wir uns um sieben Uhr.« Anna wandte sich dem Eingang der Konditorei zu, und als sie an Christian vorbeiging, berührte sie kurz seine Hand.

Ein feines Lächeln glitt über seine Lippen. Er war sich sicher, dass Anna ihn vermisst hatte.

Er hatte sie auf jeden Fall vermisst. Die Fahrt nach Hamburg war beschwerlich gewesen, die Rückfahrt noch weniger angenehm. Er hatte es gar nicht erwarten können, endlich das Holstentor zu sehen, aber als er jetzt das Leuchten in Annas Augen sah, entschädigte ihn das für all die Strapazen. Eigentlich war auch er völlig erschöpft, aber eine Einladung von ihr zum Abendessen würde er auf keinen Fall ausschlagen.

Er war gespannt, was sie bei der Bank erreicht hatte. Möglicherweise war ja alles nicht so schlimm, wie sie es sich ausgemalt hatte. Es musste einen Weg geben. Er hatte leider nicht genug Geld, um ihr beizustehen, doch wenn, hätte er keine Sekunde gezögert, ihr zu helfen.

Nachdem die Säcke abgeladen waren, brachte er das Fuhrwerk zurück zu seinem Besitzer und überreichte ihm eine Torte. Das war der Preis für das Leihen. Robek-Torten waren ein gutes Zahlungsmittel, wie er feststellen konnte.

Als er wieder in der Manufaktur ankam, hatten die Mitarbeiter bereits Feierabend gemacht. Er ging hinauf in seine Wohnung und wusch sich. Das hatte er dringend nötig. Seit zwei Tagen steckte er in den gleichen Sachen und war froh, sie endlich loszuwerden. Nachdem er gewaschen und rasiert war, und frische Kleidung angezogen hatte, fühlte er sich wie ein neuer Mensch.

Um Punkt sieben Uhr klopfte er an Annas Tür, und sie öffnete. Es war günstig, dass sie beide Nachbarn waren, so konnte niemand beobachten, dass er sie allein in ihrer Wohnung besuchte. Anna hatte bereits die Vorhänge vor den Fenstern zugezogen – ihr war wohl auch daran gelegen. Von den Häusern auf der gegenüberliegenden Seite hatte man einen guten Blick in die Wohnung, wenn die Gardinen nicht geschlossen waren.

»Komm doch rein, ich habe den Tisch im Esszimmer gedeckt«, rief sie ihm über die Schulter hinweg zu.

»Wir können auch in der Küche essen.« Für ihn musste sie sich keine Umstände machen. Doch als er den gedeckten Tisch im Esszimmer sah, änderte er seine Meinung. Sie hatte das gute Porzellan aus dem Schrank geholt und Kristallgläser dazugestellt. Eine Flasche Wein stand auf dem Tisch. Dazu hatte sie zwei Kerzen angezündet, und im Kamin brannte ein kleines Feuer. Der Raum sah sehr behaglich aus, und es schoss ihm durch den Kopf, dass Anna sich diese Mühe für ihn gemacht hatte. Sein Herz krampfte sich bei diesem Gedanken zusammen. Empfand sie tatsächlich auch etwas für ihn? So viel wie er für sie? Er wagte nicht, daran zu glauben. Ihr Herz gehörte noch immer Albert, und er würde seinem Freund auf keinen Fall Konkurrenz machen. Gegen einen Toten kam man nicht an.

»Machst du schon mal die Flasche auf?«, fragte Anna und trat mit einer Platte, auf der köstlich duftende, krosse Geflügelstücke lagen, in den Raum. »Ich hole noch schnell die Kartoffeln und den Rotkohl.«

Christian lief das Wasser im Mund zusammen, als er das Essen auf dem Tisch sah. Er kochte selten etwas für sich. Meist nur ein Spiegelei mit Brot oder Kartoffeln und Fisch. Manchmal ging es ins Gasthaus. Aber ein Braten war natürlich etwas ganz Besonderes.

»Das sieht köstlich aus, Anna, und es riecht noch besser«, sagte er und füllte beide Gläser mit Rotwein.

»Ich habe einen Weißen ausgesucht, kenne mich aber mit Wein nicht aus, ich hoffe, er schmeckt zu dem Essen«, erklärte sie und lachte verlegen.

»Ich kenne mich auch nicht damit aus«, gab Christian zu und grinste. »Ich trinke eher ein gutes Bier.«

»Möchtest du lieber ein Bier?«, fragte Anna und wollte schon aufstehen, aber Christian hielt sie an der Hand fest. »Nein, mach dir keine Umstände. Ich trinke gern mit dir ein Glas Wein.« Als sie auf ihre Hand blickte, ließ er sie schnell los.

»Dann nehmen wir den Wein«, sagte Anna, nahm seine Hand und drückte sie kurz.

Sie legte ihm von dem Fleisch vor. »Ein feiner Entenschmorbraten. Aus dem Kartoffelbrei habe ich Plätzchen gebraten und die Brechbohnen mit Speck verfeinert. Guten Appetit!«

»Danke, es sieht wirklich köstlich aus. Vielen Dank für die Einladung und auch dir guten Appetit.« Er sah sie einen Moment nachdenklich an, dann griff er zum Besteck.

»Warte! Lass uns auf etwas trinken.« Anna hob ihr Glas an und hielt es ihm entgegen.

»Worauf denn?« Sein Kopf war leer, ihm fiel in diesem Moment nichts ein.

»Auf die Mandelblüte in Hamburg«, sagte sie und lachte.

Christian lächelte und nickte. »Dann trinken wir auf die Mandelblüte.« Sie stießen an und tranken einen Schluck. Der Wein schmeckte herb, aber gut.

»Das Essen ist eine Wucht«, erklärte Christian und langte ordentlich zu. Erst jetzt merkte er, wie hungrig er war.

»Danke, mittlerweile koche ich ganz gern. Es lenkt mich von der Arbeit ab, aber für mich allein lohnt es sich kaum, mir fehlt …« Sie hielt erschrocken inne.

»Ich weiß, dir fehlt Albert. Ich hoffe, er wusste deine Kochkünste ebenfalls zu würdigen.« Er lächelte verschmitzt.

»Ja, das hat er, aber ich wollte eigentlich etwas anderes sagen, dass mir ein Mann fehlt, den ich bekochen kann.«

Christian nickte, sah sie aber nicht an.

»Man gewöhnt sich nicht leicht daran, wieder allein zu leben«, fügte Anna hinzu. »Hast du je mit jemanden zusammengewohnt?«

»Nein, nur mit meiner Familie. Damals musste ich mir mit meinem jüngeren Bruder ein Zimmer teilen. Das hat Spaß gemacht, er ist nur ein Jahr jünger als ich. Aber das ist schon lange her.«

»Lebt dein Bruder auf dem Bauernhof deiner Familie?« Anna schien froh, ein unverfängliches Thema gefunden zu haben. Oder war er es, der darüber erleichtert war?

»Nein, mein Bruder fährt zur See. Er ist Marineoffizier. Meine Eltern sind sehr stolz auf ihn. Und ich bin es auch.«

»Dann trägt er bestimmt eine schneidige Uniform.« Anna lachte. »Damit kann er vermutlich eine Menge Mädchen beeindrucken.«

Christian nickte. »Davon gehe ich aus. In jedem Hafen

eine andere.« Er trank einen Schluck und schob den Teller von sich. »Es war köstlich, Anna. Ich habe schon lange keine so gute Mahlzeit bekommen. Magst du mir jetzt erzählen, wie es bei der Bank gelaufen ist?«

»Möchtest du noch einen Nachschlag?«

»Danke, aber ich habe wirklich genug.« Er ließ sie nicht aus den Augen und spürte, dass sie das Thema Bank gern umschiffen wollte, aber er würde nicht lockerlassen.

Sie lehnte sich auf dem Stuhl zurück und seufzte. »Meine Halbschwester steckt dahinter. Rosa. Sie will mich vernichten. Ihr Hass ist förmlich mit Händen zu greifen. Sie kann einem leidtun, es grenzt schon an Irrsinn.«

»Das tut mir sehr leid. Und wie bist du mit ihr verblieben?«

»Ich habe bis Montag Zeit, die Summe zu bezahlen, sonst wird sie das Geld per Gericht eintreiben lassen.« Anna schüttelte den Kopf, als könne sie es immer noch nicht glauben.

»Und es gibt keine andere Lösung?«

Anna biss sich auf die Unterlippe. Das tat sie oft, wenn sie etwas abwog, so gut kannte er sie, um diese Geste zu deuten.

»Doch, die gibt es. Rosa will ein Collier, dass Direktor Quast mir zur Hochzeit mit Albert geschenkt hat. Es stammt aus dem Familienbesitz, und sie will nicht, dass ich es habe. Wenn ich es ihr übergebe, dann wird mir der Kredit erlassen. Eigentlich eine unkomplizierte Lösung, aber so einfach ist es nicht für mich. Es ist das einzige Andenken, das ich an meinen Vater habe. Er hat es mir geschenkt, ich meine, er hat sich doch etwas dabei gedacht, oder nicht?« Anna sprach immer schneller, was zeigte, wie sehr sie dieses Thema bewegte.

Im ersten Augenblick wusste Christian nicht, was er dazu sagen sollte. Sie hatte recht. Es war auf den ersten Blick eine einfache Entscheidung, auf den zweiten aber nicht. »Ich kann deine Bedenken verstehen. Warum tut deine Schwester dir so etwas an?«

Anna zuckte mit den Schultern. »Sie will mich dafür bestrafen, dass unser Vater ihre Mutter betrogen hat. Dafür kann ich doch nichts. Ich habe bis zur Hochzeit ja nicht mal gewusst, dass er mein Vater ist. Ihre Eltern sind tot, ich bin ihre Verwandte, warum hasst sie mich so sehr? Ich wäre bereit, ihr die Hand zu reichen, aber Rosa ist so voller Hass und Wut.«

»Es hört sich an, als würde sie ein Leben leben, das ihr nicht gefällt. Ist sie denn mit ihrem Mann glücklich?«

»Sie ist mit dem Advokaten Bastian Lindgren verheiratet.«

Christian pfiff leise durch die Zähne. »Dann hat sie ja eine gute Partie gemacht. Es gibt also keinen Grund, nicht glücklich zu sein.«

»Ich verstehe es auch nicht. Bis Montag muss ich mich entscheiden, und es fällt mir ungemein schwer.« Sie fuhr sich müde über die Augen.

»Diese Entscheidung kann dir leider niemand abnehmen. Aber du solltest die Konsequenzen bedenken. Die ganze Firma steht auf dem Spiel, das darfst du nicht vergessen, Anna.«

Sie nickte langsam. »Ich weiß, und genau das macht mir so sehr zu schaffen.«

Christian erhob sich. »Du siehst müde aus. Lass uns schnell den Tisch abräumen, dann werde ich dich in Ruhe lassen. Du solltest zu Bett gehen.« Er sammelte die Teller ein, doch Anna hielt seine Hand fest. »Lass das, Bille wird das morgen erledigen. Sie jammert sowieso schon, dass sie fast nichts zu tun hat, weil ich kaum hier oben bin und selten koche.«

»Gut, dann wünsche ich dir eine gute Nacht«, sagte Christian und ging langsam zur Wohnungstür. Anna folgte ihm.

»Es ist schon spät, ich muss morgen früh raus, damit wir endlich wieder das Marzipan produzieren können. Dänemark wartet auf die Lieferung«, sagte er, weil er nicht wusste, was er sonst noch sagen konnte. Die Stimmung zwischen ihnen war auf einmal umgeschlagen, und er fühlte sich merkwürdig verlegen.

»Danke, dass du gekommen bist. Es war schön, mal nicht allein zu essen. Und danke, dass du nach Hamburg gefahren bist.«

»Das habe ich gern getan.« Christian hob die Hand und berührte ihre Wange, streichelte ihre Haut, die so samtig weich war. Anna schloss die Augen, und es sah aus, als würde sie diese Berührung genießen. Als er seine Hand lösen wollte, hielt sie ihn auf und sah ihn an.

»Würdest du mich noch einmal küssen?«, flüsterte sie. Es kostete sie wohl eine Menge Mut, ihm diese Frage zu stellen.

Er beugte sich hinunter und gab ihr zuerst einen Kuss auf die Wange, doch dann küsste er ihre Lippen. Es dauerte nur einen Augenblick, dann erwiderte Anna den Kuss. Sie legte ihre Arme um seinen Nacken und drückte ihren zarten Körper an seinen. Als wäre sie eine Verdurstende, die in der Wüste eine Oase gefunden hatte.

Als sie einen kleinen Laut ausstieß, hob er sie hoch und trug sie den Flur entlang. »Wohin?«, fragte er zwischen zwei Küssen.

»Die letzte Tür links«, bekam er zur Antwort.

Als er die Tür mit dem Fuß aufstieß, sah er, dass es ihr Schlafzimmer war. Er hielt einen Moment inne. »Bist du dir sicher?«

»Ja, Christian. Das bin ich.« Ihre Stimme klang entschlossen, doch sie hatte das hier nicht geplant, denn die Vorhänge waren nicht vorgezogen. Allerdings zeigte das Fenster nicht auf die Straße hinaus, sondern in den Innenhof. Hier konnte sie niemand beobachten, die nächsten Häuser lagen zu weit entfernt.

Christian bedeckte Annas Gesicht mit Küssen, als wolle er nie wieder damit aufhören. Mit seiner Nase berührte er sanft ihre und lächelte.

Anna begann wie ein junges Mädchen zu kichern, das sie im Herzen ja auch eigentlich noch war. »Das kitzelt«, sagte sie und drehte ihm den Rücken zu. »Bitte hilf mir mit dem Kleid.«

Er öffnete die Knöpfe und löste die beiden Spangen aus dem Haar, sodass es sich über ihren Rücken ergoss. Mit den Händen fuhr er durch die Strähnen – das hatte er sich schon so oft vorgestellt.

»Du hast so wunderschöne Haare«, murmelte er und vergrub sein Gesicht darin, zog den Duft nach Lavendel ein, während er den Stoff von ihren Schultern schob. Er löste die Bänder der Turnüre, und Anna stieg heraus. Während sie ihr schwarzes Korsett öffnete, ließ sie ihn nicht aus den Augen. Dann warf sie es zur Seite. Sie trug jetzt nur noch ihre Unterhose und die feinen Strümpfe.

»Zieh sie mir aus«, forderte sie und sah ihn gebannt an.

Christian hatte sich das Hemd ausgezogen und Schuhe und Socken abgestreift, ohne hinzusehen. Jetzt ging er in Unterhemd und Hose vor ihr in die Knie und rollte erst den einen Strumpf und dann den zweiten von ihren Beinen. Als unter den schwarzen Strümpfen ihre elfenbeinfarbene Haut sichtbar wurde, sog er heftig die Luft ein. Sie war so anziehend. Noch nie hatte er eine derart reizvolle Frau berührt.

Er spürte, wie seine Männlichkeit wuchs, und hoffte, dass er sich zusammenreißen konnte. Anna hatte wohlgeformte Füße, nicht zu groß, mit kleinen Zehen. Die Waden waren schön geschwungen, und die Haut der Oberschenkel war fest und samtig. Er blickte zu ihr auf und sah ihr Lächeln. Wie eine verführerische Sirene schaute sie ihn an und stöhnte leise unter seinen Berührungen. Als er mit den Strümpfen fertig war, glitten seine Finger unter den Rand ihrer Hose, und auch diese zog er ihr von den Hüften. Jetzt stand sie vor ihm, wie Gott sie geschaffen hatte, und er musste zugeben, der Schöpfer hatte hervorragende Arbeit geleistet.

Sie zog ihn zu sich herauf. »Wirst du heute Nacht hierbleiben?«, fragte sie vorsichtig.

Er hätte beinahe gelacht. Wie sollte er jetzt noch gehen? Doch er wollte sie nicht beleidigen, daher nickte er nur und streifte seine restliche Kleidung ab. »Ja, Anna, es ist mir eine Ehre, mit dir die Nacht zu verbringen.«

Sie lagen beide im Bett, sahen sich in die Augen, während sie sich gegenseitig mit den Händen erkundeten. Anna war keine Frau, die sich vor etwas scheute. Sie war mutig, und das erregte ihn. Er musste etwas unternehmen, sonst wäre das hier schneller vorbei, als er dachte.

»Du bist so schön, Anna. Du bist alles, was ich mir in meinem Leben je erträumt habe«, sagte er und drang langsam in sie ein, nachdem er sie auf seinen Körper gezogen hatte.

Anna saß rittlings über seinen Hüften und lächelte auf ihn herunter.

»Du hast keine Ahnung, wie sehr ich mich nach diesen Worten gesehnt habe, Christian. Ich dachte schon, du würdest dich nicht für mich interessieren.«

Er strich über ihre wundervoll weiche Haut, während sie sich langsam auf ihm bewegte. »Wie könnte ich das nicht. Ich träume sogar nachts von dir«, gab er zu.

»Dann werde ich dafür sorgen, dass du es in Zukunft auch am Tag tun wirst.«

Kapitel 27

Lübeck, September 1874

Am nächsten Morgen erwachte Anna erst, als die Sonne schon tief am Himmel stand. Erschrocken fuhr sie hoch. Sie hatte verschlafen. Ihr Blick ging hinüber zur anderen Bettseite, die jetzt leer war. Tränen schossen ihr in die Augen. Was hatte sie nur getan? Diese Seite gehörte Albert, und doch hatte sie einem anderen Mann erlaubt, dort zu schlafen. Mit ihr zu schlafen. Wie hatte sie das nur tun können?

Sie schluchzte auf und schlug die Hände vors Gesicht. »Was bin ich nur für ein Mensch?«, flüsterte sie, obwohl niemand da war, der sie hören konnte. »Bitte verzeih mir, Albert«, sagte sie laut.

»Gnädige Frau, ist alles in Ordnung?« Bille klopfte an ihre Tür.

Anna schaute an sich herunter. Sie war nackt, und das beschämte sie noch mehr.

»Danke, Bille. Mir geht es heute nicht gut. Ich werde mich noch etwas ausruhen«, rief sie durch die geschlossene Tür.

»Wenn Sie etwas brauchen, sagen Sie Bescheid, gnädige Frau.«

»Danke Bille, aber ich komme zurecht. Du kannst Feierabend machen, wenn du den Abwasch erledigt hast.« Anna wünschte, sie hätte Bille sofort wegschicken können, aber das wäre zu auffällig gewesen. Sie ließ sich in die Kissen fallen und wischte ihre Tränen ab. Niemand wusste, was sie getan hatte, und Christian würde mit Sicherheit nichts preisgeben. Das alles änderte nichts daran, dass sie sich elend fühlte. Sie hatte

Alberts Liebe verraten, und das würde sie sich niemals verzeihen.

Albert war tot und sie am Leben, trotzdem wusste sie nicht, wie sie weitermachen konnte, ohne sich schuldig zu fühlen. In Christians Armen zu liegen und von ihm geliebt zu werden, war so wundervoll gewesen. Frei von allen Gedanken und dem schlechten Gewissen, hatte sie diese eine Nacht genossen.

Jetzt am Morgen meldeten sich ihre Schuldgefühle. Sie war eine Witwe in ihrem Trauerjahr. Jeder würde sie verachten, wenn bekannt würde, dass sie sich einem anderen Mann hingegeben hatte.

Sie schloss die Augen und legte einen Arm über ihr Gesicht. Was hatte sie nur getan? Diese Frage ging ihr immer und immer wieder durch den Kopf. Auch wenn ihr Herz tatsächlich für Christian schlug, hatte sie doch ebenso etwas für das Geschäft getan. Sie wusste, dass sie wieder heiraten musste, sobald ihre Trauerzeit von einem Jahr und sechs Wochen vorüber wäre. Dann würden ihr Männer den Hof machen, weil sie sich Hoffnungen auf eine gut gehende Firma machten. Wie sollte sie wissen, wer an ihr und wer nur an das Erbe dachte, das sie besaß? Bei Christian war sie sicher, dass er *sie* wollte. Das hatte er ihr heute Nacht bewiesen. Aber er war auch ein gut aussehender junger Mann. Wenn er sich in eine andere Frau verliebte, wäre alles verloren. Mit Christian würde sie die Firma weiterführen können – sie durfte ihn nicht verlieren.

Entschlossen stand sie auf, wusch sich, putzte die Zähne und zog sich an. Als sie in den Spiegel sah, um ihr Haar hochzustecken, hielt sie einen Moment inne. Was sie sah, beschämte sie. Egal, was sie sich einzureden versuchte, es war nicht die ganze Wahrheit. Sie hatte mit Christian nicht das Bett geteilt, weil sie an die Firma dachte, sondern weil sie sich in ihn verliebt hatte. Weil sie wusste, wenn es einen Mann gab, mit dem Albert einverstanden wäre, dann sein bester Freund, der immer zur Stelle war, wenn sie ihn brauchte.

Sie verließ das Haus, ohne jemandem zu begegnen, und ihre Füße führten sie an einen Ort, den sie schon längst hätte aufsuchen müssen.

Auf dem Friedhof herrschte eine Ruhe, die es sonst nirgendwo in der Stadt gab. Es war, als würden die Steine alle Worte und Geräusche schlucken. Unterwegs hatte Anna ein paar frische Blumen gekauft.

»Guten Tag, Albert, ich habe dir ein paar Blumen gebracht«, murmelte sie und wechselte die verwelkten Blüten aus der Grabvase aus. »Nelken, die mag ich sehr, und ich finde, sie passen gut zu dir. Sie sind bodenständig, robust und fröhlich. Alles, was du auch warst.« Sie zupfte ein wenig Laub von den Pflanzen vor dem Stein, auf dem Alberts Name stand – unter dem seiner Eltern. »Glaubst du, Christian wäre der richtige Mann für mich?«, fragte sie leise. »Wärst du mit ihm einverstanden?« Sie blickte auf das Grab und wusste, sie würde keine Antwort auf ihre Frage erhalten. Niemand würde ihr Absolution erteilen, sie musste selbst eine Entscheidung treffen. »Weißt du, ich glaube, wenn es einen Mann gibt, mit dem du einverstanden wärst, dann ist es Christian. Er ist dir sehr ähnlich, und ich denke, er wird nicht nur für mich sorgen, sondern sich auch gut um das Geschäft kümmern.«

Ein vertrocknetes Eichenblatt segelte langsam zu Boden und landete genau vor ihren Füßen. Dabei gab es keine Eichen in der Nähe, nur Kastanien. Sie hob das Blatt auf und drehte es zwischen ihren Fingern. Ein Blatt, das aus heiterem Himmel vor ihre Füße segelte, war doch ein Zeichen des Schicksals, oder etwa nicht? Sie überlegte einen Moment, dann war sie sich sicher. Ja, genauso musste es sein. Das war ihr Antwort genug.

Anna war Christian aus dem Weg gegangen, weil sie es nicht wagte, ihm in die Augen zu sehen. Am nächsten Tag verschwand sie schnell in ihr Büro, als es kurz darauf klopfte. Sie wappnete sich und rief: »Herein!«

Anders als erwartet, tauchte nicht Christian auf, sondern Karla. »Gnädige Frau, in der Konditorei wartet ein Mann, der sich auf die Stelle bewerben will.«

Im ersten Moment wusste Anna nicht, worum es ging.

»Das Schild, das wir im Schaufenster stehen haben. Dass wir eine Bürohilfe suchen.«

»Ja, natürlich. Ich komme sofort.« Sie erhob sich und folgte Karla, die sich allerdings ins Café begab, während Anna in den Verkaufsraum ging. Dort wartete etwas abseits ein Mann, der aufgeregt seinen Hut in der Hand drehte.

»Moin, ich bin Anna Robek. Sie wollten mich sprechen?«

»Moin, Frau Robek. Ich habe das Schild im Fenster gesehen. Sie suchen eine Bürohilfe?«

Anna nickte. »Ja, so ist es. Es wird mir zu viel, und ich habe eine Menge im Geschäft zu tun, daher brauche ich dringend eine Hilfe.«

Der Mann nickte. Er war schon älter, vielleicht Anfang fünfzig, gut gekleidet, aber nicht zu übertrieben. Er gehörte der Arbeiterklasse an. Sein Haar war bereits etwas schütter, die grauen Augen blickten klar und ruhig. »Mein Name ist Theo Günther. Ich bin Buchhalter von Beruf und auf der Suche nach neuer Arbeit.«

»Wo haben Sie vorher gearbeitet?«

»Ich war in einer Werft in Hamburg beschäftigt, bin aber der Liebe wegen nach Lübeck gezogen.« Er lächelte bescheiden. »Ich würde mich sehr über eine Anstellung freuen, die Bezahlung steht nicht an erster Stelle.«

Ein Buchhalter war genau das, was Anna suchte. »Ich will Sie nicht lange auf die Folter spannen, Herr Günther. Was halten Sie davon, wenn Sie am Montag um acht anfangen?«

Überraschung spiegelte sich in seinen Augen. »Ist das Ihr Ernst?«

»So wahr ich hier stehe. Ich suche einen Buchhalter, und Sie sind einer. Wozu länger suchen?« Anna hielt ihm die Hand entgegen. »Bis Montag und ein schönes Wochenende.«

Ein feines Lächeln zeigte sich auf dem Gesicht von Herrn Günther. »Vielen Dank, Frau Robek. Meine Frau wird es nicht glauben.«

»Warten Sie bitte kurz.«

Sie ging hinter den Tresen, packte zwei Kuchenstücke ein und reichte sie Günther. »Mit den besten Grüßen an Ihre Frau.«

»Vielen Dank, das ist sehr freundlich von Ihnen.« Er verbeugte sich mehrfach, bis er die Tür erreichte.

Erleichtert nahm Anna das Schild aus dem Fenster und zerriss es in zwei Teile. Sie hatte eine Sorge weniger.

Kaum hatte sich die Tür geschlossen, wurde sie erneut geöffnet, und Karl Linde betrat das Geschäft. Ihn hatte sie vollkommen vergessen.

»Moin, Anna. Wie schön, Sie hier zu treffen. Haben Sie etwa auf mich gewartet?«, fragte er charmant und verbeugte sich.

»Moin, Herr Linde«, sagte sie statt einer Antwort.

»Sie sollen mich doch Karl nennen.« Er schüttelte gespielt entrüstet den Kopf.

»Natürlich … Karl.« Ihr war es nicht recht, aber sie wollte ihn nicht vor den Kopf stoßen. Immerhin war er hierhergekommen, um ihr zu helfen. »Wollen wir ins Büro gehen, dort können wir ungestört sprechen.« Sie ging vor, und Linde folgte ihr auf dem Fuß.

»Darf ich Ihnen einen Tee bringen lassen?«

Er winkte ab. »Nein, danke. Ich habe gerade erst gefrühstückt. Dann wollen wir uns mal die Bücher ansehen.«

Anna legte ihm die Rechnungsbücher vor und erzählte,

dass sie ab der nächsten Woche einen Buchhalter angestellt hätte. Linde studierte die Zahlen, sah sich die Kostenrechnungen an.

»Ihre Außenstände sind beträchtlich, es ist gut, dass sich ein Buchhalter darum kümmern wird. Aber auch die Materialkosten für ihr Material sind zu hoch. Sie werden kaum durch die Einnahmen gedeckt. Sie müssen mit den Lieferanten verhandeln, damit Sie einen besseren Preis erzielen.«

Anna seufzte auf. »Ich weiß nicht, ob ich das kann«, gab sie zu. »Ich habe das bezahlt, was die Lieferanten fordern.«

Linde schüttelte den Kopf. »Nein, das dürfen Sie nicht, sonst ziehen Ihnen die Händler die letzte Hose aus. Bitte entschuldigen Sie meine Ausdrucksweise.« Er sah sie mitfühlend an.

»Schon gut, ich weiß ja, dass ich noch jung bin und viel lernen muss«, sagte sie leise.

»Ich will Ihnen einen Vorschlag machen, Anna. Sie brauchen dringend einen Geschäftsführer, der diesen Betrieb übernimmt. Natürlich kostet er Geld, aber er bringt Verbesserung, spart Kosten ein und fasst die Angestellten ins Auge.«

»Nein, die Angestellten bleiben, wo sie sind.«

»Anna, wäre es nicht besser, wenn wenige gehen, damit viele ihre Arbeit behalten?« Er hüstelte. »Ich würde mich anbieten. Wenn Sie mich als Geschäftsführer engagieren und mir Prokura erteilen, dann werde ich Ihren Laden wieder zu dem machen, was er mal war. Ein Betrieb, der auf festen Beinen steht.« Er hatte eine Kladde dabei und zog ein Papier hervor. »Schauen Sie, ich habe hier einen Vertrag vorbereitet. Er weist mich als Geschäftsführer aus, und Sie übertragen mir die Prokura, dann müssen Sie sich um nichts mehr kümmern. Sie müssen nur hier unterschreiben.«

Anna fühlte sich im ersten Augenblick etwas überfahren. Damit hatte sie nicht gerechnet. »Karl, ich weiß nicht, ob ich das wirklich will.«

Sie saßen vor dem Schreibtisch nebeneinander. Er sah sie an, dann ergriff er ihre Hand. »Ich will doch nur das Beste für Sie, Anna. Sie sind eine reizende Frau, und wenn erst einmal ihr Trauerjahr um ist, dann werde ich nicht zögern …« Seine Worte wurden von einem hartnäckigen Klopfen an der Tür unterbrochen.

»Anna! Wir müssen reden!« Christian erschien im Türrahmen und hielt inne, als er Karl und sie so vertraut nebeneinandersitzen sah. »Oh, entschuldige, du hast Besuch.«

Er blickte auf ihre Hand, die Karl in seiner hielt, und seine Augen weiteten sich.

»Ich bitte um Entschuldigung.« Er schloss die Tür und hinterließ eine Stille, die laut in Annas Ohren widerhallte.

»Wer war das denn?«, wollte Karl wissen und blickte zur Tür, als würde Christian dort immer noch stehen.

»Ein Freund der Familie.«

»Ich habe mich schon gewundert, dass er Sie mit Vornamen anspricht.«

Anna wusste nicht warum, aber sie fühlte sich von Karl verhört.

»Christian ist ein alter Freund, wir kennen uns schon sehr lange«, sagte sie und wusste selbst nicht, warum sie sich hier erklärte. Es war nicht von Belang.

»Anna, Sie haben mir von Problemen mit der Bank erzählt. Ich könnte mich auch darum kümmern, gleich am Montag, wenn Sie hier unterschreiben.«

***

Christian konnte nicht fassen, dass Anna in ihrem Büro neben einem Mann saß, der ihre Hand hielt – nachdem sie gestern erst das Bett mit ihm geteilt hatte! Was hatte das zu bedeuten? War er für sie nur eine Abwechslung gewesen? Spielte sie mit ihm ein falsches Spiel?

Er war davon ausgegangen, dass er ihr eine Menge bedeutete, doch offensichtlich hatte er sich getäuscht. Sie schien es wohl auf einen reichen Kerl abgesehen zu haben. Gehörte sie zu den Frauen, die auf einen ehrlich arbeitenden Mann herabsahen? Zornig warf er einen Block Marzipan auf den Schneidetisch.

»Hey, mien Jong. Warum so wütend?« Anton, der frische Mandeln in die Schälmaschine kippte, setzte den Sack vorsichtig ab.

»Weißt du, mit wem Anna in ihrem Büro sitzt?«

Anton schüttelte den Kopf. »Nein, ich wusste nicht, dass sie Besuch hat. Vielleicht ist es jemand von der Bank.«

»Ich glaube kaum, dass ein Bankangestellter ihre Hand halten würde«, presste Christian hervor.

»Ah, daher weht die steife Brise. Du bist eifersüchtig!« Anton lachte, was Christians Zorn noch weiter anfachte.

»Ich bin nicht eifersüchtig, warum auch? Ich arbeite für Anna, das ist auch schon alles.« Er begann das Rohmarzipan in feine Streifen zu schneiden, das er später ausrollen würde, um Tortenbelag herzustellen.

»Ich denke nicht, dass das alles ist, mein Freund.« Anton trat näher. »Warum sonst solltest du am frühen Morgen aus der Wohnung der Chefin schleichen?«, flüsterte er ihm zu, damit ihn niemand hörte.

»Du hast mich gesehen?«

»Junge, in diesem Haus geschieht nichts, was ich nicht sehe oder höre.«

Obwohl Anton in der Wohnung unter dem Dach lebte, schien er über alles informiert zu sein. »Dir liegt was an Anna, stimmt's?«

Darüber brauchte Christian gar nicht nachzudenken, sondern nickte sofort. »Ja, jemand muss sich doch nach Alberts Tod um sie kümmern. Er hat es so gewollt, dass ich sie nicht allein lasse. Ich kann doch nichts dafür, wenn ich mich ausgerechnet in diese Frau verliebe.«

Anton nickte. »Das Mädchen braucht Hilfe, aber du solltest dich nicht nur deshalb bemühen, weil du denkst, Albert etwas schuldig zu sein.«

»Nein, so ist das nicht. Ich liebe Anna, aber sie scheint es nicht zu merken. Und jetzt hat dieser Kerl, der mit ihr im Büro sitzt, ihre Hand gehalten!«

Eine Tür wurde geöffnet, und Stimmen wurden laut. Christian sah, wie sich der Besucher von Anna verabschiedete.

»Das ist Karl Linde, ihm gehört die Linde-Brauerei«, knurrte Anton. »Das ist nicht der richtige Umgang für unsere Anna. Du musst was tun, Christian. Sie sollte nicht auf diesen Kerl hereinfallen. Er ist nur hinter der Firma her, dafür lege ich meine Hand ins Feuer.«

Christian wandte sich um und machte sich auf den Weg ins Büro.

Die Tür war offen, und Anna stand vor dem Schreibtisch, ein Blatt Papier in der Hand.

»Anna, wir müssen reden.«

Sie legte das Papier zur Seite. »Ich hab jetzt keine Zeit, Christian. Tut mir leid.« Sie raffte ihre Röcke und ließ ihn einfach stehen.

»Das darf doch nicht wahr sein«, murmelte er und drehte sich um, folgte ihr.

»Wo ist sie hin?«, rief er Anton zu.

Er deutete auf das Treppenhaus. Mit schnellen Schritten folgte Christian ihr, und bevor sie die Tür ihrer Wohnung schließen konnte, hatte er sie eingeholt.

»Anna, du kannst nicht vor mir weglaufen.« Er folgte ihr in den Flur, schloss die Tür hinter sich.

»Willst du, dass jeder mitbekommt, was zwischen uns geschehen ist?«, fragte sie wütend.

»So, was ist denn zwischen uns geschehen, ich weiß es nämlich selbst nicht.«

Anna stemmte die Hände in die Hüften und schwieg.

»Was glaubst du denn, was ich denken soll, wenn du das Bett mit mir teilst und am nächsten die Hand eines anderen hältst«, rief er aufgebracht.

»Könntest du bitte etwas leiser sprechen!«, zischte sie ihm zu und wandte sich von der Tür ab, ging hinüber ins Wohnzimmer, das vom Treppenhaus weiter entfernt lag.

»Ich habe seine Hand nicht gehalten, Karl hat meine genommen, um mich zu trösten, weil es so schlecht um den Betrieb steht. Ich habe eine Menge Fehler gemacht …«

»Pah! Er ist also schon Karl!« Christian schnaubte. »Siehst du denn nicht, dass er nur die Firma will?«

»Ach, ist das so? Woran machst du das fest? Bin ich nicht attraktiv genug, dass sich ein Mann für mich interessieren würde?«, fragte sie gereizt. »Weißt du, wenn ich es nicht besser wüsste, würde ich sagen, du bist eifersüchtig.«

»Ha!« Christian lachte freundlos. »Soll ich dir etwas sagen? Ja, du hast recht, ich bin verdammt eifersüchtig. Es hat mir etwas bedeutet, diese Nacht mit dir zu verbringen. Es hat mich eine große Überwindung gekostet, denn du bist die Frau meines besten Freundes, in die ich schon so lange verliebt bin, seit mein Freund sie mir zum ersten Mal vorgestellt hat. Ich hatte gehofft, Albert würde sich für Rosa entscheiden, aber er hat es nicht getan, und ich musste damit leben. Ich habe mich für Albert gefreut. Niemals hätte ich ihm sein Glück geneidet. Doch das Schicksal hat mir eine zweite Chance gegeben, und die habe ich genutzt. Doch so wie es aussieht, empfindest du nichts für mich, was zwar schade ist, aber nun mal nicht zu ändern. Ich werde damit leben müssen. Aber diese eine Nacht, die werde ich niemals vergessen.«

Vermutlich war das der längste Monolog, den Christian jemals von sich gegeben hatte, und er atmete hektisch, doch er bereute kein einziges Wort.

Anna blickte ihn schweigend an. Vielleicht sollte er sich entschuldigen, tat es jedoch nicht, sondern wandte sich ab.

»Christian, so warte doch.« Anna hielt ihn auf, nahm seine Hand. »Du hast die Situation vollkommen falsch verstanden. Mir liegt nichts an Karl Linde. Er hat mir angeboten, mir zu helfen. Ja, vermutlich macht er sich Hoffnungen, aber ich empfinde nichts für ihn, werde es niemals tun, weil es einen anderen Mann gibt, der mein Herz erobert hat, obwohl es eigentlich noch nicht frei ist.«

Christian hob die Schultern. »Na dann.« Er wollte sich losmachen, doch Anna ließ ihn nicht gehen.

»Christian, ich liebe dich. Du bist dieser Mann, der mein Herz berührt. Ich will keinen anderen. Ich weiß, dass ich es nicht jetzt schon einen anderen Mann lieben darf, aber was soll ich denn machen? Ich kann doch mein Herz nicht belügen. Mir ist egal, was die Leute sagen werden. Sie tratschen sowieso über mich, weil ich unehelich geboren wurde, weil ich eine Firma leite, obwohl ich eine Frau bin und viel zu jung dafür. Ich brauche dich, Christian. Du hast keine Ahnung, wie sehr. Und nicht weil es in diesem Betrieb einen Mann geben muss, der ihn führt, sondern weil mir mein Herz sagt, dass du der Richtige für mich bist. Der Mann, mit dem ich alt werden will, dem meine Liebe gehört.« Die letzten Worte kamen nur noch als ein Flüstern über ihre Lippen. Sie blickte zu ihm auf und schien auf eine Reaktion zu warten.

Für mehr hatte Anna keine Kraft mehr. Ihr kamen die Tränen, weil Hilflosigkeit sie überfiel wie ein Schleier, den man über ihr ausbreitete. Sie fing an, am ganzen Körper zu zittern.

»Mein Liebes, so wein doch nicht.« Christian schlang die Arme um sie und drückte sie fest an sich. Sie schluchzte haltlos. Es war einfach zu viel. Die Angst, dass Christian aus ihrem Leben verschwand, breitete sich in ihrer Brust aus wie ein Lauffeuer. Die Angst schnürte ihr das Herz ab. Sie würde es nicht überleben, wenn sie auch noch Christian verlieren würde. Es reichte doch, dass Albert nicht mehr da war. Dann fiel ihr wieder ein, was Christian gerade gesagt hatte.

»Du bist schon länger in mich verliebt?«

Er nickte. »Komm, setz dich.« Er führte sie zum Sofa und nahm mit ihr zusammen Platz. Bevor er weitersprach, fuhr er sich durch das schwarze Haar und strich sich eine Strähne aus dem Gesicht, die ihm in die Stirn gefallen war. »Ja, es ist wahr. Erinnerst du dich, als Albert und ich dich und Rosa zur Kirche begleitet haben? Damals habe ich dich zum ersten Mal gesehen und war sofort in dich verliebt. Aber ich wusste, dass Albert dich wollte und hoffte, er würde es ernst mit dir meinen, als ich erfuhr, dass Rosa für ihn niemals infrage käme. Es brach mir das Herz, als ihr geheiratet habt, trotzdem habe ich mich für meinen Freund gefreut, dass er seine Liebe gefunden hatte.«

Anna legte ihre Hand an seine Brust und lehnte sich an ihn. »Ich habe nie etwas bemerkt.«

»Wie solltest du auch. Ich habe es mir selbst nie eingestanden. Ich habe Albert geliebt wie einen Bruder, wie hätte ich ihm sein Glück neiden sollen? Wer konnte denn damit rechnen, dass er so früh sterben würde?«

Christian hatte recht. Das hatte niemand vorhersehen können. »Glaubst du, dass man zwei Männer lieben kann?«, fragte sie vorsichtig.

Er zuckte mit den Schultern. »Gleichzeitig wohl nicht, aber nacheinander dürfte es keine Sünde sein. Weißt du, Albert hat mir das Versprechen abgenommen, dass ich auf dich achte, sollte ihm etwas geschehen. Es ist, als hätte er eine Vorahnung gehabt, dass sein Leben nur so kurz sein würde. Ich hätte niemals gedacht, dass ich es so bald einlösen müsste.«

Anna hob den Kopf, sah ihn zweifelnd an.

»Nein, Anna, ich liebe dich nicht, weil ich es Albert versprochen habe«, fuhr er mit ernster Stimme fort. »Ich liebe dich, weil du eine so mutige, schöne und gescheite junge Frau bist, die mein Herz höherschlagen lässt. Bitte, zweifele niemals an meiner Liebe.«

Er lächelte sie an, und Anna schüttelte den Kopf. »Nein, das werde ich nicht. Ich weiß nicht, wie es weitergehen wird, aber ich werde zu dir stehen, Christian, egal, was passiert.«

Er strich ihr zärtlich die Tränenspuren weg, dann küsste er sie innig. »Es wird weitergehen, solange wir beide zusammenhalten.«

Kapitel 28

Lübeck, September 1874

Am Montagmorgen fasste sich Anna ein Herz. Sie hatte den ganzen Sonntag damit zugebracht, das Für und Wider abzuwägen, am Ende gab es keine andere Lösung. Sie packte die Schatulle mit der Kette in eine Handtasche und zog ihr bestes Kleid an. Es war das Dunkelblaue. Sie hatte beschlossen, ihre Trauer nicht weiter zur Schau zu stellen, sondern in ihrem Herzen zu tragen. Sollten die Leute sich die Mäuler zerreißen, aber als Geschäftsfrau musste sie Stärke beweisen.

Nachdem sie Theo Günther, den neuen Buchhalter, in die Bücher der Firma Robek eingeführt hatte, machte sie sich auf den Weg zur Quast-Bank. Günther hatte sie aufgetragen, Mahnungen zu schreiben, um fällige Beträge einzufordern. Damit würde er den Vormittag über beschäftigt sein. Es musste Geld in die Kasse kommen, und sie würde hier einen neuen Kurs einschlagen. Einen härteren, als man es von ihr gewohnt war.

In der Halle der Bank traf sie auf den jungen Mann, der sie beim letzten Mal nach oben begleitet hatte.

»Ich würde gerne Frau Lindgren sprechen. Sie erwartet mich«, erklärte Anna.

Der junge Mann hatte den Arm voller Papier, die zu Boden fallen drohten. »Gehen Sie doch bitte hinauf, wenn Sie erwartet werden. Sie kennen ja den Weg.« Er nickte zu der großen Treppe.

»Ja, natürlich. Bitte bemühen Sie sich nicht.« Anna hob ihre Röcke an und stieg die Treppe hinauf. Sie bemerkte die neugierigen Blicke der Kunden, die vor den Schaltern warteten, und zog das Netz vorn an ihrem Hut tief ins Gesicht. Dennoch wurde sie erkannt, da war sie sich sicher.

Der Flur lag leer vor ihr, und sie näherte sich mit vorsichtigen Schritten dem Büro, in dem sie zuletzt mit Rosa gesprochen hatte. Die Tür war nur angelehnt, und sie hörte Stimmen. Eine Frau und ein Mann. Konnte sie dort einfach stören? Wenn die Tür nicht geschlossen war, würde sie mit Sicherheit keine vertrauliche Besprechung unterbrechen. Sie klopfte kurz an und zog die Tür weiter auf.

Rosa sah sie zuerst, die neben dem großen Schreibtisch stand und schnell die Hand sinken ließ. Anna war davon ausgegangen, Bastian Lindgren gegenüberzustehen, doch als sich der Mann umwandte erstarrte Anna.

»Anna, was für eine Überraschung, Sie hier zu treffen.«

»Herr Linde«, stieß Anna verblüfft hervor.

»Ich hatte etwas Geschäftliches mit Frau Lindgren zu bereden. Sie kommen genau richtig, wir sind hier gerade fertig, nicht wahr, Frau Direktorin?« Er verneigte sich, und als er an Anna vorbeiging, nahm er ihre Hand und küsste sie höflich. »Meine liebe Anna, darf ich Sie nachher mit der Kutsche mitnehmen?«

»Danke, Herr Linde, aber das ist nicht notwendig. Ich habe noch einige Einkäufe zu erledigen.« Annas Ton war kühl, auch wenn sie lächelte.

Linde schloss die Tür hinter sich, und die beiden Frauen waren allein.

»Wie ich sehe, hast du ebenfalls die Trauerkleidung abgelegt«, ergriff Rosa das Wort. Sie hatte ihr blondes Haar kunstvoll hochgesteckt und trug ein grün kariertes Seidenkleid, das im Licht der Sonne schimmerte.

»Du hast recht«, sagte Anna. »Es gibt Zeiten, da muss man trauern, und es gibt Zeiten, da muss man handeln. Als Geschäftsfrau kann ich es mir nicht leisten, meine Trauer weiter zur Schau zu tragen. Es schwächt meine Position.« Sie hob das Kinn.

»Sieh einer an, meine liebe Schwester ist erwachsen geworden. So schnell …« Rosa lächelte milde.

»Das Gleiche kann ich von *meiner* Schwester sagen. Ich dachte, dein Mann würde die Bank jetzt leiten.«

»Mein Mann tut das, was ich ihm sage«, erklärte Rosa knapp. »Hast du es dir überlegt?«

»Machen wir es kurz. Ich habe hier etwas, das ich dir geben will.« Anna zog die Schatulle aus der Handtasche und reichte sie Rosa.

Rosa machte zwei Schritte auf sie zu, griff nach der Schachtel, doch Anna zog sie ihr vor der Nase weg. »Zuerst den Kreditvertrag.«

Rosa wollte wohl protestieren, denn sie öffnete den Mund, aber dann lächelte sie. »Man kann sich noch so in edle Kleidung hüllen, seine Herkunft kann man nicht verleugnen.«

»Du musst es ja wissen, wo wir beide doch in einem Haus aufgewachsen sind«, entgegnete Anna. Sie wollte Rosa nicht den Sieg überlassen.

Diese wandte sich rasch ab, ging zum Schreibtisch, wo die Kladde lag, und hielt sie Anna entgegen. »Quit pro quo.«

»Ich bin überrascht, dass du in Latein aufgepasst hast.« Anna nahm die Kladde und reichte Rosa die Schatulle. Sie öffnete sie und fuhr mit den Fingerspitzen über die fein gearbeitete Kette.

»Ist sie nicht wunderschön?«, flüsterte Rosa, und für einen Moment blitzte unter der arroganten Maske die alte Rosa wieder auf. Die junge Frau, die Anna manchmal zur Weißglut gebracht hatte, die aber auch ihre beste Freundin gewesen war, als sie noch Kinder waren. Wie hatte sich in kurzer Zeit nur so viel verändern können?

»Ja, das ist sie. Aber dir steht sie besser. Ich wüsste nicht viel damit anzufangen. Sie gehört dir und deiner Familie.«

Anna warf einen Blick in die Kladde. Sie enthielt den Vertrag. Nur den Vertrag.

»Ich hätte gern eine Bestätigung, dass der Kredit mit heutigem Datum zurückgezahlt wurde«, sagte sie.

»Aber du hast doch jetzt das Original des Vertrags.«

»Ich mochte einen Beweis, dass ich gezahlt habe«, beharrte Anna. Ihre Stimme hatte eine Härte, die sie selbst überraschte. Aber sie würde sich ganz bestimmt nicht übers Ohr hauen lassen.

Ohne ein weiteres Wort trat Rosa wieder zu dem Schreibtisch und nahm Tinte und Feder zur Hand. Mit schnellen Strichen schrieb sie etwas auf, setzte ihre Unterschrift darunter und drückte das Siegel der Bank auf das Papier. Sie reichte es Anna. »Das dürfte genügen. Ich hätte nicht gedacht, dass du an meinem Wort zweifelst.« Rosa wirkte eingeschnappt.

»Ich gehe nur auf Nummer sicher. Es liegt nicht an dir, sondern daran, dass ich in letzter Zeit schlechte Erfahrungen gemacht habe. Weißt du, Rosa, für dich mag es aussehen, als hätte ich alles bekommen, was du dir gewünscht hast. Aber so ist es nicht. Du darfst nicht vergessen, dass ich alles verloren habe, was ich je wollte. Manchmal sollte man auch mit dem zufrieden sein, was man hat. Das Gras ist nicht immer auf der anderen Seite grüner, manchmal scheint es nur so, weil einen die Sonne blendet.«

Rosa blickte sie stumm an.

»Ich wünsche dir alles Gute.« Anna machte auf dem Absatz kehrt und verließ das Büro mit schnellen Schritten.

Auf dem Markt kaufte sie ein paar Kartoffeln und Heringe für das Abendessen. An einem Blumenstand blieb sie stehen. Es gab Nelken in einem Dunkelrot, das sie so noch nie gesehen hatte.

»Was darf es sein, Frau Robek?«, fragte die Verkäuferin, bei der sie schon öfter ihre Blumen für den Laden gekauft hatte.

»Ich nehme drei Bund von den Nelken. Sie sehen so hübsch aus, ich werde sie im Café auf den Tischen verteilen.«

Eine ältere Frau trat neben sie und musterte Anna von Kopf bis Fuß. »Ist denn Ihr Mann schon ein Jahr unter der Erde?«, fragte die Frau im strengen Ton.

Es war Edda Schwiers, ihr gehörte das Wohnhaus, das der Konditorei gegenüberlag.

»Guten Morgen, Frau Schwiers. Sie wissen so gut wie ich, dass mein Mann vor einem halben Jahr gestorben ist.«

Die Frau schnaubte laut. »Es ist nicht rechtens, dass Sie hier herumlaufen und noch nicht mal Trauerkleidung tragen. Ihre Schwiegereltern werden sich im Grab umdrehen. Aber so ist es, wenn man die uneheliche Tochter einer Köchin geheiratet hat.«

»Ihre Blumen, Frau Robek.« Die Verkäuferin reichte ihr den Strauß, den sie in Zeitungspapier eingewickelt hatte. Anna holte ein paar Münzen aus der Tasche und bezahlte. »Vielen Dank«, murmelte sie und wollte sich abwenden.

»Ist das nicht ein Skandal? Was dieses junge Ding sich herausnimmt! Spaziert hier herum, als wäre sie auf der Suche nach einem neuen Bräutigam«, schnaubte Frau Schwiers.

»Ich muss nicht suchen, den habe ich schon längst gefunden«, sagte Anna und reckte das Kinn vor. »Es wundert mich, dass Sie das noch nicht in Erfahrung gebracht haben, wo sie doch sonst immer Ihre Nase in Dinge stecken, die Sie nichts angehen.« Anna blickte auf die Nachbarin herab, weil sie wesentlich größer war.

»Das ist ja wohl die Höhe!«, rief Edda Schwiers, schnappte ihre Einkäufe und ging davon.

Die Blumenverkäuferin sah ihr kopfschüttelnd nach.

»Machen Sie sich nichts draus, Frau Robek. Frau Schwiers ist die größte Klatschbase der Stadt. Ich hoffe, Sie haben sich keine Feindin gemacht.« Sie sah Anna verständnisvoll an.

Anna winkte ab. »Was macht schon eine mehr oder weniger aus. Ich habe manchmal das Gefühl, nur noch von Feinden umgeben zu sein. Vielen Dank für die Blumen.« Sie machte sich auf den Weg nach Hause und drückte ihre Nase in die Nelken, die herrlich frisch dufteten.

Nachdem sie ihre Einkäufe verstaut und die Sträuße im Café abgeliefert hatte, ging sie hinunter ins Büro, um nach Theo Günther zu schauen.

»Frau Robek, ich muss leider sagen, die Bücher sind in einem furchtbaren Zustand. Bitte nehmen Sie mir meine Worte nicht übel. Sie hätten einigen Kunden schon längst auf die Füße treten müssen. Die nutzen Ihre Gutmütigkeit nur aus.«

Anna ließ sich auf den Stuhl vor dem Schreibtisch sinken. »Ich weiß, Herr Günther. Dafür habe ich ja jetzt Sie.«

Günther deutete auf einen Stapel Papier. »Die hier werde ich heute noch zur Post bringen. Ich habe freundlich, aber bestimmt daran erinnert, unsere letzten Rechnungen zu begleichen, ansonsten sähen wir uns gezwungen, die Lieferungen einzustellen.«

Anna hielt den Atem an. »Aber kaufen die Kunden dann nicht woanders?«

»Nicht, wenn Sie weiterhin unsere Qualität beziehen möchten. Wir haben schließlich etwas zu bieten, das machen wir uns zunutze.«

Anna gefiel, wie Günther die Sache anging. »Ich bin Ihnen sehr dankbar, Herr Günther. Ich sehe schon, dass ich mich auf Sie verlassen kann.«

»Oh, bitte danken Sie mir nicht, Frau Robek, ich werde schließlich dafür bezahlt.« Er lächelte. »Ich möchte jeden Pfennig wert sein, und bitte sagen Sie ruhig Theo. Herr Günther erinnert mich immer an meinen Vater.«

»Gern, Theo. Ich sehe, wir passen gut zusammen. Wenn Sie keine weiteren Fragen haben, gehe ich hinauf ins Café.«

»Eine Frage habe ich tatsächlich noch. Ich habe hier diesen Vertrag gefunden, der noch unterzeichnet werden muss.«

Er hielt das Dokument hoch, das Karl Linde Anna zur Unterschrift dagelassen hatte.

»Ich hoffe, Sie haben nicht vor, das zu unterschreiben. Ich weiß ja nicht, wer dieser Herr Linde ist, aber Sie würden ihm damit praktisch volle Handlungsfähigkeit einräumen. Es bedeutet, dass er allein alle Entscheidungen treffen könnte. Sie würden ihm sogar Kontovollmacht geben. Ich hoffe, Sie kennen diesen Menschen gut, denn er könnte sich mit dem Geld aus dem Staub machen und die Firma ruinieren. Ich will Ihnen keine Angst machen, aber das hier sollte gut überlegt sein.« Er legte das Papier zur Seite.

»Vielen Dank, Theo. Ich werde noch mal darüber nachdenken. Ich freue mich, dass Sie hier sind.« Anna nahm das Dokument an sich und steckte es in ihre Schürze.

***

Für den Abend hatte Anna Christian, Emil und Anton zum Essen eingeladen. Sie freute sich, endlich mal wieder für jemanden kochen zu können. Sie hatte eine große Portion Heringssalat zubereitet und Anton gebeten, Brötchen aus der Backstube mitzubringen.

»Die sind ja noch ganz warm«, rief sie erfreut.

»Sie kommen direkt aus dem Ofen«, erklärte er stolz.

»Geht schon mal ins Esszimmer, der Salat ist schon fertig.« Zum Nachtisch würde es Milchreis geben, dazu Früchte aus der Dose.

Christian schob ihr den Stuhl zurecht, und als alle saßen, blickte sie in die Runde. »Ich freue mich sehr, dass ihr hier seid. Ich mag es nicht besonders, allein zu essen, deshalb danke, dass ihr gekommen seid.« Sie hob das Glas und stieß mit den Männern an. »Ich bin verdammt stolz, euch zu haben.«

Alle langten kräftig zu.

»Das schmeckt wirklich gut«, sagte Emil, der schon bei der

zweiten Portion war. Zum Glück hatte Anna eine große Schüssel zubereitet.

»Was schlingst du denn so schnell, Emil?«, fragte Anton.

»Ich hab morgen frei und will zu meiner Familie nach Travemünde«, antwortete er. »Ich werde mitgenommen, deshalb muss ich pünktlich gehen.«

Es dauerte nicht lange, da verabschiedete er sich auch schon. »Danke für das tolle Essen, Frau Robek.«

»Ich wünsche dir einen schönen Tag bei deiner Familie.« Anna brachte Emil zur Tür und nahm kleine Gläser aus dem Schrank, zusammen mit einer Flasche Klaren. Als sie mit dem Tablett zurück ins Esszimmer kam, unterhielten sich Christian und Anton lebhaft und lachten.

»Ihr trinkt doch noch ein Gläschen mit mir?«, fragte sie.

Anton sah auf die Uhr. »Es ist schon spät, wir müssen morgen früh raus, aber ein Glas ist in Ordnung.«

Anna verteilte die Schnapsgläser auf dem Tisch, goss ein, dann holte sie die Kladde hervor. »Ich habe hier etwas, das ich mit euch besprechen will. Ihr beiden seid die Mitarbeiter, auf die Albert am meisten vertraut hat, und ich will es auch tun. Das hier ist der Kreditvertrag, den ich mit meinem … mit Direktor Quast abgeschlossen habe. Ich konnte ihn abbezahlen, und die Sache ist erledigt.«

»Wie hast du das hinbekommen?«, fragte Anton.

Anna sah Christian an, er kannte die Antwort.

»Ich habe Rosa das Collier gegeben, das ich von meinem Vater zur Hochzeit bekommen habe. Es ist mir leichter gefallen, als ich dachte. Ich bin eben keine Frau, der Schmuck wichtig ist.« Sie blickte auf die beiden Eheringe, die sie an der rechten Hand trug. Nach Alberts Tod hatte sie seinen Ring an sich genommen.

»Du hast das Richtige getan, Anna«, sagte Christian.

Anton nickte. »Wenn das Geschäft erst mal wieder richtig läuft, kannst du dir ein neues Schmuckstück kaufen. Oder du lässt dir eines schenken.« Er grinste und stieß Christian mit dem Ellenbogen an.

»Ich möchte mit euch noch über eine andere Sache sprechen.« Sie zog den Vertrag aus ihrer Schürze, den Linde ihr gegeben hatte.

»Das habe ich von Karl Linde bekommen, und Theo Günther, unser neuer Buchhalter, hat mich gewarnt, ihn zu unterschreiben. Er würde ihm unbeschränkte Handlungsfähigkeit geben, und ich war von Anfang an misstrauisch. Linde hat immer so freundlich getan und erklärt, er wolle mir helfen, aber als ich heute in der Bank war, hab ich ihn bei Rosa getroffen, und sie wirkten sehr vertraut miteinander.«

»Rosa ist doch mit Lindgren verheiratet«, warf Christian überrascht ein.

»Ja, aber sie wirkte nicht gerade glücklich«, sagte Anna nachdenklich.

»Deern, glaubst du, dass Rosa mit diesem Linde unter einer Decke steckt?« Anton schüttelte den Kopf, als könne er es nicht fassen.

Sie zuckte mit den Schultern. »Ich weiß es nicht, möglich wäre es.«

»Aber du wirst doch wohl das Dokument nicht unterzeichnen?« Christian sah sie aufmerksam an.

»Nein, ich meine, ich habe eine Menge Fehler gemacht, aber ich glaube, es wäre nicht in Alberts Sinne, wenn ich einem Fremden die Macht über die Firma einräume. Nein, ich werde das auf keinen Fall unterschreiben.«

Anton atmete erleichtert aus. »Das ist eine weise Entscheidung, mien Deern. So, ich muss los, ich denke, Christian wird dir bestimmt noch ein bisschen Gesellschaft leisten.« Er grinste verschwörerisch.

»Dann lasst uns auf diesen schönen Abend trinken.« Während Anna nur kurz daran nickte und sich schüttelte, kippten die Männer den klaren Schnaps in einem Schluck herunter.

Anna erhob sich. »Danke, Anton. Für alles, was du für mich tust.« Sie schlang die Arme um seine mächtige Taille.

»Das mach ich doch gern.« Er strich ihr über die Wange und ging hinauf in seine Dachwohnung.

Als Anna zurück ins Esszimmer kam, fand sie es leer vor. Christian hatte den Tisch abgeräumt, und sie hörte ihn in der Küche hantieren.

»Du hast deine Trauerkleidung abgelegt?«, fragte er, obwohl es offensichtlich war.

»Hältst du es für falsch?«, fragte sie und löschte die Petroleumlampe.

»Es ist deine Entscheidung, Anna.«

»Nun, es ist ja nicht so, dass ich mit kanariengelben Kleidern einkaufen gehe. Aber es gibt trotzdem Menschen, die daran Anstoß nehmen. Mir ist es egal. Ich kann die Kundschaft nicht ständig mit Trauerkleidung bedienen, das drückt auf die Stimmung.«

Christian lachte. »Da könntest du recht haben. Wie bist du mit dem neuen Mitarbeiter zufrieden?«

»Theo ist ein sehr kluger und netter Mann. Ich glaube, es ist ein Glücksfall, dass er einfach hier in den Laden spaziert ist.«

»Wir werden es schaffen, auch ohne diesen Linde. Dieser Kerl ist nicht koscher«, sagte Christian.

Anna lachte und legte ihre Arme um seinen Nacken. »Ich weiß auch genau, warum.«

»Ich sollte jetzt gehen.« Christian schaute zur Tür.

»Und wenn du hier schläfst?«, flüsterte Anna.

»Möchtest du das denn?« Er sah sie mit seinen blauen Augen an, in denen Anna ein Ja zu lesen hoffte.

»Das weißt du doch. Es gibt niemand anderen, mit dem ich das Bett teilen will. Glaubst du, Anton ahnt etwas?«

Christian lachte leise. »Er weiß es. Es gibt nichts, was er nicht weiß, und ich glaube, er freut sich für uns. Er hat gesehen, wie ich am Morgen aus deiner Wohnung gekommen bin.«

Anna schmiegte sich an seine Brust. »Dann bin ich ja beruhigt, dass wir seinen Segen haben.«

Kapitel 29

Lübeck, September 1874

Der Morgen dämmerte gerade erst herauf, als Christian aus dem Bett stieg. Er blickte auf die schlafende Anna, die aussah wie eine verführerische Sirene, doch er musste gehen. Er wollte unbedingt mit Anton sprechen, ohne dass Anna davon erfuhr. Es ging ihm nicht aus dem Kopf, was sie über Karl Linde erzählt hatte. Er wollte versuchen, mehr Informationen über den Mann zu bekommen, und wusste auch, wie er das am besten anstellen würde.

Anton übernahm für ihn die Schicht in der Backstube und lieh ihm sein Fahrrad. Christian versprach, spätestens um neun Uhr wieder zurück zu sein.

Die Brauerei von Karl Linde lag in der Nähe der Gasanstalt und des Sägewerks. Um diese Zeit waren die Arbeiter schon unterwegs zu den Werkstätten, und Christian mischte sich unter sie. Vor dem Werkstor der Brauerei bezog er Stellung und sah sich die Männer an, die hineingingen. Er musste gar nicht lange warten, da fiel ihm ein Gesicht auf, das ihm bekannt vorkam.

»Hey, Ludwig! Ludwig Säger! Wie geht es dir? Wir haben uns ja lange nicht gesehen.«

Ein junger Mann blieb stehen, als er seinen Namen hörte, und schaute Christian an. »Mensch, Christian! Stimmt, ist eine Weile her. Was machst du denn hier?« Die beiden Männer schlugen sich auf die Schulter. Sie kannten sich seit der Schulzeit und waren sich schon einige Jahre nicht mehr begegnet, hatten sich jedoch sofort wiedererkannt.

»Ich habe das von Albert gehört. Ich konnte es gar nicht glauben.« Ludwig schüttelte den Kopf.

»Ja, manchmal ist das Schicksal nicht fair. Albert war ein guter Freund.«

Ludwig nickte. »Und was machst du jetzt? Arbeitest du noch als Konditor?«

»Ja, aber ich bin auf der Suche nach etwas Neuem. Das frühe Aufstehen bin ich leid. Und du? Arbeitest du in der Brauerei?«

Ludwig nickte. »Ja, in der Abfüllung. Es gefällt mir ganz gut.«

»Und wie ist der Linde so als Arbeitgeber?«, fragte Christian.

»Den sehen wir kaum. Er hat genug Leute, die für ihn den Laden schmeißen. Der Schichtführer ist ganz in Ordnung, aber der Personalchef ist ein Arsch«, erzählte Ludwig.

»Dann führt der Linde die Brauerei gar nicht selbst?«, hakte Christian nach.

»Iwo! Dafür hat der kaum Zeit. Man munkelt ja so einiges über ihn. Er soll ja vom anderen Ufer sein«, flüsterte Ludwig und sah sich um, ob auch niemand von seinen Kollegen lauschte.

»Wie meinst du das?«

»Na, du weißt schon, er kann mit Frauen nichts anfangen. Der steht auf Männer. Man braucht ihn sich ja nur mal anzuschauen, immer gepflegt und piekfein angezogen. Er soll was mit dem Verkaufsleiter in der Firma haben. Das hat mir die Trude erzählt, die arbeitet da als Sekretärin und ist für die Begleichung der Rechnungen zuständig.«

»Was? Bist du dir sicher?«

»Na klar, das pfeifen die Spatzen von den Dächern.« Ludwig stieß einen kleinen Pfiff aus.

»Glaubst du, ich hätte Chancen, wenn ich mich bewerbe?«

»Sicher, wir brauchen immer Leute.«

»Hör mal, weißt du, wo der Verkaufsleiter wohnt, mit dem Linde was hat?«

»Klar, in dem Haus, das dem Linde gehört, Glockengießer Straße, direkt gegenüber vom Stadtarchiv. Aber wenn du eine Arbeit suchst, musst du dich im Büro bei der Personalabteilung melden. Der Betrieb wird ganz modern geführt.« Ludwig sah sich um. »Ich muss jetzt los, wenn ich zu spät komme, wird mir das vom Lohn abgezogen. Also mach's gut, und melde dich bei mir, wenn es mit der Anstellung geklappt hat. Dann sehen wir uns.«

Christian schlug ihm auf die Schulter. »Danke, Ludwig. Grüße alle zu Hause. Wir sehen uns bestimmt bald wieder.«

Christian schwang sich auf das Rad und fuhr zurück in Richtung Innenstadt. Die Glockengießer Straße lag genau am anderen Ende der Stadt. Mittlerweile waren noch mehr Leute auf den Beinen. Er bezog im Eingang des Stadtarchivs Stellung und beobachtete die andere Straßenseite. Zum Glück hielt ein Fuhrwerk und gab ihm zusätzlich Schutz. Einige Passanten fragten sich wohl, was er hier tat, daher machte er sich an dem Fahrrad zu schaffen, als hätte er eine Panne. Nach einer Dreiviertelstunde sah er Karl Linde aus einer Haustür treten. Kurz erschien dort ein zweiter Mann, der ihm eine Tasche reichte. Er trug einen Morgenrock, und sein Haar war wild zerzaust. Also hatte Ludwig ihm die Wahrheit erzählt. Linde konnte unmöglich an Anna interessiert sein. Er hatte es einzig und allein auf das Geschäft abgesehen. Das stand Christian nun klar vor Augen. Er wusste nicht, in welchem Verhältnis Linde zu Rosa Lindgren stand, doch hier steckte mehr dahinter, als Anna vermutete.

»Da bist du ja endlich«, knurrte Anton, als Christian zurück an seinen Arbeitsplatz kam. »Anna war hier und hat nach dir gefragt. Ich habe ihr erklärt, dass du etwas zu besorgen hättest.«

Christian nickte. »Danke. Es tut mir leid, es hat länger gedauert, als ich dachte, aber du wirst nicht glauben, was ich rausgefunden habe.«

»Na, ich hoffe nichts Schlimmes, denn der Kerl ist gerade mit Anna in ihrer Wohnung verschwunden.«

Panik machte sich in Christian breit. Wie war Linde so schnell hierhergekommen? Er musste eine Mietdroschke genommen haben. »Warum in ihre Wohnung? Was ist mit dem Büro?«

»Da arbeitet ja jetzt der Buchhalter. Ich denke, Anna braucht so bald wie möglich ein eigenes Büro. Was ist jetzt mit dem Linde?«, wollte Anton wissen. Er war natürlich neugierig.

»Er steht auf Männer, was beweist, dass er nur hinter der Konditorei her ist. Anna darf auf keinen Fall diese Vollmacht unterzeichnen.«

»Na, dann mal los.« Anton krempelte die Ärmel seines Hemdes hoch und gemeinsam liefen sie die Treppe zu den Wohnungen hinauf.

***

Anna war es gar nicht recht, dass sie Linde in ihre Wohnung bitten musste, aber da sie im Augenblick kein eigenes Büro hatte und Theo nicht aus seiner Arbeit reißen wollte, gab es keinen anderen Ort, wo sie mit ihm unter vier Augen sprechen konnte. Er war früh am Morgen hier aufgetaucht und wünschte, Anna zu sehen. Nun saßen sie im Salon auf dem Sofa und tranken Tee.

»Haben Sie über mein Angebot nachgedacht, liebe Anna, dass ich für einige Zeit die Geschäftsleitung übernehme und den Karren wieder ans Laufen bringe?«, fragte er und setzte die Tasse behutsam auf der Untertasse ab.

»Ich gebe zu, wir haben einige Probleme, aber ich sehe nicht, dass es hier zum Stillstand gekommen ist. So weit würde ich nicht gehen.« Anna wollte sich nicht die Butter vom Brot nehmen lassen. Sie durchschaute Linde. Er wollte ihr Angst einjagen, doch sie ließ sich nicht beirren.

»Vertrauen Sie mir, Anna. Nur wenn ich die Prokura erhalte, kann ich frei handeln.«

»Das verstehe ich, allerdings birgt es eine Menge Risiken, das können Sie nicht leugnen, Herr Linde.«

»Herr Linde? Liebste Anna, wir sind doch mehr füreinander.« Er wollte nach ihrer Hand greifen, aber sie stellte ihre Tasse auf dem Tisch ab und stand auf. Sie wollte sich nicht von ihm anfassen lassen. Diese Vertrautheit war ihr zuwider und beruhte nicht auf Gegenseitigkeit. Er nahm sich zu viel heraus, es stand ihm nicht zu.

»Nein, das kann ich leider nicht bestätigen. Ganz ehrlich, ich werde diese Vollmacht nicht unterzeichnen. Ich habe einen hervorragenden Buchhalter eingestellt und werde zusammen mit den Mitarbeitern aus den roten Zahlen kommen, jetzt, wo wir wieder Mandeln vorrätig haben.«

»Wo haben Sie die her? Ich dachte, Ihre Ladung wäre verloren gegangen, sie kann doch nicht plötzlich aufgetaucht sein, und so schnell konnten Sie ja auch keine neue Lieferung aus Spanien erhalten.«

Woher wusste er das? Anna drehte sich überrascht zu ihm um. »Sie scheinen wirklich gut darüber informiert zu sein, woher ich meine Ware beziehe.« Das machte sie hellhörig.

»Sie selbst haben es mir erzählt«, erklärte Linde, und seine Augenlider flatterten nervös.

»Oh nein, das habe ich ganz sicher nicht in dieser Weise. Ich werde den Verdacht nicht los, dass hier etwas ganz und gar nicht stimmt.«

»Wollen Sie mich der Lüge bezichtigen?« Linde hatte sich ebenfalls erhoben. »Das verbitte ich mir! Ich will nur Ihr Bestes. Sie werden mir jetzt die Prokura unterschreiben und mir die Geschäftsleitung übertragen. Sobald Ihre Trauerzeit vorbei ist, werden Sie meine Frau, dann brauchen Sie sich nicht mehr um den Betrieb kümmern. Es ist der einzige Weg!«, rief er aufgebracht.

Anna lachte hart auf. »Der einzige Weg, um sich meine Firma unter den Nagel zu reißen? Ich werde ganz bestimmt nicht Ihre Frau, und ich werde auch keine Unterschrift leisten.« Sie versuchte, sich freizumachen, doch Lindes Finger drückten sich in ihre Oberarme, dass es schmerzte.

»Aua! Sie tun mir weh! Lassen Sie mich los.«

»Stell dich doch nicht so an, ich weiß genau, was du brauchst.« Er zog sie an sich und wollte sie küssen, doch Anna wehrte sich mit allen Kräften. »Hilfe! Lassen Sie mich los!«, schrie sie laut in der Hoffnung, dass sie jemand hörte.

Plötzlich wurde Linde von ihr weggerissen und flog in den Flur hinaus.

»Was fällt Ihnen ein, Hand an Frau Robek zu legen!« Christians donnernde Stimme erfüllte das Zimmer. Er war wie aus dem Nichts aufgetaucht und hatte Linde gepackt und zu Antons Füßen geworfen.

»Was fällt Ihnen ein? Anna wird mich heiraten!«, rief Linde und zupfte seine Kleidung zurecht, nachdem Anton ihn wieder auf die Beine gestellt hatte. Er wirkte wie eine Marionette, an der jemand die Fäden in den Händen hielt.

Anton lachte auf.

»Sie wollen Anna heiraten?«, fragte Christian nach. »Dass ich nicht lache. Wollen Sie dann mit Anna und Ihrem Liebhaber eine Ehe zu dritt führen?« Er sah ihn todernst an.

»Was meinst du damit, Christian?« Anna fand endlich ihre Stimme wieder. Hatte sie das gerade richtig gehört?

»Dieser Kerl ist nicht an dir interessiert, Anna. Er lebt mit einem Mann zusammen, ich habe es mit eigenen Augen gesehen. Er will sich nur deine Firma unter den Nagel reißen. Ich hoffe nicht, dass du die Vollmacht unterschrieben hast.«

»Du meinst *diese* Vollmacht?« Anna nahm die Papiere zur

Hand und zerriss sie in der Mitte, dann noch einmal und noch mal, bis nur noch kleine Schnipsel übrig waren, und ließ sie langsam zu Boden rieseln.

Lindes Gesicht lief vor Wut rot an. »Wie kannst du es wagen! Das wirst du bitter bereuen, Anna. Du und dieser, dieser Wüstling«, wetterte er los.

»Sehen Sie zu, dass Sie Land gewinnen, und wagen Sie es nicht noch einmal, das Geschäft zu betreten, sonst bekommen Sie meine Faust zu spüren«, brüllte Christian.

»Und meine auch«, fügte Anton hinzu.

Linde wollte noch etwas sagen, doch als Christian einen Schritt auf ihn zumachte, schnappte er sich seine Mappe und rannte zur Tür.

»Meine auch!«, rief Anna hinter ihm her, als die Tür krachend ins Schloss fiel.

Die Stille, die er hinterließ, hallte laut von den Wänden wider. Plötzlich kitzelte es in Annas Hals, und sie begann leise zu lachen. Mit jedem Atemzug wurde es lauter, bis auch Christian und Anton mit seinem Bariton einstimmten.

»Er hat seinen Zylinder vergessen!«, sagte Anna und lachte noch lauter. Sie wischte sich die Tränen aus den Augen, die sie vor lauter Lachen nicht zurückhalten konnte. Dann öffnete sie das Fenster und warf den Hut hinaus. »Sie haben Ihren Zylinder vergessen!«, rief sie und lachte erneut auf, dann schloss sie das Fenster.

»Ist alles in Ordnung mit dir?«, fragte Christian, der sich als Erster wieder beruhigt hatte.

Anna nickte. »Natürlich. Danke, dass du mich gerettet hast.« Sie berührte seine Wange.

Anton räusperte sich. »Ich bin dann mal wieder bei der Arbeit.«

»Auch dir einen lieben Dank, Anton!«, rief Anna ihm zu.

»Das Schauspiel war es mir wert.« Grüßend hob er die Hand und ließ sie beide allein.

»Stimmt es? Er hat einen Liebhaber?«, fragte Anna und konnte es immer noch nicht glauben.

»Ja, ich habe mit einem Mitarbeiter der Brauerei gesprochen, er ist ein Schulfreund. Er hat mir erzählt, dass es im Betrieb ein offenes Geheimnis ist.«

»Aber warum hat er so getan, als wäre er an mir interessiert?« Anna brachte die Zusammenhänge nicht in Einklang.

»Weil er wohl hoffte, so dein Vertrauen zu gewinnen, um an die Prokura zu kommen. Sobald du unterzeichnet hättest, wäre alle Macht auf ihn übergegangen. Wer weiß, was er angestellt hätte, um die Firma an sich zu reißen oder zu ruinieren.«

»Aber er hat doch eine Brauerei, die anscheinend gute Gewinne abwirft, ich verstehe seine Beweggründe nicht.«

Christian zog Anna in eine Umarmung. »Ich schätze, es steckt jemand anderer dahinter, und Linde war nur ein Mittelsmann.«

Überrascht blickte Anna zu ihm auf. »Du denkst an Rosa? Glaubst du wirklich, sie würde so weit gehen?«

»Ich finde, sie ist schon viel weiter gegangen. Ihr ist alles zuzutrauen. Wir sollten diese Frau aufhalten, bevor sie noch großen Schaden anrichtet.«

»Ich bin mir sicher, dass Linde auch hinter den verschwundenen Mandeln steckt. Er muss die Lieferung abgefangen haben. Wie er das anstellen konnte, weiß ich allerdings nicht.«

»Für das richtige Geld findet man überall Leute, die einem einen Gefallen tun«, murmelte Christian nachdenklich.

»Ja, da hast du vermutlich recht. Ich frage mich, wo er die Mandeln lagert. Er wird sie ja wohl kaum in der Trave versenkt haben.« Anna biss sich auf die Unterlippe.

»Wenn du willst, stelle ich ein paar Nachforschungen an«, schlug Christian vor, doch spürte sofort, dass Anna nicht begeistert war.

»Nein, das will ich nicht. Es reicht, wenn ich gegen Rosa kämpfen muss. Vielleicht sollte ich mit meiner Schwester mal ein paar Takte sprechen. Ich bezweifle, dass sie weiß, mit wem sie sich da verbündet hat. Eventuell können wir sie zum Aufgeben bewegen.«

Zweifelnd blickte Christian sie an. »Glaubst du, dass das eine gute Idee ist?«

Anna zuckte mit den Schultern. »Nein, aber es wäre zumindest einen Versuch wert. Diese Stadt ist eigentlich groß genug für uns beide.«

Kapitel 30

Lübeck, Oktober 1874

Anna brauchte einige Zeit, bis sie sich im Klaren darüber war, ob sie in die Offensive gehen sollte. Dass sie Theo Günther eingestellt hatte, zahlte sich schon nach einigen Wochen aus, als ausstehende Zahlungen endlich eintrafen. Gemeinsam richteten sie ein weiteres Arbeitszimmer ein und verlegten die Büroräume in die zweite Etage des neuen Gebäudes. Es war eigentlich als Wohnung vorgesehen gewesen, doch so, wie es aussah, benötigten sie mehr Platz, jetzt wo der Betrieb wuchs, und das alte Büro im Souterrain konnte als zusätzlicher Lagerraum genutzt werden.

Anna war sicher, hätte es Albert noch an ihrer Seite gegeben, wäre er sehr stolz darauf gewesen, wie sich die Dinge entwickelten. Dass sie nun die Raten für den Kredit los war, erleichterte ebenfalls das Geschäftsleben. So beschloss sie, jemanden einzustellen, der die Lebensmittel- und Süßwarenläden in der Umgebung besuchte, um ihr Marzipansortiment vorzustellen. Sie packten Geschenktüten mit kleinen Proben, besonders die Marzipankartoffeln waren bei den Kunden sehr beliebt.

Ein junger Mann namens Egon Schumann wurde als Handlungsreisender eingestellt. Zusammen mit ihm entwickelte Anna eine hübsche kleine Kiste, die Proben des Sortiments enthielt und die Initialen des Geschäfts trug sowie die Farben Blau und Gelb wie die Markise, die sie bei sonnigem Wetter ausfuhren, um die Schaufenster der Konditorei vor der Wärme zu schützen. Der junge Mann schien ein richtiges Verkaufstalent zu sein. Wenn es so weitergeht, werde ich noch eine eigene Fabrik für die Herstellung des Rohmarzipans bauen müssen, sagte Anna lachend, denn Christian und die Mitarbeiter kamen kaum mit der Produktion nach. Egon war es auch, der das Marzipan zu den Ausschreibungen der Lebensmittelinnung einreichte und sie prompt prämiert wurden.

Das Zertifikat ließ Anna rahmen und hängte es im Eingangsbereich der Konditorei auf, damit jeder Kunde es sofort sah. Ebenso sorgte sie dafür, dass Antons Meisterbrief einen Platz an der Wand fand.

Jeden Mittwoch und Samstag ging sie auf den Markt, um frische Blumen für das Café und das Studierzimmer zu besorgen. Ab und an machte sie einen Abstecher in die Buchhandlung, um neue Bücher anzuschaffen. Die Idee mit dem Studierzimmer hatte sich als wahre Goldgrube erwiesen. Mittlerweile gab es ein festes Publikum, das regelmäßig das Café besuchte und sich dorthin zurückzog, um dort in Ruhe in ein Buch hineinzuschauen und dabei Kaffee und köstlichen Marzipankuchen zu genießen. Auch lief der Verkauf von Marzipanprodukten wie dem Kleeblatt, dem Holstentor oder den Kartoffeln überraschend gut. Die kleine Flaute nach Bekanntwerden von Alberts Tod war vorüber, und die Konditorei war wieder allseits beliebt.

Als Anna an diesem Samstag über den Markt schlenderte, kündigte sich ein Schauer an, und sie flüchtete vor dem Regen in die Buchhandlung. Herr Lieder, der Inhaber, begrüßte sie freundlich, denn sie kaufte nicht nur Bücher für das Studierzimmer, sondern auch das eine oder andere für sich selbst. Darunter *Ideen zur Philosophie der Geschichte der Menschheit* von Johann Gottfried Herder und immer wieder einen Band der *Brockhaus Enzyklopädie.*

»Ich habe wieder einen neuen Brockhaus-Band für Sie, Frau Robek«, rief Johann Lieder ihr zu, als Anna den Laden betrat.

»Wie wunderbar. Legen Sie ihn schon mal bereit. Ich schaue mich noch ein wenig um«, erklärte Anna und wandte sich dem Regal mit den Zeitungen und Zeitschriften zu. Sie wollte sich danach umsehen, ob sie nicht auch etwas speziell für Frauen im Studierzimmer auslegen konnte, als ihr jemand in den Weg trat.

»Oh, Entschuldigung.« Die Dame wandte sich um, und Anna erkannte Rosa erst auf den zweiten Blick. Sie hatte sich verändert. Das Kleid hoch geschlossen, und obwohl sie ein Regencape trug, erkannte Anna, dass Rosa in anderen Umständen war.

»Rosa!«, entfuhrt es ihr verblüfft.

»Anna, guten Tag. Was für ein Zufall, dich hier zu treffen.«

Das hätte eher Anna behaupten können, denn von Büchern hatte Rosa sich immer ferngehalten.

»Wie geht es dir?«

»Wie geht es *dir?*«, fragte Anna und blickte auf ihren Bauch, der eine erste Rundung zeigte. »Wie ich sehe, steht bald ein freudiges Ereignis ins Haus.« Niemals hätte Anna gedacht, dass Rosa ein Kind bekommen würde. Sie hatte für Kinder nichts übrig, das hatte sie mehr als einmal betont. Und nun stand sie hier vor ihr und trug eines unter dem Herzen.

»Mir geht es ausgezeichnet. Was man von dir ja wohl kaum sagen kann, wo du Herrn Linde den Laufpass gegeben hast. Die ganze Stadt spricht davon, dass er dir nicht gut genug war. Dabei hättest du keine bessere Partie machen können. Immerhin bist du eine Witwe, das solltest du nicht vergessen, da darf man nicht so wählerisch sein. Aber du hattest ja schon immer einen schlechten Geschmack. Nicht nur bei deiner Kleiderwahl.«

Immer noch die gleiche alte Rosa, die auf Streit aus war.

»Wie könnte ich das vergessen. Aber ich denke, die Leute sprechen über etwas ganz anderes, wenn es um Karl Linde geht«, sagte Anna leise. Im Laden befanden sich noch weitere Kunden, und sie wollte nicht, dass sie jemand hörte.

»Was willst du damit andeuten? Ich habe ganz bestimmt kein Verhältnis mit Linde, schließlich bin ich eine verheiratete Frau.«

Anna lächelte. »Nein, du ganz bestimmt nicht, dafür hast du schließlich das falsche Geschlecht.«

Rosa sah sie verwirrt an.

»Linde mag Männer und lebt mit einem anderen Mann zusammen. Es wundert mich, dass du darüber keine Kenntnis hast, wo du doch mit ihm unter einer Decke steckst. Glaubst du wirklich, ich wäre so dumm, euer Spiel nicht zu durchschauen? Du wolltest mich ruinieren, und er wollte meine Firma. Aber es tut mir leid, ich bin euch auf die Schliche gekommen. Niemals würde ich einem Fremden Prokura erteilen. Für wie dumm ihr mich gehalten habt!« Anna lachte hart auf und schüttelte den Kopf.

»Was redest du denn da? Karl liebt keine Männer, das müsste ich ja schließlich ...«, abrupt hielt sie inne und strich sich über den Bauch. Verlegen blickte sie zur Seite.

In diesem Moment erkannte Anna die Wahrheit. »Bitte, Rosa, sag mir nicht, dass das Kind von Linde ist.« Ihre Worte waren nur noch gehaucht.

»Ich weiß nicht, worauf du da anspielst. Das ist ja völlig verrückt. Bitte halte dich in Zukunft von mir fern. Du bringst mich mit deinen haltlosen Verdächtigungen noch in Teufels Küche.« Rosa wollte sich abwenden, aber Anna hielt sie am Arm fest.

»Rosa, bitte, so muss es doch nicht zwischen uns sein. Wir können unseren Streit beilegen. Du hast doch jetzt das, was du wolltest. Es gibt keinen Grund, dass wir uns weiter anfeinden.«

Rosa blickte auf die Hand, mit der Anna sie festhielt. Daraufhin ließ Anna von ihr ab und trat einen Schritt zurück. Ihre Schwester blieb stumm, was Anna Antwort genug war.

»Nun gut, ich wünsche dir und deinem Kind alles Gute.«

Rosa wandte sich ab und verließ den Laden. Durch das Schaufenster sah Anna, wie sie über den Marktplatz hinüber zu dem Bankgebäude ging.

Anna schüttelte den Kopf. Sie hätte nicht gedacht, dass Rosa so halsstarrig wäre. Sie bekam ein Kind, das doch ein Grund zur Freude war, aber Rosa hatte keinesfalls glücklich ausgesehen.

Schnell bezahlte Anna die Bücher und machte sich auf den Heimweg. Zu Hause bereitete sie das Abendessen für sich und Christian vor. Sie lebten jetzt gemeinsam in Annas Wohnung und wollten im nächsten Jahr Christians Wohnung zur Vermietung anbieten. Es würde zusätzliche Geld einbringen, aber sie wollten warten, bis Annas Trauerzeit vorüber war. Die Männer arbeiteten in dieser Zeit in einer Vierzehn-Stunden-Schicht, weil in der kommenden Weihnachtszeit große Mengen Marzipanrohmasse gebraucht wurden. Es gab auch Konkurrenten am Markt, aber deren Qualität war nicht so gut, weil der Zuckeranteil höher war. Es war bekannt, dass Robek-Marzipan fast ohne Zuckerzusatz hergestellt wurde. Für das Weihnachtsgeschäft wurde buntes Obst aus der Masse hergestellt, das gern gekauft und verschenkt wurde. Auch weihnachtliche Motive, wie Sterne, Tannenzapfen und hübsch verpackte Taler. Sie wurden in kleine Schmuckdosen sortiert, die sowohl verschickt als auch im Laden zum Verkauf angeboten wurden.

»Wir haben heute eine neue Lieferung Mandeln aus Spanien erhalten. Diesmal scheint alles glatt gelaufen zu sein«, erzählte Christian, während er sich müde am Abend an den Esstisch setzte. »Ein Braten an einem Samstag?«, fragte er überrascht, weil er es gewohnt war, dass es nur sonntags ein schönes Stück Fleisch gab.

»Du arbeitest so viel, da brauchst du auch ein anständiges Essen«, erklärte Anna und legte ihm eine dicke Scheibe Schweinebraten auf den Teller. Dazu gab es Kartoffelstampf und Möhrengemüse mit Bohnenkraut.

Er lächelte sie dankbar an. »Ich glaube, wir sollten noch jemanden für die Produktion einstellen«, sagte er. »Jemanden, der gut mit dem Pinsel umgehen kann, um das Obst und die Sterne zu bemalen. Es hält Emil und auch mich auf, denn das Marzipanobst wird immer beliebter.«

Anna nickte. »Ja, Herr Schumann kommt nächste Woche aus Berlin zurück. Ich bin gespannt, wie groß die Bestellungen sein werden. Er hat telegrafiert, dass wir schon mal die Walzen anschmeißen sollen.« Sie lachte auf.

»Na, das hört sich nach einem guten Geschäft an.«

Anna nickte. »Schumann ist wirklich ein begnadeter Verkäufer. Er könnte den Eskimos Packeis verkaufen.«

Christian blickte sie überrascht an. »Woher kennst du die Eskimos?« Er schnitt das Fleisch in mundgerechte Stücke.

»Ich habe heute im Brockhaus darüber gelesen.«

»Ah, du warst also wieder in der Buchhandlung«, stellte Christian fest. Er wusste, wie gern Anna sich dort aufhielt.

»Ja, und dort habe ich Rosa getroffen.«

»Aha.« Christian schien abzuwarten, dass sie noch mehr erzählen würde.

»Du wirst es nicht glauben, sie ist schwanger. Sie bekommt ein Kind, aber nicht von ihrem Mann, wie ich glaube, sondern von Linde.« Nun war die Neuigkeit, die ihr schon den ganzen Tag auf der Seele lag, heraus.

»Von Karl Linde?«, fragte Christian ungläubig.

»Ja! Sie hat es nicht zugegeben, aber für mich ist es ganz klar, so, wie sie reagiert hat, als ich ihr davon berichtete, dass

Linde mit einem Mann zusammenlebt. Sie ist beinahe in Ohnmacht gefallen. Sie kann einem schon ein wenig leidtun.«

»Ich weiß nicht. Glaubst du, sie würde ihre Ehe für Linde aufs Spiel setzen?« Christian schien von der ganzen Sache nicht so überzeugt zu sein wie Anna.

»Sie hat es nicht gewusst, das habe ich ihr angesehen. Ich hoffe, dass Lindgren ihr nicht auf die Schliche kommt. Ich kann mir nicht vorstellen, dass ein Mann über diese Art von Untreue hinwegsehen könnte.

Eigentlich geht es uns ja auch nichts an«, sagte Anna nachdenklich und schob den Teller von sich. Sie hatte heute gar keinen Hunger.

»Hast du ein neues Kleid?«, fragte Christian und musterte sie.

»Ja, ich hab wohl zu viel von dem Marzipan genascht und bin an den Hüften runder geworden. Ich habe es selbst genäht. Gefällt es dir?«

»Das Dunkellila steht dir sehr gut.«

Anna erhob sich und küsste seine Wange. »Danke für das Kompliment.«

Sie steckte sich eine Marzipankartoffel in den Mund. »Langsam werde ich meine beste Kundin«, sagte Anna und lachte.

»Nur gut, dass wir keinen Alkohol herstellen.«

»Warum eigentlich nicht?«, fragte Anna.

»Warum wir keinen Alkohol herstellen?«, fragte Christian irritiert nach.

»Nein, ich meine, warum stellen wir keinen Varianten mit Alkohol her. Zum Beispiel kleine Marzipanäpfel verfeinert mit Calvados oder Marzipankartoffeln mit Gin.«

»Marzipantäfelchen mit Rum-Krokant«, schlug Christian vor.

»Das käme in der Weihnachtszeit bestimmt gut an.« Anna

schlang ihre Arme um seinen Hals und ließ sich auf seinen Schoß nieder.

»Was für eine wundervolle Idee. Ich werde kleine Geschenkdosen dafür besorgen.« Sie küsste Christian innig und legte ihre Stirn an seine. »Ich bin so glücklich, dich zu haben, dass es mir fast schon unheimlich ist. Ich habe große Angst, dich wieder zu verlieren.«

»Nein, Anna, du hast Angst vor dem Leben. Du hast verlernt, wie man glücklich ist. Aber ich werde dir zeigen, wie es funktioniert, mein Schatz.«

Kapitel 31

Lübeck, November 1874

Anna fühlte sich schon eine ganze Weile nicht gut, doch sie führte es auf den Stress zur Weihnachtszeit zurück. Egon Schumann hatte einige große Bestellungen aus Berlin und dem Umland mitgebracht, war aber sofort wieder aufgebrochen und Richtung Stralsund gereist. Er war unermüdlich darin, das Robek-Marzipan in ganz Deutschland bekannt zu machen.

Christian bestand darauf, dass Anna einen Arzt aufsuchte. Er hatte Angst, dass es etwas Ernstliches war, und auch Anna wollte endlich Klarheit, woher ihre Übelkeit und die Abneigung gegen rohes Fleisch und Fisch kam. Sie hätte auch ihre Mutter fragen können, aber Stina verbrachte mit Friedrich den Winter in Italien, weil der Medizinalrat dort das Klima besser vertrug als das kalte Wetter in Deutschland.

So suchte Anna die Praxis von Doktor Pauly auf, der sich freute, sie wiederzusehen.

»Sie verfügen über eine erstaunliche Kondition und sind selten krank, Frau Robek.« Er schüttelte ihr die Hand.

»Danke, Herr Doktor, aber im Moment geht es mir nicht so gut, deshalb bin ich hier.«

Der Doktor deutete auf die Liege. »Bitte nehmen Sie Platz, dann werden wir Sie mal untersuchen.«

Die Helferin betrat den Raum und reichte Doktor Pauly die Patientenkarte.

»Ihr Puls ist ziemlich hoch«, stellte er sofort fest.

»Wir haben im Moment eine Menge zu tun, aber ich will

nicht klagen, denn es war auch mal anders, kurz nachdem mein Mann gestorben ist.«

Der Arzt nickte. »Ja, Albert ist schon eine Weile nicht mehr unter uns. Ich denke, Sie haben es als junge Frau nicht leicht, so ganz allein.«

»Ich bin nicht allein, Herr Doktor. Ich habe viele Mitarbeiter, auf die ich mich verlassen kann. Allen liegt das Geschäft am Herzen, ich hätte es nicht besser treffen können.«

»Nun, dann wollen wir mal schauen, woher ihre Beschwerden rühren.« Doktor Pauly lächelte sie freundlich an, dann wurde er ernst.

***

Voller Ungeduld wartete Christian darauf, dass Anna von Doktor Pauly zurückkehrte. Sie war in der letzten Zeit sehr blass und hatte viel gearbeitet. Theo Günther leistete als Buchhalter gute Arbeit, sodass Anna im Café und der Konditorei bedienen konnte und, wenn ihr Zeit blieb, um in der Manufaktur zu helfen, Marzipankartoffeln herzustellen. Christian genoss es, sie dort um sich zu haben, doch es wurde langsam zu viel. Sie sah müde aus und schlief oft länger als früher.

Die Hintertür fiel ins Schloss, aber Anna kam nicht, wie erwartet, in die Manufaktur. Christian hörte sie mit schnellen Schritten die Treppe zu ihrer Wohnung hinauflaufen.

»Emil, ich bin kurz oben, bin gleich zurück!«

»Alles klar, Chef!«, rief Emil und grinste breit. Er nannte ihn so, seit er wusste, dass Christian mit Anna in einer Wohnung lebte.

Er nahm gleich zwei Stufen auf einmal und trat durch die Tür. Tagsüber war die Wohnung nie verschlossen, weil nur Mitarbeiter in diesem Trakt des Hauses wohnten.

Anna saß auf dem Sofa. Sie war weiß wie die Wand, hielt

ein Spitzentaschentuch in der Hand, und auf ihren Wangen waren Tränenspuren zu erkennen.

»Was ist los, Anna?« Christian ging vor ihr auf die Knie und umfasste ihre Hände, die leicht zitterten.

Sie blickte ihn an, dann schüttelte sie den Kopf und erneut rannen Tränen ihr die Wangen hinunter.

»Bist du krank? Ist es etwas Ernstes? So sprich doch mit mir, Liebste.« Angst kroch ihm den Nacken hinauf. Was wenn sie unheilbar krank war? Er würde es nicht überleben, wenn er Anna verlieren würde.

»Ich kann nicht«, brachte Anna endlich hervor.

»Was kannst du nicht? Mit mir sprechen? Aber warum denn nicht?« Er küsste ihre Hände, die ganz kalt waren, was aber bei diesem Wetter kein Wunder war. »Hat Doktor Pauly es verboten?« Er wurde aus ihren Worten nicht schlau. Diese verfluchte Angst schnitt ihm immer mehr die Luft ab.

Anna schüttelte den Kopf. »Nein, aber ich kann es dir nicht sagen.«

Oh Gott! Er hätte sie am liebsten geschüttelt. »Weil was?«

»Weil es so furchtbar ist. Die Leute werden mit den Fingern auf uns zeigen«, schluchzte Anna verzweifelt.

Christian wusste zwar nicht, welche Krankheit so schlimm war, dass die Menschen dafür kein Verständnis haben würden.

»Ich bezweifle, dass du dich mit Lepra angesteckt hast.« Es war das Erste, was ihm dazu einfiel.

Energisch schüttelte Anna den Kopf. »Nein, es ist schlimmer«, flüsterte sie und starrte ihn erschrocken an.

Was konnte denn schlimmer als eine unheilbare Krankheit sein? Er wurde aus Annas Worten nicht schlau.

»Ich bin in anderen Umständen … ich … nein, wir … wir bekommen ein Kind, Christian.« Ihre Stimme war nur ein leises Flüstern, dennoch verstand er jedes Wort.

»Wie bitte? Ist das wahr?«, fragte er und brauchte einige

Sekunden, bis diese Botschaft in seinem Kopf ankam. »Du meinst, wir werden Eltern?« Christian sprang auf die Füße und lief hin und her. Er musste sich bewegen, weil diese Nachricht so verrückt war, dass er nicht still sitzen konnte. »Aber das ist doch nicht schlimm, Anna. Außer, du willst keine Kinder.«

»Doch! Natürlich will ich Kinder mit dir!«, rief sie und erhob sich von dem Sofa. »Albert und ich haben immer versucht, ein Kind zu bekommen, aber es hat nicht geklappt. Und wir beide sind nur ein paar Monate zusammen, und schon bin ich schwanger. Das ist doch verrückt! Wir sind noch nicht mal verheiratet. Ich will aber kein Kind, das unehelich geboren wird. Ich weiß aus eigener Erfahrung, wie es ist, keinen Vater zu haben. Das will ich meinem Kind nicht antun. Der Zeitpunkt ist einfach ein falscher!« Anna redete so schnell, dass Christian gar nicht dazwischen kam.

»Aber das Kind wird einen Vater haben! Ich werde der Vater sein, und du wirst meine Frau. Wir werden heiraten, sobald wir Zeit dafür finden. Noch bevor das Kind zur Welt kommt, noch bevor man sieht, dass du schwanger bist.«

»Aber die Kirche wird unsere Ehe niemals billigen«, wandte Anna ein.

»Dann heiraten wir im Rathaus. Ich habe in der Zeitung gelesen, dass nach dem Reichspersonenstandsgesetz die Zivilehe im Deutschen Reich eingeführt wird. Sie muss von einem staatlichen Standesbeamten beurkundet werden. Wir müssen uns nicht an die Kirche halten. Aber darüber können wir uns noch Gedanken machen, wenn es so weit ist. Jetzt will ich erst einmal, dass du dich ausruhst. Du musst dich schonen. Und vor allem musst du dich freuen … Ein Kind ist etwas Wunderbares!« Er nahm Annas Hände und küsste sie. »Du hast keine Ahnung, welche Freude du mir mit dieser Nachricht machst.«

Anna blickte ihn zweifelnd an. »Das sagst du jetzt aber

nicht nur so und bist morgen verschwunden?«, fragte sie vorsichtig.

Christian begann laut zu lachen und hob sie hoch. »Was hast du nur für verrückte Ideen, meine geliebte Anna. Ich würde dich niemals verlassen. Wie kommst du nur auf diese Idee?«

»Bitte lass mich runter, ich bin doch viel zu schwer.«

»Du vergisst, dass du einen starken Mann hast. Ich werde dich noch tragen können, wenn du kugelrund bist.« Dennoch stellte er Anna wieder auf den Füßen ab.

»Oh mein Gott! Was werden nur die Leute sagen, wenn ich mit einem runden Bauch hinter der Theke stehe.« Sie schlug sich eine Hand vor den Mund.

»Anna! Hat uns je interessiert, was die Leute denken? Es ist uns egal. Sie werden tratschen, so wie sie es immer tun, und am nächsten Tag werden sie etwas anderes finden, worüber sie sich die Mäuler zerreißen.« Er zog sie in seine Arme. »Ich bin so froh, dass du nicht krank bist. Meine Angst war groß, dass ich dich verlieren könnte. Aber dass wir bald nicht mehr allein sein werden, damit habe ich auf keinen Fall gerechnet. Ich werde Vater, und es wird bestimmt ein strammer Sohn, der irgendwann die Manufaktur weiterführen wird.«

Anna lächelte. »Und wenn es ein Mädchen wird?«

»Dann wird sie nach dir kommen und eine wunderbare Geschäftsfrau werden.« Christian beugte sich hinunter und küsste Anna zärtlich. Er legte seine ganze Liebe in diesen Kuss, sodass Anna ihren Kummer vergaß und erleichtert aufseufzte.

Sie beschlossen, ihr kleines Geheimnis erst einmal für sich zu behalten. Noch war nichts zu sehen, und in der Weihnachtszeit hatten alle so viel zu tun, dass man ohnehin nicht auf Annas Bauch achtete. Sie hatten Lotte Schäfer, eine Frau mittleren Alters, eingestellt, die in ihrer Freizeit gerne malte und nun für das Einfärben der Marzipanmodelle mit Lebensmittelfarbe zuständig war. Für das neue Jahr wurden Kleeblätter und Glücksschweine entworfen.

»Wir sollten auch Schornsteinfeger herstellen. Die bringen doch auch Glück«, überlegte Lotte laut, als sie zusammen mit Anna am Maltisch saß, die sich um die Marzipankartoffeln kümmerte.

»Das ist eine sehr gute Idee. Ich werde mit der Produktion sprechen, ob sie in der Lage sind, Vorlagen für Schornsteinfeger herzustellen. Ich könnte mir vorstellen, dass die sehr beliebt wären. Wer möchte nicht ein bisschen Glück für das neue Jahr?«

Anton kam an der Tür vorbei und warf einen kurzen Blick in den Raum. »Alles gut bei dem jungen Gemüse?«, fragte er gut gelaunt.

»Na ja, so jung bin ich nicht mehr«, erwiderte Lotte und strich sich das brünette Haar aus dem Gesicht, in dem schon einige graue Strähnen zu sehen waren.

»Quatsch, Lotte! Sie sind doch noch ein junger Hüpfer, im Gegensatz zu mir«, erklärte Anton und lachte dröhnend auf.

»Was reden Sie denn da? So alt sind sie auch nicht.«

»Siebenundfünfzig«, sagte Anton und blickte Lotte aufmerksam an.

»Dann sind sie gerade mal sechs Jahre älter als ich«, erklärte sie und lächelte. »Er ist doch nicht alt, oder?«, fragte sie an Anna gerichtet.

Anna schüttelte den Kopf. »Nein, auf keinen Fall. Anton ist ein starker Mann, der das beste Brot der Stadt backt. Das hält ihn jung. An seiner Stelle altert nur das Brot.« Die Frauen lachten auf.

»Ich habe in meiner Wohnung ein Brot, das schon ganz schrumpelig ist«, sagte Anton und grinste. »Ich sollte es Christian vererben.«

»Das braucht er nicht, ich werde schon dafür sorgen, dass

er frisch und knackig bleibt«, erklärte Anna voller Überzeugung.

Anton winkte lachend ab und ging wieder an die Arbeit.

»Er ist schon ein schöner Mann«, murmelte Lotte, ohne von dem Kleeblatt, das sie gerade bemalte, aufzusehen.

»Er ist nicht verheiratet«, sagte Anna und schaute ebenfalls nicht auf.

»War er denn mal verheiratet?«

»Ich glaube nicht. Aber ich denke, er ist interessiert.«

Nun legte Lotte den Pinsel zur Seite. »Warum glauben Sie das?« Sie blickte Anna an.

»Er unterbricht niemals seine Arbeit, um ein Schwätzchen zu halten, er erzählt niemandem, wie alt er ist und, und er sieht Sie an, als wären Sie eine leckere Marzipanpraline.«

Erschrocken blickte Lotte auf. »Na, dann wollen wir hoffen, dass die Füllung nicht schon ausgetrocknet ist. Bei einer einundfünfzig Jahre alten Praline.«

Die Frauen sahen sich an und brachen wieder in Gelächter aus.

»Na, hier herrscht ja gute Stimmung«, sagte Christian beim Eintreten.

»Was hältst du davon, wenn wir Schornsteinfeger aus Marzipan verkaufen, als Glücksbringer für das neue Jahr? Bekommt ihr dafür eine Vorlage hin?«

Christian überlegte einen kurzen Augenblick, dann nickte er. »Natürlich, wir nehmen mich als Vorlage«, erklärte er und stellte sich in Pose.

Anna und Lotte kicherten.

»Ein Glück, dass du ein Zuckerbäcker bist, sonst würdest du nach Ruß stinken, wenn du am Abend nach Hause kommst. Da ist mir Rosenwasser lieber.«

Christian gab ihr einen Kuss auf den Mund. »Da bin ich ja froh. Ich spreche mit Anton über den Schornsteinfeger«, rief er und kehrte zurück an seine Arbeit. Es herrschte Hochbetrieb, und niemand nahm sich lange Zeit für eine lange Pause.

»Puh, ich bin wirklich froh, wenn die Weihnachtstage vorbei sind, dann wird es wieder ruhiger«, erklärte Anna. »Ich bin sehr froh, dass ich Sie gefunden habe.«

»Und ich bin froh, dass Sie mir die Arbeit gegeben haben, sonst hätte ich meine Miete nicht mehr bezahlen können. Sie haben mir das Leben gerettet, Frau Robek.«

Anna winkte ab. »Wollen wir uns nicht duzen? Ich weiß, Sie sind die Ältere, aber …«

»Gerne, ich bin Lotte«, sagte sie schnell.

»Ich bin Anna. Wie verbringst du die Weihnachtstage?«

Lotte hob die Schultern. »Vermutlich allein. Ich habe nur noch eine Schwester, aber sie lebt im Rheinland. Wir schreiben uns ab und an Briefe.«

»Möchtest du dann nicht Heiligenabend mit uns verbringen? Ich werde etwas Leckeres kochen.«

Lotte zögerte. »Das ist sehr freundlich, aber ich möchte nicht stören.«

»Anton wird auch dabei sein«, sagte Anna dann mit einem kleinen Schmunzeln auf den Lippen. »Von Stören kann also keine Rede sein.«

»Ich überleg's mir«, sagte Lotte und konzentrierte sich wieder auf ihre Arbeit, doch Anna sah, dass auch sie lächelte. »Nun gut, ich habe es mir überlegt. Vielen Dank für die Einladung, ich komme gern.«

»Das ist ja schön! Dann sind wir zu viert, ich mag es, wenn es ausgeglichen am Esstisch ist. Wir werden um Mitternacht die Christmette besuchen. Das ist dir doch recht, oder bist du Atheistin?«

Lotte schüttelte den Kopf. »Für einen Kirchbesuch mit Anton werde ich sogar wieder gläubig«, erklärte sie, und die Frauen lachten wieder.

Kapitel 32

Lübeck, Dezember 1874

Das Café war an Heiligenabend nur bis zur Mittagszeit geöffnet und würde erst wieder nach dem zweiten Feiertag öffnen. Anna war froh über die freien Tage. Sie hatten in den letzten Wochen viel gearbeitet, und nun konnte endlich einmal Ruhe einkehren. Das Weihnachtsgeschäft hatte sie aus den roten Zahlen gebracht und nahm ihr eine große Last von den Schultern.

Sie hatte für alle Geschenke besorgt, die nun unter dem kleinen Tannenbaum lagen, den Christian im Salon aufgestellt hatte. Anna hatte ihn mit Lebkuchensternen und Schokoladendekoration geschmückt. Dazu baumelten Sterne aus Bast und Stroh an den Zweigen. Ein goldener Stern saß auf der Spitze, die Anna in einem Schrank gefunden hatte.

Sie hatte allen Angestellten etwas geschenkt und ihnen jeweils etwas Weihnachtsgeld in einen Umschlag gesteckt, was besonderen Anklang fand. Emil war zu seiner Familie gefahren. Zum Abendessen hatte Anna eine deftige Frischcremesuppe gekocht. Auch wenn sie keine sehr gläubigen Menschen waren, würden sie die Christmette besuchen. Danach würde es noch Bratwürstchen mit Sauerkraut geben.

Anton hatte sich in seinen besten Anzug geworfen, und Lotte trug ein schönes Kleid aus dunkelgrüner Seide. Anna hatte schon wieder ein Kleid ändern müssen, weil es an den Hüften spannte. In den dunkelblauen Stoff waren kleine Karos eingewebt.

»Das Essen war köstlich«, lobte Anton, nachdem sie fertig

waren und noch eine Tasse Tee tranken, um sich für die Kälte draußen zu wappnen.

»Wollen wir die Geschenke auspacken?«, fragte Anna, stand auf und holte drei der Päckchen, die unter dem Baum lagen. Zu ihrer Verwunderung lag dort noch ein weiteres, das nicht von ihr stammte. Sie hatte keine Ahnung, wie es dorthin gekommen war.

»Frohe Weihnachten, Anton«, wünschte sie ihm und übergab ihm sein kleines Geschenk. Voller Freude packte er eine neue Pfeife und Tabak aus.

»Das hier ist für Lotte«, verkündete Anna und reichte ihr ein Päckchen.

»Das ist nicht fair, davon hast du nichts gesagt. Jetzt stehe ich hier mit leeren Händen.« Lotte sah sie traurig an.

»Aber das macht doch nichts. Ich tue das doch nicht, um auch etwas zu bekommen. Dass ihr hier seid, ist für mich das größte Geschenk, das ihr mir machen könnt.«

Ihre Worte besänftigen Lotte ein wenig, und sie packte ihre Überraschung aus. Es war ein schöner Winterschal aus dunkelroter Wolle.

»Oh, wie wunderbar weich er ist. Vielen Dank, Anna.« Sie nahm sie in die Arme und drückte sie fest.

»Und dann habe ich hier noch ein Geschenk für Christian.«

Das Päckchen hatte eine rote Schleife, und er konnte es gar nicht schnell genug auspacken. Eine Krawatte mit einer silbernen Nadel, an deren Ende eine große Perle saß. »Ich hoffe, sie gefällt dir.«

Christian hielt die Krawatte in die Höhe, damit Anton und Lotte sie genau betrachten konnten.

»Sehr edel, mein Freund. Aus dir wird noch ein erwachsener Mann«, tönte Anton und lachte.

»Du wirst noch staunen, *wie* erwachsen, Anton. Ich habe hier auch etwas.« Christian ging zum Weihnachtsbaum und holte das letzte Geschenk, das noch übrig war. Er reichte es Anna und schien voller Ungeduld darauf zu warten, dass sie es endlich auspackte. Es war eine kleine Schatulle, die mit goldenen geschwungenen Lettern versehen war. *Stabenow* – stand dort und darunter *Stralsund.*

Überrascht blickte Anna auf. »Stralsund?«, fragte sie verblüfft.

»Mach es auf.«

Anna öffnete das kleine blaue Kästchen und sah zwei Ringe, die auf Samt gebettet waren.

»Ich weiß, meine geliebte Anna, es ist noch zu früh, aber da wir heute einen besonderen Tag haben und mit unseren Freunden hier sind, will ich die Gelegenheit nutzen und dich fragen, ob du meine Frau werden willst?« Christian hielt die Luft an und sah sie ernst an.

»Christian! Ich weiß gar nicht, was ich sagen soll.« Anna war einen Augenblick verwirrt und strich mit den Fingerspitzen über das Gold. »Ja, natürlich will ich dich heiraten, mein Liebster!«, sagte sie dann und fiel ihm um den Hals.

»Oh mein Gott, was für eine Freude«, rief Lotte und legte sich die Hände vor den Mund. Tränen glitzerten in ihren Augen. »Ist das nicht wundervoll?«, fragte sie Anton, der lachend Christian auf die Schulter schlug.

»Ich habe dir doch gesagt, dass sie Ja sagen wird. Er hatte solche Angst, dass Anna ablehnen würde«, erzählte Anton mit diebischer Freude.

»Das stimmt doch gar nicht«, versicherte Christian. »Ich war mir sicher, dass Anna mich heiraten wird, denn wer würde den Vater seines Kindes nicht ehelichen wollen?«

Anna hielt den Atem an. »Wir wollten es doch noch nicht verraten«, sagte sie tadelnd.

»Wie bitte?« Anton beugte sich vor, als hätte er sich verhört.

»Du hast das schon richtig verstanden. Anna ist guter

Hoffnung, und wir werden leider nicht so lange warten können, bis das Trauerjahr vorbei ist, denn das Kind soll nicht unehelich zur Welt kommen. Wir freuen uns sehr auf den nächsten Zuckerbäcker, der die Konditorei Robek übernehmen wird«, erklärte Christian. Er nahm einen Ring aus dem Kästchen und steckte ihn Anna an die linke Hand. »Mein Versprechen an dich, dass ich dich für immer lieben werde.«

»Darauf brauche ich einen Schnaps«, erklärte Anton und setzte sich zu Lotte auf das Sofa. »Trinkst du einen mit?«, fragte er sie und sah sie grinsend an.

»Da bin ich dabei. Wir müssen doch auf diese erfreuliche Nachricht anstoßen.«

»Ich werde nichts trinken«, erklärte Anna. »Ich muss schließlich den Weg zur Kirche noch finden.«

Zu viert spazierten sie zur Marienkirche. Die halbe Stadt war auf den Beinen. Sie fanden Platz in einer der hinteren Bänke und rutschten eng zusammen.

»Ich gratuliere dir herzlich, Anna. Warum hast du nichts gesagt? Du weißt doch, dass dein Geheimnis bei mir sicher ist.« Lotte drückte kurz ihre Hand.

»Vielen Dank. Es wird nur nicht mehr lange ein Geheimnis bleiben. Mir passt kaum noch ein Kleid«, gestand Anna und verdrehte die Augen. »Ich bin so gespannt, was meine Mutter sagen wird, wenn sie aus Italien zurück ist.«

»Sie wird bestimmt stolz auf dich sein.«

Während des Gottesdienstes schwiegen sie, und Anna ließ ihren Blick über die Reihen schweifen, auf der Suche nach Rosa. Doch außer einer Menge Stammkunden, die ihr freundlich zunickten, fiel ihr niemand auf.

Nach dem Schlusssegen strömten die Menschen nach draußen. Es hatte zu schneien begonnen. Alle wünschten sich frohe Weihnachten, und plötzlich sah Anna aus dem Augenwinkel Rosa, die in Begleitung von Minna an ihr vorbeiging.

»Rosa!«, rief sie und folgte den beiden. Beinahe rutschte sie auf dem glatten Kopfsteinpflaster aus. »Rosa, warte doch.«

Ihre Schwester hielt an und drehte sich zu ihr um. Ihr Bauch war mittlerweile deutlich unter der Kleidung sichtbar.

»Ich wünsche dir frohe Weihnachten!« Anna zog ihren Handschuh aus und hielt ihr die Hand entgegen.

Rosa ergriff sie zu Annas Verwunderung. »Danke, das wünsche ich dir auch.«

»Hat Bastian dich nicht zur Messe begleitet?« Anna sah sich um, doch Rosas Ehemann war nirgendwo zu sehen.

Rosa musterte sie eingehend, dann schüttelte sie verlegen den Kopf. »Nein, er hat mich verlassen«, sagte sie leise und mit Tränen in den Augen, hielt sich aber tapfer.

Annas Augen wurden groß. »Oh, das … es tut …«

Rosa hob die Hand. »Bitte kein Mitleid, Anna. Das kann ich im Augenblick nicht ertragen.« Der falsche Stolz war aus Rosas Stimme verschwunden. Sie war sehr elegant gekleidet und wirkte wie immer, doch der Stolz in ihrem Blick fehlte. Es ging ihr nicht gut, erkannte Anna, und das tat ihr wirklich leid.

»Ich will dir nur sagen, wenn du etwas brauchst, ich bin für dich da«, sagte Anna leise.

»Es gibt nichts, was ich von dir brauchen könnte, aber danke für das Angebot. Ein schönes Weihnachtsfest.« Rosa warf einen kurzen Blick zu der kleinen Gruppe hinüber, die auf Anna wartete.

»Meine Tür steht immer für dich offen. Bitte vergiss das nicht.« Anna hätte sie gern umarmt, doch sie wusste, dass es zu viel wäre, und hatte auch Angst vor Rosas Zurückweisung.

»Danke, Anna.« Rosa nickte ihr zu und dann wandte sie sich um und ging mit Minna davon.

»Was ist los?«, fragte Christian und nahm Annas Arm, damit sie bei der Glätte nicht doch hinfiel.

»Ihr Mann hat sie verlassen. Vermutlich hat er erfahren,

dass er nicht der Vater ihres Kindes ist. Sie tut mir leid … Weihnachten ganz allein zu verbringen …« Anna blickte über ihre Schulter, doch Rosa war in der Menge untergetaucht. Dafür sah sie, dass Anton Lottes Arm genommen hatte, die beiden unterhielten sich leise und schienen sich gut zu verstehen.

»Wie kommst du an einen Ring aus Stralsund?«, wollte Anna wissen.

Christian hob eine Augenbraue. »Egon Schumann kommt ja viel herum, und als er mir von dieser Goldschmiede erzählte, die ganz besonderen Schmuck anfertigt, da hab ich gedacht, es wäre genau das, was dir gefallen würde. Er war so freundlich, mir von einer seiner Geschäftsreisen das schöne Stück mitzubringen.«

»Aber Schumann war vor Monaten in Stralsund«, überlegte Anna laut. »Dann hast du den Ring also schon eine ganze Weile?«

Christian nickte. »Schon bevor ich wusste, dass du unser Kind erwartest, meine Liebste. Ich werde dich auf jeden Fall heiraten. Egal, was geschieht.« Er blieb kurz stehen und küsste sie. Ihre Lippen waren ganz kalt, daher zog er sie schnell weiter, damit sie endlich nach Hause kamen.

Kapitel 33

Lübeck, Januar 1875

So schön das Jahresende auch gewesen war, das neue Jahr begann nicht gut. Gleich am zweiten Arbeitstag gab die große Walze ihren Geist auf. Ein Teilstück brach, das nicht so einfach zu ersetzen war. Zu Annas Unglück kam gerade jetzt ein neuer Großauftrag herein, den sie leider absagen musste, auch weil nach dem Weihnachtsgeschäft nicht genug Mandeln vorrätig waren und die Lieferung aus Spanien wieder einmal auf sich warten ließ. Hinzu kam, dass die Räumlichkeiten kaum noch ausreichend Platz boten, um die Produktion weiter aufrechtzuerhalten. Es fehlte an Lagerplatz für Ware und Verpackungen. Die Mitarbeiter traten sich gegenseitig auf die Füße, obwohl es nach dem Jahreswechsel erst einmal ruhiger wurde. Doch Geschäfte brauchten Nachschub, und daran war bei Robek vorerst nicht zu denken.

»Wir haben doch im Dezember Gewinn gemacht. Könnten wir nicht einen zusätzlichen Lagerraum oder eine weitere Produktionsstätte anmieten?«, schlug Anton vor.

»Dafür reicht der Überschuss aus dem letzten Jahr nicht aus. Es sollte eigentlich auch für Notlagen gespart werden«, erklärte Anna, als sie nach Feierabend im Studierzimmer beisammensaßen, um die Lage zu besprechen.

»Wir sind aus den roten Zahlen, aber eine neue Produktionsstätte würde uns sofort wieder dort hinbringen«, sagte Theo Günther, der die Finanzen im Auge hatte.

»Wir brauchen auf jeden Fall eine neue Walze, aber ohne Mandeln können wir auch nicht produzieren. Da beißt sich die Katze in den Schwanz.«

»Und wenn wir die Bank bitten, uns zu helfen?«, schlug Lotte vor.

Anna schüttelte heftig den Kopf. »Das ist keine Option. Dieses Drama tue ich mir nicht noch einmal an.«

»Es gibt ja noch andere Banken in Lübeck«, sagte Anton.

»Ich begebe mich nie wieder in die Abhängigkeit einer Bank. Meine Erfahrungen sind nicht die besten«, erklärte Anna, ohne genauer ins Detail zu gehen. Aber eine Bank als Partner, egal welche, kam für Anna nicht in Betracht.

»Nein, das kommt nicht infrage«, erklärte auch Christian. »Ich habe etwas Geld gespart«, sagte er. »Das können wir investieren.«

»Reicht es für die Anschaffung einer neuen Walze?«, fragte der Buchhalter.

»Das schon, aber sicherlich nicht für die Anmietung und Einrichtung von Produktionsräumen«, räumte Christian zerknirscht ein.

»Vielleicht sollte ich mich erst mal nach geeigneten Räumen umsehen, damit wir wissen, welche Kosten überhaupt auf uns zukommen würden.« Diesen Vorschlag von Anna fanden alle gut, und so vertagten sie sich, bis jemand eine andere Idee hätte.

Weit kam Anna allerdings nicht. In der Zeitung hatte sie zwei Anzeigen gefunden, in denen Hallen zur Vermietung angeboten wurden. Eines der Gebäude lag in der Nähe, und sie machte sich zu Fuß auf den Weg. Die Hände tief in einen Muff vergraben, weil es eiskalt war und Schnee in der Luft lag, lief sie mit schnellen Schritten los. Da es früh dunkel wurde, wollte sie bald wieder zu Hause sein.

Die Halle lag in der Fleischhauer Straße, nahe dem St.-Johannis-Jungfrauenkloster. Sie klopfte an das Holztor, und kurz darauf erschien ein älterer Mann und öffnete ihr.

»Moin, mein Herr. Ist das die Halle, die zur Vermietung

steht?«, fragte sie und versuchte, einen Blick in die Halle zu werfen.

»Ja, so ist es. Aber Sie wollen doch sicherlich keine Halle mieten. Eine junge Frau wie Sie …« Der Mann musterte sie kritisch.

Anna war es unangenehm.

»Ich bin Frau Robek, mir gehört die Konditorei«, erklärte sie mit fester Stimme.

»Mir ist egal, wer Sie sind, ich vermiete nicht an Weibsbilder. Wo kämen wir denn da hin?« Er starrte auf ihren Bauch. »Bekommen Sie auch noch ein Balg?« Er schüttelte fast schon angewidert den Kopf und zog die Tür vor ihrer Nase zu.

»So warten Sie doch!«, rief Anna und klopfte gegen die Tür. Doch sie blieb verschlossen.

Anna konnte es nicht glauben. War ihr Geld weniger wert als das eines Mannes? Wütend trat Anna gegen die Tür. »Sie Dösbaddel!«, rief sie aufgebracht, sodass die Passanten sie erschrocken anblickten.

Sie musste sich beruhigen. So eine Aufregung war nicht gut, weder für sie noch für das Kind unter ihrem Herzen. Es gab ja immerhin noch eine andere Halle, die zur Vermietung stand.

Der Engelswisch lag auf der anderen Seite der Stadt. Das Gebäude war recht groß, wie Anna von außen sah, aber das sagte nichts über das Innere aus. Ein Schild wies sie in die obere Etage, die über eine Holztreppe an der Außenwand erreichbar war. Mühsam stieg Anna hinauf und hörte laute Stimmen. Stimmen, die ihr bekannt vorkamen. Sie hielt es erst nicht für möglich, doch dann wurde sie immer sicherer.

Eine schrille Frauenstimme, die Rosa gehören musste, wenn Anna sich nicht täuschte. Was machte sie hier, in einem hinteren Winkel der Stadt? Bevor Anna überhaupt an der Tür klopfen konnte, flog diese auf, und sie sprang schnell zur Seite, damit sie nicht am Kopf getroffen wurde. Das Geländer bewahrte sie davor, in die Tiefe zu stürzen. Die Holztreppe war alles andere als ein sicherer Ort.

»Das wird dir noch leidtun! Ich werde dich vernichten, und du wirst dein Kind niemals zu Gesicht bekommen! Das verspreche ich dir!«, schrie Rosa wie von Sinnen und schlug mit ihrem Schirm auf Karl Linde ein, der schützend einen Arm hob. »Lass mich in Ruhe, du verrücktes Weib!«, brüllte er und stieß Rosa von sich.

Rosa blickte zur Seite und ruderte mit den Armen. »Anna?«, rief sie verwundert.

»Rosa!« Anna versuchte, nach ihren Händen zu greifen, doch bekam sie nicht mehr zu fassen. Auf dem nassen Holz rutschte Rosa mit den Schuhen ab und stürzte rücklings die Treppe hinunter.

»Oh mein Gott! Rosa! Ist dir etwas geschehen? So helfen Sie ihr doch«, schrie Anna Linde an, der wie erstarrt hinunterblickte. Anna lief vorsichtig die Treppe hinunter und hockte sich zu Rosa, die das Bewusstsein verloren hatte.

»Holen Sie einen Arzt! Schnell!«, rief sie Linde zu, der nun ebenfalls die Treppe herunterkam.

»Was ist mit ihr? Atmet sie?«, fragte er.

»Ja, aber sie ist ohne Bewusstsein. Schnell, lassen Sie einen Arzt holen.«

»Das dauert zu lange, wir bringen Rosa in meiner Kutsche zum Hospital!«

»Was machen Sie eigentlich hier?«, wollte Anna wissen.

»Das Gebäude gehört mir, ich will es vermieten. Und was tun *Sie* hier?« Er sah Anna skeptisch an.

»Ich bin nur zufällig vorbeigekommen«, murmelte Anna. Sie half Linde, Rosa zur Kutsche zu tragen, bis der Kutscher, als er sie sah, vom Bock sprang und herbeieilte.

»Wie konnten Sie nur auf Rosa losgehen?«, fauchte Anna Linde an. »Beten Sie zu Gott, dass ihr und dem Kind nichts geschehen ist.« Sie stieg zu Rosa in die Kutsche, doch als er ihr folgen wollte, schloss sie die Tür. »Sie können wir hier nicht gebrauchen. Machen Sie, dass Sie fortkommen, und lassen Sie meine Schwester in Zukunft in Ruhe! Sonst werde ich meine Männer auf Sie hetzen, und Sie wissen, was das zu bedeuten hat.« Anna wandte sich an den Kutscher. »Schnell zum Hospital! Beilen Sie sich um Gottes Namen, es geht um Leben und Tod!«

***

Voller Unruhe schritt Christian im Zimmer auf und ab. Es war dunkel, und Anna war immer noch nicht zu Hause. Sie hatte nicht gesagt, wohin sie wollte. Er hatte Angst, dass ihr etwas zugestoßen war, oder mit dem Kind etwas nicht in Ordnung war. Was, wenn sie es verloren hatte oder auf der Straße zusammengebrochen war? Er hatte keine Ahnung, an wen er sich wenden sollte. Lotte oder Anton wussten auch nicht, wo Anna abgeblieben war. Hatte man sie vielleicht überfallen? Alles war möglich. Er malte sich das Schlimmste aus.

Als er eine Kutsche hörte, die unten vor dem Haus hielt, rannte er die Treppen hinunter und sah, wie Anna erschöpft, aber am Leben durch die Tür trat.

»Anna! Da bist du ja! Wo kommst du denn jetzt her? Ich hab mir solche Sorgen gemacht«, rief er und schloss sie in seine Arme. Von dem Lärm angelockt, kam Anton, gefolgt von Lotte, aus seiner Wohnung. »Sie ist wieder da«, rief er den beiden erleichtert zu.

»Deern, du machst ja Sachen. Verschwindest einfach und sagst kein Wort.« Anton schüttelte den Kopf, zog sie in eine Umarmung. Auch er war erleichtert.

»Zum Glück ist sie ja wieder da«, sagte Lotte und nahm seine Hand. »Komm, lassen wir die beiden mal allein.«

»Ich bringe Anna rauf in die Wohnung«, erklärte Christian, nahm ihren Arm und führte sie zur Treppe hinauf.

»Wir sind oben, wenn ihr etwas braucht«, sagte Lotte und verschwand wieder mit Anton.

»Was macht denn Lotte bei Anton?«, wollte Anna wissen und sah den beiden hinterher, wie sie die Treppe in den dritten Stock hinaufstiegen.

Christian zuckte mit den Schultern. Das fragte er sich auch, doch für ihn war wichtiger, was mit Anna geschehen war. Er schloss die Wohnungstür und half ihr aus dem Mantel.

»Was war denn los? Ich habe mir furchtbare Sorgen gemacht. Ist mit dem Kind alles in Ordnung?«

»Rosa musste ins Hospital gebracht werden. Ihr Kind wurde mit einem Notkaiserschnitt geholt«, erzählt sie mit raschen Worten und ließ sich auf das Sofa sinken.

»Was? Warum? Was ist passiert?« Christian sah sie an. »Möchtest du etwas trinken, du siehst ganz blass aus.«

»Ja, ein Tee wäre wunderbar.« Schnell ging Christian hinüber in die Küche, nahm die Kanne vom Herd, wo heißes Wasser bereitstand, und goss eine Tasse schwarzen Tee auf.

»Magst du mir erzählen, was vorgefallen ist?«

Anna nickte und nahm dankend die Tasse entgegen. Mit knappen Worten berichtete sie ihm, wie sie auf der Suche nach einer Halle auf Linde und Rosa gestoßen war. Von dem Streit und wie Rosa die Treppe hinuntergestürzt war.

»Mein Gott! Sie hätte sich das Genick brechen können!«

Anna nickte. »Es war wirklich gefährlich, und dieses Scheusal von Linde stand einfach nur da und machte nichts.«

»Es ist nicht zu fassen«, sagte Christian.

»Rosa ist noch nicht wieder aufgewacht. Das arme kleine Kind. Es wird jetzt erst mal im Hospital versorgt.«

Christian nahm Anna in seine Arme. »Ein Glück, dass dir nichts geschehen ist. Geht es dir gut?«

Sie nickte und legte eine Hand auf ihren Bauch. »Ja, dem Kind und mir geht es gut. Ich weiß nur nicht, ob Rosa es überleben wird. Ich nehme an, dass ihr Mann nicht erfahren hat, was ihr zugestoßen ist. Nicht auszudenken, wenn sie an den Folgen stirbt.«

»Du solltest morgen in der Bank Bescheid geben. Sie werden wissen, was zu tun ist. Lindgren sollte auf jeden Fall informiert werden.« Christian zog sie fest in eine Umarmung. »Ich hatte große Angst um dich. Tu das nie wieder. Sag mir bitte immer, wohin du gehst.«

Anna zuckte nur mit den Schultern. »Ich werde vermutlich nirgendwo mehr hingehen. Als Frau werde ich sowieso nur abgewiesen.«

»Wie meinst du das?«

»Ich wollte mir eine Halle ansehen, aber der Vermieter hat mich noch nicht mal reingelassen, nur weil ich eine Frau bin«, erzählte sie entrüstet. »Er macht keine Geschäfte mit ›Weibsbildern‹, kannst du dir das vorstellen? Sind wir Frauen denn nur gut genug, um Männern das Essen zu kochen?« Sie schloss entnervt die Augen.

»Wir sollten heiraten, Anna. Ganz still und leise. Nur mit unseren Trauzeugen. Was hältst du von der Idee? Du weißt, dass ich dich liebe, aber wenn du einen Ehemann hast, wird vieles einfacher für dich.«

»Ja, du hast sicher recht. Aber morgen werde ich mich erst mal um Rosa kümmern. Sie hat doch sonst niemanden, wenn ihr Mann sich weigern sollte. Aber ich kann mir nicht vorstellen, dass Lindgen so herzlos ist. Ich habe ihn als einen feinfühligen Mann kennengelernt.«

»Du weißt nicht, ob sie es will«, warf Christian vorsichtig ein.

»Es ist mir egal. Sie braucht Hilfe und ihr Kind auch. Ich werde Rosa nicht im Stich lassen und ihr kleines Mädchen auch nicht. Egal, wie wir zueinander stehen. Wir sind immer noch Schwestern, und Blut ist nun mal dicker als Wasser.«

Kapitel 34

Lübeck, Januar 1875

Am Morgen machte Anna sich auf den Weg zur Quast-Bank. Der Himmel war bedeckt, und so war es um kurz vor neun noch fast dunkel. Christian hatte angeboten, sie zu begleiten, doch das wollte Anna allein erledigen.

Die Bank öffnete gerade ihre Türen, als sie dort eintraf.

»Moin, Frau Robek. Sie sind ja früh auf den Beinen. Wie kann ich Ihnen helfen?«, fragte der Kassierer freundlich.

»Sagen Sie, ist Herr Lindgren vielleicht zu sprechen?«

Der Mann trat von einem Bein auf das andere. »Nun, der Herr Direktor wünscht, heute nicht gestört zu werden. Dazu hat er mich persönlich angewiesen.«

»Ich würde nicht fragen, wenn es nicht wichtig wäre. Sie wissen, dass Direktor Lindgren mein Schwager ist? Es geht um eine dringende private Angelegenheit.«

Der Kassierer nickte. »Ja, ich weiß davon. Bitte warten Sie einen Moment, ich werde nachfragen.«

Es dauerte nur wenige Minuten, da stand Anna in dem Büro des Direktors Lindgren gegenüber.

»Frau Robek, wie kann ich Ihnen helfen?«, fragte er freundlich.

»Herr Lindgren, ich bin hier, weil ich *Ihnen* helfen will. Es geht um Rosa.«

Er hob sofort seine Hand. »Wenn Sie hier sind, um für Ihre Stiefschwester ein gutes Wort einzulegen, dann muss ich Sie enttäuschen, denn …«

»Rosa liegt im Hospital«, sagte Anna schnell, denn sie hatte Angst, dass Lindgren sie vor die Tür setzen würde, bevor sie ihm die schlimme Nachricht überbracht hatte. »Sie hatte einen Unfall und ist eine Treppe hinuntergestürzt.«

Lindgren sprang von seinem Stuhl auf. »Wie geht es ihr? Ist sie am Leben?« Er wurde weiß wie die Wand.

»Ja, sie lebt, war aber gestern ohne Bewusstsein. Das Kind musste geholt werden. Es ist ein Mädchen. Hören Sie, Herr Lindgren. Ich weiß, dass Sie vermutlich nicht der Vater des Kindes sind. Aber manchmal ist es nicht wichtig, wer ein Kind gezeugt hat, sondern wer dem Kind seine Liebe schenkt. Ich weiß, dass Rosa kein einfacher Mensch ist. Aber sie braucht Sie jetzt. Lassen Sie Rosa und ihr Kind nicht im Stich. Wenn ich Sie richtig einschätze, sind Sie ein Mann mit Herz und lieben Ihre Frau. Manchmal macht man einen Fehler, den man gern wiedergutmachen möchte. Ich kann nur an ihr Ehrgefühl appellieren. Geben Sie Rosa eine Chance, damit sie ins Leben zurückfindet.«

Lindgren kam um den Tisch herum und drückte ihre Hand. »Danke, Frau Robek. Ich bin Ihnen sehr dankbar, dass Sie mir Bescheid gegeben haben. Ich werde sofort zu ihr gehen.«

»Danke, Herr Lindgren. Ich hoffe, dass alles gut wird. Werden Sie mir Bescheid geben, wie es Rosa und dem Kind geht?«

Er nickte ihr zu und nahm eilig seinen Hut und Mantel vom Haken.

Am Nachmittag brachte ein Bote eine Nachricht. Rosa war erwacht und auf dem Weg der Besserung. Anna schloss erleichtert die Augen. Mehr brauchte sie nicht zu wissen. Es reichte, wenn sie wusste, dass es Rosa besser ging.

***

Zwei Tage später stand Lindgren in der Konditorei und fragte nach Anna. Sie hatte nicht erwartet, ihn so schnell wiederzusehen.

»Frau Robek, ich hätte Sie gern in einer Angelegenheit gesprochen. Haben Sie einen Augenblick für mich?«

Sie führte ihn in das Studierzimmer, das zurzeit leer war, und hängte ein Schild an die Tür, dass der Raum geschlossen war.

»Hier haben wir unsere Ruhe. Darf ich Sie auf einen Kaffee einladen?«, fragte Anna freundlich.

»Sehr gern.«

Anna bestellte bei Karla zwei Tassen Kaffee, und nachdem diese auf dem Tisch standen, fragte sie nach Rosa. »Wie geht es ihr? Ist sie wieder bei Bewusstsein?«

Er nickte. »Ja, es geht ihr den Umständen entsprechend. Sie hat mir erzählt, was geschehen ist. Ich habe gehört, dass Sie dafür gesorgt haben, dass Rosa ins Hospital gebracht wurde. Wir sind Ihnen sehr zu Dank verpflichtet.«

Anna winkte ab. »Das war doch selbstverständlich. Werden Sie gegen Linde vorgehen? Immerhin war es seine Schuld, dass Rosa gestürzt ist.«

»Sind Sie der Meinung, dass man ihm die Schuld an diesem Unglück geben kann?«

Es wäre so einfach, Ja zu sagen, wenn Anna daran dachte, dass Rosa ihn benutzt hatte, um ihr die Konditorei abzujagen. Doch sie war ein ehrlicher Mensch und hätte mit einer falschen Beschuldigung nicht leben können.

»Ich würde lügen, auch wenn ich nicht gern behaupten würde, Linde wäre schuld an dem Unfall. Aber ich glaube, Rosa wäre auch gefallen, wenn er sie nicht berührt hätte. Rosa hat mit dem Schirm auf ihn eingeschlagen, und er hat sich gewehrt. Ich stand direkt daneben, weil ich mir die Halle ansehen wollte, die zur Vermietung stand. Es war reiner Zufall, dass ich überhaupt zugegen war. Rosa ist auf dem nassen Holz ausgerutscht. Also, ich denke, es war ein böser Unfall, den niemand verursacht hat. Es wäre vermutlich besser, wenn man niemandem beschuldigt. Sagen Sie, Herr Lindgren, wie geht es dem kleinen Mädchen?«

»Sie meinen meiner Tochter?«, fragte er mit einem zärtlichen Ausdruck im Gesicht. »Sie ist gesund, wenn auch noch ein wenig klein. Sie wurde sechs Wochen zu früh geboren, hat aber gute Chancen. Sie hat kräftige Lungen.« Er lachte. »Wir werden Sie Liesel nennen. Sie ist ein reizendes Wesen und sieht ihrer Mutter sehr ähnlich.«

»Das ist schön zu hören und ein schöner Name. Ich freue mich sehr, dass es dem Mädchen gut geht, und natürlich auch Rosa.« Anna strich sich unbewusst über den Bauch.

»Wann bekommen Sie Ihr Kind?«, fragte er, als er ihre Geste registrierte.

»Im Sommer«, antwortete Anna. »Leider war mir und meinem verstorbenen Ehemann kein Kind beschieden, aber nun wird es doch noch einen Erben geben, der die Konditorei einmal weiterführen wird. Mein Verlobter und ich werden in Kürze heiraten.«

»Dann wünsche ich Ihnen alles Gute, Frau Robek.« Er trank einen Schluck aus seiner Tasse und hob die Augenbrauen. »Sie servieren hier ausgezeichneten Kaffee.«

»Vielen Dank.«

»Ich bin noch aus einem anderen Grund hier, Frau Robek.« Er nahm eine Aktenkladde zur Hand und zog ein Schriftstück heraus. »Im Grunde bin ich im Auftrag meiner Frau hier. Sie hat mich gebeten, Ihnen diese Abschrift zu übergeben. Wir wissen, es hätte schon längst geschehen müssen. Aber aus Gründen, die ich hier nicht weiter erläutern möchte, denke ich, dass spät besser ist als zu spät oder gegebenenfalls auch nie.«

Anna wurde aus seinen Worten nicht schlau. Worauf wollte er hinaus? Sie konnte nur hoffen, dass er nicht doch noch die Rückzahlung des Kredits verlangte. Das würde Anna den Hals brechen. »Was ist das denn?«, fragte sie ein wenig ungeduldig.

»Es ist die beglaubigte Abschrift des Testaments von Roland Quast, ihrem und Rosas Vater. Er bestimmt darin, dass sein Erbe auf beide Mädchen zu gleichen Teilen verteilt wird. Sie finden eine genaue Aufstellung der Besitztümer Ihres Vaters und der jeweiligen Werte. Es geht hier nur um das private Vermögen, die Bank ist davon ausgeschlossen, da es sich um eine Gesellschaft handelt. Aber ich denke, dass der Anteil, der Ihnen zusteht, eine Summe sein wird, die Ihnen helfen wird, ihren Betrieb weiter auszubauen.«

Lindgren reichte ihr die Aufstellung, und Anna schaute sich alles genau an. Die Summe betrug mehr als hundertfünfzigtausend Mark.

Irritiert sah Anna zu ihm auf. »Ich verstehe das nicht ganz.«

»Frau Quast starb zuerst, und somit hinterlässt Ihr Vater Ihnen und Rosa sein Vermögen, von dem Sie die Hälfte erben. Ich gebe zu, Rosa hat dieses Testament unter Verschluss gehalten, doch ich konnte ihr klarmachen, dass sie Ihnen ihr Leben verdankt und Sie ein Anrecht auf das Erbe haben. Rosa bat mich, Sie in ihrem Namen um Verzeihung zu bitten. Ich habe bereits veranlasst, dass das Geld auf Ihr Konto überwiesen wird. Was Sie mit dem Geld anstellen, ist ganz allein Ihre Sache.«

»Herr Lindgren, ich weiß nicht, was ich sagen soll.« Anna starrte ihn fassungslos an.

»Ich würde es vorziehen, wenn Sie mich Bastian nennen, immerhin sind wir ja verschwägert.« Er lächelte.

»Ja, natürlich. Ich bin Anna.« Sie trank einen Schluck Kaffee und verschüttete vor Aufregung etwas auf die Untertasse, weil ihre Hand zitterte. »Bitte richte Rosa meine besten Genesungswünsche aus. Ich bin sehr erleichtert, dass es ihr besser geht und der kleinen Liesel auch. Das hat nichts mit dem Geld zu tun.« Sie redete drauflos, weil sie so verwirrt war.

Lindgren erhob sich. »Ich werde dich jetzt nicht länger aufhalten. Ich muss zu meiner Frau und meiner Tochter.« Er reichte ihr die Hand. »Ich möchte mich noch für deine Worte bedanken, was du mir wegen Liesel gesagt hast. Es hat mir einiges klargemacht, und ich sehe jetzt vieles anders.«

Anna ergriff seine Hand. »Das freut mich sehr. Ich werde bald heiraten und würde mich sehr freuen, wenn ihr drei zur Hochzeit kommen würdet.«

»Du wirst vor dem Ende deiner Trauerzeit heiraten?«, fragte Bastian überrascht nach.

Lächelnd deutete Anna auf ihren Bauch, der sich schon unter ihrem Kleid abzeichnete, wenn man genau hinsah. »Ich habe keine andere Wahl, es würde so oder so herauskommen. Und Christian, mein Verlobter, kann es kaum noch erwarten, dass ich seine Frau werde. Er war der beste Freund meines verstorbenen Mannes, und ich glaube, Albert wäre mit unserer Verbindung einverstanden.«

Bastian nickte. »Dann werde ich das Rosa ausrichten. Und wenn sie bis dahin wieder gesund ist, werden wir gerne kommen. Die Welt dreht sich weiter, ob wir es wollen oder nicht.«

***

Anna brauchte einige Zeit, bis sie begriff, was gerade geschehen war. Sie saß allein im Studierzimmer, blickte auf die Straße hinunter und sah die Menschen durch das winterliche Lübeck laufen. Einige zogen die Köpfe ein, um sich vor dem scharfen Wind zu schützen. Es hatte zu tauen begonnen, und sie fragte sich, ob das ein gutes Zeichen war. Würde die Eiszeit zwischen ihr und Rosa nun auch endlich vorbei sein? Sie wünschte sich nichts mehr, als dass Frieden zwischen ihnen beiden herrschte. Dass sie sich wie Schwestern fühlen konnten.

»Was sitzt du hier? Karla hat mir gesagt, wo du bist.« Christian war ins Studierzimmer getreten.

»Bitte schließ die Tür hinter dir«, bat sie.

»Was ist denn los?«

»Bastian Lindgren, Rosas Mann, war gerade hier.«

»Und wie geht es ihr und dem Kind? Ich hoffe, er hatte gute Nachrichten?«

»Sie sind beide wohlauf. Ich habe sie zu unserer Hochzeit eingeladen. Ich hoffe, es ist dir recht?«, fragte Anna leise.

Christian ging vor ihr in die Knie und sah sie liebevoll an. »Natürlich ist es mir recht. Was immer du möchtest. Hast du dir schon ein Datum ausgesucht, Liebste?«

»Wie wäre der 3. Februar? Es ist Alberts Geburtstag. Es ist ein Datum, an das wir in Zukunft mit Freude denken werden. Wäre das für dich in Ordnung? Wir können auch einen anderen Termin wählen.«

Christian nahm ihre Hände und drückte auf jeden Rücken einen Kuss. »Du hast immer die besten Ideen.«

»Und was würdest du sagen, wenn ich sage, dass wir eine neue Walze kaufen, eine ganz große. Eine, die in einer neuen Halle Platz findet.«

Christian lachte. »Nun, dann würde ich dich doch ein wenig für verrückt halten. Du willst unser letztes Geld dafür ausgeben?«

Anna schüttelte den Kopf und erhob sich. Sie trat an das Fenster und blickte wieder hinaus. »Und wenn ich dir sage, dass es gar nicht unser letztes Geld ist?«

Christian folgte ihr und sah sie von der Seite an. »Hast du unter der Matratze einen Sparstrumpf gefunden, den du ganz vergessen hattest?«, fragte er und lachte.

»Nein, ich habe heute das hier erhalten. Und wenn ich den Worten meines Schwagers vertrauen kann, liegt dieses Geld bereits auf dem Konto.« Sie nahm die Abschrift des Testaments und die Zusammenstellung der Erbmasse und reichte sie Christian.

Er sah sich das kurz an, dann sah er sie verständnislos an. »Es tut mir leid, aber mit diesen Dingen kenne ich mich nicht so gut aus. Du verstehst diese Dinge viel besser. Was ist das?«

»Es ist das Testament meines verstorbenen Vaters. Er hat darin verfügt, dass ich die Hälfte seines Vermögens erbe, und diese Summe beträgt mehr als hundertfünfzigtausend Mark.« Sie lachte auf, weil diese Summe für sie so absurd hoch war, dass sie es nicht glauben konnte, jetzt, wo sie es laut aussprach. »Mein Vater war ein sehr reicher Mann, und er hat mich nicht vergessen.«

Christian starrte sie ungläubig an.

»Du wirst also keine Frau bekommen, die in finanziellen Schwierigkeiten steckt, sondern eine sehr wohlhabende. Allerdings bin ich mir sicher, dass du mich nicht des Geldes wegen heiratest. Sollte es doch so sein, muss ich dir sagen … es ist mir egal, ich will trotzdem deine Frau werden.«

»Anna! Ist das wahr? Ich kann es nicht fassen. Weißt du, was das für uns bedeutet?«, rief Christian aufgeregt.

»Oh ja, das weiß ich. Wir werden nicht nur eine neue Walze anschaffen können, sondern auch die Produktion verlegen, in eine Halle, die genug Platz bietet, um Robek-Marzipan auf der ganzen Welt bekannt zu machen.«

Christian schlang die Arme um sie. »Du wirst Alberts Traum Wirklichkeit werden lassen! Er würde sehr stolz auf dich sein, Anna.«

Sie schüttelte den Kopf. »Nein, nicht *ich* lasse diesen Traum wahr werden. Wir beide werden es tun. Es ist unser Werk und unsere Firma, und ich bin mir sicher, dass Albert uns aus dem Himmel zusieht und sehr stolz auf uns ist.«

»Und ich bin auch sehr stolz auf dich. Du hast übrigens recht, ich heirate dich, weil du eine reiche Frau bist. Eine

Frau, reich an Ideen, Mut und Liebe. Und nur darauf kommt es mir an, auf sonst nichts.«

Kapitel 35

Lübeck, Februar 1875

Der Raum im Rathaus, in dem die Trauung vollzogen wurde, war festlich geschmückt. Vor einem großen Tisch standen zwei hohe Stühle, auf denen das Brautpaar Platz genommen hatte. Der Standesbeamte hielt eine feierliche Rede, Anna und Christian sprachen ihr Jawort laut und deutlich aus, und dann wurden die Unterschriften geleistet.

Stina hatte zu Annas dunkelgrünem Kleid ein Cape geschneidert, das am Bauch weiter geschnitten war, sodass man ihr die Schwangerschaft nicht auf Anhieb ansah. Auf ihrem saß ein kleiner Blütenkranz, den Lotte ihr geschenkt hatte. Christian trug einen feinen Anzug und die Krawatte mit der Nadel, die er von Anna zu Weihnachten bekommen hatte. Anna hatte ihre Eheringe von Albert abgelegt, und als Christian ihr den neuen Ring über den Finger streifte, löste sich eine Träne aus ihrem Augenwinkel.

Zärtlich strich Christian ihr über die Wange, und sie lächelte glücklich. Hinter ihnen saßen ihre Trauzeugen Anton und Lotte. Ihre Mutter und der Medizinalrat waren endlich aus Italien zurückgekehrt. Und auch Rosa war mit Bastian und der kleinen Liesel zur Trauung erschienen. In den hinteren Reihen saßen die Angestellten der Firma Robek, die an diesem Freudentag freibekommen hatten.

Nach der Trauung luden sie alle ins Café zu Kaffee und Kuchen ein. Anton und Lotte hatten bis tief in der Nacht in der Backstube gestanden und drei wunderschöne Torten gezaubert.

»Friedrich, du solltest an deine Gesundheit denken, es ist schon das dritte Stück Kuchen«, ermahnte Stina ihren Mann.

»Ich kann doch nichts dafür, wenn unsere Tochter so wunderbare Köstlichkeiten anbietet.« Friedrich lächelte Anna an.

»Iss dich nur satt, mein Lieber. Das wird die letzte Hochzeit sein, die ich feiere«, sagte Anna sehr bestimmt und betete zu Gott, dass sie auch recht behielte.

Christian küsste sie. »Das will ich auch hoffen«, flüsterte er an ihren Lippen.

»Machen Sie sich keine Sorgen, Herr Medizinalrat«, rief Anton, »wir haben ja bald eine Taufe zu feiern«, verkündete er gut gelaunt und lachte. »Dann mache ich mich wieder an die Arbeit.«

»Herr Anton! Ich nehme Sie beim Wort.« Friedrich schob sich mit Freude den letzten Bissen in den Mund.

»Anna? Kann ich dich einen Augenblick sprechen?«

Rosa war zu ihr getreten und sah sie bittend an.

»Natürlich, Rosa, ich freue mich sehr, dass es dir so gut geht und du heute kommen konntest.« Anna nahm ihren Arm und führte sie hinüber in das Studierzimmer, wo sie unter vier Augen sprechen konnten.

»Danke für die Einladung. Dass ich hier bin, habe ich allein dir zu verdanken«, sagte Rosa kleinlaut.

Anna winkte ab. »Lass uns nicht mehr darüber sprechen. Ich bin sehr froh, dass es dir und auch Liesel gut geht. Sie ist so ein reizendes Kind.«

»Ja, Bastian ist ganz vernarrt in sie. Ich bin sehr froh, dass er mir verzeihen konnte. Ich habe leider zu spät erkannt, was ich an ihm habe.«

So ein Geständnis hatte Anna von Rosa nicht erwartet. Es war nicht ihre Art, einen Fehler einzugestehen.

»Manchmal lernt man erst zu schätzen, was man hatte, wenn man es verloren hat.«

Rosa nickte. »Du hattest schon immer die richtigen Worte. Anna, kannst du mir mein Verhalten vergeben? Ich habe erst jetzt verstanden, dass ich im Unrecht war.«

»Oh, Rosa, wir waren doch noch so jung. Natürlich verzeihe ich dir.«

»Auch dass ich dir dein Erbe vorenthalten habe?« Rosas Stimme brach, und Tränen sammelten sich in ihren Augen. »Es tut mir so leid. Ich war so voller Hass und Neid auf dich. Du warst schon immer die Klügere, und Vater war stolz auf dich. Ich habe es immer gespürt. Ich wollte dir diesen Schmerz zufügen.«

Anna legte ihr die Hand auf die Schulter. »Ach, Rosa, weißt du, dass ich dich auch bewundert habe? Ich habe mir gewünscht, ein wenig von deiner Schönheit zu haben. Aber weißt du, was ich mir am meisten gewünscht habe? Eine Schwester. Ich wünsche mir nichts mehr, als dass alles wieder so zwischen uns ist, wie es früher war.«

Rosa nickte. »Ja, das wünsche ich mir auch. Dann vergibst du mir?« Sie blickte Anna unsicher an.

»Selbstverständlich tue ich das. Was wäre ich für eine Schwester, wenn ich es nicht tun würde?« Anna lachte leise auf.

»Ich habe hier noch etwas für dich, das dir gehört, und ich will, dass du es zurückbekommst.« Sie reichte Anna ein kleines Päckchen, das mit einer kleinen weißen Schleife versehen war.

Neugierig packte sie es aus und eine Schatulle kam unter dem Papier zum Vorschein. Sie öffnete es und sah das Collier, das ihr Vater ihr zur Hochzeit mit Albert geschenkt hatte. Überrascht sah Anna auf.

»Vater wollte, dass du es bekommst, und so soll es auch sein. Ich habe eine Menge Geschmeide von meiner Mutter geerbt. Mehr, als ich tragen kann. Dieses Schmuckstück gehörte dir, und du sollst es zurückhaben. Vielleicht bekommst du ja auch eine kleine Tochter, die es einmal erben wird.«

Anna war gerührt. »Danke, Rosa, ich weiß diese Geste sehr zu würdigen. Du bist ein feiner Mensch.« Sie nahm ihre Schwester in den Arm, und beide vergossen ein paar Tränen.

»Ich bin so glücklich, eine Schwester zu haben, auch wenn es mir nicht sofort bewusst war«, flüsterte Rosa und drückte Anna fest an sich.

»Ich habe immer gewusst, dass am Ende alles gut wird.«

***

Lübeck, Juli 1875

»Sie müssen fester pressen, Frau Wilk!«, ermahnte die Hebamme.

»Ich kann nicht, ich habe keine Kraft mehr!«, stöhnte Anna auf.

»Das Kind ist ja bald auf der Welt, haben Sie noch ein bisschen Geduld.« Die Hebamme legte ihr einen kalten Lappen auf die Stirn. Es war ein heißer Sommertag, und Anna schwitzte, als würde sie in der Hölle braten. Sie bekam keine Luft, weil die Schmerzen der Geburt ihr den Atem nahmen.

»Ich bekomme nie ein Kind!«, rief sie wütend.

»Ach, Anna, du wirst den Schmerz vergessen, sobald das Kind auf der Welt ist.« Rosa nahm ihre Hand und drückte sie. Anna starrte auf Rosas Bauch, der sich unter dem Kleid wölbte.

»Du hast leicht reden, du warst bei deiner ersten Geburt ohnmächtig«, jammerte Anna.

»Ja, aber bei der nächsten Geburt werde ich es ganz gewiss nicht sein. Ich habe Bastian versprochen, dass er einen Stammhalter bekommt, und das will ich bei vollem Bewusstsein miterleben. Und du wirst mir hoffentlich beistehen, sonst bekomme ich das nicht hin. Du weißt schließlich, wie es geht.«

Eine weitere Wehe kündigte sich an. Anna krümmte sich und presste, was das Zeug hielt.

»Ich kann das schwarze Haar schon sehen«, rief die Hebamme. »Bei der nächsten Wehe tief einatmen und pressen.«

Die nächste Wehe ließ nicht lange auf sich warten, und plötzlich war der Raum von Kindergeschrei erfüllt.

»Oh mein Gott! Ich hab's geschafft. Danke, Gott, dass ich erlöst bin«, flüsterte Anna und ließ sich erschöpft in die Kissen fallen, die ihren Rücken gestützt hatten.

»Es ist ein kräftiger Junge, Frau Wilk. Sie haben einen stammen Stammhalter auf die Welt gebracht. Ihr Mann wird stolz auf Sie sein.«

Anna lächelte. »Ja, mein Mann wird triumphieren. Er hat gesagt, dass es ein Junge wird, dabei hatte ich auf ein Mädchen gehofft.«

Die Hebamme wusch das Kind und reichte es dann an Rosa weiter, damit sie den kleinen Mann anzog, während sie sich um die Nachgeburt kümmerte.

»Geht es Ihnen gut, Frau Wilk? Wie fühlen sie sich?« Die Hebamme fühlte nach ihrem Puls. »Ein wenig schnell, aber das wird sich bald legen.«

Anna schloss einen Moment die Augen und horchte in sich hinein. »Ich bin müde, aber mir geht es gut. Kann ich etwas Wasser bekommen?«

Die Hebamme reichte ihr ein Glas. »Nur einen kleinen Schluck, aber den haben Sie sich verdient. Ich gratuliere Ihnen zu einem gesunden Jungen. Der Doktor wird später noch nach Ihnen schauen.«

»Vielen Dank.« Anna fasste es nicht, dass es ihr jetzt, wo der Schmerz vorbei war, schon besser ging und sie wieder atmen konnte. Die Hebamme wusch Anna und zog ihr ein frisches Nachthemd an, wechselte die Laken und sorgte für Ordnung.

»Madame! Hier kommt Ihr Sohn.« Rosa legte Anna ein kleines Bündel in den Arm, als es ungeduldig an der Tür klopfte.

»Ist da drinnen alles in Ordnung?«, rief Christian besorgt.

»Würdest du ihn hereinlassen?«, bat Anna und Rosa nickte. »Ich muss mich jetzt auch erst mal ausruhen. Ich werde nach Hause fahren und komme in den nächsten Tagen wieder vorbei, Schwesterherz.« Sie küsste Anna auf die Stirn.

Anna nahm ihre Hand, als sie gehen wollte. »Rosa, warte. Ich danke dir, dass du mir beigestanden hast.«

Ein mildes Lächeln glitt über Rosas Züge. »Dafür sind Schwestern doch da. Aber das nächste Kind sollte wirklich ein Mädchen werden. Ich will ihr roséfarbene Kleider kaufen können.«

***

Christian konnte sich nicht sattsehen. Er trug das kleine Bündel auf seinen Armen und wiegte es hin und her.

»Dein Sohn wird noch seekrank, wenn du nicht aufhörst, ihn so herumzuschaukeln.« Anna lächelte selig.

»Er hat meine Augen.«

»Alle Neugeborenen haben blaue Augen.«

»Dann hat er meine Stirn und meine Nase«, befand er. »Findest du nicht auch?«

»Ja, das hat er«, gab Anna zu. »Und wenn er später einmal groß ist, wird er auch so stark sein wie du.«

Christian setzte sich zu Anna auf die Bettkante und legte ihr den Jungen in die Arme. »Wie wollen wir ihn nennen? Ich muss morgen zum Rathaus und ihn anmelden.«

»Hast du einen Vorschlag?«, fragte Anna und zog die Stirn

kraus. Über einen Jungennamen hatte sie nicht nachgedacht, weil sie sicher war, dass es ein Mädchen werden würde.

»Wärst du mit Albert einverstanden?«, fragte Christian leise.

»Wie wäre es mit Roland Albert Wilk. Das ist der Name eines Konditormeisters, von dem die Welt noch eine Menge hören wird«, schlug Anna vor.

»Roland Albert Wilk! Ja, das ist ein Name eines Mannes, der seinen Weg gehen wird«, stimmte Christian zu.

»Das wird er –, zusammen mit uns, mein geliebter Ehemann.«

Christian beugte sich hinunter und küsste ihre Lippen. »Danke, für dieses Geschenk, mein Herz. Mehr kann sich ein Mann nicht wünschen, ein wunderschönes Kind und eine Frau, die er liebt.«

»Oh doch«, sagte Anna schläfrig. »Ein Mädchen, das roséfarbene Kleider trägt, wie Mandelblüten, wenn sie im Winter in Spanien blühen«, murmelte sie, während ihr die Augen zufielen.

Grinsend nahm Christian ihr den Kleinen aus dem Arm. »Komm, mein geliebter Sohn. Lassen wir deine Mutter ein Weilchen schlafen. Das hat sie sich redlich verdient. Und wenn sie wieder aufwacht, werde ich mit ihr über roséfarbene Kleider sprechen müssen.«

Dank

Mein Dank gilt dem Bastei Lübbe Verlag, der mir die Möglichkeit gab, dieses Buch zu veröffentlichen. Ich habe gehofft, dass die Marzipanstory ein Zuhause findet, und sie hat ein wunderbares gefunden. Dafür danke ich von Herzen meiner Agentur, der LitMedia, hier meiner Agentin Susanne Zeyse. Danke für die tollen Gespräche und das Brainstorming.

Ganz besonders bedanke ich mich bei Anika Hartmann und Anne Pias aus dem Hause Lübbe. Ein großer Dank geht an meine Lektorin Dr. Ulrike Brandt-Schwarze für ihren scharfen Blick und die schönen Anregungen. Ihr seid so klasse. Es war toll, mit euch zusammenzuarbeiten. Ich danke allen, die an diesem Buch mitgewirkt haben. Egal, ob Lektorat, Korrektorat, Coverdesigner etc. Ohne euch gäbe es dieses Buch nicht.

Danke an meine Kinder, die ihren Sommerurlaub für dieses Buch geopfert haben und mir die Zeit und den Raum geben, dass meine Arbeit auf fruchtbaren Boden fällt. Ich liebe euch.

Zum Schluss ein großes Dankeschön an meine Leser. Ohne euch wäre jedes Buch nur ein Blatt mit Buchstaben. Ihr macht meine Arbeit zu etwas Wertvollem, und ich danke euch für eure Treue.

Ich hoffe, wir lesen uns bald wieder.

Eure

Julia Wolkenstein

Emilia Thomas
ROSMARINKÜSSE
IN DER TOSKANA
Ein Roman wie eine
bunte italienische
Geburtstagsfeier

ISBN 978-3-7413-0429-3

Weltenbummlerin und Kreuzfahrtköchin Paula freut sich auf den bevorstehenden Urlaub und die Geburtstagsfeier ihrer besten Freundin in der Toskana.
Sie ahnt nicht, dass sie dort von ihrer Vergangenheit eingeholt wird. Denn auch Noah ist eingeladen. Noah, ihre erste große Liebe und der Grund, warum Paula Hamburg vor zehn Jahren überstürzt verlassen hat.
Als die beiden auf dem Landgut unter Zitronenbäumen aufeinandertreffen, fühlen sie sich direkt wieder zueinander hingezogen. Aber die Vergangenheit und ihre Geheimnisse stehen zwischen ihnen.

Lübbe

Angelina Bach
DIE KLEINE
PARFÜM-MANUFAKTUR IN
DER PROVENCE
338 Seiten
ISBN 978-3-7413-0418-7

Inmitten herrlich duftender Lavendelfelder betreibt Marielles Familie eine kleine Parfüm-Manufaktur. Als ihr Vater plötzlich erkrankt, steigt sie früher als geplant in den Betrieb mit ein. Doch Marielle ist voller Tatendrang. Ihre Euphorie bekommt allerdings einen gewaltigen Dämpfer, als sie auf Bastien, den Assistenten, trifft. Er genießt das volle Vertrauen ihres Vaters. Und das reibt Bastien Marielle allzu gern unter die Nase.
Doch nicht nur das: Marielle findet heraus, wie es um die Manufaktur wirklich steht. Wohl oder übel muss sie ihre Abneigung gegenüber Bastien ablegen. Die Gefühle, die Marielle plötzlich empfindet, sind dabei nicht hilfreich …

Lübbe